中国书籍学术之光文库

唐末五代陇蜀浮世叙
王仁裕诗文解构

蒲向明 | 著

中国书籍出版社
China Book Press

图书在版编目（CIP）数据

唐末五代陇蜀浮世叙：王仁裕诗文解构 / 蒲向明著. -- 北京：中国书籍出版社，2020.4
ISBN 978-7-5068-7833-3

Ⅰ.①唐… Ⅱ.①蒲… Ⅲ.①古典诗歌—诗歌研究—中国—五代十国时期②古典散文—古典文学研究—中国—五代十国时期 Ⅳ.① I206.43

中国版本图书馆 CIP 数据核字（2020）第 052806 号

唐末五代陇蜀浮世叙：王仁裕诗文解构
蒲向明　著

责任编辑	姚　红　李田燕
责任印制	孙马飞　马　芝
封面设计	中联华文
出版发行	中国书籍出版社
地　　址	北京市丰台区三路居路97号（邮编：100073）
电　　话	（010）52257143（总编室）　（010）52257140（发行部）
电子邮箱	eo@chinabp.com.cn
经　　销	全国新华书店
印　　刷	三河市华东印刷有限公司
开　　本	710毫米×1000毫米
字　　数	250千字
印　　张	16
版　　次	2020年4月第1版　2020年4月第1次印刷
书　　号	ISBN 978-7-5068-7833-3
定　　价	93.00元

版权所有　翻印必究

序

  1982年我考入南开大学，在刘叶秋先生门下攻读硕士学位，刘先生给我指定的硕士学位论文题目范围是在鲁迅《中国小说史略》中"《世说新语》与其前后"一章的基础上，进一步深入系统研究中国古代志人小说的发展演变轨迹线索。从那时起，王仁裕作为唐五代时期重要的志人小说作家而进入我的研究视野。在此基础上，后来我在《中国志人小说史》（辽宁人民出版社1991年）和《中国文言小说总目提要》（齐鲁书社1996年）两部书中，将王仁裕的志人小说创作情况进一步深入打磨梳理，为王仁裕志人小说研究提供了较早的基础信息。缘自彼时我就特别注意到，王仁裕是一块有待继续开垦的学术荒地，值得继续挖掘。但限于这些研究著作的体例规模和时间精力情况，这个愿望没有能够实现。

  令人可喜的是，从那时起，陇南师专蒲向明教授利用天时地利人和之便，不仅将我之前做过关于王仁裕几部志人小说粗浅研究继续深入耕耘，而且还扩而大之，将王仁裕的诗歌也纳入研究视野，从而将王仁裕研究提升到更加全面、更加深入、更加系统的阶段。这部《唐末五代陇蜀浮世叙：王仁裕诗文解构》就是蒲向明教授相关系统研究的一部力作。

  王仁裕是唐末五代的重要作家。就当时的情况看，说他重要是其文学创作主要表现在诗文的数量和质量两方面。他的诗歌创作，新、旧《五代史》"王仁裕传"均记载"有诗万余首，勒成百卷，号《西江集》"。这个有百卷之多、万余首诗作的《西江集》，在同时代诗人中鲜有其比，就是从整个文学史来考察也为数不多。五代后周高若拙的笔记《后史补》记载说"王仁裕著诗一万首，朝中谓之'诗窖子'"，可见他诗歌创作的数量之多，在当时的士大夫中已经形成了一致的认可，有"诗窖"之称。又据《全宋文》收李昉《王仁裕神道碑》记载"（公）平生所著《秦亭篇》《锦江集》《入洛记》《归山集》《南行记》《东南行》《紫泥集》《华夷百题》《西江集》共六百八十五卷"，系诗文创作。显然他的诗歌创作不仅《西江集》一种，数量也不仅止一万首。

《西江集》等今不传，我们无法知道其诗作质量方面更多的情况，只能从现有作品予以探察。《全唐诗》只存王仁裕诗一卷计十余首，加上后来学者辑佚的几首在内，也不过二十首左右。这些诗作或关心国事、分辨忠奸，或表现匡扶济世的雄心、建功立业的抱负，或表现心谐自然、酷爱自由的精神追求，或记写游历的名胜显迹，有其独到、感人之处，但也存在着无法超越时代和社会视野的局限。从现有作品的整体情况看，王仁裕诗歌的思想性、艺术性处于同时代作家的中等水平。他的志人小说创作，主要以散文笔记体纪事文为代表，以笔记小说的风格见长，且至今存留下来的作品也最多，以《开元天宝遗事》《玉堂闲话》和《王氏见闻录》为代表，奠定了他的文学史地位。有关这方面的信息，我在《中国志人小说史》和《中国文言小说总目提要》两部书中有过简单介绍，有兴趣的朋友可以参看。

王仁裕的笔记小说，步唐人后尘而又有创新，明显体现出唐代传奇向宋代传奇的蜕变。其笔记小说的代表作《玉堂闲话》更具有小说的特性，以人物为中心去安排曲折复杂的情节，形象鲜明，篇幅较长，虚构成分明显增多，因而更具有文学价值。在思想内容、题材选择和艺术技巧等方面对后世的小说创作，如对"三言""二拍"的素材来源和情节生成、《聊斋志异》鬼狐形象塑造、《儒林外史》讽刺艺术展现等起到先知先导作用，其《开元天宝遗事》在搜集民间传闻的基础上着重记述唐代由盛而衰玄宗朝的轶闻琐事，犹以李、杨风流情事为最多，体现了作者特有的"讽寓"

用意和"笔开一面"的独立创作意识,其中有关民间传说的篇章,故事情节曲折,结构完整,为后世的小说、戏曲提供了大量素材,影响重大。《王氏见闻录》因为是记写王仁裕自己的亲身经历,内容更显生动并且更富于地缘化。如《竹䶅》篇写晚唐五代今天水、陇南熊猫的生存和当时陇蜀土著对其捕杀的情况,有助于人们了解一千多年来地缘风物、珍稀物种生存的变化。《王承休》篇则通过记述蜀后主王衍游秦州一事,反映了秦州、成州、阶州在五代时期的政治、军事、经济、文化生活,对今天水、陇南、汉中和成都等陇蜀区域风物研究有极高的文化价值。

由此看来,王仁裕作为唐末五代重要作家的地位,诗文创作的主要成就是笔记小说。在中国小说的历史演变中,王仁裕笔记小说占有一席不可或缺之地,是其现存诗歌所不能比拟的。蒲向明教授从20世纪90年代着手研究王仁裕诗文创作,至今二十多年,出版了《玉堂闲话评注》(中国社会出版社2007年)、《追寻"诗窖"遗珍:王仁裕文学创作研究》(光明日报出版社2012年)等著作,发表了十多篇关于王仁裕及其诗文创作研究的论文。就研究王仁裕这位陇南本土极负盛名的古代作家而言,他是学界最深入的,可谓居功至伟。目前而言,他著成《唐末五代陇蜀浮世叙:王仁裕诗文解构》一书,推动这个研究选题更进竿头,达到一个"细部"的表现,其创新和价值在以下几点:

第一,本书以王仁裕五十二岁以前生活的陇蜀地域,作为文学地理范畴展开研究,从地域文化视角认识其诗文作品的特有内涵和审美意义,发前人所未发;

第二,重视研究王仁裕对陇蜀地域浮世生活(世俗生活)的叙写和描摹,有助于人们更进一步客观认识和评价这些诗文作品的文学意义和社会价值;

第三,重在探讨王仁裕诗文与陇蜀地域的依存关系,并由此延伸到特有时代——唐末五代陇蜀浮世生活在文学领域的反映,从而感受到陇蜀地域文学的固有特点;

第四,本书对王仁裕诗文的解构,还注意到了泛文学的陇蜀物态描写，如作品对人文地理生态的观照，扩大了人们认识作家笔下"文学陇蜀"的视野和认知范围，别有文学审美意义；

第五，本书吸收了学界最新研究成果，力争弥补以前研究因资料所限形成的空缺，如根据张国风先生最新推出的《太平广记会校》（北京燕山出版社2011年版）所提供的信息，以韩国所存《太平广记详节》补校收录以前缺失的《玉堂闲话》"崔育"篇、补足中华书局汪绍楹本《太平广记》缺漏的《王氏见闻录》"陈延美"篇等。

限于时间匆匆和事务繁忙，我对这本书稿的整体感觉就是这样。关于陇蜀地域，它处在南北丝绸之路的连线与网道上，文化和风俗的复合型特征十分明显，现在用文学叙写其浮世生活尚且不易，更遑论远距我们千余年的唐末五代时期仕宦文人了。我们从本书作者对王仁裕的诗文解构中，已经感受到了文学历史地理在时间流逝中的不可复制。但其学术的力量，还是通过阅读，推动我们体味其中人文知识的丰富和历史眼光的宽远，收获是自不待言的。

是为序。

宁稼雨
2020年1月6日于津门雅雨书屋

目　录
CONTENTS

引　论 …………………………………………………………… 1

第一章　王仁裕在唐末五代陇蜀地域的生活 ……………… 9
　　第一节　王仁裕陇蜀世系考察与生平分期 ……………… 9
　　第二节　王仁裕从秦州兴元而达成都历程 ……………… 19
　　第三节　王仁裕在唐末五代陇蜀生活年谱 ……………… 26

第二章　王仁裕诗歌对唐五代陇蜀浮世的反映 …………… 37
　　第一节　"诗窖"之说与王仁裕陇蜀诗歌 ……………… 37
　　第二节　王仁裕诗歌与唐末五代陇蜀生活 ……………… 47
　　第三节　学界辑佚王诗对陇蜀浮世的反映 ……………… 59
　　第四节　王仁裕陇蜀诗歌的思想性、艺术性 …………… 67

第三章　王仁裕笔记小说散文对陇蜀浮世的描写 ………… 75
　　第一节　王仁裕笔记散文诸体与陇蜀浮世 ……………… 75
　　第二节　王仁裕笔记存留与陇蜀文化内涵 ……………… 87
　　第三节　王仁裕笔记对陇蜀浮世多面观照 ……………… 95

第四章　《玉堂闲话》叙录唐末五代陇蜀浮世生活 ……… 103
　　第一节　《玉堂闲话》辑录与陇蜀生活题材 …………… 103
　　第二节　《玉堂闲话》笔意麦积山等陇蜀文化要素 …… 112

1

第三节　《玉堂闲话》文学手法与陇蜀生活……………… 121
　　第四节　《玉堂闲话》叙写陇蜀浮世之特色……………… 129

第五章　《开元天宝遗事》及其唐代陇蜀浮世叙录…………… 138
　　第一节　《开元天宝遗事》版本流传与陇蜀……………… 139
　　第二节　《开元天宝遗事》关涉的陇蜀民俗文化………… 148
　　第三节　《开元天宝遗事》域外题材及陇蜀……………… 156

第六章　《王氏见闻录》叙录唐末五代陇蜀浮世……………… 163
　　第一节　《王氏见闻录》的流传与陇蜀叙写……………… 163
　　第二节　《王氏见闻录》描述陇蜀生活（一）…………… 174
　　第三节　《王氏见闻录》描述陇蜀生活（二）…………… 186
　　第四节　《王氏见闻录》描述陇蜀生活（三）…………… 196
　　第五节　《王氏见闻录》叙写陇蜀的多重价值…………… 207

第七章　王仁裕诗文观照唐末五代陇蜀人文地理生态………… 215
　　第一节　王仁裕生平四期与叙写陇蜀人文生态…………… 215
　　第二节　王仁裕诗文叙写陇蜀平民生活的意义…………… 224
　　第三节　王仁裕诗文探讨陇蜀动物与人的关系…………… 233

后　　记………………………………………………………………… 243

引 论

唐末五代王仁裕的生平与诗文创作，是和陇蜀之地密切相关的。就其诗文创作的思想内容而言，总体看是对那个特有时代和地域浮世生活的真实叙录和文人记述；就其艺术水准而言，在表现手法、艺术色彩、语言特点、体裁兼备等方面都达到了唐末五代作家鲜有的高度。他对唐末五代陇蜀浮世的文学展示，源自传统但又充满个性，值得深入研究。

陇，本义指古地名，即今甘肃东部陇山，位于陕、甘交界之地。《说文解字》（以下简称《说文》）称："陇，天水大阪也"。清文字学家沈涛《说文古本考》对此作注说："今本合三处互订，古本当作'陇山，天水阪、大阪也。'"可见在明清，"陇"本义所指为陇山，天水阪、大阪（坂）三者之间的互订和通用，且已经成为共识。至于"陇"的其他义项均后起其本义。甘肃简称"陇"系因古为陇西郡地而得名，又称陇上，陇西郡在陇坂西。"陇"通"垄"，指田埂，泛指麦地，《战国策·赵策三》："席陇亩而荫庇。"《史记·项羽本纪》赞语云："然羽非有尺寸，乘势起陇亩之中。""陇（垄）"泛指山。陇断，指山脉阻隔，陇，山冈高地，土岗子，今通用作"垄断"，意义出现转移。

蜀，从甲骨文字形看，本义（最初之义）是指蛾蝶之类的幼虫。故《说文》解释说："蜀，葵中蚕也。从虫。上目象蜀头形，中象其身蜎蜎。"《诗经·豳风·东山》："蜎蜎者蜀，烝在桑叶。"《毛传》（《毛诗诂训传》）曰："蜎蜎，蠋皃（貌）。蠋，桑虫也。传言虫，许言蚕者，蜀似蚕也。"可见"蜀"的本义，至迟在西汉时已写作"蠋"，而"蜀"则转义成地域（四川西部）的简称，后续文献如《战国策》已经用"蜀"作为地名。这个转义的可能，是远古四川西部一带的民族，把"蜀"这种虫作为信奉的图腾，并以此作为部落的称号。"蜀"转义为代指部族，在春秋时期的文献里就已经出现。《尚书·牧誓》："嗟！我友邦冢君，御事：司徒、司马、司空、亚旅、师氏、千夫长、百夫长，及庸、蜀、羌、髳、微、卢、彭、濮人。"这里，蜀和羌已经并列出现。《华阳国志·蜀志》则从神话传说的角度给予解释："蜀之为国，肇于人皇，与巴同囿。"其后，"蜀"由部族之称引申为郡县名，秦、汉设置郡县都称之为蜀。

"陇""蜀"并列联用，最早见于西汉刘向《战国策》卷五《秦策三》"范雎至秦"章：

> 范雎曰："大王（秦昭王）之国，北有甘泉、谷口，南带泾、渭，右陇、蜀，左关、阪，战车千乘，奋击百万。以秦卒之勇，车骑之多，以当诸侯，譬若驰韩卢而逐蹇兔也，霸王之业可致。今反闭而不敢窥兵于山东者，是穰侯（魏冉）为国谋不忠，而大王之计有所失也……王不如远交而近攻，得寸则王之寸，得尺亦王之尺也。"①

魏国中大夫须贾门客范雎，因被怀疑通齐卖魏，几被相国魏齐鞭笞致死，后在魏人郑安平的帮助下，易名张禄，潜随秦国使者王稽入秦。范雎见秦昭襄王后，即用本段话语分析秦国所据地理形势，提出了"远交近攻"战略，为秦国强大和他以后拜相奠定了策谋基础。范雎在此认为，秦国西边（古人以西为右）的陇（今天水、陇南）和蜀（今四川西北）战略地位极其重要，不仅是连片的屏障地区，也是重要后方纵深和战略根据地。

这一点，也为汉初战略家张良所认同和看重：

> 陇坻者，凤翔西北之陇山也。陇关在焉，古所谓大震关也。范雎曰：秦右陇蜀。张良亦曰：关中右陇蜀，盖以陇坂险阻，与

---

① 吴浩坤、杨宽主编：《历代会要汇编·战国会要（下）》，上海古籍出版社2012年版，第1484页。

蜀道可并称也。①

张良认可了"陇蜀"西护关中的战略地位和襟带作用，还特别强调了陇关和蜀道的险阻作用，这和刘邦开汉的战略意图、进兵路线密切相关。

与战略家视野不同的是史地论者，他们的视野似乎更有国家层面的全局性，从《史记·天官书》的记载可以看出：

> 及秦并吞三晋、燕、代，自河山以南者中国。中国于四海内则在东南，为阳；阳则日、岁星、荧惑、填星；占于街南，毕主之。其西北则胡、貉、月氏诸衣旃裘引弓之民，为阴；阴则月、太白、辰星；占于街北，昴主之。故中国山川东北流，其维，首在陇、蜀，尾没于勃、碣。是以秦、晋好用兵，复占太白，太白主中国；而胡、貉数侵掠，独占辰星，辰星出入躁疾，常主夷狄：其大经也。此更为客主人。荧惑为孛，外则理兵，内则理政。故曰"虽有明天子，必视荧惑所在"。诸侯更强，时蔷异记，无可录者。②

中国古代星相学的"天官"之称，是以年、月、日、时确定十二宫的位置，构成命盘，结合各宫的星群组合，来预测一个朝代（政权）的命运、吉凶、祸福。在司马迁看来，战国时期的秦国在攻取了晋、燕、代三国后，不仅版图变大而且在国运上，东南为阳，西北为阴，各有互济。而中国山川东北流，在横向上源头在陇、蜀，收尾在勃（渤海）、碣（碣石），源远流长；在纵向上胡、貉侵掠，夷狄造势，不乏滋扰，有"荧惑为孛"（火星和彗星映现）的不利星相，要对外重视用兵，对内重视朝政。即便是明君天子，也要

---

① 薛秉辰《关中形势考》，录自杨虎城、邵力子修，宋伯鲁、吴廷锡纂：(民国)中国省志汇编系列《续陕西通志稿》(1—12册)，(台北)华文书局股份有限公司1969年版，第6351页。
② (汉)司马迁撰，(日)泷川资言考证，杨海峥整理：《史记会注考证》(3)，上海古籍出版社2015年版，第1562页。

重视火星的位置。中国传统命理学的星相天官原理，因为以《周易》干支理论为构架，显得玄虚深奥。但从中国山川东北流的源头在陇、蜀的论述上看，陇、蜀两地是当时史地论者眼中"中国"文化最西北的边界，确信无疑。以后，《汉书·天文志》引述这段文字简略为："自河山以南者中国。中国于四海之内，则在东南为阳。其西北则胡、貉月氏，旃裘引弓之民为阴。故中国山川东北流，其维，首在陇、蜀，尾没于勃、碣。"吕思勉《秦汉史》一书论此说："《汉志》推论九州风俗，本诸地理，颇有今人生地理学之意，亦颇能包举山川形势也。"① 他把论述陇、蜀地理形势，包举山川和九州风俗、国运兴衰与人生地理学联系起来，深化了它的现实意义。

陇、蜀相联，与国运密切相关者，有两段汉代史实可资为证：刘秀兴汉得陇望蜀一统天下，而曹操挟汉室得陇不望蜀鼎足三分。《后汉书》卷十七"冯岑贾列传第七"《岑彭传》有载：

> （建武）八年，彭引兵从车驾破天水，与吴汉围隗嚣于西城。时公孙述将李育将兵救嚣，守上邽，帝留盖延、耿弇围之，而车驾东归。敕彭书曰："两城若下，便可将兵南击蜀虏。人若不知足，既平陇，复望蜀。每一发兵，头须为白。"彭遂壅谷水灌西城，城未没丈余，嚣将行巡、周宗将蜀救兵到，嚣得出还冀。汉军食尽，烧辎重，引兵下陇，延、弇亦相随而退。嚣出兵尾击诸营，彭殿为后拒，故诸将能全师东归。②

这是典故"得陇望蜀"的直接出处。建武八年（公元32年），刘秀着眼天下的一统，把陇蜀作为一个整体从战略上考虑，他致信岑彭在平服陇地"西城"③"上邽"④后，在战略上就立即考虑顺势攻击西蜀。由于岑彭采用水灌西

---

① 吕思勉著：《秦汉史》《吕思勉全集》（4），上海古籍出版社2016年版，第559页。
② （南朝宋）范晔撰，（唐）李贤等注：《后汉书》（第3册），北京：中华书局1965年版，第660页。
③ 西城，史书别称西县，学界多认为在今西汉水流域礼县境，主要有两说：一说在今红河镇，一说在今永兴镇，从此段史料看，在红河镇的可能性最大。《三国志》载诸葛亮一出祁山"失街亭"后，导致"西城弄险"结局，后拔"西城千余家还汉中"，遂废。
④ 上邽，本文所指即今小天水，天水市秦州区天水镇，距西城不远且便于接应隗嚣，时天水已被刘秀、岑彭所占，后来隗嚣退回冀县（今甘谷），都是在西汉水这一线发生的。

城的战术效果不佳①，加上隗嚣援兵已到，汉军失利，引兵下陇，还遭到了隗嚣的尾追阻击。三年后，刘秀在陇攻灭隗嚣后，遂制定了两面夹击、水陆并进、钳攻蜀地的方略。建武十一年（公元35年）岑彭率军突破蜀军防线溯长江西进，蜀将田戎放弃关隘退保江州（治今重庆）。同时北路汉军来歙部挫败西汉水沿线蜀军，攻占河池（今甘肃徽县西北银杏树镇），在南北水陆钳攻下，蜀主公孙述战死，蜀将延岑举城降汉，刘秀取得统一战争的最后胜利。

相比之下，曹操对陇、蜀的认识，并未从整体上看，从而影响了他的霸业。《三国志·魏书·刘晔传》载，建安二十年（215）曹操平定汉中张鲁后，刘晔出于对陇蜀之地的战略重要性考虑，向曹操提出了进取西川蜀地的建议：

> 今举汉中，蜀人望风破胆失守，推此而前，蜀可传檄而定。刘备，人杰也，有度而迟，得蜀日浅，蜀人未附也。今破汉中，蜀人震恐，其势自倾。以公之神明，因其倾而压之，无不克也。若小缓之，诸葛亮明于治而为相，关羽、张飞勇冠三军而为将，蜀民既定，据险守要，则不可犯矣。今不取，必为后忧。②

可是限于当时曹操对陇蜀的认识，他竟"不从"此议，未详细考虑陇蜀极具意义的战略关联。数天之后，曹操知道"蜀中一日数十惊，备虽斩之，而不能安"的情况，意图发起攻蜀战役时，却发现已经失去战机。这个情况，可从《晋书》（卷一）帝纪第一《宣帝司马懿》得到另一个角度的解释：

> 汉建安六年，郡举上计掾。魏武帝为司空，闻而辟之。帝知汉运方微，不欲屈节曹氏，辞以风痹，不能起居。魏武使人夜往密刺之，帝坚卧不动。及魏武为丞相，又辟为文学掾，敕行者曰："若复盘桓，便收之。"帝惧而就职。于是，使与太子游处，迁黄门侍郎，转议郎、丞相东曹属，寻转主簿。从讨张鲁，言于魏武

---

① 《后汉书》未说明水灌西城的细节，李贤等作注时引用汉代刘珍《东观记》（即《东观汉记》）说："时以缣囊盛土为堤，灌西城，谷水从地中数丈涌出，故城不拔。"《续汉书》也说："以缣盛土为堤。"看来是水量不大和出水口位置不佳，造成了这次攻城失败。后续进展，李贤等又注：尾击，谓寻其后而击之。凡军在前曰启，在后曰殿。

② （晋）陈寿撰，（南朝宋）裴松之注：《三国志》，天津古籍出版社2009年版，第150页。

曰："刘备以诈力虏刘璋，蜀人未附而远争江陵，此机不可失也。今若曜威汉中，益州震动，进兵临之，势必瓦解。因此之势，易为功力。圣人不能违时，亦不失时矣。"魏武曰："人苦无足，既得陇右，复欲得蜀？"言竟不从。①

这里关于陇蜀献计的角色，已经转换为司马懿，附会溢美的情况自不必说，但曹操"既得陇右，复欲得蜀"的满腹狐疑已经跃然纸上，而他关于陇、蜀只得其一的思想显然和前述刘秀的远见，已成高下之分。曹操对陇蜀的认识，实际在东汉的士大夫阶层，具有代表性，或认为陇蜀之地主要在"隔阂华戎"，或物产别于他处。前者如东汉文学家、科学家张衡作《西京赋》有云："右有陇坻之隘，隔阂华戎，岐梁汧雍，陈宝鸣鸡在焉。"②后者如东汉桓宽《盐铁论·本议》罗列物产称："陇、蜀之丹漆旄羽，荆、扬之皮革骨象。"已经远非一般。

综上可以看出，"陇蜀"之称源于秦汉，地域在西汉水流域。隋唐对其含义有所发展。唐孟启《本事诗·高逸第三》说：

> 杜逢禄山之难，流离陇蜀，毕陈于诗，推见至隐，殆无遗事，故当时号为"诗史"。③

在唐人看来，陇蜀已联为一体，杜甫从秦州经同谷（成州界）到成都的陇蜀之行，因记述详尽而被当时称为"诗史"。李白《古风》诗有句："物苦不知足；得陇又望蜀。"也可为一证。唐人的这种陇蜀观念，一直影响延及明清乃至近现代。清初杰出诗人、文学家王士禛（1634—1711）著《陇蜀馀闻》一书，《四库全书总目提要》卷143据山东巡抚采进本评云："(《陇蜀馀闻》)是编皆记陇蜀碎事。如吴山、岍山之类，亦间有考证。以其奉使时所记，多非亲见之事，且多非所经之地，故曰馀闻。兼及赵州介休者，则以往陇蜀时

---

① 四部丛刊初编史部（38）《通鉴纪事本末》（二）卷七至卷十二，上海书店1989年版，第599页。
② 章沧授主编：《历代山水名胜赋鉴赏辞典》，中国旅游出版社1998年版，第72页。
③ （唐）孟启：《本事诗》，董希平、程艳梅、王思静评注，北京：中华书局2014年版，第2页。

驿路所必经也。"王士禛记陇蜀碎事，"多非亲见"，故力所不逮。但对于王仁裕叙写陇蜀，实属亲历亲为，是对晚唐浮世的生动写照，文学意义非同一般。

王仁裕（880—956），字德辇，史传均称他是天水人，今据墓志以为应作唐秦州长道县人。五代著名政治家、文学家。他历事唐末歧王李茂贞、前蜀、后唐、后晋、后汉、后周，官至户部尚书、兵部尚书、太子少保，病逝后诏赠太子少师。他的先祖是太原人，在祖父王义甫任成州（治今甘肃成县）军事判官时，迁居秦州长道县碑楼川（今礼县石桥乡站龙村），父亲王实曾任阶州（治今陇南市武都区）军事判官，但他幼年不幸，失怙恃之爱，由长兄王仁温（时任秦州观察推官）和长嫂（佚名）抚养长大①，因"乏师友之规""以畋猎为事"等现实原因，到二十五岁，还"略未知书"。后来他慷慨自励，发奋读书，走向仕宦生涯，平步五代时期。他的诗歌、笔记和许多史料载录了他在陇蜀的政治生活，包括他在提拔人才、敬业朝事和刚直不阿等方面的事迹。

王仁裕在文学上先以诗名，蜀人号为"诗窖"②，北宋至明代学界于此即颇为看重，常比肩于"诗仙""诗圣"等雅号，但在其后至清初，王仁裕诗作遗存已成寥落之势，《全唐诗》736卷收其诗，且只有15首完整诗作和2首残诗，《全唐诗补编》存其诗1首，其余或见者出自清人李调元编《全五代诗》、今人陈尚君《全唐诗续拾》等所辑五代十国诗，已属于零星，他的诗今存总计也不过20余首。相比之下，他的笔记小说留存较多，堪称"遗珍"，值得探究。它们在文学史上特别在小说史、民俗史上占有较高地位，有丰富的文化内涵和很高的文学价值。王仁裕笔记小说明显体现出唐代传奇向宋代传奇的蜕变。鲁迅说："宋好劝惩，摭实而泥，飞动之致，眇不可期，传奇命脉，至斯已绝"（《中国小说史略》），王仁裕所著《玉堂闲话》《开元天宝遗事》《王氏见闻录》等笔记小说的纪实性明显增强，但也有许多源于乡民传说和"刍

---

① 宋代李昉《周故少师王公神道碑碑文》有关"（王仁裕）当童稚之年，失怙恃之爱，兄嫂所鞠，至于成人"的记载，见于曾枣庄、刘琳主编：《全宋文》（第二册），巴蜀书社1988年12月出版，第772页。据该文和现存礼县石桥"周故少师王公神道碑"铭文，王仁裕有兄二人，次兄王仁鲁，时任秦州仓曹参军（按例应为司仓参军），主管官方仓库，西汉水流域有所属，如《魏书·地形志》载，北魏武帝太平真君三年（442）曾于南秦州汉阳郡置兰仓县。因此，也存在王仁鲁夫妇抚养年幼王仁裕的可能。

② 王仁裕为"诗窖"，在五代已负盛名，至今转述引用甚多，但考察史料，最早记载"诗窖"之称，则见于两宋之际曾慥编撰：《类说》卷二十六，见后文详论。

荛狂夫之议",渲染造作的痕迹比较明显。

  王仁裕叙写的唐末五代陇蜀浮世,核心地域为嘉陵江上游秦巴山区,当为秦、陇、巴蜀文化之交汇处,在唐末五代交通与战略上处于显要位置,属于兵家必争之地。隋唐置成州(治今成县)为陇蜀道重镇,实居京师与河西、剑南三角交通之正中心,与关中至河陇西域之驿道、关中南入剑南之驿道、剑南西北通河陇之驿道相接,皆不超过三百里,沿途多系险峻道路,为陇右道南向的第三条孔道[①]。王仁裕诗文叙写路途曲折、浮世迷离,都具有深刻的文学和文化意义。

---

① 雷恩海:《陇右唐诗之路》,《光明日报》2019年10月28日13版。

第一章　王仁裕在唐末五代陇蜀地域的生活

王仁裕生于唐末二三十年间，其具体生时，文献均未明确记载。如《旧五代史》称："显德三年秋七月庚戌，太子太保王仁裕卒。"①《新五代史》亦云："（王仁裕）显德三年卒，年七十七，赠太子少师。"②《全宋文》卷46李昉《王仁裕神道碑》载："（王仁裕）以显德三年七月十九日寝疾，终于东京宝积坊私第，享年七十有七。"③今存省级重点文物保护单位"周故少师王公神道碑"铭文④，也从此说。史载王仁裕卒年为五代后周世宗显德三年（956）享年七十七，据此可以推算出：其准确生年在唐僖宗广明元年（880）。王仁裕一生，前二十七年属于唐末时期，后五十年则经历了整个五代。

第一节　王仁裕陇蜀世系考察与生平分期

王仁裕一生的主要活动地域，在陇蜀毗邻和交汇范围，即今天的陕甘川结合部，向南延伸至成都，向东至东京（洛阳），这个可以从其世系和生平情

---

① （宋）薛居正等撰：《旧五代史》全六册本，卷128"王仁裕传"，中华书局1976年版。以下所引同。
② （宋）欧阳修撰、徐无党注：《新五代史》三卷本，中华书局1974年版，第662页。以下所引同。
③ 曾枣庄、刘琳主编：《全宋文》（第二册），巴蜀书社1988年版，第772页。
④ 礼县博物馆《礼县金石集锦》存录《周故少师王公神道碑》铭文拓片，天水新华印刷厂2000年内刊本，第38页。

况做一文献观察。关于王仁裕的世系，《旧五代史》《新五代史》《十国春秋》等本传均无载。《王仁裕神道碑》录载甚详："洋州录事参军讳约，公之曾祖也，成州军事判官赠屯田尚书员外郎讳义甫，公之皇祖也，阶州军事判官赠太子傅讳实，公之皇考也，追封河南郡太夫人元氏，公之皇妣也。弘农郡杨氏，公之前夫人也，渤海郡欧阳氏，公之后夫人也，并先公而殒。秦州观察推官仁温、秦州仓曹参军仁鲁，公之二兄也。成州军事判官傅珪、秦州长道县令傅璞，公之二子也，适校书郎党崇俊、适殿中丞刘湘、适河东薛升，公之三女也。绵州西昌令全禧，秘书郎永锡，公之二孙也。"①《周通义大夫王公墓志铭并序》指明："公讳仁裕，字德辇，其先太原人，后徙家秦陇，今为天水之人也。"② 其他说法几近《神道碑》。这里有几点值得我们注意：

一、王仁裕祖上为山西太原人，他的曾祖父王约，出任洋州录事参军。据《两唐书》洋州一度为重镇，兴元元年（784）农历三月，唐德宗李适避朱泚之乱，抵梁州治所（今陕西汉中）。同年六月乱平，李适将返长安。为感谢汉中父老，遂下诏将帝王年号"兴元"赐予汉中，创中国历史上用帝王年号命府名之开端，其行政设置和官员品级、资格、声望等，一切与首都京兆、陪都河南府同等③。诏书由李适的随从、内相、翰林学士陆贽所拟写，原标题为《改梁州为兴元府升洋州为望州诏》。洋州在汉代属于汉中郡成固县地，后分出成固立南乡县，为蜀重镇。晋改为西乡县。后魏宣武帝正始中，于丰宁戍置丰宁郡，废帝于此置洋州，因洋水为名。隋大业二年废洋州置洋川镇，武德元年（618）复于西乡立洋州（今陕西洋县）。④ 很明显，洋州在那时已是附蜀之地。王约所任录事参军，在唐后期位卑而权重。"录事参军在唐前期主要行使州府内部的行政监察权，不仅涉及州府判司、县令等，而且上纠州刺史、上佐，在地方州府监察事务的地位十分雄要。唐后期录事参军的职权尤为庞杂，囊括督察私盐、纠理义仓、监临征税与州府财政等诸面。唐前期的职权明显是以行政监察权为主，而唐中后期则显得凌乱复杂，几乎凡关涉州

---

① 何德长等编：《礼县志》，陕西人民出版社1999年版，第790页。
② 蒲向明：《玉堂闲话评注》，中国社会出版社2007年版，第355页。
③ 吕思勉著，马东峰主编：《隋唐五代史（上）》，北京理工大学出版社2016年版，第550页。
④ （清）钱大昕著，方诗铭、周殿杰校：《廿二史考异（下）》，上海古籍出版社2014年版，第1240页。

府经济、民事方面的事务均有录事参军的协同参与。"①王约从山西到陇蜀之地洋州任具有实权的录事参军,为后来"徙家秦陇"奠定了社会与经济基础。

二、王仁裕的祖父王义甫任成州军事判官,并获赠虚职屯田尚书员外郎。晚唐成州(治今成县)为陇蜀道重镇,《唐六典》记载,天宝以后陇右道屯田成州三屯,仅次于秦州,在"嘉陵江上游背蜀而面秦,以其峭绝险固,自古为形胜镇戍之地"②。五代时期情况类此。王义甫所任军事判官,"唐代始置,节度使属官,掌处罚违犯军纪的官兵。《辽史·百官志四》:节度使职名总目:某州某军节度使、某州某军节度副使、同知节度使事、行军司马、军事判官、掌书记、衙官"③。

三、王仁裕的父亲王实,阶州(治今陇南市武都区)军事判官。其长兄王仁温,任秦州(至今天水市)观察推官,系幕职官,唐末五代置为观察使、藩镇属佐,得自辟置④。另外,其次兄王仁鲁,秦州仓曹参军,掌仓储事。为府诸曹参军之一。后代多沿置。隋初罢郡置州后,改称司仓参军。隋炀帝大业三年(607)又罢州为郡,改称司仓书佐,为郡佐诸司书佐之一。唐代复称司仓参军。开元时定制,在府称仓曹参军,在州称司仓参军。各府置仓曹参军一至二人。随曹置府史、掌公廨、度量、庖厨、仓库、租赋、田园、市肆等事。宋开封府亦置仓曹参军,后世不设⑤。王仁裕的长子王傅珪,在宋初任成州军事判官;次子王傅璞宋初任秦州长道县令(治今甘肃西和县长道镇)。战国时每县设令长。秦灭六国后,沿袭旧制,凡县民在万户以上者设令,万户以下者设长,均由朝廷任命,为一县的行政长官。汉武帝时改列侯所食县的令、长为相。王莽改制时,县令、长改称县宰。宋代县令名存实亡,多由京朝官知县事执行其职务,称为知县事。元称县尹,明、清称知县⑥。

从以上世系任职情况可以看出,王仁裕祖辈仕宦和生活的地方在很长一段时间属于陇蜀地域。

---

① 杨孟哲:《位卑而权重:录事参军设置考》,《青海民族大学学报(社会科学版)》,2018年第2期。
② 马强主编:《嘉陵江流域历史地理研究》,科学出版社2016年版,第195页。
③ 王俊良撰:《中国历代国家管理辞典》,吉林人民出版社2002年版,第603页。
④ 张政烺著:《中国古代职官大辞典》,河南人民出版社1990年版,第517页。
⑤ 颜品忠等主编:《中华文化制度辞典》,中国国际广播出版社1998年版,第79页。
⑥ 白竹编著:《中国文化知识精华》(全一本),北京联合出版公司2013年版,第102页。

王仁裕的生平《新旧五代史》均有记载，清人吴任臣《十国春秋》汇集前人观点记载最为翔实，但是其中不乏人云亦云，以讹传讹之内容，需要辨析。《旧五代史》中《周书·列传第八》有载：

> 王仁裕，字德辇，天水人。少孤，不从师训；年二十五，方有意就学。一夕梦剖其肠胃，引西江水以浣之，又睹水中砂石，皆有篆文，因取而吞之。及寤，心意豁然，自是资性绝高。（按：以下有阙文。《舆地纪胜》云：王仁裕知贡举，所取进士三十三人，皆有一时名公卿，李昉、王溥为冠。《旧五代史考异》）王仁裕有诗万余首，勒成百卷，目之曰《西江集》，盖以尝梦吞西江文石，遂以为名焉。后为兵部尚书，太子少保，卒。（亦可见于《册府元龟》卷893。《五代史补》：王尚书仁裕，乾祐初，放一榜二百一十四人，乃自为诗云"二百一十四门生，春风初动羽毛轻，掷金换却无边柱，凿壁偷将榜上名。"陶为尚书，素好诙谐，见诗佯声曰："大奇，大奇，不意王仁裕今日做贼头也。"闻者皆大笑。）（按：《舆地纪胜》：仁裕所著有《紫泥集》《西江集》《入洛记》共百卷。《旧五代史考异》）

仅此百字，包括夹注，透露这位作家的信息有限，需要查证其他史料。欧阳修撰、徐无党注本《新五代史》①在卷57《杂传》里有王仁裕传，对《旧五代史》做进一步补充说：

> （王仁裕）少不知书，以狗马弹射为乐……而为人隽秀，以文辞知名秦陇间，秦帅辟其为秦州节度判官。秦州入于蜀，仁裕因事蜀为中书舍人、翰林学士。唐庄宗平蜀，仁裕事唐，复为秦州节度判官。王思同镇兴元，辟为从事。思同留守西京，以为判官。废帝举兵凤翔，思同战败，废帝得仁裕，闻其名不杀，寘之

---

① 《新五代史》三卷本，中华书局1974年版，第662页。

军中。洎废帝起立，罢职为郎中，历司封左司马郎中、谏议大夫。汉高祖时，复为翰林学士，承旨累迁户部尚书、太子少保。显德三年卒，年七十七，赠太子少师。

仁裕性晓音律，晋高祖初定雅乐，宴群臣于永福殿，奏黄钟，仁裕闻之曰："音不纯肃而无和音，当有争者起于禁中。"已而两军校本升龙门外，声闻于内，以为神。喜为诗……乃集其平生所作诗万余首为百卷，号《西江集》。（省略者与《旧五代史》同）仁裕、和凝于五代皆以文章知名，尝知贡举，仁裕门生王溥，和凝门生范质，皆至载相，时称其得人。

这两段史料所提供的信息要点有四点。

1. 王仁裕父母早亡，幼年为孤儿。到二十岁才开始学习。史料中都有"西江浣肠"和"梦石吞篆"的传说。他所任秦州节度判官，系"唐末五代藩镇属佐，分判仓、兵、骑、胄四曹事，多由藩镇辟置二人，位行军司马下。宋初为选人阶官，改由朝廷除授，选士人充任"①。

2. 通晓音律，擅长文辞，有众多作品集，其中诗数量一万多首。

3. 其仕途坎坷，历经五代，后于显位谢世，时在后周显德三年（956），终年七十七岁。

4. 其文学成就与和凝齐名，为五代文坛代表作家，并且长于奖掖后进、发现新人。

清代吴任臣《十国春秋》多用《新五代史》内容，但也有不少增补：

……后主东巡，仁裕与翰林学士李浩弼等从行，在路酬答吟咏，无有虚日。国亡降唐，历晋、汉……清泰中同幕僚饯朝客于梁苑折柳亭，乐作，仁裕讶之曰："今日必有诤张之事。乐举羽而有宫声，羽水宫土，水土相克，得无忧乎？"少时宴散，范延光引宾客大猎，为奔马所坠……生平作诗满万首，蜀人呼之曰："诗

---

① 张政烺著：《中国古代职官大辞典》，河南人民出版社1990年版，第259页。

窨子。"所著《紫客集》《乘辂集》《西江集》《王氏见闻录》《玉堂闲话》《入洛记》《开元天宝遗事》诸书，传于世；又辑《国风总类》五十卷，时多称道之。

这段史料，对王仁裕的著作情况和当时的文学地位提供了较为详细的说明。但其究竟系秦州何处人，任职与交游情况如何尚不明白。魏明安、王殿君诸先生于20世纪80年代认定王仁裕为"秦州上邽人"[①]，此论甚广，影响延及90年代中后期[②]。但是，一些考古发现提供了史料的新进展。

1980年12月6日由甘肃礼县田野文物管理部门公布的"五代周故少师王仁裕神道碑"[③]（文物编号018D1）以及1986年5月，由该县石桥乡站龙村村民修房时发掘出土的王仁裕墓志，为了解王仁裕生平情况提供了新的证据。王仁裕神道碑在礼县站龙湾坟茔，1993年被列为省级文物保护单位。笔者曾亲临立碑处，该碑通高3.05米，宽1.14米，厚0.4米，碑首拱形顶，上覆六龙盘踞，威武壮观。碑面中间阴刻楷书碑文，右起竖列36行，行71字，共2500余字。碑文由王仁裕门生、后周中书侍郎兼工部尚书、北宋时官至宰相的李昉所撰，时在太平雍熙元年三行郊祀之此月（984年12月）。碑文与墓志铭虽有颂扬和溢美之处，但其提供的史事信息应该是翔实无疑的。原因有二：其一，李昉时为宋太宗之声名显赫的大臣，《旧五代史》称为"一时名公卿"，其才智是可靠的；其二，李昉有诗句曰："长为邑令情终屈，纵处曹郎志未甘。莫学冯唐便休去，明君晚事未为惭。"[④]可知其怀德。

王仁裕为天水人，此说不谬，合于碑铭："公讳仁裕，字德辇，其先太原人，后徙家秦陇，今为天水之人也。"[⑤]他系秦州上邽之说，是由于古代行政区的变迁所造成的。

---

① 见于《甘肃古代作家》，甘肃人民出版社1982年2月版。
② 何国栋、王金寿编：《甘肃古代、近代文学作品选》甘肃人民出版社1994年9月版。
③ 何德未等编：《礼县志》，陕西人民出版社1999年版，第605页。
④ （宋）李昉《寄孟宾予》，《全唐诗》卷738。
⑤ （宋）李昉《周故少师王仁裕神道碑》碑文，《全宋文》《陇右金石录》均有收录，但所本各有错讹。蒲向明著：《玉堂闲话评注》据今存礼县该神道碑实物碑文，参校前述，书后附录并校注，见该书349-354页。

始皇二十六年，秦统一天下，由李斯建议，秦把全国分成三十六郡以后陆续增设至四十郡，是中央辖下的地方行政单位。元封五年（公元前106年）汉武帝督察郡守等地方官，把全国分为十三个监察区域，即十三州部，每州设刺史一人。刺史每年八月巡视所部州郡，"省察治状，黜陟能否，断治冤狱，以六条问事"。①由此延及三国，州辖境一直在郡之上。降至隋初，平均每州管辖不到三郡，每郡只有两县。全国有州达211个，郡508个，县1124个。开皇三年（583），隋依"存要去闲，并小为大"的原则，把州、郡、县三级制，改为郡、县二级制。隋唐时州相当于以前的郡②，郡制虽已消失，但地名称谓被沿用下来，所以，史书称王仁裕为天水人。难怪李昉一面称王仁裕为"今天水之人"，一面又说"以大宋开宝四年三月十八日，秘书力护神柩，归葬于秦州长道县，祔于先茔，成夙志也"。③现在的礼县辖区至"（明）宪宗成化九年（1473），陕西都御史马文升奏请割秦州十九里置县"④，其大部在秦汉时属陇西郡西县，晋至隋，礼县属秦州天水郡始昌县，秦州汉阳郡阳廉县，隋至元属秦州长道县，长道县的地理沿革情况，郦道元《水经注·漾水》记载甚详，而且可靠。所以，礼县从历史沿革上看，隶属秦州时间最长。至于秦州上邽，因古邽山（今凤凰山，位于天水市麦积区凤凰乡）而得名，既未见任何关于王仁裕的历史遗存，也没有其文献资料和口头述说的传承。因此，王仁裕系秦州上邽人之说，或为臆断失察，或为讹传谬误。

总之，定王仁裕为"唐秦州长道县"是最为合理的。王仁裕虽如《五代史》称系天水人，且天水为郡最早，声名最隆，与当时的"三辅"并齐，"其良家子选给羽林，期门以材力为官，名将多出焉"⑤。自隋以后，天水郡名实已亡。而秦州自汉至清，沿革时间最长，长道县从隋至元一直属秦州管辖，王仁裕的生活史时，与此甚符，而且李昉文中亦有载，有历史真实性。

王仁裕一生可分为四个时期。二十八岁前，是其交游和苦读时期（880—

---

① 《汉书·百官公卿表》注引《汉官典职仪》。
② 《古汉语常用字字典》商务印书馆1979年版，第331页"州"字条。
③ 《周故少师王仁裕神道碑》碑文，同前。
④ 明万历本《礼县志》、清康熙《礼县新志》均有记载。
⑤ 《汉书·地理志》。

910）。他早年丧父，"当童幼之年，失怙恃之爱，兄嫂所鞠，至于成人。唐季乱离，关右斯甚，俎豆之事，蔑无闻焉。既乏师友之规，但以畋游为事，少不知书，以狗马弹射为乐"①。因没有严格的家教和师道之训，到二十五岁，略未知书，如若积习以往，王仁裕可能淹没于草莽垄间。"西江浣肠"，使他萌生了苦读的想法。正如渤海房思哲《西江感应》诗所咏："西江汲水涤胃肠，仁裕诗名赫后唐。"②"西江浣肠"之说方志、正史均有记载，大意是说，王仁裕25岁那年夏，他一日去西江祠游玩，在祠外一块石头上睡去，梦见西江神从祠中走出，剖开他的胸腹，以西江水洗涤他的胃肠，又让他看西江两岸碎石，都是篆籀之文。西江神让其在梦中吞之尽饱。到他醒来，"及觉心识开悟"。"因慷慨自励，请受经于季父，诗书一览，有如宿习，凡诸义理，洞究渊微"。史料中的西江祠，即今礼县城东二里的赤土山，俗称"高庙"。西江，即西汉水的礼县城东至江口峡段，流经今碑楼川（汉阳川）王仁裕安居之所。

"西江浣肠"之说带有传奇色彩。《旧五代史》称"由是（仁裕）资性绝高"，《新五代史》云："由是文思益进"，更带有天才论的神秘意味。实际上，"西江浣肠"之梦是王仁裕自悟自立思想的激发点，所以，"心识开悟"，"慷慨自励"，虚心求教，细心钻研，深明事理，达到了"下笔成章，不加点窜"③的学识水平，品德修养"为人俊秀，以辞知名秦陇间"④。其文学成就"著赋二十余首，甚得体物之妙，繇是乡里远近悉推重之"。其交游、求学和苦读，使他接触到丰富的文化传承和河山之秀，不仅充实了他的精神世界，也扩大了他的视野和心胸，但一定的封闭环境，阻碍了他深入生活。这只能是他创作的一个准备期。

王仁裕融入现实，是从第二时期（28岁—41岁）秦州入仕开始的。这是五代离乱之始，因闻其名而起用仁裕的秦州统帅李继崇，系盘踞凤翔、自命歧王的晚唐藩镇割据首领李茂贞的儿子。此前，唐朝于907年新亡，东面的后梁，南面的前蜀，虽政权已立，但武力未至秦州。王仁裕就是在这样的乱世

---

① 《旧五代史·周书十九》。
② 何德未等编：《礼县志·艺文》，陕西人民出版社1999年5月版，第605页。
③ 《周故少师王仁裕神道碑》碑文，同上。
④ 《新五代史》三卷本，中华书局1974年版，第662页。

中被辟入仕的。他在秦州为官情况史载不详,李昉云:"被辟为从事",欧阳修云:"被辟为秦州节度判官",入仕当在908年前后。因为905年"西江浣肠"始读书,"岁余著赋二十余首","乡里远近悉推之"。而乾化元年辛未(911),于麦积山天堂西壁题诗时,显然他已在任上。《题麦积山天堂》在咏物中抒发了他的壮志凌云和政治抱负,"天边为要留名姓,拂石殷勤手自题"。是最早题写麦积山的诗作,有很高的史料价值。他向往秦先人的剽悍进取,崇尚秦人的无拘无束,著有《秦亭篇》。秦始祖在西垂(今礼县、永兴)发迹后[①],逐渐强大起来,周孝王为了和戎,便把秦后裔非子封于秦亭(今张家川县境)。王仁裕据这一历史事实写下名篇,一表进取心迹。

贞明元年(915),蜀主王建军北上攻打秦州,节度使李继崇遣子奉牌印迎降[②],是时,秦、凤、成、阶诸州属蜀。王仁裕在秦州任上,直至辛巳(921)。

王仁裕生活的第三时期(41岁—54岁),是兴元为官的沉浮时期。这个时期,政权更迭、官事变换。辛巳时,他初离秦州东南至兴元(今汉中),任兴元节度判官,从《王氏见闻录》"家于公署,题诗留咏,养猿于堂,人猿断肠"[③]的抒写中可知,兴元时期初,他过着清闲幽僻的生活,这使他有更多的时间和精力从事写作,著作《东南行》《紫泥集》十二卷约成于此时。离家远行,职任寂寥,加上年时不惑,较多的感慨形之于诗文,虽有忧郁伤感之处,"拔宅只知鸡犬在,上天谁信路歧遥;三清辽廓抛尘梦,八景云烟事早朝",但进取锐气未失,"为有故林苍柏健,露华凉叶锁金飙"(《题斗山观》),"当时若放还西楚,尽寸中华未可侵"(《题孤云绝顶淮阴祠》),还有此时作品《放猿》《遇放猿再作》,表现了"物界"与"人境"在心理上的统一与混匀。诗人怜猿黠慧而养育之,又系猿颈红绡题诗以放,他年猿识旧主,和应叫声之中,诗人立马恻然继之,这是怎样的心灵相通、物我合一!蜀后主王衍于癸酉(923)年诏他至成都,虽在三年中连授礼部郎中、中书舍人、翰林学士,但"好文攻诗,偏所案狎,宴游和答,殆无虚日"的现实与他的进取

---

① 李学勤:《探索秦国发祥地》,《中国文物报》1995年2月19日。
② 《通鉴》卷269,《后梁纪四》。
③ 《太平广记》卷241。

理想相悖，他"屡陈谠言，颇进忠节"。在作品《王承休》①中，表现了他对前途的担心和对自己能否施展才学的忧虑。因为内心世界存在冲突，他此间所作甚多，辑《锦江集》，蜀中有"诗窖子"之称。925年冬，他随蜀后主幸秦州，不忘以诗表鉴其仁政思想："盛德安疲俗，仁风扇极边"（《从蜀后主幸秦州上梓潼山》），间或表达重视人才的作用，"庸才安可守，上德始堪衿"（《和蜀后主题剑门》）。他忧思国难，即令见到鸷兽，也要联想到国事："不与大朝除患难，惟余当路食生灵"（《奉诏赴剑州途中鸷兽》）。然而，贤臣并未遇到明君，后唐六万大军压境，蜀后主却要决意游秦州，并非为什么国事，秦州新任判官王承休"妻严氏美，蜀主私焉，锐意欲行，众臣苦谏不听"②。免不了一个腐败政权的覆亡。蜀亡后，王仁裕被后唐降授秦州节度判官，不久，罢职"归汉阳别墅，有终焉之志，著有《归山集》五百首，以见其志"。此间他的闲居生活有如陶潜归隐，怡然自得，"桑梓故里，樽俎上列，归与之乐，适我愿兮"。不料，旧知王思同于930年入朝密奏，他再度被起用，授兴元节度判官，始不就，已而应命。后被潞王李从珂麾下所擒，他以才名免死，委以文翰之职；但他"词正色厉"，笃信与王思同之盟，陈叱潞王不轨，"请获鼎镬，速死为幸"。不料潞王深以为壮，器重于他。《乘辂集》五卷当写于他的侍从生活时期。潞王反愍帝成，号废帝（即末帝）于洛阳。

王仁裕生活的第四时期自934年始，是王仁裕洛阳、开封仕宦时期。他随到洛阳即帝位的潞王，原拟委以重任，但佞人近臣排斥，出为魏博支使，不久改为汴州观察推官，数月后召回洛阳，任尚书都官郎中、翰林学士。936年儿皇帝石敬瑭建立后晋政权，迁都开封，王仁裕在后晋"以本官归班，稍迁左司郎中，历左谏议大夫、给侍中、左散骑常侍"，但"权臣用事，朝政多门"，虽王仁裕"痛纪纲之隳紊、抗章疏以指陈，屡叩天阍，极言时事"，也不能以抔土之能埯洪河之溃。他仕晋期间，"开运元年（944）秋七月辛未朔，晋大赦，改元。晋学士王仁裕来聘，出十伎弹琴以乐之"③。他奉使在荆南王高从诲的筵席上听弹胡琴，作《荆南席上咏胡琴伎二首》，他以深厚的文学和音

---

① 《太平广记》卷241。
② 《通鉴》卷274，《后唐纪三·庄宗同光三年》。
③ 《十国春秋》卷101，《荆南二·世家》。

律功底，对楚乐作了绘声传神的描述："寒鼓白玉声偏婉，暖逼黄莺语白娇"（其一），"玉纤挑落折冰声，散入秋空韵转清"（其二）。由这二首诗可以窥探到诗人于斯世看似平静而内心不平静的心态以及缕缕挥之不去的忧伤。这次出使的途中之作《过平戎谷吊胡翙》一诗，对藩幕书生胡翙因才罹难、举家坑于谷中的悲惨遭遇表示了深切的同情，"风好古木悲常在，雨湿寒莎泪暗流"，也流露了诗人前途未卜的忧虑和隐痛。他的《南行记》一卷、《华夷百题》约创作于这一时期，表述了他对生活的关注，对大自然的热爱。

第二节 王仁裕从秦州兴元而达成都历程

王仁裕在秦州的生活时限和任职如下。青少年时代，多以好闲乐事为主，读书就学在公元905年。《旧五代史》卷128："少孤，不从师训；年二十五，方有意就学。"《新五代史》卷57："少不知书，以狗马弹射为乐，年二十五始就学。"《王仁裕神道碑》云："当童稚之年，失怙恃之爱。兄嫂所鞠，至于成人。唐季乱离，关右斯甚，俎豆之事，蔑无闻焉。既乏师友之规，但以畋游为事。二十有五，略未知书。"王仁裕始读书在唐哀帝天祐二年（905）。但王仁裕在秦州读书"自励""受经"的刻苦和学习水平的提升，超乎常人。《旧五代史》卷128："心意豁然，自是资性绝高。"《王仁裕神道碑》："诗书一览，如有宿习，凡诸义理，洞究玄微。下笔成章，不加点窜。"《新五代史》卷57："为人俊秀，以文辞知名秦陇间。"

王仁裕从"未知书"到"知名秦陇间"，时间在三年左右，继后他进入仕途。《太平广记》卷357引《玉堂闲话》言熊皦曾居庐山师陈沆事。该文作时在后唐清泰二年（935）甚至入晋（936）后，但熊皦《屠龙集》及南唐庐阜处士陈沆史事却发生在后梁太祖开平二年（前蜀高祖武成元年），且不能排除王仁裕补记故事和宋人收录时按例标明官职，即熊皦入后晋拜补阙的情况。故此可以判定，王仁裕初入秦州任职在公元908年。

又，《广记》卷397引《玉堂闲话》："麦积山者……王仁裕时独能登之。乃题诗于天堂西壁上……时唐末辛未年，登此留题。"辛未年（911）为梁乾化元年，秦州时为凤翔李茂贞所有，故仍称唐。他于麦积山天堂西壁题诗时，显然他已在任上。

王仁裕在秦州初任从事，而非节度判官之职。秦州入蜀后至王仁裕入蜀前的8年中，其任职有变化，但情况不确定。李昉《王仁裕神道碑》："秦帅陇西公继崇闻之，以书币之礼，辟为从事。"《新五代史》卷57本传："秦帅辟为秦州节度判官，秦州入于蜀，仁裕因事蜀为中书舍人、翰林学士。"汉时从事为刺史佐官，如别驾、治中、主簿、功曹等皆称从事，而唐末五代纲纪崩隳，地方长官任用僚属即为从事，别称"从事员"。节度判官乃为唐代节度的僚属，唐末乱离，王权衰微，中央行政已丧失任命节度判官职能。如此，王仁裕系秦帅任用属官无误，只是称谓不同。按：李昉逝后11年欧阳修才出生，《王仁裕神道碑》撰文时间早于《新五代史》60余年，且昉为王仁裕门生，其说法应该更可靠：王仁裕秦州初仕为从事。秦州于贞明元年（915）入于蜀，但王仁裕入蜀任职是在前蜀后主乾德五年（923），这八年他的任职史载未确。

王仁裕入蜀的时限在公元923年，初任兴元节度判官，后罢职入蜀都，任尚书礼部郎中、中书舍人、翰林学士。《广记》有载："王仁裕尝从事汉中，家于公署。巴山有采捕者，献猿儿焉。怜其小而慧黠，使人养之，名曰野宾。……于是颈上系红绡一缕，题诗送之曰：……后罢职入蜀，行次幡冢庙前，汉江之壖，有群猿自峭岩中，连臂而下，饮于清流。有巨猿舍群而前，于道畔古木之间，垂身下顾，红绡仿佛而在。从者指之曰：'此野宾也。'……遂继之一篇曰：……"①可知，时在夏秋之季。《王仁裕神道碑》："历伪尚书礼部郎中。"《广记》卷397引《玉堂闲话》："仁裕癸未年入蜀。"卷407引《玉堂闲话》复云："剑门之左峭岩问，有大树，生于石缝之中，大可数围，枝干纯白，皆传曰白檀树。……王仁裕癸未岁入蜀，至其岩下，注目观之。"癸未岁，即后唐庄宗同光元年（923年），是年王仁裕44岁，入蜀都，授礼部郎中。《全宋文》卷46李昉《王仁裕神道碑》："历伪尚书礼部郎中、中书舍人、翰林学士。……蜀后主衍好文工诗，偏所亲狎，宴游和答，殆无虚日。后主昏湎日甚，政教大隳，公屡陈谠言，颇尽忠节。既割席以难救，竟舁棺而纳降。"王

---

① 《太平广记》卷446引《王氏见闻》，见中华书局1961年版。

仁裕入蜀的最后任职是翰林学士。

王仁裕入洛阳的时限在公元926年，后唐时初任秦州节度判官，后曾被罢职归故里。唐废帝时被重新启用，任翰林学士。至后晋、后汉时均任多种高职。新、旧《五代史》所载以及《通鉴》卷274载唐军入蜀，王宗弼背蜀降唐，及衍（27岁）出降事，在后唐庄宗同光三年，即公元925年，王仁裕46岁。是年十月，王仁裕侍从蜀主王衍北幸秦州，一路赋咏唱和。《太平广记》卷241引《王氏见闻录》述此事。十一月，蜀亡。公元926年，六月，仁裕与百官至洛阳。《旧五代史》卷128未载王仁裕入洛阳任职情况，《新五代史》卷57载其入洛阳"唐庄宗平蜀，仁裕事唐，复为秦州节度判官"。《十国春秋》卷44依欧阳修之说，有误。参本年两《五代史》"王衍""徐光博""牛希济"条以及《王思同传》："王思同，幽州人也。……在秦州累年，边民怀惠，华戎宁息。长兴元年。入朝……授右武卫将军。"①则是时秦州节度使为王思同。《新五代史》卷57："王思同镇兴元，辟为从事。思同留守西京，以为判官。废帝举兵凤翔，思同战败，废帝得仁裕，闻其名不杀，置之军中。"《全宋文》卷46李昉《王仁裕神道碑》："蜀亡，入朝授雄武军节度判官。桑梓故里，樽俎上列，归与之乐，适我愿兮。罢职，归汉阳别墅，有终焉之志。"自废帝起事，至其入立，驰檄诸镇，诏书、告命皆仁裕为之。久之，以都官郎中充翰林学士。晋高祖入立，罢职为郎中，历司封左司郎中、谏议大夫。汉高祖时，复为翰林学士承旨，累迁户部尚书，罢为兵部尚书、太子少保。

王仁裕的青少年时代，史载有"西江浣肠"之说，带有很浓郁的传奇色彩，但详细考察，应是人生成长的幡然开悟现象。"西江"为西汉水上源（今天水镇至礼县洮坪段）在南北朝后当地的称谓。郦道元《水经注》卷20《漾水》未有"西江"之称。元张仲舒《建西江庙记》称："当陇蜀之冲，有水名西汉，亦原蟠冢而出，至天水郡下曰：'西江'，大神居之。""西江浣肠"之说，《旧五代史》卷128本传、《新五代史》卷57本传都有载述，《十国春秋》沿袭欧阳修之说，都意在标明三点：梦洗肠胃，才智突显，百卷《西江集》因之以号，总归为神力。《王仁裕神道碑》所载有异："因梦开腹浣肠，复睹西江碎石，皆

---

① 《旧五代史》卷65《王思同传》。

有文字，梦中取而吞之。及觉，心识开悟。"点明此梦对他幡然开悟的作用。

元、明人不仅附会这种"神赋天才"的说法，而且把其归为佳运和吉兆。元张仲舒《建西江庙记》载："有唐之季年，翰林王公仁裕，实生其间。既弱冠，梦神剖其肠胃，倒西江之水浇之，中沙石皆篆文，勉取而吞之，自是文章焕发。"①《幼学琼林》卷四"文事"篇云："汉晁错多智，景帝号为智囊；唐仁裕多诗，时人谓之诗窖。""鸟兽"篇曰："鲋鱼困涸辙，难待西江水，比人之甚窘；蛟龙得云雨，终非池中物，比人大有为。"明陈士元《梦占逸旨》卷四比吉兆宋郑獬梦沐浴、孙赟明梦洗温泉事后，更列王仁裕梦涤肠胃说："梦浣西江之水，则进佳文得大位。"明人渤海房思哲《西江感应》诗句"西江汲水涤胃肠，仁裕诗名赫后唐"②带有因果意义。"西江浣肠"之说有着浓厚的地方传奇色彩，文人杜撰的成分很大。《王仁裕神道碑》铭云："因慷慨自厉，请受经于季父。诗书一览，有如宿习，凡诸义理，洞究渊微，下笔成章，不加点窜。岁余著赋二十余首，甚得体物之妙。繇是乡里远近，悉推重之。"据此可知"西江浣肠"说，乃为王仁裕顿悟人事之诱发，一改《新五代史》云"少不知书，以狗马弹射为乐"恶习，因之自励、洞究和体物，得入仕契机。

王仁裕籍贯，主流说为"天水人"，另有"秦州上邽人""秦州长道人"和"西和州人"说三种。新、旧《五代史》均作"天水人"。《说郛》《十国春秋》《全唐诗》《四库全书》《永乐大典》均采此说。《王仁裕神道碑》作"其先太原人，后徙家秦陇，今为天水之人也"。《王仁裕墓志铭》作"其先太原人，后世徙家秦陇，今为天水人也"。天水为郡，始名汉武帝元鼎三年（前114），三国魏文帝黄初元年（220），分陇右置秦州，始有秦州之名。三国至隋，州辖境一直在郡之上，秦州辖天水郡。隋唐时，实行州县二级制，天水郡名实已亡。北宋时复置天水郡，辖区多同于前，宋人王仁裕"今为天水人""天水人"之说，乃宋时实地所指，并非晚唐五代史实，明清学人不察宋说错讹，沿用为习。王仁裕籍贯史实确指为"唐秦州人"。魏明安、王殿君20世纪80年代认定王仁裕为"秦州上邽人"③，此论影响甚广，但慎察仅为臆说，源于唐

---

① 该碑现存甘肃礼县石桥清水沟村西江庙，至元五年镌刻。
② 见清乾隆本方嘉发修撰：《礼县志·艺文》。
③ 见李鼎文、林家英等编：《甘肃古代作家》，甘肃人民出版社1982年版。

末秦州治上邽县（今秦州区）的错判。李昉《王仁裕神道碑》云："归葬于秦州长道县，祔于先茔，成夙志也。"言明其先人籍秦州长道县，为宋时天水郡地。故何德未《礼县志》（陕西人民出版社1999年版）作"秦州长道人"，应准确地说，王仁裕为"唐秦州长道人"。今人王克明等主张王仁裕"西和人"说，言今西和南柳村有《王仁裕墓碑》，并非空穴来风，《册府元龟》卷897《改过》有云"王仁裕，字德辇，天水人，生于秦州白石镇"，不知所据为何？《四库全书》录《舆地碑记目》卷4："西和州《王仁裕墓碑》"云者，系南宋人王象之（1163—1227）《舆地纪胜》宋刻本，明人将其中的《碑记》辑为《舆地碑记》而成。关于西和州，欧阳修《新唐书》志27地理1云："武德二年（619）析延川（属今陕北）以县置西和州，并置修文、桑原二县，贞观二年州废。"显然此与王仁裕并无关。又《续资治通鉴》卷126载：绍兴十四年（1144）三月，改岷州为西和州，与阶、成、凤州皆隶利州路，后移治白石（今西和县城）。《金史》卷113云："承安二年（1329）四月，复败宋兵，至鸡公山，遂拔西和州。"据此，《舆地碑记目》"西和州《王仁裕墓碑》"为南宋人时称，远在李昉碑文、薛史、欧阳史之后，可靠程度存疑。传南柳村今存《王仁裕墓碑》，待考。

王仁裕一生享年77岁，据史料，他一生之中早期主要的活动范围是在陇蜀（今天水、陇南、汉中及成都），这个地区都是当时中国政治经济核心区的边缘。而他人生的后半期则是从陇蜀（成都经汉中）到长安，再到洛阳和开封，这三个都市是中国中古时期的三大都市。他曾两次出使，一次是南行到广东，一次是北行到契丹，因此，他一生的活动范围除了在长江及黄河流域广大地域外，还在北至大漠，南至于海的地区留下了足迹，旅行之广在中国同代文人中鲜见。王仁裕交游广阔，少年落拓不羁。前有所述，不赘。入后唐，仁裕交游声威渐高。《太平广记》卷204引《玉堂闲话》："后唐清泰之初，王仁裕从事梁苑，时范公延光师之。"时范延光为汴州节度使。《王仁裕神道碑》载："改汴州观察判官，数月，征拜尚书都官郎中，召入翰林充学士，旌前劳也。"《太平广记》卷314引《玉堂闲话》："乙未岁，契丹据河朔，晋师拒于澶渊，天下骚然，疲于战伐。翰林学士王仁裕，奉使冯翊，路由于郑，过仆射陂。"《郡斋读书志》卷2下录《南行记》3卷，云："晋天福三年，仁裕被命使高季兴，记自汴至荆南，道途赋咏及饮宴酬唱殆百余篇。"①《诗话总龟》前集卷22引《杂咏》："王仁裕使荆诸，从海出十妓弹胡琴。仁裕有诗美之。"②又，宋王举《天下大定录》载王仁裕诗云"秋空"，则出使是秋。《十国春秋》卷101记此事于开运元年（944），误。

花甲之年，王仁裕宴乐出众。《五代会要》卷6《论乐》上："晋天福五年七月……宴群臣于永福殿，奏黄钟之乐。司封郎中王仁裕曰：'音不纯肃，声不和展，其将有争者。'或问之：'奚知其然？'对曰：'夫有天地辰宿……'"③文繁不录。王仁裕年近古稀，已为翰林学士承旨、户部侍郎。春，知贡举，擢王溥等登第，与诸门生会饮赋诗，时称得人。《五代史补》有"王仁裕贼头"条："王尚书仁裕，乾祐初放一榜二百一十四人，乃自为诗云：'二百一十四门生，春风初动羽毛轻。掷金换却天边桂，凿壁偷将榜上名。'陶穀为尚书，素好谈论，见诗佯声曰：'大奇大奇，不意王仁裕今日做贼头也。'闻者皆大笑。"④《石林诗话》对此有所增补云："五代王仁裕知贡举，王丞相溥为状元，时年二十六。溥初拜相，仁裕犹致仕无恙，尝以诗贺溥。溥在位，每休沐必诣仁裕，从容终日。我亦忝点检试卷官。邓、范不惟及见其登庸，可以继仁裕，且同在政府，则仁裕所不及也。年过古稀，创作为乐。"⑤

年过古稀，仁裕交游入佳境。《宋朝事实类苑》："王公终于太子太保，七十后精力不衰。每天气和暖，必乘小驷，从三四老苍头，携照袋，以皮为之，四方有盖，其中可容一斗以来，中贮笔砚、韵略、刀子、砺石、笺纸数十幅，并小乐器之类，后别置游春盛随事，备酒炙三五人之具，门生在京者多侍行。每出郊野，遇有圆亭及竹树之处，必赏燕终日，赋诗，品小管色，

---

① （宋）晁公武：《郡斋读书志》卷二下录《南行记》三卷附注，见《郡斋读书志校证》，上海古籍出版社1990年版。
② （宋）阮阅：《诗话总龟》通行本，上海书店据《四部丛刊》初编明月窗道人本影印，1997年版。
③ （宋）王溥：《五代会要》，上海古籍出版社，1978年版。
④ （宋）陶岳：《五代史补》卷四，见《四库全书》光盘版，武汉大学出版社1997年版。
⑤ （宋）叶梦得：《石林诗话》卷下，见《石林诗话校注》，人民文学出版社2011年版。

尽欢醉而归。"①北宋丁谓的《谈录》："仁裕知贡举，时已年高。有数子皆早亡，诸孙并幼。一日，生徒毕集，出诗笺曰：《示诸门生》。"②这段记载，说明了王仁裕的儿子，曾任成州军事判官的王传珪和秦州长道县令的王传璞早逝于父亲的情况，对为什么王仁裕寝疾十八年后，在宋开宝七年（974）才归葬长道县汉阳里、并迁两个夫人合祔等做了一个历史性的解释。

947年2月，后晋为后汉所灭。后汉刘知远"有天下之逾月，拜公（王仁裕）尚书户部侍郎、永纪学士承旨。明年（948）带内署知贡举"。王仁裕掌贡围时，发现和提拔了一大批人才，如《旧五代史考异》引《舆地纪胜》云："王仁裕知贡举时，所取进士三十三人，皆一时名公卿，李昉王溥为冠。"此后，转任户部尚书，学士承旨的职位未变。他七十岁时，因病老闲职，生活半官半隐闲适自在，"每天气和暖，必乘三驷，从三四老苍头，携照袋，中贮笔砚，《韵略》，刀子、砺石、笺纸数十格并小乐器之属，备酒至三五人之具，门生侍行，出郊野，过园亭，有竹树处，燕堂终日，赋诗品小管，尽醉而归"③。李昉在《周故少师王仁裕神道碑》中有类似记述。由此可以知道，在闲情逸致之余，其创作活动一直在继续。951年郭威建后周，王仁裕进位太子少保，仍如以前闲逸自适，诗作中浸淫着内心的孤寂和慎独，流露着年岁已暮的人生感慨。《贺王溥为相》《与诸门生会饮繁台赋》《示诸门生》显示出后继有人的愉悦、庆慰场面的欣喜，但遍漫诗篇的隐忧、感伤又是拂之不去，"烂

---

① 见（宋）江少虞《宋朝事实类苑》（上册）卷第三十九"登吹台诗"条，上海古籍出版社1981年版。此段文字亦见于多种宋人笔记，内容多不相同。如学界近年在韩国发现的佚名撰：《唐宋分门名贤诗话》一书云："王公终于太子少保，七十后精力犹不衰。每天气和暖，必乘小驷。门生有在京者多侍行，遇有园亭竹树之处，必燕赏终日，欢醉而归。暮春，与门生五六人，登繁台饮酒题诗，抵夜方散。有诗云：'柳阴如雾絮成堆，又引生上吹台。淑景即随风雨去，芳樽宜命管弦嶉。谩夸列鼎鸣钟贵，宁免朝乌夜兔催。烂醉也须请一首，不能空放马头回。'其天才纵逸，风韵闲适，皆此类也。（此则出《先公谈录》，《类苑》卷三十九引）"据此可知，至少有《先公谈录》《类苑》《宋朝事实类苑》和《唐宋分门名贤诗话》数种笔记诗话记载了表现王仁诗歌创作闲适、优雅、勤奋而执着的精神状态。《唐宋分门名贤诗话》撰者不详，郭绍虞先生《宋诗话考》下卷谓此书已佚，实则流传海外。韩国奎章阁藏有朝鲜时代版本，韩国忠南大学校赵钟业教授曾于书肆购得一本，收作《韩国诗话丛编》附录。参阅金英兰《关于〈唐宋分门名贤诗话〉的几个问题》，载《文学遗产》1998年第6期。

② 《谈录》即《丁晋公谈录》，《四库全书总目提要》记载，《谈录》并非丁谓所撰，其实是由其外甥或余党对丁氏谈话的追述，此处所引见《四库全书》光盘版。

③ 《十国春秋》卷115，《拾遗》。

醉也须诗一首，不能空放马头回"(《会饮繁台赋》)；"衰翁渐老儿孙小，异日谁知略有情"(《示诸门生》)。其晚年饮酒唱和的诗歌作品，多收于《紫阁集》，但已有"紫阁气沉沉，先生住处深"，"紫阁黄扉柏府开，安危须仗出群材"的深厚城府氛围。五代时期杂事小说集的代表——笔记小说《玉堂闲话》，即写成于这个时期。原书散佚，内容多见于《太平广记》。《玉堂闲话》属杂史琐闻性质，文字简洁，题材广泛，内容很杂，广泛涉及晚唐和"五代十国"的政治、经济及社会、自然现象。原书已佚，据《太平广记》所采，至少在160篇以上。有些作品情节详尽曲折，如《灌园婴女》《刘崇龟》等，还留有唐人小说的遗风。《玉堂闲话》记事虽然比较简略，但对后世小说的影响却不小，曾为拟话本小说提供了素材。如《裴度》即《古今小说》卷九《裴晋公义还原配》的本事，《葛周》即《古今小说》卷六《葛令公生遗弄珠儿》的本事。而《麦积山》等篇章，则显现出想象奇特、融情入景的特征，其文学和史料价值不可磨灭。

后周显德三年（956）七月，几乎是伴随着五代的结束、宋的统一（960），王仁裕病逝于开封，诏赠太子少师，灵柩暂厝开封县，十六年后嫡孙秘书郎王永锡护枢归葬故里长道汉阳川，时在北宋开宝四年（971年）三月十八日。又过了十三年即雍熙元年（984年），王永锡忧其祖父"龟趺之制未表于长阡，虑陵谷之变革，致声尘之销歇"，以祖父之"行状"请时声名正隆的李昉撰《神道碑铭》"感绛帐之旧恩"，"稽首抽毫而叙"，碑历经两年余刻竣，这是留给后世的佐证。

第三节　王仁裕在唐末五代陇蜀生活年谱

王仁裕在唐末五代陇蜀地域的生活，可依照史料排出一个系统性的年谱。首先看他罢官居长道县汉阳里别墅前在陇蜀的生活。

880年（唐僖宗广明元年）王仁裕出生，籍在秦州长道县汉阳里。①《旧五

---

① 汉阳里，即今甘肃省礼县石桥镇斩龙村，原属天水市辖区，1985年划归陇南地区，现属陇南市。

代史》卷128、《新五代史》卷57、《十国春秋》卷44有传。《全宋文》卷46李昉《王仁裕神道碑》云："公讳仁裕，字德辇，其先太原人，后世徙家秦陇，今为天水人也。"今礼县石桥镇有"王仁裕神道碑"，属省级文物保护单位，县博物馆存"王仁裕墓志铭"县级文物。

881年（唐僖宗中和元年）至904年（唐哀帝天祐元年）王仁裕1岁至25岁，因所居之地战乱频繁、年少失亲等原因，耽于玩乐，不知诗书。《旧五代史》卷128："少孤，不从师训；年二十五，方有意就学。"《新五代史》卷57："少不知书，以狗马弹射为乐，年二十五始就学。"《全宋文》卷46李昉《王仁裕神道碑》云："当童稚之年，失怙恃之爱。兄嫂所鞠，至于成人。唐季乱离，关右斯甚，俎豆之事，蔑无闻焉。既乏师友之规，但以畋游为事。二十有五，略未知书。"

905年（唐哀帝天祐二年）王仁裕26岁，处于初学阶段，有"西江浣肠"之说，学识遂大进。《旧五代史》卷128："一夕梦剖其肠胃，引西江水以浣之，又睹水中砂石，皆有篆文，因取而吞之。及寤，心意豁然，自是资性绝高。"《王仁裕神道碑》："因梦开腹浣肠，复睹西江碎石，皆有文字，梦中取而吞之。及觉，心识开悟，因慷慨自厉，请受经于季父。"

906年（唐哀帝天祐三年）王仁裕27岁，学业大进，享誉秦陇。《新五代史》卷57："为人俊秀，以文辞知名秦、陇间。"《全宋文》卷46《王仁裕神道碑》："诗书一览，如有宿习，凡诸义理，洞究玄微。下笔成章，不加点窜。岁余著赋二十余首，甚得体物之妙。由是乡里远近，悉推重之。"

907年（后梁太祖开平元年）王仁裕28岁，居秦州，任秦州节度判官职。仍然以文辞名秦陇。

908年（后梁太祖开平二年，前蜀高祖武成元年）王仁裕29岁，记熊皦隐居庐山事。《太平广记》卷357引《玉堂闲话》："补阙熊皦云，庐山有上霄峰者，去平地七百仞，上有古迹，云是夏禹治水之时，泊船之所，凿石为窍，以系缆焉。磨崖为碑，皆科斗文字，隐隐可见。则知大禹之功，与天地不朽矣。"此可证皦确曾居庐山师事陈沆。

909年（后梁太祖开平三年，前蜀高祖武成二年）至911年（后梁太祖乾化元年，前蜀高祖永平元年）王仁裕30岁至32岁，仍为秦州节度判官。本年有《玉堂闲话》文《麦积山》，为今天水麦积山石窟较早较完整的资料，学术价值很高；并有诗题于秦州麦积山天堂石壁。《太平广记》卷397引《玉堂闲话》："麦积山者……自此室之上，更有一龛，谓之天堂。空中倚一独梯，攀缘而上。至此，则万中无一人敢登者……王仁裕时独能登之。乃题诗于天堂西壁上曰：'蹑尽悬空万仞梯，等闲身共白云齐。檐前下视群山小，堂上平分落日低。绝顶路危人少列，古岩松健鹤频栖。天边为要留名姓，拂石殷勤手自题。'时前唐末辛未年，登此留题。"辛未年为梁乾化元年，秦州时为凤翔李茂贞所有，故仍称唐。李昉《王仁裕神道碑》："秦帅陇西公继崇闻之，以书币之礼，辟为从事。"《新五代史》卷57本传："秦帅辟为秦州节度判官，秦州入于蜀，仁裕因事蜀为中书舍人、翰林学士。"按：秦州于贞明元年（915）入蜀，据其读书和早期创作情况推算，仁裕为秦州判官，约始于本年前后。

912年（后梁太祖乾化二年，前蜀高祖永平二年）至915年（后梁末帝贞明元年，前蜀高祖永平五年）王仁裕33岁至36岁，为凤翔秦州节度判官。十一月，秦州入于蜀，仁裕历佐蜀藩镇。

916年（后梁末帝贞明二年，前蜀高祖通正元年）至920年（后梁末帝贞明六年，前蜀后主乾德二年）王仁裕37岁至41岁。李昉《王仁裕神道碑》："寻属王氏僭窃，奄有两川，陇右封疆，遂成睽隔。公因兹入蜀，连佐大藩。"《新五代史》卷57本传："秦州入于蜀，仁裕因事蜀为中书舍人、翰林学士。"据《王仁裕神道碑》，仁裕并未即至蜀都任职，而是历佐蜀藩镇，《新五代史》所载未确。

921年（后梁末帝龙德元年，前蜀后主乾德三年）王仁裕42岁，仕蜀为兴元节度判官，有诗题斗山观。《太平广记》卷397引《玉堂闲话》："兴元有斗山观……仁裕辛巳岁，于斯为节度判官，尝以片板题诗于观曰：'霞衣欲举醉陶陶，不觉全家住绛霄。拔宅只知鸡犬在，上天谁信路岐遥。三清辽廓抛尘梦，八景云烟事早朝。为有故林苍柏健，露华凉叶锁金飚。'"创作虽有娱乐消遣走向，但还是重于追求真情抒发，不乏细美深广。①

922年（后梁末帝龙德二年，前蜀后主乾德四年）王仁裕43岁。二月，

---

① 罗宗强：《隋唐五代文学思想史》，中华书局1999年版，第395页。

试制科，蒲禹卿对策切直，擢为右补阙。四月，蜀主王衍夺军使王承纲女，女自杀。事见《蜀梼杌》卷上。

923年（后唐庄宗同光元年，前蜀后主乾德五年）至924年（后唐庄宗同光二年，前蜀后主乾德六年），王仁裕44岁至45岁，罢兴元节度判官，入蜀都，授礼部郎中。李昉《王仁裕神道碑》："历伪尚书礼部郎中。"《太平广记》卷397引《玉堂闲话》："仁裕癸未年入蜀。"卷407引《玉堂闲话》复云："剑门之左峭岩间，有大树，生于石缝之中，大可数围，枝干纯白，皆传曰白檀树。……王仁裕癸未岁入蜀，至其岩下，注目观之。"癸未岁即本年。同书卷446引《王氏见闻》："王仁裕尝从事汉中，家于公署。巴山有采捕者，献猿儿焉。怜其小而慧黠，使人养之，名曰野宾。……"则仁裕至本年始罢兴元节度判官职，入蜀都任礼部郎中。

925年（后唐庄宗同光三年，前蜀后主咸康元年）王仁裕46岁，为蜀中书舍人、翰林学士。十月，侍从蜀主王衍北幸秦州，一路赋咏唱和。十一月，蜀亡，仁裕随衍降唐。李昉《王仁裕神道碑》："历伪尚书礼部郎中、中书舍人、翰林学士。……蜀后主好文工诗，偏所亲狎，宴游和答，殆无虚日。后主昏湎日甚，政教大隳，公屡陈谠言，颇尽忠节。既割席以难救，竟舁棺而纳降。"①

926年（后唐明宗天成元年）王仁裕47岁，随王衍赴洛。六月，仁裕与百官至洛阳，授秦州节度判官。至秦州，撰《入洛记》1卷，纪入洛途中事并其所著诗赋。李昉《王仁裕神道碑》："蜀亡，入朝授雄武军节度判官。桑梓故里，樽俎上列，归与之乐，适我愿兮。"《郡斋读书志》卷2录《入洛记》一卷，云："右蜀王仁裕随王衍降入洛阳，记往返途中事并其所著诗赋。"

927年（后唐明宗天成二年）至929年（后唐明宗天成四年）王仁裕48岁至50岁，任后唐秦州节度判官。

930年（后唐明宗长兴元年）王仁裕51岁，罢秦州节度判官职，居汉阳别墅，著《归山集》500首。李昉《王仁裕神道碑》云："职罢，归汉阳别墅，

---

① 《太平广记》卷241引《王氏见闻录·王承休》详记有王仁裕随主行秦州事，蜀主王衍骄傲自满，军事上浅薄无能。唐军入蜀，王宗弼背蜀降唐，及衍（二十七岁）出降事，详见《通鉴》卷274。

有终焉之志，著《归山集》五百首以见其志。"《旧五代史》卷65《王思同传》："长兴元年，入朝，见于中兴殿。明宗问秦州边事……授右武卫将军。八月，授西南面行营马步都虞候。"王思同于本年罢秦州节度入朝，仁裕罢节度判官，亦当在是时。《旧五代史》卷65《王思同传》："王思同，幽州人也。……性疏俊，粗有文，性喜为诗什，与人唱和，自称蓟门战客。……明宗在军时，素知之，即位后，用为同州节度使，未几，移镇陇右。恩同好文士，无贤不肖，必馆接贿遗，岁费数十万。在秦州累年，边民怀惠，华戎宁息。长兴元年。入朝……授右武卫将军。"则是时秦州节度使为王思同。按：《归山集》，今不存，史籍亦只零星著录。

其次是王仁裕任职兴元至充翰林学士期间在陇蜀的生活。

931年（后唐明宗长兴二年）王仁裕52岁，仍居汉阳别墅。三月，为兴元节度使王思同辟为从事，有诗。李昉《王仁裕神道碑》："无何，南梁主帅王公思同以旧知之故，逼而起之，密奏授兴元节度判官。不获已而受命，非其志也。"《太平广记》卷397引《玉堂闲话》："兴元之南，有大竹路，通于巴州。……淮阴侯庙在焉。昔汉祖不用韩信，信遁归西楚，萧相国迫之，及于兹山，故立庙貌。王仁裕尝佐褒梁师（疑为帅）王思同，南伐巴人，往返登陟，亦留题于淮阴祠。诗曰：'一握寒天古木深，路人犹说汉淮阴。孤云不掩兴亡策，两角曾悬去住心。不是冤旒轻布素，岂劳丞相远追寻。当时若放还西楚，尺寸中华未可侵。'"按《旧五代史》卷42《明宗纪》：长兴二年三月，"以西京留守、权知兴元军府事王思同为山南西道节度使，充西面行营马步军都虞候"。

932年（后唐明宗长兴三年）王仁裕53岁，仍为王思同兴元节度判官。八月，思同拜京兆尹兼西京留守，仁裕复为其判官。《新五代史》卷57本传："思同留守西京，以为判官。"《旧五代史》卷65《王思同传》："（长兴）三年……八月，复为京兆尹兼西京留守。"

933年（后唐明宗长兴四年）王仁裕54岁，仍为王思同西京留守判官。近两年间，撰《开元天宝遗事》四卷，并有诗题杜光寺。《郡斋读书志》卷2下录《开元天宝遗事》四卷，云："右汉王仁裕撰。……蜀亡，仁裕至镐京，采摭民言，得开元天宝遗事一百五十九条。"按：天成元年（926）蜀亡后，仁裕随王衍及蜀百官赴洛，曾在长安羁留数月，但其时王衍一族被诛，唐内部亦正混战，蜀诸降官前途莫卜，又在监禁之中，不可能有闲致作此书。而下年二月潞王叛，仁裕随王思同复卷入混战。故采摭民言及编撰成书，当在上年至本年间。①《全唐诗补编·续拾》卷42录仁裕《长兴中题杜光寺》，亦当上年至本年间作于长安。

934年（后唐闵帝长应顺元年）王仁裕55岁，仍为王思同西京留守判官。二月，思同为西面行营马步军都部署，仁裕仍为其判官。三月，思同率诸军与潞王李从珂战，败死。潞王得仁裕，置于军中。仁裕随潞王入洛，沿路书诏，皆出其手。四月，出为魏博支使，改汴州观察判官。②《太平广记》卷204引《玉堂闲话》："后唐清泰之初，王仁裕从事梁苑。"按：王思同，《全唐诗补编·续拾》卷41收其诗断句二。

935年（后唐末帝清泰二年）王仁裕56岁，仍为汴州观察判官，节度使范延光师之。后以延光荐，召为都官郎中，充翰林学士。夏秋后，曾出使冯翊。《太平广记》卷204引《玉堂闲话》："后唐清泰之初，王仁裕从事梁苑，时范公延光师之。"《旧五代史》卷四七：清泰二年二月，"以枢密使、天雄军节度使范延光为检校太师兼中书令，充汴州节度使"。李昉《王仁裕神道碑》云："改汴州观察判官，数月，征拜尚书都官郎中，召入翰林充学士，旌前劳也。"《册府元龟》卷550"选任"："清泰中，范延光言其不可滞于宾佐，末帝亦知其才，乃召为司封员外郎、知制诰、翰林学士。"兹从《王仁裕神道碑》。《太平广记》卷314引《玉堂闲话》："乙未岁，契丹据河朔，晋师拒于澶渊，天下骚然，疲于战伐。翰林学士王仁裕，奉使冯翊，路由于郑，过仆射陂。"是岁乙未，五月，契丹寇新州（今河北涿鹿）、振武（今山西朔县）、应州（今山西应县）；六月，石敬瑭广储军粮，潜蓄异志，见《通鉴》卷279。仁裕出使，当在夏秋后。

---

① 参见傅璇琮、徐海荣、徐吉军等：《五代史书汇编》，杭州出版社2004年版。
② 王思同事，见《通鉴》卷279。李昉《王仁裕神道碑》："潞王素闻公名，喜见公，而文翰之职一以委之。公自陈曰：'府主渝盟，臣所赞也，请就鼎镬，速死为幸。'词直色厉，潞王壮之，载以后车，俾随玉辂，教令诏诰，咸出手。安慰京邑，先行榜谕，倚马吮笔，顷刻而成。潞王览之，大称厥旨。及即帝位，方将升玉堂之深严，备宣室之顾问，旋为近臣排斥，出为魏博支使，改汴州观察判官。"

在后晋、后汉、后周时期,他生活的地域超出了陇蜀,但对陇蜀故地的文化影响却日益增大:

936年(后晋高祖天福元年)王仁裕57岁,仍为都官郎中、翰林学士。十一月,唐亡,晋高祖石敬瑭入洛阳,仁裕罢学士,以本官归班。《太平广记》卷203引《玉堂闲话》:"丙申年春,翰林学士王仁裕夜直。"李昉《王仁裕神道碑》:"晋祚初改,以本官归班。"

937年(后晋高祖天福二年)王仁裕58岁,任都官郎中。时杨凝式65岁,九月,授晋检校兵部尚书、太子宾客。和凝40岁,为晋翰林学士、礼部侍郎。六月,拜端明殿学士。

938年(后晋高祖天福三年)王仁裕59岁,仍为都官郎中。秋,奉使荆南,一路赋咏。至江陵,高从诲出妓弹胡琴,仁裕有诗美之。归,编《南行记》三卷,收出使途中赋咏及饮宴酬唱诗百余篇。《郡斋读书志》卷2下录《南行记》三卷,云:"右王仁裕撰。晋天福三年,仁裕被命使高季兴,记自汴至荆南,道途赋咏及饮宴酬唱殆百余篇。"①《十国春秋》卷101系此事于开运元年(944),误。

939年(后晋高祖天福四年)王仁裕60岁,任都官郎中。冯道58岁,二月,自契丹使还至京师,有诗。仍为晋相。八月,封鲁国公,当时宠遇,群臣无与为比。和凝42岁,仍为晋端明殿学士、户部侍郎。四月,改翰林学士承旨。八月,奉诏撰《调元历序》。

940年(后晋高祖天福五年)王仁裕61岁,已为司封郎中。七月,有论乐语。《五代会要》卷6《论乐》上云:"晋天福五年七月……宴群臣于永福殿,奏黄钟之乐。司封郎中王仁裕曰:'音不纯肃,声不和展,其将有争者。'或问之:'奚知其然?'对曰:'夫有天地辰宿……'俄而有军校斗殴于升龙门外,厉声称反,有司执之以闻。人以为神。"李昉《王仁裕神道碑》:"稍迁左司郎中。"

---

① 《诗话总龟》前集卷22引《杂咏(一本作谈)》:"王仁裕使荆诸,从诲出十妓弹胡琴。仁裕有诗美之"又云:"《天下大定录》载王仁裕两篇. 一篇已载于此,今录所遗一篇云:'玉纤挑落断冰声,散入秋空韵转清。三五指中匀塞雁,十三弦上啭春莺。谱从陶室偷将妙,曲向秦楼写得成。无限细腰宫里女,就中偏惬楚王情。'"按:从诲在位,《杂咏》所载是。后诗云"秋空",则出使是秋。参见吴在庆、傅璇琮:《唐五代文学编年史(晚唐卷)》,辽海出版社1998年版。

941年（后晋高祖天福六年）至942年（后晋出帝天福七年）王仁裕62岁至63岁，仍为司封郎中。

943年（后晋出帝天福八年）王仁裕64岁，为左司郎中。三月，迁右谏议大夫。《旧五代史》卷81：天福八年二月，"左司郎中王仁裕为右谏议大夫"。

944年（后晋出帝开运元年）王仁裕65岁，仍为左司郎中、右谏议大夫。六月，拜给事中。《旧五代史》卷82：开运元年六月，"以右谏议大夫王仁裕为给事中"。本年孟宾于、李昉等十三人登进士第。礼部侍郎符蒙知贡举。

945（后晋出帝开运二年）年至947年（后汉高祖天福十二年）王仁裕66岁至68岁，仍为给事中，五月，迁左散骑常侍。《旧五代史》卷84：天运二年五月，"以给事中王仁裕为左散骑常侍"。和凝四十八岁，仍为晋相。八月，罢守右仆射。冯延巳四十三岁，自户部侍郎、翰林学士承旨进中书侍郎。事载陆游《南唐书》卷11。两年后，汉高祖入汴，拜仁裕户部侍郎，充翰林学士承旨。《旧五代史》卷100：天福十二年六月，"以左散骑常侍王仁裕为户部侍郎，充翰林学士承旨"。

948年（后汉高祖乾祐元年）王仁裕69岁，仍为翰林学士承旨、户部侍郎。春，知贡举，擢王溥等登第，与诸门生会饮赋诗，时称得人。四月，拜户部尚书。《新五代史》卷57本传："仁裕与和凝于五代时皆以文章知名，又尝知贡举，仁裕门生王溥，凝门生范质，皆至宰相，时称其得人。"宋叶梦得《石林诗话》（卷下）："五代王仁裕知贡举，王丞相溥为状元，时年二十六。溥初拜相，仁裕犹致仕无恙，尝以诗贺溥。溥在位，每休沐必诣仁裕，从容终日。今王丞相将明、霍侍郎端友榜南省奏名时，知举四人，安枢密处厚、刘尚书彦修，与今邓枢密子常、范右丞谦叔。我亦忝点检试卷官。邓、范不惟及见其登庸，可以继仁裕，且同在政府，则仁裕所不及也。"《宋史》卷265本传："汉乾祐举进士，为秘书郎。"《全宋文》卷46·李昉《王仁裕神道碑》："昔公之滨贡闱也，中进士第者凡二十有三人……小子固陋，亦须搜罗。"王仁裕本年知举。《通鉴》卷288：乾祐元年十一月，"秘书郎真定李昉诣陶穀"。《五代史补》卷4"王仁裕贼头"条："王尚书仁裕，乾祐初放一榜二百一十四人，乃自为诗云：'二百一十四门生，春风初动羽毛轻。掷金换却天边桂，凿壁偷将榜上名。'陶穀为尚书，素好谈论，见诗佯声曰：'大奇大奇，不意王仁裕今日做贼头也。'闻者皆大笑。"①《旧五代史》卷101：乾祐元年四月，"以翰林学士承旨、户部侍郎王仁裕为户部尚书"。

949年（后汉隐帝乾祐二年）王仁裕70岁，仍为翰林学士承旨、户部尚书。本年，撰《玉堂闲话》10卷。《太平广记》卷203引《玉堂闲话》："丙申年春，翰林学士王仁裕夜直。……迄今十三年矣。"丙申年为清泰三年（936），下推十三年为本年。《崇文总目》卷2录王仁裕《玉堂闲话》十卷，《宋史·艺文志》录为三卷。据上文，可知《玉堂闲话》撰于本年。玉堂，指翰林院。②

950年（后汉隐帝乾祐三年）王仁裕71岁，仍为翰林学士承旨、户部尚书，四月罢职守兵部尚书。《旧五代史》卷103：乾祐三年四月，"翰林学士承旨、户部尚书王仁裕罢职，守兵部尚书"。宋代江少虞《宋朝事实类苑》："王公终于太子太保，七十后精力不衰。每天气和暖，必乘小辇，从二四老苍头，携照袋，以皮为之，四方有盖，其中可容一斗以来，中贮笔砚、韵略、刀子、镇石、笺纸数十幅，并小乐器之属，备酒炙三五人之兴，门生侍行，出郊野，遇圆亭有竹之处，燕食终日。赋诗，品小管，尽醉而归。"

951年（后周太祖广顺元年）王仁裕72岁，仍为兵部尚书，二月，改太子少保。《旧五代史》卷111：广顺元年二月，"以兵部尚书王仁裕为太子少保"。明代胡孝辕《癸签》："公宴合乐，每酒行一终，伶人必唱㩵酒，然后乐作。此唐人送酒之调，本作碎音，今多作平声，文士亦惑之。"

952年（后周太祖广顺二年）王仁裕73岁，任太子少保。时常王溥31岁，仍为周左谏议大夫、枢密院直学士。三月，为中书舍人，充翰林学士，显诗、乐之才。宋代王举《天下大定录》："仁裕荆渚，从诲开宴，出十妓弹胡琴，为诗美之。"

---

① 《全唐诗》卷736录此诗题为《示诸门生》，后四句为："何幸不才逢圣世，偶将疏网罩群英。衰翁渐老儿孙小，异日知谁略有情。"表现作者在现实中的一些困境，流露人生冷暖、宿世真情的忧伤。《全唐诗》另录其《与诸门生春日会饮繁台赋》诗，可谓姊妹篇。

② 按《玉堂闲话》宋元之际已佚，今有陈尚君、蒲向明辑本。明初陶宗仪编纂《说郛》等所辑范质《玉堂闲话》一卷，系明人崇尚篡改前人著述恶习所致。遍查史料，未有范质撰《玉堂闲话》的任何可靠记载。《说郛》所资范质《玉堂闲话》一卷云，因《广记》卷461辑录出《玉堂闲话》"范质"条、《类说》卷54辑出《玉堂闲话》"燕继室害诸雏"条有"范质言"等内容，陶宗仪未加仔细斟酌，妄断而成渊源。由此以降，不少文献至今还张冠李戴，引用时称范质《玉堂闲话》云者，错误已久，不加详查，以致悠谬流传、迁延。

953年（后周太祖广顺三年）王仁裕74岁，仍任太子少保。王溥32岁，仍为周翰林学士、中书舍人。三月，迁户部侍郎充职。八月，为端明殿学士。上年至本年间，集翰林院学士唱和之作，有《翰林酬唱集》一卷。

954年（后周世宗显德元年）王仁裕75岁，仍为太子少保。正月，王溥拜相，仁裕以诗贺之，溥亦酬和。仁裕与王溥唱和事：王溥33岁，正月，拜中书侍郎、平章事，有诗与王仁裕唱和。事见《通鉴》卷291、292。

955年（后周世宗显德二年）王仁裕76岁，仍为太子少保。四月，进回文《金镜铭》。九月，进自制诗赋写图。《册府元龟》卷97《奖善门》："显德二年四月，太子公司少保王仁裕进回文《金镜铭》上之，赐帛百匹。九月，仁裕又自制诗赋写图上进，赐银器五十两，衣著五十匹。"

956年（后周世宗显德三年）王仁裕77岁，仍为太子少保。七月，卒。《旧五代史》卷116："显德三年秋七月庚戌，太子太保王仁裕卒。"李昉《王仁裕神道碑》："周太祖即位，进太子少保。……以显德三年七月十九日寝疾，终于京师宝积坊私第，享年七十有七。……诏赠太子少师。""则当以太子少保为是。……平生所著《秦亭篇》《锦江集》《归山集》《东南行》《紫泥集》《华夷百题》等共685卷。又撰《周易说卦验》3卷、《转轮回纹金鉴铭》《二十二样诗赋图》，并行于世。著述之多，流传之广，近代以来，乐天而已。"[①]《新五代史》本传："仁裕与和凝于五代时皆以文章知名。"《十国春秋》卷44本传："生平作诗满万首，蜀人呼曰'诗窖子'。"《西江集》今不传。《崇文总目》卷五别集类录其《紫阁集》10卷，《乘辂集》5卷，《通志》录《乘辂集》1卷于章表类。《宋史·艺文志》别集类录其《紫泥集》5卷、《紫泥后集》40卷。[②]《崇文总目》总集类另录其所编《国风总类》50卷。今并不传。《郡斋读书志》卷2下录其《开元天宝遗事》四卷，《直斋书录解题》卷7录为二卷。此集撰于长兴中，今存。《崇文总目》卷2录其《玉堂闲话》十卷，《诗菇·杂编》卷四："王仁裕……《玉堂闲话》尚行世，中载七言律数首，皆清雅，特格卑弱耳。"

---

① 王仁裕有极高深的音乐修养，《册府元龟》卷857《知音》篇有载他音乐观的翔实论述。在该论中，王仁裕把音乐五音和传统哲学结合起来，以音乐感知天地、阴阳、顺逆、离合，达到"触于耳而彻于心"的境界，在古代作家中有如此音乐艺术修养者，真不多见。参见本书后文相关章节。

② 王仁裕《紫泥集》和《紫泥后集》均并不传，内容应该是与书法篆刻有关。在宋人看来，他的书法技艺颇有特色，堪称一家。《宣和书谱》卷六有载，参见本书后文所论。

此书撰于乾祐二年（949），今不传。《太平广记》《资治通鉴考异》《绀珠集》《类说》等书中引有佚文一百余条。《宋史·艺文志》录其《见闻录》三卷，《唐末见闻录》八卷。今并不传。《太平广记》《资治通鉴考异》等书引有《王氏见闻》《王氏见闻录》《唐末见闻录》佚文数十条。《郡斋读书志》卷2录其《入洛记》一卷，此书撰于天成元年（926），宋人王明清在《挥麈录》后录卷5载王仁裕著《洛城漫录》，此二书均今不传。同书卷二下又录其《南行记》3卷，撰于天福三年（938），参其年条。今亦不传。《通志》于《南行记》外，另录其《王氏东南行》1卷，疑即同一书。《全唐诗》卷736存其诗一卷，《全唐诗补编·续拾》卷42补二首，一首实为佚名王承旨作[①]。

[①] 陈尚君：《唐诗人李昂、綦毋潜、王仁裕生平补考》，载《苏州科技学院学报》（社科版）1993年第4期。

第二章　王仁裕诗歌对唐五代陇蜀浮世的反映

王仁裕是唐代著名文人中确实生于陇南的大家。陈尚君先生对此一论见底：

> 五代诗人王仁裕，世称天水人，而其实际生活地点则在陇南，其墓碑于清季在礼县发现，李昉撰，《北京图书馆藏历代墓志汇编》三七册收拓本，《陇右金石录》卷三有录文，墓志则近年在成县出土，蒲向明著《玉堂闲话评注》（中国社会出版社，2007）收入，真甘陇之土生文人。①

从现在可以见到的王仁裕家族资料来看，自其曾祖开始，直到其兄、其子，数代人主要是在陇蜀一带的军幕和地方担任僚佐和县职，并非显宦之家，甚至没有出现很有造诣的文士。在这个家族中，王仁裕显然是很特殊的人物。

第一节　"诗窖"之说与王仁裕陇蜀诗歌

从历史文献的记载情况来看，王仁裕平生作诗过万首，有"诗窖"之称，他还有多部各类著作，如果都留存下来，可在文学史上跻身大家行列。但很

---

① 陈尚君：《说王仁裕佚诗四首》，《文史知识》2017年第1期，第47页。

不幸，这位在平凡家庭中成长起来的异秉文士，偏偏生活在唐末五代的浮世和乱世之中，他在诗文创作上虽则极其勤奋，但结果还是很难超越所处的时代。

他的门生、宋初宰相李昉给其子李宗谔回忆过王仁裕晚年的生活和诗歌创作情况：

> 先公尝言：恩门王公，终于太子少保。七十后，精力犹不衰。每天气和暖，必乘小驷，从三四老苍头，携照袋（照袋，以皮为之，四方有盖，其中可容一斗以来），中贮笔砚、《韵略》、刀子、砺石、笺纸数十幅，并小乐器之类，后别置游春盛随事，备酒炙三五人之具，门生在京者多侍行。每出郊野，遇有园亭及竹树之处，必赏燕终日，赋诗，品小管色，尽欢醉而归。吾忝左拾遗日，适暮春，与同门生五六人，从公登繁台佛舍。繁台，即梁孝王吹台也。公是日饮酒赋诗，甚欢，抵夜方散。尝记得公诗曰："柳阴如露絮成堆，又引门生上台吹。淑气即随风雨去，芳罇宜命管弦催。谩夸列鼎鸣钟贵，宁免朝乌夜兔推。烂醉也须诗一首，不能空放马头回。"其天才纵逸，风韵闲适，皆此类也。①

由此可知他文学生涯的闲适、达观和勤奋。据史统计王仁裕诗文和其他著述总数超过685卷，著作之丰，在唐宋之际十分罕见。唐代李杜韩柳的文集只有几十卷，白居易达到75卷，元稹据说有100卷，而宋代的一批大全集，也很少超过200卷。可惜他生活在过渡时期的乱世五代，没有见到宋以后的文化发达。他的诗文作品也没有得到广泛的流布，除仅存《开元天宝遗事》外，其他的文集都失传了，这是他的悲剧。时至今日，我们仍可感受到学界对王仁裕诗文创作的悲凉氛围：无论在文学界或是史学界对他的研究都十分稀少，这就有必要从卷帙浩繁的史料中搜寻"诗窖"的蛛丝马迹，尽可能地为世人展示王仁裕文学创作的成就。

王仁裕在文学上先以诗名，对唐末五代陇蜀浮世的叙写和艺术反映是全

---

① 《宋朝事实类苑》卷三十九，未注所出，殆据李宗谔《先公谈录》，引自陈尚君《玉堂闲话评注序二》，见蒲向明《玉堂闲话评注》，中国社会出版社2007年版，第4页。

面而深刻的。《旧五代史》之《周书·列传第八》载云:"王仁裕有诗万余首,勒成百卷,目之曰《西江集》,盖以尝梦吞西江文石,遂以为名焉。"这段史料点明了唐末五代王仁裕以诗闻名的两个方面:第一是他的诗作数量之多,远超前人"有诗万余首",这在当时及其以前任何一个朝代,包括诗歌的高峰——唐代,都没有哪个作家能达到这样的诗作数量,遍观中国古代诗歌史,陆游今存诗九千六百多首,当时创作应该在万首以上,乾隆虽有诗四万余首,但他称不上诗人;第二是他的诗歌天赋来自曾经"梦吞西江文石"的传奇,《旧五代史》对此进一步述说:"王仁裕,字德辇,天水人。少孤,不从师训;年二十五,方有意就学。一夕梦剖其肠胃,引西江水以浣之,又睹水中砂石,皆有篆文,因取而吞之。及寤,心意豁然,自是资性绝高。"①对于一个二十五岁才开始就学的青年来讲,王仁裕短期能达到"资性绝高",在那个年代,就只有用他超常的传奇经历可以解释了,这自然成为他诗才出名的另一个重要方面。《新五代史》卷五十七"杂传"王仁裕本传称:"(王仁裕)喜为诗……乃集其平生所作诗万余首为百卷,号《西江集》",同样肯定了他有"诗万余首"的事实,而在《西江集》编定之前,他"为人隽秀,以文辞知名秦陇间,秦帅辟其为秦州节度判官"。②可见,他"喜为诗"并且因文学出名,而后因之助其走向政治生涯。

他"诗窖"之时誉,最早产生于何时?哪种著作最初记载了"诗窖"之说,需要进一步探索。披阅文献,今人著作对此说法不一,且多有出入。赵润峰《文学知识大观》说:"'诗窖',对五代文学家王仁裕的誉称。《五代史补》载:'王仁裕平生有诗万余首,蜀人谓之"诗窖"'。传说他著有诗集《西江集》百卷,已亡佚。"③据此看,王仁裕得"诗窖"之名,是在他为官前蜀时期,而且首先是由蜀人传称起来的。北宋陶岳撰《五代史补》,在其卷四有"汉二十条"补录后汉史事,除收有《王仁裕贼头》一条文坛轶事外,并无上文所引"诗窖"之事,看来系以讹传讹,已成妄言。另有董时等《中国古代蒙学四书》解读明人程登吉编《幼学琼林》语"汉晁错多智,景帝号为智囊;王仁裕多诗,

---

① 此处所引《旧五代史》,均见中华书局1976年版全六册本。以下所引同。
② (宋)欧阳修撰、徐无党注:《新五代史》三卷本,中华书局1974年版,第662页。以下所引同。
③ 赵润峰:《文学知识大观》,时代文艺出版社1989年版,第553–554页。

时人号为诗窖"时说:"《唐摭言》载:'王仁裕著诗万篇,号为诗窖子'"①,《唐摭言》的作者王定保(870—941),和王仁裕几为唐末五代同世,如该书有记载,则有很大的可靠性,但遍查《唐摭言》,也并无"诗窖子"之语,可见所指不确。

实际上,最早记录王仁裕为"诗窖"者,是五代后周高若拙的笔记《后史补》。宋高似孙撰《史略》卷五"右唐"云:"《后史补》三卷,周高若拙记唐及五代事。"②高若拙生平不详。《宋史》卷483列传第242世家六"荆南高氏"有载:"高季兴据有荆南、归峡之地,建隆年间,峡州王崇范为节度判官,高若拙观察判官。"据此可以推知,《后史补》当撰成于五代末至北宋初这一时段内,但《后史补》全文未能得以流传,两宋间曾慥编辑笔记汇书《类说》,部分收录了《后史补》的内容,才得以使今人知道高若拙在《后史补》所记云"王仁裕著诗一万首,朝中谓之'诗窖子'"之记载③。后世论者如南宋晁公武《郡斋读书志》卷二、明代笔记陈继儒《珍珠船》卷二、清人笔记汪应奎《柳南随笔续笔》卷三、今人钱钟书《谈艺录》等所引,均源于此。对照新旧《五代史》我们发现,对"诗窖"王仁裕作诗的数量记述,已经由"万余首"变为"一万首"的确指,而"诗窖子"的称谓是在士大夫云集的朝堂之上,在文人阶层。

较上所述晚出的关于"诗窖子"的记载,是清吴任臣《十国春秋》的《王仁裕传》云:"生平作诗满万首,蜀人呼之曰:'诗窖子'。所著《紫客集》《乘辂集》《西江集》《王氏见闻录》《玉堂闲话》《入洛记》《开元天宝遗事》诸书,传于世;又辑《国风总类》五十卷,时多称道之。"④很显然,《十国春秋》是综合了清以前种种史料之说,"诗窖"的诗歌总量从"万余首""一万首"最后定为"诗满万首",改《旧五代史》"有诗"、《后史补》"著诗"而确《新五代史》"生平作诗"为定论,并结合史书王仁裕在前蜀至后唐间归隐家乡八年

---

① 董时等:《中国古代蒙学四书》,山东友谊出版社1997年版,第458页。
② (宋)高似孙撰:《史略》,杨朝霞校点,辽宁教育出版社1998年版,第78页。
③ (宋)曾慥《类说》卷二十六《后史补》,见文学古籍刊行社1955年影印明天启刊本(各卷前题"宋温陵曾慥编,明新野马之骐参阅山阳岳钟秀订正"),第1735–1376页。
④ (清)吴任臣:《十国春秋》三十五至四十七卷载"前蜀"史事,见中华书局1983年版四册本。

著诗的情况,改"朝中谓之'诗窖子'"为"蜀人呼之曰:'诗窖子'"。《十国春秋》关于"诗窖"王仁裕的说法,在近、现代影响很大,如民国丁仪《诗学渊源》(见民国铅印本卷八)、今人钱仲联等编《中国文学大辞典》称:"(王仁裕)曾作诗万首,集为百卷,蜀人称'诗窖子'"①,就是沿用了吴任臣之说。

王仁裕"诗窖"有很大影响,得力于明清以来蒙学著作的大力弘扬。"蒙学四书"中就有《龙文鞭影》和《幼学琼林》两种收王仁裕"诗窖"的典故。《龙文鞭影》句云:"昙迁营葬,脂习临丧;仁裕诗窖,刘式墨庄。"清人校注说:"后蜀王仁裕著诗万篇,时号诗窖子,言所积之多也。又五代王仁裕,喜为诗,少时尝梦人剖其肠胃,以西江之水涤之,顾见江中沙石,皆为篆籀之文,由是文思日进。"②着眼于学识的积少成多方面给孩童进行启蒙教育。《幼学琼林》句云:"汉晁错多智,景帝号为智囊;高仁裕多诗,时人谓之诗窖。"(见《四库全书》子部"蒙学"《幼学琼林》通行本卷四)很显然,明末人程登吉初撰《幼学求源》时就此应无误,而清嘉庆人邹圣脉增补《幼学琼林》后,就把王仁裕误为"高仁裕"了。③但不管怎样,《龙文鞭影》把"诗窖"王仁裕勤奋创作、积少成多与南朝义僧昙迁营葬范晔、曹魏中散大夫脂习哭丧孔融、宋代廉吏刘式善育后人等史实相提并论,就足以具有历史文化的穿透力,绵延历史典故的文化血脉,而《幼学琼林》把"诗窖"王仁裕与"智囊"晁错相提并论,更是让后人不能轻视他具有的文化地位。

从时间顺序上看,"诗窖"王仁裕的称谓,要早于称"诗仙"为李白、"诗圣"为杜甫。李白初入长安,太子宾客贺知章读其《蜀道难》叹其为"谪仙人",应该是称"诗仙"李白的源头,但没有具体的文献记载李白为"诗仙"及其名号的由来,牛僧孺《李苏州遗太湖石因题》诗"诗仙有刘(禹锡)白(居易),为汝数途迎"句,虽有"诗仙"之称,却与李白无涉。宋代阮阅《诗话总龟》转录宋祁言辞说:"宋景文评唐诗云:太白仙才,长吉鬼才",可以看作称李白为"诗仙"的记载之始。尊杜倾向,宋人功不可没,王安石选诗,

---

① 钱仲联等编:《中国文学大辞典》,上海辞书出版社2000年版,第333页。
② (明)萧良有撰、杨臣诤增订,(清)李晖吉、徐瀷续,戴濂点校:《龙文鞭影》,岳麓书社1986年版,第208页。
③ 见《四库全书》子部"蒙学"《幼学求源》通行本卷二十六,武汉大学出版社1998年光盘版。

列杜甫诗为诗家之首,江西诗派尊杜甫为诗祖,明代杨慎谓"杜甫圣于诗",清王士禛谓杜诗"圣语",至清代叶燮《原诗》云"诗圣推杜甫",成为"诗圣"指杜甫的定论。当然,这只是探讨了"诗窖""诗仙""诗圣"在文献记载的时序问题,就诗歌成就而言,王仁裕和李杜不能相提并论。

"诗窖"王仁裕的诗歌成就,近代学者认为,其作优秀者可"足追温(庭筠)、李(商隐)"。《诗学渊源》比较王仁裕与同代诗人和凝、张泌时说:"和凝《宫词百首》不减王建,风华绮丽,后人殆难为继矣。时王仁裕、张泌诗亦以艳称,然富丽终不敌也。王仁裕字德辇,天水人。初为秦州判官,历唐、晋、汉,终户部尚书、太子少保,卒于周。仁裕晓音律,喜为诗,微伤于浮艳,而其佳处亦足追温李。"①显然清人认为在诗风绮艳方面,王仁裕、张泌可与和凝相比,富丽还是比不了和凝,甚至王仁裕诗歌细微的不足,就在于浮艳,但"诗窖"优秀之作的艺术成就还是可以和李商隐、温庭筠等人相提并论的。另有学者认为"诗窖"虽云作品数量之多,但抒发世情的不足仍是其软肋。《柳南随笔续笔》卷三说:"王仁裕著诗一万首,朝中谓之'诗窖子'。今人称读书而不通世务者,曰'书磕子',殆即沿'诗窖子'之称而误欤?"至清代中后期,学界可看到的王仁裕诗作已很有限,王应奎此论虽不免陈陈相因之嫌,但看现存"诗窖"作品,还是有些道理的。所以,钱钟书说:"流俗以为事有敲门砖,鸳鸯绣出金针可度,只须学得口诀手法,便能成就,此所洵足为'诗窖子'、画匠针砭。"对此周振甫等进一步解释说:"认为看到金针度人的绣法,即学习一些写作方法,就可以直抒胸臆来写、来画,只能成为'诗窖子'。"②即说明"诗窖"王仁裕的诗歌创作,在写作方法上是很娴熟的,但弊端在于关注现实不够,抒发真情实感不足。可惜他的绝大部分诗歌已经亡佚,无法再有更深刻、全面的认识了。就现存的"诗窖"遗珍看,能经过时间冲刷幸存下来的,堪比温庭筠、李商隐之作,也应是毫不为过了。

王仁裕工诗文,晓音律,与和凝等以文章知名于五代,写作范围遍及诗、文、游记、笔记小说、金石文字和解经文字等,著作集总数超过685卷,是

---

① (清)丁仪:《诗学渊源》卷八,引自钱仲联等编《中国文学大辞典》,上海辞书出版社2000年版,第333页。

② 周振甫、冀勤:《钱钟书〈谈艺录〉读本九》,上海教育出版社1992年版,第607页。

一个非常多产的作家，在文学史上占有一定地位。但他生活在由唐入宋的纷乱五代，作品佚失严重，"如果放在唐、宋治平时期，他不逊色于任何一个大家"①。

《全唐诗》卷736收王仁裕诗一卷，其中大多出自其笔记《玉堂闲话》和《王氏见闻录》的称引，少数来自宋初《先公谈录》《广卓异记》《天下大定录》等书的引录；《全唐诗补编》补诗二首，题杜光寺的一首录自《类编长安志》，可以确定是长兴末在长安所作；《戮后主出降》是宋代流传很广的诗，复旦大学陈尚君根据《豪异秘纂》确定是王仁裕作品②；《全唐文》未收王仁裕的文章，《全唐文补编》也仅录一篇。王仁裕诗文集虽然极其丰富，但其今存的所有诗文作品，几乎全部来源于笔记小说和地志，因此，作为陇右文化重要部分的王仁裕笔记小说，研究其文化蕴涵及文学价值，很有必要。

王仁裕的诗歌创作，主要包括各类史籍记载的他的诗集（包括诗文集）的基本情况和现存诗歌作品两大类③。就其诗集（包括诗文集）而言，均已在他亡故后的一段时间里散佚，无完整诗集收入类书或见于别集，今据史料记载可知其大概情况。王仁裕现存诗歌作品，经过反复搜求，截至目前不足20首，但我们从中可以窥见王仁裕诗歌的艺术风貌和思想内容，甚至一些作品可以是考证作者生平事迹的主要内证材料。

王仁裕叙写唐末五代陇蜀浮世生活的诗集，可以做一个全面的考察。

《西江集》一百卷（今佚）。《旧五代史》本传载文曰：仁裕"有诗万余首勒成百卷，目之曰《西江集》，盖以尝梦吞西江文石，遂以为名焉"。《新五代史》本传同。《十国春秋》本传载曰："生平作诗满万首，蜀人呼之曰'诗窖子'。"所著有《西江集》和王氏其他著述并举。顾氏《补五代史艺文志》归诗文集，然作十卷。《甘肃通志·书目》著录，作一百卷。《崇文总目》《通志略》《宋志》均未见著录。西江，即西汉水一段，因水流向西南得名，在今甘肃礼县。《秦州直隶州新志》载元张仲舒《新建西江灵济庙记》注曰："西汉

---

① 陈尚君：《玉堂闲话评注序二》，见蒲向明《玉堂闲话评注》，中国社会出版社2007年版，第5页。
② 陈尚君：《唐诗人李昂、綦毋潜、王仁裕生平补考》，载《苏州科技学院学报（社会科学版）》1993第4期。
③ 蒲向明：《追寻"诗窖"遗珍——王仁裕文学创作研究》，光明日报出版社2012年版，第44页。

水至礼县城南，土人谓之西江。"（今礼县石桥乡清水沟村西江神庙遗址尚存该记残碑，笔者最近田野考察时间为2012年5月）庙记追叙仁裕吞西江文石，自是文章焕发之事，所以其《西江集》实乃追念怀思故土而命名焉。五代后周高若拙《后史补》所记云"王仁裕著诗一万首，朝中谓之'诗窖子'"之记载，依据即《西江集》一百卷。新旧《五代史》本传、《续世说》等史书均云王仁裕平生所作诗万余首，为百卷，号曰《西江集》，由此可知《西江集》应为王仁裕总诗集名。《宋志》和《十国春秋》所著《乘辂集》等应该系分集。《旧五代史考异》引《舆地纪胜》云："仁裕所著有《紫泥集》《西江集》《入洛集（记）》共百卷"，并列述录，误。《十国春秋》沿袭此说，亦误。

《秦亭篇》卷数不明（今佚），《锦江集》卷数不明（今佚），《归山集》五百首（今佚），《华夷百题》卷数不明（今佚）。《秦亭篇》，《王仁裕神道碑》载，与《甘肃通志·书目》同，无卷数。《宋志》等其他史传书目未见著录，今不存。《锦江集》，《王仁裕神道碑》有载，与《甘肃通志·书目》同，无卷数。《宋志》等其他史传书目亦未见著录。按：锦江，一称流江，在四川省成都市南。盖此书当作于仁裕仕蜀期间内容不详。《归山集》，《王仁裕神道碑》载500首。文曰："职罢归汉阳别墅，有终焉之志，著《归山集》五百首以见其志。"则该书撰于仁裕罢秦州节度判官期间（931—932），今不存，其他史籍亦未有著录。《华夷百题》，《王仁裕神道碑》有载，不存撰书时间，不明其他，史传书目亦未见著录。秦亭，故址在今甘肃清水县境。周孝王封非子为附庸，邑之秦。秦国，秦朝皆源于此。《汉书·地理志》曰："今陇西秦亭，秦谷是也。"《水经注》云："清水经清水城南又西与秦水合。水出东北大陇山秦谷，历二泉合成一水而历秦川。川有故亭，秦仲所封也，秦之为号始也。"[①] 王仁裕41岁前一直居秦州，《秦亭篇》应创作于他25岁至41岁之间，为诗文合集，内容或以颂扬秦人历史事实，以彰进取之心。上举其他王氏著述，李昉《王仁裕神道碑》云："公秉天地和气负文章人名……平生所著《秦亭篇》《锦江集》《入洛记》《归山集》《南行记》《东南行》《紫泥集》《华夷百题》《西江集》共六百八十五卷。"查究史料，十之八九已亡佚无考。

---

① 祝中熹：《秦史求知录》，上海古籍出版社2012年版，第103页。

《紫泥集》十二卷（佚），《紫泥后集》四十卷（佚），《诗集》十卷（佚）。《紫泥集》，《宋志》别集类作十二卷，王仁裕著；又《紫泥后集》四十卷，《诗集》十卷。《补五代史·艺文志》入诗文集类，余同。《王仁裕神道碑》载《紫泥集》《舆地纪胜》亦著录二书，均无卷数，亦不载《后集》和《诗集》。"紫泥"之说，源于秦汉"封泥""泥封"习俗，是一种官印的印迹，为古代缄封简牍钤有印章以防私拆的信验物，后因皇帝诏书用紫泥封，故称皇帝诏书"紫泥诏"或简称紫泥。王国维《简牍检署考》云："古人以泥封书，虽散见于载籍，然至后世其制久废，几不知有此事实。……封泥之出土，不过百年内之事，当时或以为印范。及吴式芬之《封泥考略》出，始定为封泥。"①可见封泥之事虽早，但人们认识并加以研究不过百余年的时间。《新五代史》本传曰："废帝举兵凤翔，思同战败，废帝得仁裕，闻其名不杀，置之军中。自废帝起事，至其入位，驰檄诸镇诏书、告命皆仁裕为之。"思同与潞王李从珂战，败死之事在后唐闵帝应顺元年（934）三月。又《王仁裕神道碑》曰："潞王素闻公名，喜见公，而文翰之职一以委之。""诏诰教令咸出于手。安慰京邑，先行榜谕倚马吮笔，顷刻而成，潞王览之，大称厥旨。"结合著述名称则可推知《紫泥集》和《紫泥后集》殆撰于后唐应顺元年至后晋高祖天福元年（936）间，王仁裕仕后唐时，此两集或为他替潞王所撰诏诰敕令为主的诗文集。《诗集》撰写时间不明，应该是诗歌集。

《乘轺（辂）集》五卷（佚）、《紫阁集》五卷（佚）。《乘轺（辂）集》，《宋志》别集类著录《乘辂集》《通志略》章表类著录为《乘轺集》均作五卷，王仁裕著。清顾怀三《补五代史·艺文志》卷数同，但入诗文集类；《十国春秋》本传载，无卷数，二书载述名称同《通志略》。《紫阁集》，《宋志》别集类著录作五卷，王仁裕著。《崇文总目》亦入别集类，作十一卷，《通志略》同。顾氏《补五代史·艺文志》归诗文集作十卷。《十国春秋》载无卷数。轺（yáo），《说文》："轺，小车也。"古轻便小马车。辂（lù），《说文》："辂，车軨前横木也。"后引申为古代的大车，多指帝王用。《国语·晋语》："辂车十五乘。"《论语》："乘殷之辂。"宋李宗谔《先公谈录》（载《宋朝事实类苑》卷三十九）云：

---

① 朱剑心：《金石学》，文物出版社1981年版，第571页。

"恩门王公（仁裕），终于太子少保。七十后，精力犹不衰。每天气和暖，必乘小驷，从三四老苍头，携照袋，中贮笔砚、《韵略》、刀子、砺石、笺纸数十幅，并小乐器之类，后别置游春盛随事，备酒炙三五人之具，门生在京者多侍行。"可见，名《乘辂集》为确。李昉《王仁裕神道碑》载，潞王获仁裕后，"公（仁裕）自陈曰：'府主渝盟，臣所赞也。请就鼎镬，速死为幸。'词直色厉，潞王壮之，载以后车，俾随玉辂，诏诰教令，咸出于手。"可知王仁裕当时乘辂的情况也多，但多为配角，误《乘辂集》为《乘辂集》或为后出，作时应晚于《紫泥集》。紫阁，指金碧辉煌的楼阁，多指帝王所居，借用来代指仙人或隐士所居。汉崔琦《七蠲》形容帝王所居："幽室洞房，耙槛垂轩，紫阁青蠹，绮错相连。"①但此《紫阁集》之紫阁，指宰相府。唐开元间改中书省为紫微省，中书令为紫微令，后因称宰相府为紫阁。《旧五代史》卷一百载，后汉高祖天福十二年（947）六月"以左散骑常侍王仁裕为户部侍郎充翰林学士承旨"，一直到后周世宗显德三年（956）王仁裕卒，他一直充任翰林学士承旨，时间长达九年，同时还兼任过户部侍郎、户部尚书，成为皇帝的秘书、顾问，官位显赫、参与机要，实有"宰相"之位。故推《紫阁集》当撰于此期间或稍晚。

《国风总类》五十卷（佚）。《崇文总目》和《通志略》总集类著录，王仁裕编均作五十卷。《补五代史·艺文志》入声乐类，亦五十卷。《十国春秋·王仁裕传》载曰："又辑《国风总类》五十卷，时多称道之。"②《王仁裕神道碑》未及此集，新旧《五代史》本传也未提及。可知，宋以后《国风总类》已亡佚，内容不详。考著录情况，盖《国风总类》为仁裕编选的历代具有"风"性质之诗文集，并非全是唐诗，也不能排除有他本人作品入集的可能。贺中复先生认为《国风总类》是五代人编唐诗选本，意在播扬唐风③，不确。

---

① 张舜徽：《二十五史三编》（第四分册）"后汉书之属"，岳麓书社1994年版，第374页。
② （清）吴任臣：《十国春秋》，中华书局1983年版，卷44。
③ 贺中复：《五代十国诗坛概说》，《北京社会科学》1996年4期。

第二节　王仁裕诗歌与唐末五代陇蜀生活

王仁裕诗歌叙写唐末五代陇蜀浮世生活的情况，我们可以做一具体解构。先看集唐人诗歌之大成的《全唐诗》如何收录，该书收王仁裕陇蜀诗一卷（即第736卷），共计14首及2句。

（1）从蜀后主幸秦川上梓潼山
彩仗拂寒烟，鸣驺在半天。黄云生马足，白日下松巅。
盛德安疲俗，仁风扇极边。前程问成纪，此去尚三千。

蜀后主，即前蜀后主王衍，王建子。918年即位，在位8年。他贪淫好色，穷奢极欲，被后唐所灭，死时28岁。幸，旧指皇帝亲临某地。秦川，此指秦州。彩仗，彩饰的仪仗。鸣驺，古代随从显贵出行并传呼喝道的骑卒。成纪，代指天水。《广记》卷241引《王氏见闻录》"王承休"条。文记前蜀后主咸康元年（925）幸秦州兵败亡国事，非异文。文曰："上梓潼山少主有诗云。中书舍人王仁裕和之曰。"可知，本作为王衍之作的和诗。《王仁裕神道碑》曰：仁裕"历伪尚书礼部郎中、中书舍人、翰林学士。……蜀后主衍好文工诗，偏所亲狎，宴游和答，殆无虚日。……公（仁裕）屡陈谠言，颇尽忠节。既割席以难救，竟异棺而纳降"。由此看来，本诗的夸饰背后，还是颇有些委婉而深沉的讽刺意味和隐忧在其中。

（2）和蜀后主题剑门
孟阳曾有语，刊在白云棱。李杜常挨托，孙刘亦恃凭。
庸才安可守，上德始堪矜。暗指长天路，浓岚蔽几层。

剑门，此指剑门关。位于四川省剑阁县城南15公里处，地处四川盆地北部边缘断褶带，大、小剑山中断处，两旁断崖峭壁，峰峦似剑，两壁对峙如门，故称"剑门"，是我国最著名的天然关隘之一，有"剑门天下险"之称。

孟阳，西晋文学家张孟阳有《剑阁铭》，刻于岩壁。云："惟蜀之门，作固作镇，是曰剑阁，壁立千仞，穷地之险，极路之峻。"李杜，李白、杜甫；孙刘，孙权、刘备。本诗亦为和诗。"王承休"条文曰："至剑门，少主乃题曰。王仁裕和曰。"但诗中提出"庸才安可守，上德始堪矜"的观点，至诚和谠言意味十分明显。

（3）荆南席上咏胡琴妓二首①

其一

红妆齐抱紫檀槽，一抹朱弦四十条。湘水凌波惭鼓瑟，秦楼明月罢吹箫。

寒敲白玉声偏婉，暖逼黄莺语自娇。丹禁旧臣来侧耳，骨清神爽似闻韶。

其二

玉纤挑落折冰声，散入秋空韵转清。二五指中句塞雁，十三弦上啭春莺。

谱从陶室偷将妙，曲向秦楼写得成。无限细腰宫里女，就中偏惬楚王情。

荆南（924—963）又称南平、北楚，是五代时十国之一。由高季兴所建，国土辖荆、归（今湖北秭归）、峡（今湖北宜昌）三州，统治范围包括今湖北的江陵、公安一带。实力弱小，因对南北称帝诸国，一概上表称臣，得以留存。季兴亡（929年），其子高从诲继立，后经五主，于宋太祖建隆四年（963）纳地归降。闻韶，喻听到或看到极美妙、极向往的音乐或事物。《论语·述而》："子在齐闻《韶》（舜时乐曲），三月不知肉味，曰：'不图为乐之至于斯也。'"南朝梁张率《楚王吟》："不惜同从理，但使一闻韶。"王仁裕后晋入仕，曾出使南平国，因他通晓音律，深得当时南平王高从诲的赏识，引为"知音"。《新五代史·王仁裕传》曰："仁裕性晓音律。"当时互为唱和的诗，成

---

① 原题注：一作"奉使荆南高从诲筵上听弹胡琴"。

了他描写音乐的传世之作,流传至今。《诗话总龟》前集卷22宴游门引《杂咏》曰:"王仁裕使荆诸从诲出十妓弹胡琴,仁裕有诗美之曰……①"又《天下人定录》载仁裕两篇,已载于此,今录所遗一篇云,《全唐诗》所录即此两首。《十国春秋》卷101荆南二"高从诲"条注曰:《韵府群玉》载,从诲有句云"红妆齐抱紫檀槽,一抹朱弦四十条。"疑误。

(4)题麦积山天堂

蹑尽悬空万仞梯,等闲身共白云齐。檐前下视群山小,堂上平分落日低。

绝顶路危人少到,古岩松健鹤频栖。天边为要留名姓,拂石殷勤身自题。

麦积山,在今甘肃省天水市东南,固峰峦突起,形如麦草垛,故名。山有石窟,是我国著名石窟之一。《玉堂闲话·麦积山》说:"麦积山者,北跨清(今甘肃清水)、渭(今甘肃天水、陇西一带),南渐两当。因峦崛起,一石高万寻。其青云之半,梯空架险,有散花楼。由西阁悬梯而上,有万菩萨堂,并就石凿成。自此室之上,有一龛,谓之天堂,空中倚一独梯,至此万中无一人敢登者,仁裕独登之,仍题诗于天堂西壁。前唐末年辛未年也。"蹑:踩、踏。悬空:悬挂在空中。等闲:寻常,不在乎。共:同,与。绝顶:最高峰古岩:古老而险峻的山崖。松健:高大雄伟的松树。栖:栖息。拂石:拂去石壁上的尘土。自题:指把自己的诗题在天堂西壁。本诗作是他三十二岁当秦州节度判官时的作品。在描写麦积山巍峨险峻的自然景观的同时,也抒发了他登万仞而小天下,期望大展宏图的凌云壮志。这一诗另一记(见《玉堂闲话》)给麦积山保留了珍贵的史料。王仁裕登上麦积山最高一级佛龛——天堂,题此诗于壁。虽因此山石质松碎,题诗真迹今天看不到了,但是他笔下的山势陡绝"梯空架险"的景象,使今天的游人仍不免感同身受。王诗从"万仞梯""白云齐""群山小""落日低""人少到""鹤频栖"六个角度,描写了

---

① 周勋初主编,严杰、武秀成、姚松等编:《唐人轶事汇编(四)》,上海古籍出版社1995年版,第2171页。

天堂的高险。尽管天堂今不存,但是,王仁裕的诗和出色的记述仍可给我们提供想象的凭借。稍低一级的"万菩萨堂"(即今之万佛堂)和散花楼,仍以它特有的姿容和宝藏吸引千千万万游客。本诗《广记》卷397引《玉堂闲话》"麦积山"条。文曰:麦积山者,北跨清渭,南渐两当。冈峦崛起,一石高万寻,其青云之半,梯空架险,有散花楼。……文末云:时前唐末辛未年(王仁裕)登此留题,于今二十九载矣。按辛未年为梁乾化元年(911)时年31岁,仕秦州。麦积山,在今甘肃天水东南。仁裕为天水人,故便于登此山。

(5)题斗山观

霞衣欲举醉陶陶,不觉全家住绛霄。拔宅只知鸡犬在,上天谁信路岐遥。

三清辽廓抛尘梦,八景云烟事早朝。为有故林苍柏健,露华凉叶锁金飙。

斗山,在今陕西汉中。唐宋时有名胜斗山观,后毁于兵燹。绛霄,指天空极高处。天之色本为苍青,称之为"丹霄""绛霄"者,因古人观天象以北极为基准,仰首所见者皆在北极之南,故借南方之色以为喻。本诗《广记》卷397引《玉堂闲话》引"斗山观"条。文曰:汉乾祐中翰林学士王仁裕云:兴元有斗山观,自平川内耸起一山,四面悬绝,其上方斗底,故号之。又曰:仁裕辛巳岁(921)于此为节度判官,尝以片板题诗于观曰。癸未年入蜀,因谒严真观见斗山诗牌在焉。公元915年,蜀主王衍部攻取歧王李茂贞领地,陇南、陕南、四川皆为前蜀所辖。公元921年,王仁裕离家赴兴元(今汉中)任节度判官。他在游览兴元名胜斗山观时作此诗。作品一方面流露出他抛却尘梦、拔宅成仙的思想;另一方面又以"故林"喻故乡,用留恋故乡的感情来缅怀以往的太平盛世,又表现了他入世进取的思想。这种退隐与进取的矛盾心理正是对中、晚唐士大夫阶层心理机制的生动写照。社会动荡,战乱不息,民不聊生,他对当时的统治者不满,不愿与之同流合污;然而,又逃不脱这个人世的大罗网,于是,只有在佛学、道教、禅宗中寻找解脱。这种解脱,已不完全是对政治杀戮的恐惧退避,而是对整个人生、尘世的纷纷扰扰之目

第二章 王仁裕诗歌对唐五代陇蜀浮世的反映

的和意义根本的怀疑、厌倦，甚至舍弃。然而，现实不全是这样，于是，便转向了对以前太平盛世的怀念，希冀政治清明，百姓再可安居乐业。

（6）题孤云绝顶淮阴祠

一握寒天古木深，路人犹说汉淮阴。孤云不掩兴亡策，两角曾悬去住心。

不是冕旒轻布素，岂劳丞相远追寻。当时若放还西楚，尺寸中华未可侵。

孤云：孤云岭，在今陕西省汉中市南，岭上修有淮阴侯韩信祠。《玉堂闲话》云："兴元之南，有人竹路，通巴州，深谷峭岩，扪萝一上，三日达山顶。复登岭，其绝顶谓之孤云两角。彼中谚云：'孤云两角，去天一握。'淮阴侯祠在焉。昔汉祖不用，韩信遁归西楚，萧相国追之，及于兹山，故立庙貌。仁裕尝佐褒梁师王思同南伐巴人，往返登陟，留题于祠。"兴元，唐代府名。治所在南郑（今陕西汉中市东），辖境相当今陕西城固以西的汉江流域。一握寒天：谚曰，"孤云两角，去天一握"，是说孤云岭两角极高，离天只有一拳头的距离。汉淮阴：汉代大将韩信，淮阴（今江苏省清江西南）人，初属项羽，继归刘邦，被任为大将。楚汉战争时，向刘邦献策攻占关中，后刘邦封他为齐王。汉朝建立后，改封楚王。后因有人告他谋反，被降为淮阴侯。兴亡策，指韩信向刘邦献攻占关中的计策。两角：孤云岭两角。去住心：指韩信当时去汉与否的复杂心理。冕旒：古代帝王、诸侯及卿大夫的礼冠。这里借指刘邦。轻：看不起，轻视。布素：平民。原指没有做官的读书人，这里指韩信。丞相：指刘邦丞相萧何。西楚：指项羽。秦亡后，项羽自立西楚霸王。韩信原是他的部下，后归刘邦。尺寸中华：一尺一寸的中华土地。中华：古代华夏族、汉族多建都于黄河南北，在四夷之中，后因称其地为中华。《广记》卷397引《玉堂闲话》"大竹路"条。文曰：兴元之南，有大竹路通巴州深溪峭岩，一上二日达山顶，复登顶其绝顶，谓之孤云两角①。淮阴侯祠在焉。仁裕尝佐

---

① （清）王士禛：《五代诗话》（卷之5-8），人民文学出版社1989年版，第28页。

褒梁帅王思同南伐巴人，往返登陟，留题于祠。仁裕为兴元节度王思同判官，在后唐长兴二年（931）。《王仁裕神道碑》曰："无何南梁主帅王公思同以旧知之故，逼而起之，密奏授兴元节度判官。不获已而受命，非其志也。"此前928年，他接受山南节度使王思同的招聘，再度南下兴元为从事。此间，他曾瞻仰兴元商山之淮阴侯庙，赋诗怀古。本诗指责刘邦在起用韩信问题上的过失，颇有见地。他指明：若无萧何的荐贤，韩信这个帅才还不知为谁所用呢！以古喻今，王仁裕当时的忧国忧民之情，可见一斑。

（7）和韩昭从驾过白卫岭

龙旆飘飘指极边，到时犹更二三千。登高晓蹋巉岩石，冒冷朝冲断续烟。

自学汉皇开土宇，不同周穆好神仙。秦民莫遣无恩及，大散关东别有天。

韩昭，字德华，长安人。为蜀后主王衍狎客，累官礼部尚书、文思殿大学士。唐兵入蜀，王宗弼杀之。韩昭原诗《从幸秦川过白卫献诗》如下：

吾王巡狩为安边，此去秦亭尚数千。夜照路岐山店火，晓通消息戍瓶烟。

为云亚峡虽神女，跨凤秦楼是谪仙。八骏似龙人似虎，何愁飞过大漫天。[①]

白卫岭，在四川昭化城西20公里朝阳堡，是唐、宋驿道的必经之地。其岭，东抵嘉陵江，西抵高庙铺，长岗连绵10公里。据《蜀中名胜记》载：唐明皇幸蜀过此，自白卫岭而下，示取绿山之兆，遂封岭神白卫。当地人刻石记其事，白卫岭之名流传于世。此地是唐宋时一大名胜，不少文武官员在此咏诗作赋，已载入《昭化县志》。但庙宇已毁，旧址犹在，松柏长势茂盛，几块残碑尚存。飘飘，飘荡、飞扬。汉边让《章华台赋》："罗衣飘飘，组绮缤

---

① （清）彭定求等编：《全唐诗》（第6卷），人民文学出版社1997年版，第4043页。

纷。"土宇，疆土、国土。刘知几《史通·杂述》："九州土宇，万国山川，物产殊宜，风化异俗。"周穆，指周穆王。周昭王之子，曾西击犬戎，东征徐戎。《穆天子传》载有他乘八骏西行见西王母的故事。秦民，此处指天水百姓。大散关，为周朝散国之关隘，故名散关，设于秦汉，废弃于明末，位于今宝鸡市南郊秦岭北麓，自古为"川陕咽喉"。《广记》卷241引《王氏见闻录》"王承休"条。文曰：过白卫岭大尹韩昭进诗曰[①]。王仁裕和曰。比较原诗与和诗，高下之分不难辨识。原诗阿谀之旨意昭然，而本诗自有高格，诗眼"自学汉皇开土宇，不同周穆好神仙"之句不免寄托了作者的仁君思想，有着进步意义。

（8）贺王溥入相

一战文场拔赵旗，便调金鼎佐无为。白麻骤降恩何极，黄发初闻喜可知。

跋敕案前人到少，筑沙堤上马归迟。立班始得遥相见，亲洽争如未贵时。

王溥（922—982），字齐物，宋初并州祁人。历任后周太祖、世宗、恭帝、宋太祖两代四朝宰相。948年仁裕知贡举，王溥甲科进士第一名，任秘书郎。故仁裕称其为门生。拔赵旗，此处指获胜。《史记·淮阴侯列传》："信所出奇兵二千骑，共候赵空壁逐利，则驰入赵壁，皆拔赵旗，立汉赤帜二千。"白麻，唐、宋册立皇后、太子，任免将相，决定重大征战等一朝大事，皆由翰林学士以白麻纸书写诏令，不用印，称为白麻。此处指进士榜。《石林诗话》（卷下）云：仁裕知贡举，王溥为状元，时年二十六。溥初拜相，仁裕犹致政无恙，以诗贺之云。又曰：溥在位每休沐必诣仁裕，从容终日。盛唐以来坐主门生之礼尤厚。《诗话总龟》前集卷14唱和门引《广卓异记》曰：乾祐元年，户部侍郎王仁裕放王溥状元及第。溥不数年拜相，仁裕时为太子少保，有诗贺曰。亦录有王溥的和诗《和座主王公仁裕见贺入相诗［题拟］》曰："挥毫文战偶搴旗，待诏金华亦偶为。白社遽当宗伯选，赤心旋遇圣人知。九霄得路荣虽极，三接承恩出每迟。职在台司多少暇，亲师不及舞雩时。"（见《广

---

① 王文才、王炎校笺：《蜀梼杌校笺》，巴蜀书社1999年版，第219页。

卓异记》卷六，又见《增修诗话总龟》卷十四引）可以互为参照。

（9）与诸门生春日会饮繁台赋

柳阴如雾絮成堆，又引门生饮古台。淑景即随风雨去，芳樽宜命管弦开。

谩夸列鼎鸣钟贵，宁免朝乌夜兔催。烂醉也须诗一首，不能空放马头回。

会饮，聚饮。《史记·廉颇蔺相如列传》："秦御史前，书曰：'某年月日，秦王与赵王会饮，令赵王鼓瑟。'"唐沈既济《任氏传》："崟与郑子偕行于长安陌中，将会饮于新昌里。"繁台，古台名。在今河南省开封市东南禹王台公园内，相传为春秋时师旷吹台，汉梁孝王增筑，后有繁姓居其侧，故名。门生，中国东汉称儒学宗师亲自授业者为弟子，转相传授者为门生。东汉中后期，渐与宗师形成私人依附关系；魏晋南北朝时期，作为依附人口的门生，与宗师有世袭的臣属关系，对门阀大族的形成和发展起了重要作用。唐代科举考试，考生得中进士后，对主考官亦称门生，虽有投靠援引之意，已非依附关系。后世门生，主要是指学术上的师承关系。列鼎鸣钟，指贵族大家。唐王维《寓言》诗："列鼎会中贵，鸣珂朝至尊。"朝乌夜兔，朝乌有两解。其一曰鸟名。《梁书·诸夷传·高昌国》："有朝乌者，旦旦集王殿前，为行列，不畏人，日出然后散去。"其二，古代传说日中有三足乌，故称太阳为金乌，朝乌，即早晨的太阳。夜兔，传说月中有玉兔，借指月亮。此处指日出月落，形容光阴迅速。唐·韩琮《春愁》："金乌长飞玉兔走，青鬓常青古无有。"[①]后汉乾祐元年（948），王仁裕的门生王溥任后汉高祖的宰相，王仁裕以太子少保致仕，定居汴梁。《诗话总龟》前集卷22宴游门引《拾遗》曰：公知举时年已老，诸子皆亡唯有幼孙，又与诸门生春日会饮于繁台赋诗曰。他的政治生活走上了赋闲阶段，然而，他的诗文创作仍未停息，这首诗即是他晚年生活的写照。其中"烂醉也须诗一首，不能空放马头回"之句，表明了他虽养尊处优，但勤奋创作的思想观念，从一个侧面反映了生平作诗数量巨大和名号

[①] 冯其庸：《冯其庸文集》（第12卷）《中国文学史稿》（下），青岛出版社2012年版，第734页。

"诗窖"的历史真实性。

（10）示诸门生

二百一十四门生，春风初长羽毛成。掷金换得天边桂，凿壁偷将榜上名。

何幸不才逢圣世，偶将疏网罩群英。衰翁渐老儿孙小，异日知谁略有情。

天边桂，代指月亮，传说月中有桂树。宋晏殊《秋蕊香》词："何人翦碎天边桂，散作瑶田琼蕊。"五代顾封人《月中桂树》："芬馥天边桂，扶疏在月中。"凿壁，"凿壁偷光"之省，《西京杂记》卷二："匡衡，字稚圭，勤学而无烛。邻舍有烛而不逮，衡乃穿壁引其光，以书映光而读之。"后即以"凿壁偷光"为刻苦攻读之典故。《敦煌曲子词·菩萨蛮》："数年学剑工书苦，也曾凿壁偷光路。"衰翁，王仁裕自指。本诗有当时文坛一段佳话逸闻。《五代史补》曰：王尚书仁裕乾祐初放榜二百一十四人，乃自为诗云。陶榖为尚书，素好诙谐，见诗佯声曰："大奇！大奇！不意王仁裕今日做贼头也。"闻者皆大笑。《诗话总龟》前集卷22宴游门引《拾遗》李文正公曰："少保王仁裕与诸门生饮，出一诗板挂于挂次曰。《谈录》曰：仁裕知贡举时己年高有数子皆早亡，诸孙并幼。一日生徒毕集出诗笺曰。"从"衰翁渐老儿孙小，异日知谁略有情"的具体描写看，晚年王仁裕在叹呼门生之众的乐怀时，也表现了他暮年寂寥、无奈与人生的怅惘。

（11）过平戎谷吊胡翙

立马荒郊满目愁，伊人何罪死林丘。风号古木悲长在，雨湿寒莎泪暗流。

莫道文章为众嫉，只应轻薄是身雠。不缘魂寄孤山下，此地堪名鹦鹉洲。

平戎谷，史载不详。据《太平广记》卷266轻薄二"胡翙"条的记载看，平戎谷应在大梁（今开封）附近。胡翙，生卒不详。王仁裕《王氏见闻录》：

"有胡翙者,佐幕大藩,有文学称,善草军书,动皆中意。"因狷介之气,为五代后唐节度使张筠酒醉斩杀并诛没全家,悉数填埋平戎谷口。寒莎,衰草。《说文》:莎,镐侯也。亦名沙随,一名地毛,其实附根而生,谓之缇,即今香附子。《汉书·司马相如传》:薛莎青薠。此引祢衡被黄祖杀害葬于鹦鹉洲的典故。鹦鹉洲,原在武昌城外江中,相传由汉末年祢衡在黄祖的长子黄射大会宾客时,即席挥笔写就一篇"锵锵戛金玉,句句欲飞鸣"的《鹦鹉赋》而得名。隋唐至宋皆为名家登临赋唱,此洲在明末渐沉没。《广记》卷266引《王氏见闻》"胡翙"条。文曰:有胡翙者,佐幕人藩,有文学称。善草军书,动皆中意。翙常少其帅,蔑视同辈,不为礼构之主帅,尽室坑平戎谷。仁裕过而吊之。后晋立,迁都开封,王仁裕初任郎中,后升任谏议大夫,这期间,曾奉命出使南平国。途中知书生胡翙因恃才傲物而全家被杀的冤案,激起了他对统治者强烈的不满,遂赋诗凭吊。本诗充溢着王仁裕对自己的同类因才遭祸的恻隐之情,客观上反映了封建社会扼杀、压抑人才,致使奴才得以衍生的政治特征。该作有浓厚的人文色彩,在当时兵乱不断、朝代更迭的特殊时代,更有着不一般的思想意义。

(12)奉诏赋剑州途中鸷兽

剑牙钉舌血毛腥,窥算劳心岂暂停。不与大朝除患难,惟馀当路食生灵。

从将户口资噉口,未委三丁税几丁。今日帝王亲出狩,白云岩下好藏形。

剑州,以境内的剑阁(即当时的剑阁道)而得名,盛时包括今梓潼县、江油市东部等地区,州治普安县(今剑阁县普安镇)。剑州从唐初先天二年(713)首置一直到民国二年(1913)改为剑阁县,其建制历史近1200年,因此渊源,今剑阁县又别称"剑州"。户口,此处指人口。贾谊《新书·匈奴》:"窃料匈奴控弦大率六万骑,五口而出介卒一人,五六三十,此即户口三十万耳,未及汉千石大县也。"《广记》卷241引《王氏见闻录》"王承休"条。文曰:蜀后主幸秦川至剑州西,鸷兽于路左丛林间跃出搏一人去。至行宫,顾问臣僚皆陈恐惧。主寻命从臣令各赋诗,王仁裕诗曰,翰林学士李浩弼进诗曰。后主览之大笑曰:"此二臣之诗各有旨也。"即只该作。诗以吃人的恶虎影射凶残成性的军阀,"不与大朝除患难,惟馀当路食生灵"之说,流露了他对只图自己称霸,不顾人民死活的军阀的极度不满,虽用笔诙谐,但有着鲜明的进步思想。

(13)放猿①

放尔丁宁复故林,旧来行处好追寻。月明巫峡堪怜静,路隔巴山莫厌深。

栖宿免劳青嶂梦,跻攀应惬白云心。三秋果熟松梢健,任抱高枝彻晓吟。

黠慧,狡猾聪慧。唐崔颢《邯郸宫人怨》诗:"七岁丰茸好颜色,八岁黠惠能言语。"跳踯,上下跳跃。韩愈《答柳柳州食虾蟆》诗:"跳踯虽云高,意不离汀淖。"红绡,红色薄绸。白居易《琵琶行》:"五陵年少争缠头,一曲红绡不知数。"丁宁,言语恳切貌。唐张籍《卧疾》诗:"见我形颠顿,劝药语丁宁。"青嶂,如屏障的青山。《文选·沉约》:"郁律构丹巘,崚嶒起青嶂。"吕向注:"山横曰嶂。"杜甫《月》诗之一:"若无青嶂月,愁杀白头人。"《广记》卷44引《王氏见闻》"王仁裕"条。文曰:仁裕从事汉中,有献猿儿者,怜其黠慧,育之,名曰"野宾"。经年壮大,跳踯颇为患,系红绡于颈,题诗送之。《诗话总龟》前集卷29书事门引《脞说后集》曰:王仁裕尝养一猿,名之曰"野宾"。久而放之因作诗曰。汉中,即兴元。李昉文曰"从事汉中""罢职入蜀"等皆合仁裕履历。本诗具有重要的人文地理学研究价值,反映了人猿和谐与作者对猿的期许、殷殷之情,读来令人感动。

---

① 诗原注:"仁裕从事汉中,有献小猿者,怜其黠慧,育之,名曰野宾。经年壮大,跳踯颇为患,系红绡于颈,题诗送之。"

（14）遇放猿再作①

嶓冢祠前汉水滨，饮猿连臂下嶙峋。渐来子细窥行客，认得依稀是野宾。

月宿纵劳羁绁梦，松餐非复稻粱身。数声肠断和云叫，识是前时旧主人。

汉江，汉水。壖，河边的空地或田地。《汉书》："故尽河壖弃地，民茭牧其中耳。"嶓冢，山名。在今甘肃天水、礼县、徽县之间，今齐寿山，古人称是汉水上源，山上有庙。此处指汉江源头，即陕西宁强县大安镇嶓冢山（汉王山）。嶙峋，形容山势峻峭、重叠、突兀的样子。子细，小心，留神。宋罗大经《鹤林玉露》卷十："相公且子细，秀才子口头言语，岂可便信？"羁绁，亦作"羁紲"。拘禁；系缚。欧阳修《答圣俞白鹦鹉杂言》诗："渴虽有饮饥有啄，羁绁终知非尔乐。"《王氏见闻录》（《广记》卷44引）云：仁裕罢职入蜀，行次汉江壖、嶓冢庙前，见一巨猿舍群而前，于道畔古木间，垂身下顾，红绡仿佛而在，以野宾呼之，声声应和，立马移时，不觉恻然，遂继之一篇云。《诗话总龟》引《脞说后集》曰：仁裕后入蜀，过嶓冢祠前，汉水之阴，有群猿联臂而下，饮洁流。有巨猿舍群而前从者指之曰："此野宾也。"呼之犹应，哀吟而去。又作一篇云。本诗写人猿故交，颇为感人。人猿之情如此相通，感人至深，读来不觉为之落泪。此作千余年来为人颇多摘引，堪称佳构。

（15）《大散关》句

铁锁寨门肩白日，大张旗帜插青天。

肩，担荷。大散关，位于陕西省宝鸡市南大散岭上。北连渭河支流，南通嘉陵江上源。散关当山川之会，扼西南、西北交通要道枢纽，亦称崤谷。此句出于王仁裕《大散关》诗，作品全貌虽不可见，但因此看得出作者诗力雄厚，对仗工整且意境颇高远，独有气势。

---

① 诗原注："仁裕罢职入蜀，行次汉江壖嶓冢庙前，见一巨猿舍群而前，于道畔古木间垂身下顾，红绡宛在，以野宾呼之，声声如应。立马移时，不觉恻然，遂继题一篇云。"

第三节　学界辑佚王诗对陇蜀浮世的反映

现代研究者从别集里辑佚增补的王仁裕叙写唐末五代陇蜀浮世之作，列举如下。《全唐诗补编·续拾》卷四十二（五代下）载其诗歌两首[①]：

（1）戏后主出降诗
　　蜀朝昏主出降时，衔璧牵羊倒系旗。二十万军高拱手，更无一个是男儿。

蜀朝昏主，前蜀后主王衍，918—925年在位，共七年。王衍（899—926），字化源，王建第十一子，许州舞阳人（其故里今属河南舞钢市），母亲是王建宠妃徐氏。后唐攻蜀，重兵而乱，遂出降，封为通正公。后在被送赴洛阳途中，李存勖遣人灭其一族，死年二十八岁。有文才，能为浮艳之词，著有《烟花集》，词存二首。王衍及时行乐的思想，是倾覆社稷、身死人手的主因。欧阳修《新五代史·伶官传序》云："忧劳可以兴国，逸豫可以亡身，自然之理也。"一语中的。衔璧牵羊，为"面缚衔璧"之典故。两手反绑而面向前，口含碧玉以示不生。古人用以表示投降请罪。《左传·僖公六年》："许男面缚衔璧，大夫衰绖，士舆榇。"《史记·宋微子世家》："周武王克殷，微子乃持其祭器造于军门，肉袒面缚，左牵羊，右把茅，膝行而前以告。"北齐·杜弼《为东魏檄梁文》："若吴之王孙，蜀之公子，顿时以动，见机而作，面缚衔璧，肉袒牵羊，归款军门，委命下吏。"别作"肉袒面缚，衔璧牵羊"。《资治通鉴·后唐庄宗同光三年》："蜀主白衣，衔璧、牵羊，草绳萦首，百官衰绖，徒跣，舆榇，号哭俟命。"即五代前蜀后主王衍投降的情况。据五代何光远《鉴诫录》所载：故兴圣太子随军王承旨（失名）有咏后主出降诗曰，即引此诗。涵芬楼排印本《说郛》卷三十四《豪异秘纂》引王仁裕《蜀石》有此。此诗《鉴诫录》卷五《徐后事》谓王承旨作，《后山诗话》则以为花蕊夫人作，文字略异。《全唐诗》卷七九八收花蕊名下，另注"一作蜀臣王承旨诗"。《全唐诗续补遗》卷十一据《鉴诫录》收归王承旨。今检《说郛》所引

---
① 陈尚君辑校：《全唐诗补编》全三册，中华书局1992年版，第41卷。

与《鉴诫录》所载较相似，而于此诗作者则云为"兴圣太子随军仁裕"。王仁裕初仕前蜀，尝随侍王衍作诗，蜀亡入洛，仕后唐。《说郛》所载可从此确正。王仁裕小说《蜀石》收今人宁稼雨《中国文言小说总目提要》（齐鲁书社1999年版）第二编唐五代传奇类。北宋无名氏编撰的传奇小说选集《豪异秘纂》（又名《传记杂编》），虽只收录有张说《扶余国主》（即唐传奇名篇《虬髯客传》）、郑文宝《历代帝王传国玺》、从孙无释《祖伯》、罗隐《仙种稻》、王仁裕《蜀石》等五篇传奇小说，但它是宋代唯一一部传奇小说选集，以"传记"命名，颇能反映北宋人对单篇传奇的看法。与《太平广记》"杂传记"所体现出来的传奇小说的文体规范相一致，可与之互证。

（2）长兴中题杜光寺（题拟）

上尔高僧更不疑，梦乘龙驾落沉晖。寒暄晕映琉璃殿，晓夜摧残氀衲衣。金体几生传有漏，玉容三界自无非。莓苔满院人稀到，松畔香台野鹤飞。

杜光寺，在长安近郊。宋张礼《游城南记》："杜光村有义善寺，俗谓之杜光寺，贞观十九年建，盖杜顺禅师所生之地。顺解《华严经》，著《法界观》，居华严寺，证圆寂，今肉身在华严寺。"氀衲衣，即氀褐，毛织的僧衣。《说文》："氀，兽细毛也！"《字林》："氀，细羊毛也。"本诗见元骆天骧《类编长安志》寺观类"杜光寺"条云，长兴中王仁裕题诗云云。今据黄永年先生《述〈类编长安志〉》[①]转录。据《王仁裕墓志铭铭文》后唐明宗长兴四年（933），王仁裕五十四岁，仍为王思同西京留守判官。此诗当作于长安时在前一年间，表达了作者对杜光寺向往和对僧家环境的赞美。

《全唐诗续拾》卷五十八谚语：

（1）王仁裕引谚一

一饮一啄，系之于分。

---

① 黄永年：《述〈类编长安志〉》，《中国古都研究》（第一辑）中国古都学会第一届年会论文集，浙江人民出版社1985年版。

该谚见《太平广记》卷一五八《玉堂闲话》引,表明厌苦求乐乃人之常情。

（2）王仁裕引谚二
孤云两角,去天一握。

该谚见《类说》卷五四《玉堂闲话》引,这句谣谚指山势雄壮高拔,突出一个"高"字。

《全唐诗续拾》卷五十四无世次下:

王仁裕句
早角树头悬拍板,葫芦架上钓茶锤。

早角树,即皂角树,是我国特有的苏木科皂荚属树种之一,生长旺盛,雌雄异株。皂荚结子,触碰易落。茶锤,捣捶器具,质量沉重。该句见曾慥《类说》卷五四引王仁裕《玉堂闲话》,以悬物忌讳比喻情势危急。

宋代周密《浩然斋雅谈》收录:

望春明门哭蜀后主
九天冥漠信沉沉,重过春明泪满襟。齐女叫时魂已断,杜鹃啼处血尤深。
霸图倾覆人全去,寒骨飘零草乱侵。何事不如陈叔宝,朱门流水自相临。

春明门,古长安城门名,为城东三门之中门。刘禹锡《和令狐相公别牡丹》:"莫道两京非远别,春明门外即天涯。"陈叔宝,即陈后主（553—604）,字元秀,南朝陈国皇帝,582—589年在位时大建宫室,生活奢侈,不理朝政,日夜与妃嫔、文臣游宴,不一而足。隋军南下,自恃长江天险,不以为然。祯明三年（589）,隋军入建康,陈叔宝被俘,后病死洛阳,追赠大将军、长城县公。该作出自（宋）周密《浩然斋雅谈》卷中,载"王仁裕过关中望春明门,乃蜀后主被诛之地,乃作诗哭之",但《全唐诗》《全唐诗补编》及《续拾》均未辑录①。此作表达了作者对亡国之君无限的感慨和悲伤,通过对比陈叔宝,对王衍不能善终表示了极其深沉的惋惜。

陈尚君先生2017年辑佚王仁裕叙写陇蜀唐末五代时期浮世生活的诗作四首②:

(1) 戮后主出降诗

蜀朝昏主出降时,衔璧牵羊倒系旗。

二十万军高拱手,更无一个是男儿。

此诗见于原本《说郛》卷三四《豪异秘纂》引王仁裕《蜀石》。另《鉴诫录》卷五、《能改斋漫录》卷八作王承旨诗。第三句,《能改斋漫录》作"二十万人齐拱手"。《全唐诗》收有这首诗,但在卷七九八花蕊夫人名下,题作《述国亡诗》,来源是宋人陈师道《后山诗话》:"费氏,蜀之青城人。以才色入蜀宫,后主嬖之,号花蕊夫人。效王建作《宫词》百首。国亡,入备后宫。太祖闻之召使,陈诗诵其《国亡诗》云:'君王城上竖降旗,妾在深宫那得知。十四万人齐解甲,更无一个是男儿。'太祖悦,盖蜀兵十四万,而王师数万尔。"文字虽有不同,但可肯定是一首诗的异传。陈尚君先生曾撰文《"更无一个是男儿"考辨》涉及相关问题③,值得注意的是,《鉴诫录》作成时间在后蜀时,最迟不晚于广政中期(即950年左右)。《后山诗话》所述只是一个传闻,所谓花蕊夫人费氏,经浦江清《花蕊夫人宫词考证》之严密推求,费氏作《宫词》基本可以否定,其人之有无,也大可怀疑(孟昶眷属归宋后情况,可参柳开撰《孟玄喆墓志》)④。王仁裕在前蜀亡前夕,曾随同蜀后主王衍君臣一行人远幸秦州,沿途有诗。唐军犯境,他仓惶归蜀,目睹了前蜀君臣视国

---

① 赵军仓:《王仁裕及其作品研究》,四川师范大学硕士学位论文2010年中国知网版,第56页。
② 陈尚君:《说王仁裕佚诗四首》,《文史知识》2017年第1期。
③ 陈尚君:《"更无一个是男儿"考辨》,《东方早报》2013年8月25日。
④ 浦江清《花蕊夫人宫词考证》,原刊1946年《开明书店二十周年纪念文集》,1958年人民文学出版社出版《浦江清文录》收入该文,今有中华书局1985年重印本《开明书店二十周年纪念文集》。

事如儿戏，最终国败身亡的过程。前蜀亡，押降国君臣一行往洛阳，王仁裕作为随从也经历了王衍一家在长安被诛的过程。前蜀的悲剧是荒唐出游天水、拒绝谏言的结果。《旧五代史·僭伪王建传》云："其月（十一月）二十七日，魏王至成都北五里升仙桥，伪百官班于桥下，衍乘行舆至，素衣白马，牵羊，草索系首，面缚衔璧，舆梓而从。"前蜀太祖王建自光启间在蜀中坐大，军力在其后三十多年间皆称雄武，故底定一方，攻夺岐陇，实力不容小觑。但自后主王衍即位后，内有太后、太妃之弄权，外有佞臣之蛊惑，国事不理，军政不修，未经接战，旋踵败亡。《旧五代史·唐庄宗纪》载平蜀时，蜀中尚有军队十三万，诗云二十万是言其成数。非身历其事，写不出如此"二十万军高拱手，更无一个是男儿"的诗句。

（2）望春明门

九天冥漠信沉沉，重过春明泪满襟。齐女叫时魂已断，杜鹃啼处血尤深。

霸图倾覆人全去，寒骨飘零草乱侵。何事不如陈叔宝？朱门流水自相临。

此诗首见南宋末周密撰《浩然斋雅谈》，称王仁裕过关中望春明门，乃蜀后主被诛之地，作诗哭之曰。春明门是唐长安城的正东门，系京（长安）、洛（洛阳）大道起点。时王衍君臣降唐后，奉旨于同光四年（926）正月初二率同家人，包括其生母顺圣太后（浦江清考定的《花蕊夫人宫词》作者徐氏，即小徐妃），以及前蜀文武百官从成都起程，往洛阳朝圣或者说是献俘，费时三四个月。后唐伐蜀的主帅是兴圣太子李继岌，为庄宗长子，但年轻而不经事，军政大权则掌控在权相郭崇韬手中。前蜀既定，二人矛盾激化，庄宗命太子设局杀郭，后又诛功臣朱友谦，引动魏州军藩李嗣源反叛称兵南指，导致四月初庄宗败亡，明宗即位。新立君主，降诏在长安将王衍一行尽皆处死，宦者矫诏仅杀王衍及其家人。《锦里耆旧传》卷六所载欧阳彬为王衍起行时上表，包括"母亲并姨舅兄弟骨肉等"至少也应有几十口，即在春明门外被处死。王仁裕"重过春明门"，故地再途赋诗吊之。首联叙写以昏暗肃杀的气氛开场,继写伤怀落泪之悲;颔联连用齐女魂断、杜鹃啼血两个典故写负冤之深;颈联以"霸图倾覆"喻王建拥蜀、开汉(习称前蜀,国名为汉),而历两世覆亡,以致王衍被杀草草蒿埋,所见已经是寒骨飘零、荒草芜乱;尾联感慨隋灭陈时,后主陈叔宝归降入长安后受到礼遇,得终天年。相比之下,王衍举蜀归降,下场却如此不幸,使人顿生为其不平之感。这里所写朱门即指春明门,流水当指绕城河水,借以诉说感受者无尽的悲哀。这首诗的发现,述及王衍之死以及王仁裕对故主之同情哀悼,都具重要文献价值。诗也写得感情强烈,是王仁裕存世诗中较重要的一首。其作时,约在天成元年(926)至清泰元年(934)之间,其间王仁裕曾数度来往京洛,且任职时间较长,因而难以确知。从另一个角度看,此诗还表现了作者过关中望春明门——蜀后主被诛之地时复杂的内心感触,有往事伤怀的酸楚,也有霸业毁没的遗憾和感慨,也有对蜀后主不重贤明、贪图安逸的暗暗责问。

(3)题杜光寺

上尔高僧更不疑,梦乘龙驾落沉辉。寒暄晕映琉璃殿,晓夜摧残毳衲衣。

金体几生传有漏,玉容三界自无非。莓苔满院人稀到,松畔香台野鹤飞。

此诗见元人骆天骧著《类编长安志》卷五。杜光寺,在长安城南杜光村,本唐义善寺,俗呼为杜光寺。贞观十九年建,盖杜顺禅师所生之地。顺解《华严经》,著《法界观》,居华严寺,证圆寂,大师坐化,肉身连环,灵骨葬樊川华严塔,至今呼樊川为华严川。长兴中,王仁裕题此诗,由此基本可以确定此诗为其长兴间(930—933)任王思同西京留守判官时所作。其时为唐明宗在位的后期,系五代最为太平的一段时间。王仁裕公私多暇,因而得以寻访城南名区。据日本宽永刊本《开元天宝遗事》卷首所存他的自序,称其时还曾"询求事实,采摭民言,开元天宝之中,影响如数百件,去凡削鄙,集异编奇,总成一卷,凡一百五十九条",与此诗为同时作。杜顺(557—640),隋唐间名僧,一生以弘传《华严经》为宗旨,著作以《华严法界观门》《华严五界止观》最有名。他于贞观十四年（640）逝世于长安城南义善寺，五年后寺名改为杜光寺，寺内建其灵骨塔，俗称华严塔。王仁裕寻访华严塔而题诗，赞叹杜顺屡受皇帝重视，得证佛业。此诗写他入寺瞻礼时的所见所感，虽然作者所见已不复往年之全盛，但他从寂静荒凉中仍能感受到往年的禅机。此作诗境颇为丰满，可见王仁裕为诗之善于写景抒情。

（4）耶孤儿（歌行）

北方有兽生寒碛，怪质奇形状不得。如狟如貉不狟貉，狁指兔头猴颡额。

善挐攫，能跳掷，中华有眼未曾识。天骄贵族用充庖，凤髓龙肝何所直。

彼中君长重欢盟，藉手将通两国情。方木匣身皮锁项，万里迢迢归帝城。

黄龙殿前初放出，乍对天威争股栗。形躯无复望生全，相顾皆为机上物。

惧鼎俎，畏牺牲，天子仁慈不忍烹。送在沙台深穴里，永教闲处放生长。

郊外野僧黯物情，朝晡豢养遵明圣。泽广罗疏天地宽，从此不忧伤性命。

同华夷，共胡越，粒食陶居何快活。虽感君王有密恩，言语不通无所说。

凿垣墙，寘陵阙，生子生孙更无歇。如是孳蕃岁月多，兼恐中原总为穴。

耶孤儿，耶孤儿，语浅义深安得知。①

---

① 录文稍有误失，本处所引据陈尚君先生依韩国原本校录。"永教闲处放生长"一句之"生长"二字，疑当作"长生"。诗后有尾注：愚尝窃议之曰："耶者，胡王也；儿者，晋主也。言耶孤儿，乃父辜其子也。"其后，戎王犯阙，劫晋主，据神州，四海百郡皆为犬戎之窟穴，耶孤儿先兆，可谓明矣。参见蒲向明：《玉堂闲话评注》，中国社会出版社2007年版，第335页。

张国风著文《韩国所藏〈太平广记详节〉的文献价值》最早介绍此诗[①]，中土所存《太平广记》刻本，以谈本最著名，另有明清钞本、校本多种，稍有缺卷，上引一节则各本皆无。《太平广记详节》凡四十卷，为《太平广记》之选本，此节适存，足补中土各本之缺。此诗应源于王仁裕撰《玉堂闲话》，书凡自己亲历见闻之事，皆作第一人称叙述。但《太平广记》收入时，则多改为第三人称。"司封郎中王仁裕为其不祥之物"一句，在《玉堂闲话》中当作"余时为司封郎中，为其不祥之物"之类。"愚尝窃议之"即改写未尽者。王仁裕存世诗歌以七律为多，此诗是其目前所知唯一的歌行体作品。后唐明宗去世后，继任者闵帝李从厚为人暗弱，帝位为明宗养子李从珂即唐末帝所夺。明宗婿石敬瑭拥有河东强藩，与末帝交恶后，乃引契丹为助，以割让燕云十六州之代价，使契丹助己，击败末帝，取而代之，世称晋高祖，对契丹则称儿皇帝。王仁裕初仕唐末帝而得信任，入晋后并不太得志。高祖在位近六年，与契丹保持相对平和之关系，互有赠馈，来往相望于途。庚子为天福五年（940），契丹赠晋异兽耶孤儿十多头。耶孤儿形体介于貊与貉之间，从"其肉鲜肥"来说，可能是今内外蒙古一带所出之动物，狗獾、浣熊之类，非中原所有，在契丹主或仅是赠异兽以供晋主尝鲜之行为，晋主则视为稀罕物，且为契丹主所赠，不敢造次，乃于皇家苑囿之沙台苑，令山僧豢养。五六年间，此兽繁殖迅速，衍生渐多，又善穴洞，成为京郊奇观。王仁裕感其事，作歌行以咏其事，其诗体则近乎新乐府。关于此诗的作时，肯定在晋亡之后，最大可能写于后汉间。诗作除叙述此兽之体貌、习性，以及契丹与晋之间的馈赠来往外，王仁裕特别感慨此兽在中原生存发展能力之强，五六年间即孳育众多。"同华夷，共胡越，粒食陶居何快活"。"凿垣墙，寘陵阙，生子生孙更无歇。如是孳蕃岁月多，兼恐中原总为穴"。他没有在此感受到胡越共存的欣慰，而是强烈地感受到异族文化入侵中原的危机感，并将其与开运末晋与契丹从交恶到开战，终至戎主率军南侵，犯阙灭晋，几乎要建立中原王朝联系在一起。王仁裕从所述事件的剧烈变动中，感受到耶孤儿虽是异类，但足为契丹灭晋之先兆，且特别提醒中原士人对此要有强烈的危机感。本诗的

---

① 张国风：《韩国所藏〈太平广记详节〉的文献价值》，《文学遗产》2002年第4期。

可贵之处,不仅让我们看到王仁裕诗作忧国忧民的另一面,也看到以沙陀族为主体建立的后唐、后晋王朝,此时已经俨然以中原王朝汉文化中心自居的僭越心态,并且透露出此歌行作者对契丹之入侵中原,抱有的强烈敌视态度。王仁裕在这段叙事及咏诵耶孤儿的长诗中,不自觉地宣泄了胡风之渐、中原之变的史动趋势,恰切表达了历史的某些独特观察。

王仁裕陇蜀诗的思想性和艺术性,是在对唐末五代陇蜀地域浮世生活描写的整体构型中显现出来的。王仁裕在文学上先以诗名,北宋时学界于此即颇为看重,欧阳修《新五代史》载"集其平生所作诗万余首为百卷,号《西江集》",明人由看重而至于推崇,程登吉《幼学须知》称:"汉晁错多智,景帝号为'智囊';王仁裕多诗,时人号为'诗窖'",将其与晁错想提并论。至清代,吴任臣《十国春秋》云:"其生平作诗逾万首,蜀人呼之曰'诗窖子'"。稍后,邹圣脉增补《幼学须知》易名《幼学琼林》,成为蒙学经典,因其沿袭明人之辞,王仁裕"诗窖"美誉随之广泛传扬开来。但是,在清初王仁裕诗作遗存已成寥落之势,《全唐诗》736卷,且只有15首完整诗作和两首残诗,其余或见者属于零星,而且真伪难辨,不好定论。这种现状延续至今,难以与"诗窖"之誉持衡。相比之下,其笔记小说留存较多,在文学史上占有一定地位,有丰富的文化内涵和很高的文学价值,呈现一种与诗作遗存及其成就悬殊的不对称状态[①]。

第四节　王仁裕陇蜀诗歌的思想性、艺术性

宋以后,由于王仁裕子嗣住址的南迁、战争的频繁和人世变迁,王仁裕的著述亡佚甚多。以王仁裕自己结集的《西江集》为例,"有诗万余首,勒成百卷"(《旧五代史·周书》)。《全唐诗》仅编其存诗一卷。尽管如此,我们仍然可以从现有王仁裕作品中"触摸"到其诗歌具有的思想性。

首先,匡扶济世的雄心、建功立业的抱负,贯穿于王仁裕全部作品之始

---

① 蒲向明:《王仁裕的文学成就》,《天水行政学院学报》2003年第3期。

终。王仁裕20多岁的诗作，还未脱书生的稚嫩，思想内容仅限于描摹叙述、状物寄情方面"著赋二十余首，甚得体物之妙"。在入仕秦州之后，追思秦先祖精神（《秦亭篇》），抒发他的政治抱负（《题麦积山天堂》）。南下兴元（今汉中）时，在刘邦称过汉王的故地，瞻仰孤云岭，咏怀月光下为萧何所追的韩信，感怀中莫不蕴含图佐明君，昌国盛邦的思想（《题孤云绝顶淮阴祠》）。在洛阳、开封的大部分作品也未离这一主线。如《过平戎谷吊胡翙》《与诸门生春日会饮繁台赋》等作品。

其次，关心国事，分辨忠奸，指斥昏庸腐朽的佞臣权贵乃至人君，始终是王仁裕作品内容的一个重要部分。他入蜀事王衍，对这个选择了竞豪逐奢，最后走上不归路的君主"屡陈谠言，颇尽忠节"，他在《从蜀后主幸秦州上梓潼山》里说：

綵仗拂寒烟，鸣驺在半天。黄云生马足，白日下松巅。
盛德安疲俗，仁风扇极边。前程问成纪，此去尚三千。

这首诗，起落似均盛赞幸驾秦州的铺张盛况，但仔细研读，就会发现其中作者的憎恶、轻蔑意味："盛德""仁风"，岂是一个苟安偷生、醉生梦死、钟情风月的小皇帝所能有的？诗的最后两句，已应了前程渺茫的史实，幸秦州未遂，半途而废，等待这位主儿的，是国破家亡。后唐时（931—934）他随王恩同往返兴元、西京之间，得以有机会写成《开元天宝遗事》，在记述宫中琐闻杂事、风俗习尚之中，多涉猎王公贵族的淫靡之行，如其中的《渔池鱼》写道：

明皇欲以李林甫为相，后因召张九龄问可否，九龄曰："宰相之职，四海俱瞻，若任人不当，则国受其殃，只如林甫为相，然宠擢出宸衷，臣恐他日之后祸延宗社。"帝意不悦。忽一日，帝曲宴近臣于禁苑中，帝指示九龄、林甫曰："槛前盆池中所养鱼数头，鲜活可爱。"林甫曰："赖陛下恩波所养。"九龄曰："盆池养鱼，犹陛下任人，他但能装景致助儿女之戏耳！"帝甚不悦。时人皆美九龄之忠直。

这段叙写,虽断续五端,但于简明情节中塑造了三个鲜活人物形象:张九龄深明大理,知人荐任,忠直不阿;李林甫谄媚奉承、甘言诱人;唐明皇用人不当,刚愎自用,不察忠言逆耳。整段叙述褒贬分明。王仁裕在罢职闲居时写的《归山集》500首,寄托过他欲与昏聩朝纲决裂的"终焉之志",由此获知,他对李存勖立国后期的无道治世已大失所望。

第三,王仁裕的部分诗作表现了他心谐自然、酷爱自由的性格追求,这继承了古贤"物我一理、万类平等"的思想。其《放猿》诗以猿为主题写道:

放尔丁宁复故林,旧来行处好处寻。明日巫峡堪怜静,路隔巴山莫厌深。

栖宿免劳青嶂梦,跻攀应愜白云心。三秋果熟松梢健,任抱高枝彻晓吟。

是时仁裕任事汉中,有人以幼猿为礼物。他受而育之,并不为自己一时之娱。待到幼猿长大"跳掷颇为患"之时,他给猿项系红绡为记,并题诗送猿归于自然的怀抱。诗中犹如一个仁慈的长者对长足远行的后生谆谆嘱咐,对猿之关爱确有令人感动之处。人以友善之心待裸毛鳞介,裸毛鳞介才能用信任的态度待人。此诗题旨与古语所谓"鸥鹭忘机"[①]、超脱世俗之心相合,使人油然悟到"人鸟不相乱,见兽皆相亲"的佳句[②]。还有《遇放猿再作》《奉诏赴剑州途中鸶兽》等诗,其中深含着重视生命、尊重自然而非人为扭曲的生命形态,尊重人与其他生命体和谐关系的思想。

第四,王仁裕一生大半为宦于府,也有不少时间奔波于长道、秦州、兴元、洛阳、开封之间,由此写下了许多游历名胜显迹的篇章。这些作品体现

[①] 见《列子·黄帝》:"海上之人有好沤(鸥)鸟者,每旦到早上,从沤鸟游,沤鸟之至者百住(数)而不止。其父曰,吾闻沤鸟皆从汝游,汝取来吾玩之。明旦之海上,沤鸟舞而不下也。"《三国志·魏志·高柔传》引孙盛语:"鸥鹭忘机,乃下"云。

[②] 王维:《戏赠张五弟諲》"机心内萌,则沤鸟不下。",《全唐诗》卷一百二十五,见中华书局排印本,1979年版。

了一定的哲学思想。试看《题赠斗山观》：

> 霞衣欲举醉陶陶，不觉全家住绛宵。拔宅只知鸡犬在，上天谁信路歧遥。
> 三清辽阔抛尘梦，八景云烟事早朝。为有故林苞柏健，露华凉叶锁金飙。

思考人存在的意义，思考人在宇宙中的位置，似在一千多年前王仁裕笔下酝酿再三。"天人合一"的观念，自西周始出，从不同角度被给予很不相同的阐释。但心融自然，物我合一的核心寓意，在这首诗中得到完美体现，天道人悟在这里水乳交融。《春秋繁露·阴阳尊卑》中说："夫喜怒哀乐之发，与清暖寒暑，其实一贯也。"正是依了这种性格的感应，950年，年事已高的王仁裕在《玉堂闲话》中以"一登群山皆如庵楼"的豪迈之情写下了名篇《麦积山》，使远古的杰作能与现代人相通，与《庾信铭》成为麦积山诗文中的两璧之作。他最早留下有关甘肃天水名胜麦积山的完整资料，对麦积石窟在20世纪30—40年代名闻全国不无贡献。

此外，王仁裕写音乐的作品，营造亦幻亦真的艺术氛围，描述诗人对艺术的感悟和心灵理念的自由驰骋，有独到的感人之处；他记述与后人交往的作品，表明了他唯贤能是举的选人用人原则，体现了他尽全力奖掖后进的师者风范，从一定意义上表现了他为国为民的爱国思想。王仁裕时称"诗窖子"，言其写作之勤奋，作品数量之巨大。但归根结底是因为他的复杂经历和艰深涉世，造就了他的诗人和学者风范，这也是其作品思想性的渊源之所在。

但是，王仁裕毕竟是一个遽变无常的封建时代的作家。那个时代造就了他，也使他免不了带有那个时代的烙印，使他在创作上无法超越时代和社会视野的局限。他的进取、他的叛逆多是针对与他那个利益集团内部的种种情况，针对妨碍他个人保留闲适和荣耀的种种波折和束缚。他作品中的思想追求有和当时大众相同的地方，也有与民众存在的思想上本质的区别。一些抒发个人闲情逸致和自由舒适的思想倾向，当然现在看来，是一种士大夫养尊处优所特有的遐思和恬淡，是不太容易引起后学共鸣的①。而他在诗歌、宫闱和官场故事中流露出来的宿命庸俗思想和荒诞的因果报应观念，是不足取的。

《苕溪渔隐丛话》中说："古今诗人，以诗名世者，或只一句，或只一联，夫岂在于多哉？"王仁裕存世作品虽少，其在文学史上却能占一席之地位，不仅是因了他创作鲜明的思想性，而且也由于他作品特有的艺术性。

第一，其诗作、轶事小说、杂记均有和谐地寓主观于客观的特点。如《开元天宝遗事·香肌暖手》写玄宗之弟歧王李范的生活琐事，于冷静叙述中蕴含作者心机：

歧王少惑女色，每至冬寒手冷，鲜近于火，惟于妙妓怀中揣其肌肤，称为"暖手"，当日日如是。②

这段文字，似属不经意的记述，但"惑""惟""揣"几个动词的妙用，不难体味到作者的哂斥之情。他的笔记《麦积山》虽显平笔直叙，但从始至终漫浸着一种豪迈之情。笔记《大竹路》仅用200余字，就把韩信庙所在的"孤云绝顶"用作者的眼光，以和谐之笔托画在读者面前。笔记《杀妻者》，以现实客观的笔法，塑造了一个执法如山、细致入微、精明强干的官吏形象，实际是倡扬调查研究的重要性。《伪蜀主舅》记述从天水到成都移栽牡丹的事情，华丽的府第，却带有一种巧合，实则反映了历史宿命的必然。

第二，叙写善于捕捉细节。王仁裕罢职入蜀，途中作《遇放猿再作》，写到故猿与旧主见面：

潘冢祠前汉水滨，饮猿连臂下嶙峋。渐来子细窥行客，认得依稀是野宾。

这里不仅生动地描写了猿"连臂"而下的天真活泼，而且捕捉到了人、

---

① 宗白华：《略谈敦煌艺术的意义和价值》，载上海《新观察》周刊第5卷第4期（1948年）。另见《艺境》，北京大学出版社1997年版。

② 亦见于二卷本《顾氏文房小说》，中华书局点校本1980年版。

物之间乍喜乍惊的复杂心情。其作品"甚得体物之妙",也就是细节描写给读者留下了深刻的印象。笔记《颜真卿》抓住人物刚正、豁达大度的细节,刻画了一个学识渊博、忠于职守的朝臣形象。《刘钥匙》采自民间,用细节表现微旨,尖刻讽刺高利贷者刘钥匙。《村妇》《邹仆妻》用细节表现几位有胆有识的女子。轶事小说《吹火照书》用细节写苏颋好学的动人故事。《四香阁》《楼车载乐》以特写手法揭露杨氏姊妹骄奢淫逸的生活。

第三,语言风格多样,使作品显现苍郁浑厚的风格。这一点,在他中后期的作品中尤其明显。时代的急遽动荡,个人生活的时起时落,闲适生活的从容不迫,文人生涯的涵养,驾驭文字的老道蕴藉,是这种风格的成因①。写剑门,是"暗指长天路,依峦蔽几层",写胡琴伎之音乐,却道"无限细腰宫里女,就中偏狭楚王情"。小说《传书燕》用老辣笔墨写民情风俗,燕子为守闺少妇千里传书,感动了羁留外地的丈夫回家团圆,叙述柔婉动人。而《鹦鹉告事》述奸杀疑案为鹦鹉揭破,语言冷静,环环扣人心弦。《乞巧楼》《蛛丝才巧》《喜鹊报春》《击鉴救月》等民俗篇,语言无不带着鲜明的活泼、轻快气息。

第四,作品具有浓厚的民俗特征。除了上述写民俗的作品外,尤其要提到王仁裕最早记述的"压岁钱"风俗。在其轶事小说集《开元天宝遗事》中记载:"(唐玄宗)天宝间,内庭嫔妃,每至春时,各于禁中结伴三人至五人掷钱为戏。"《资治通鉴》卷二十六对此提供了实证,有"杨贵妃生子,玄宗亲往视之,喜赐杨贵妃洗儿金银钱"的记述,这里所说的"金银钱",其用途是作护身符给孩子镇邪去魔的。王建《宫词》有"妃子院中初降诞,内人争乞洗儿钱"诗句。后来,除夕赐孩儿钱的风俗由宫内传到民间,到宋代成了民间重要风俗之一。宋、元以后,春节散钱风俗与"洗儿钱"风俗逐渐融为一体,演变成后来的"压岁钱"风俗。但被真正叫作"压岁钱",是在清代。那时,儿童过年,长者给些钱,用红绳串之,放在住所,曰"压岁钱"。《燕京岁时记·压岁钱》记载:"以彩绳穿钱,编作龙形,置于床脚,谓之压岁钱;尊长之赐小儿者钱,亦谓之压岁钱。"压岁钱是一种特制的铜钱,其形状虽也

---

① 蒲向明:《唐五代"诗窖"王仁裕诗集及诗作考评》,《甘肃高师学报》2013年第3期。

是"孔方圆钱"，但文字内容却很是讲究，格调独特，每枚钱币都赋予求吉呈祥、消灾造福之意。压岁钱亦称"过年钱"，古代是用红线穿一百个铜钱，表示可以长命百岁；现在就只将纸币装进红包或直接将崭新纸币散给年少晚辈，数目取偶，以求吉利。王仁裕对春节散钱风俗的记载，成为民俗"压岁钱"来历之滥觞，是对陇南地方民俗史的一大贡献。

除此以外，语言上的雅俗相映，用情上的顺势行笔都是他作品的显著特色，这是与他的精思妙想、勤于砚墨的进取意识，"行路深闺，无所不讽"的立世态度分不开的。

王仁裕有"诗窖子"之称，当时"作诗逾万首"，其诗的成就，至少应和有"诗囊"之称的齐己能相提并论。这一点，从清人王世祯撰、郑方坤删补的《五代诗话》、清人李调元百二十卷《全五代诗》等著作中可以看得清楚，他的思想与人格受儒家文化影响较深，兼济天下、建功立业的思想与独善其身、自伤自怜的心理交互共生。作品在提炼口语上近于晚唐杜荀鹤，比之于齐己耽于空门、与世无争、禅味浓烈似要高出一等。所以说他在五代文坛"鸿笔丽藻，独步当时"（《五代诗话》）是并不过分的。

他的文学成就在中国古代文学史上有承前启后的地位，他诗歌中表现的矛盾性格，如以接近皇帝、权贵，有姻带门生为荣，对豪奢富贵表示羡慕和留恋（尤其晚年）；但又不满执政者的侈靡浮华、不思进取。他一方面欣慰于携伎品乐的闲适生活，频于出行，存于歌咏；又存有老归乡里、昏饮逃世（尤其挂职归家）的心念。这些都明显承袭了李白、李商隐诗歌的创作范式。另一方面，运用诗体写游记、自传、题赠、书札、寓言、评论等，即"以诗为文"之法明显续接了杜甫及新乐府运动作家的传承。晚唐韦庄一宗的悯乱、感叹之制，没落、空虚的气氛，和现实诗人聂夷中、皮日休、杜荀鹤等用辞平实、棱角分明的特点，在王仁裕作品中更是有直接的杂糅交融。因他"知贡举"后门生甚多，故他的诗风直接影响到了北宋诗坛，如李昉、王溥等人的创作，甚至在《太平广记》这样大容量的集子中，也可以觅到王仁裕影响的痕迹。其214位门生都是榜上有名的佼佼者，在宋初以后的几十年里，形成了不小的一股创作势力运行在朝堂之上，并挟带着王仁裕"诗文为世"的种种教益。"何幸不才逢盛世，偶将疏纲罩群英"（《示诸门生》）只不过是他自满、自谦兼有自豪的感情流露而已。

  我们明白王仁裕出仕为宦是他生活的主体,作为诗人、作家只不过是他不经意的收获。他经历过人生波折,但和那些经历过人生巨大落差的作家如杜甫、李贺自然不能相提并论。就是与其同时的齐己相比,于作品中所有的思想感悟有所不及,甚至《全唐诗》仅存诗8首的同期作家孟宾予写出了有民本思想的"不识农夫辛苦力,骄骢蹋烂麦青青"[①]诗句,在王仁裕的作品中是较少有的。他的作品多流连忘返于眼前的悠然光景,即使触景生情,也有不少平庸肤浅之处,很多与君主、同僚的往复酬唱,往往不免衿奇衒博,"为文造情"。这不能不影响他的文学声望,也可能是其作品流传至今寡淡,和巨大的创作量太不相称的直接原因。

[①] 亦见于二卷本《顾氏文房小说》,中华书局点校本1980年版。孟宾予:《公子行》,见清李调元《全五代诗》,巴蜀书社1992年版。

第三章　王仁裕笔记小说散文对陇蜀浮世的描写

相比之诗歌创作，王仁裕陇蜀笔记小说、散文留存较多，在文学史上占有一定地位，有丰富的文化内涵和很高的文学价值，呈现一种与诗作遗存悬殊的不对称状态。

第一节　王仁裕笔记散文诸体与陇蜀浮世

王仁裕陇蜀笔记小说明显体现出唐代传奇向宋代传奇的蜕变，鲁迅说："宋好劝惩，摭实而泥，飞动之致，眇不可期，传奇命脉，至斯已绝"（《中国小说史略》），《玉堂闲话》《开元天宝遗事》《王氏见闻录》中的记实性明显增强，但也有许多依传说渲染造作的痕迹。一些篇目情节奇特，叙写曲折，对后代小说产生了不小的影响，如《刘崇龟》《杀妻者》所写的断狱故事，情节扑朔迷离，直接脱化了明凌濛初《二刻拍案惊奇》卷28故事"程朝奉单遇无头妇／王通判双雪不明冤"，被程毅中先生认为是"宋代以后公案小说的先驱，是由唐到宋小说题材扩大的一个迹象"①。《裴度》由弱者的角度检视宰相微服私访的风度和体察民情的胸怀，不禁令读者为不幸之人重获幸福和贤明权者成人之美而称快，明冯梦龙《古今小说》袭用其题材，改为《裴晋公义还原

---

① 程毅中：《唐代小说史话》，文化艺术出版社1990年版，第292页。

配》。《葛周》通过不以小节损才的用人策略，揭示了葛从周为后梁名将，威名著于敌中的原因，作者以《韩诗外传》"楚庄绝缨"和《史记》"秦缪释盗"的典故点题，还显出"大者无所不容"和"以德惠人"的特殊意义，为《古今小说·葛令公生遣弄珠儿》所本。

　　王仁裕陇蜀笔记小说步唐人后尘而又有创新，其代表作《玉堂闲话》更具有小说的特性，以人物为中心去安排曲折复杂的情节，形象鲜明，篇幅较长，虚构成分明显增多，因而更具有文学价值。在思想内容、题材选择和艺术技巧等方面对后世的小说创作，如对"三言二拍"的素材来源和情节生成、《聊斋志异》鬼狐形象塑造、《儒林外史》讽刺艺术展现等起到先知先导作用，《陈癞子》篇写陈"切讳癞字"，对鲁迅《阿Q正传》不无启示。其《开元天宝遗事》在搜集民间传闻的基础上着重记述唐代由盛而衰的玄宗朝的轶闻琐事，又以唐玄宗、杨贵妃的风流情事为最多，体现了作者特有的"讽寓"用意和"笔开一面"的独立创作意识，其中有关民间传说的篇章，故事情节曲折，结构完整，为后世的小说、戏曲提供了大量素材，影响重大。唐后五代尽管只历时50余年，却产生了不少的笔记小说，袁行霈、侯忠义《中国文言小说书目》开列五代笔记小说总有50余种集子。王仁裕笔记小说现有的集子《玉堂闲话》《开元天宝遗事》和《王氏见闻录》等在其中担当着重要角色。

　　王仁裕的其他体裁和题材的作品还有《秦亭篇》《锦江集》《归山集》《入洛集》《南行记》《紫泥集》《华夷百题》《西江集》等共685卷，又撰《周易说卦验》3卷、《转轮回纹鉴铭》22样，诗、赋、图并行于世，著述之多，流传之广，少有其比。

　　王仁裕陇蜀笔记小说是今天可以看到的他最丰富的文学遗存，在中国小说史、风俗史和人文史地研究方面有重要地位。笔记小说《玉堂闲话》有今人整理单行本传世，《开元天宝遗事》因不同类书或大型汇书的收录而基本完整地保留下来，《王氏见闻录》也有不少作品留存今世，还有一些小说作品如《蜀石》等需要挖掘研究，《五代史考异》《资治通鉴考异》均有一些王仁裕笔记小说存留，需要辑佚并加以研究①。王仁裕其他著述主要是音乐、书学、记

---

① 蒲向明：《史传、杂史和笔记小说的共生互动——以王仁裕〈王氏见闻录〉为中心》，《社科纵横》2010年第7期。

游、金石和札记等,虽不能尽数搜列,一网打尽,但我们遗漏并不多,可从整理研究中获知他在文学之外的禀赋和成就,也极有学术意义。由此看来,在中国小说的历史演变中,王仁裕也应占有他一席不可或缺之地,这是其现存诗歌所不能比拟的。

"笔记小说"之称经历了一个由古到今的演变过程,王仁裕笔记小说占据着承唐启宋转型期的重要角色。"笔记"溯源于先秦诸子散文,语录体的《论语》似可称为笔记。因上古散文称"笔",与韵文相对称"笔记"。刘勰《文心雕龙·总术》说:"今之言者,有文有笔,以为无韵者笔也,有韵者文也。"《艺文类聚》卷49南朝梁王僧孺《太子敬化府军传》称赞任昉"词赋及其精深,笔记尤尽典实",但正式以"笔记"作为书名则始于北宋宋祁著《笔记》3卷。"笔记小说"之名,最早见于南宋史绳祖的《学斋占毕》,其卷二有"前辈笔记小说固有字误"一语。细究起来,还是有笔记与小说并列的嫌疑。"笔记小说"作为一种文体指称,在20世纪初(1903年)梁启超《新小说》杂志第8号开始设立"札记小说"专栏,20世纪20年代上海书局出版《笔记小说大观》,"笔记小说"遂作为文体概念很快被人们接受而且普及开来。唐代社会的繁荣,推动了文体的成熟与更替,"小说"在此进入文学创作的自觉阶段,鲁迅称"有意为小说",主要是传奇与志怪表现出了小说的品格,王国维誉唐传奇为"一代之文学"。可是"笔记"在此间一改其散文特质,吸纳了更多的叙事文学特征,与小说处于杂糅共生状态,一些作品如段成式《酉阳杂俎》假笔记之名,行小说创作之实,笔记小说此间在创作实质上应运而生。"唐人笔记小说的创作是从开元盛世之后才开始的。"[①]

王仁裕在文学上先以诗名,《新五代史》载"集其平生所作诗万余首为百卷,号《西江集》",《十国春秋》说:"其生平作诗逾万首,蜀人呼之曰'诗窖子'"。但现在所能看到的王仁裕诗作主要集中在《全唐诗》736卷,且只有15首完整诗作和2首残诗。其余或见者属于零星,而且真伪难辨,不好定论。相比之下,他的陇蜀笔记小说留存较多,在文学史上占有一定地位,有很高的文化价值,对提升陇南的文化知名度,开发文化旅游产业,加快经济

---

① 周勋初:《唐人笔记考索》,江苏古籍出版社1996年版,第24页。

社会发展具有现实意义。

唐后五代尽管历时50余年，却产生了不少的笔记小说。据袁行霈、侯忠义《中国文言小说书目》开列，五代笔记小说总有50种集子。王仁裕笔记小说集史载较多，但现在能见到具体作品的集子是《玉堂闲话》《开元天宝遗事》和《王氏见闻录》。

《玉堂闲话》在《宋史·艺文志》子类小说作3卷，但原书久佚，散见于《太平广记》《类说》《绀珠集》《说郛》和《唐语林》等"类书"中，尤以《太平广记》居多。"玉堂"是翰林院的代称，历史上有人怀疑《玉堂闲话》非王仁裕所作，宋人吴曾《能改斋漫录》卷14《诉失疏圃》云："国初范质《玉堂闲话》"，元代陶宗仪《说郛》竟称《玉堂闲话》系无名氏手笔，其多有舛误。已遭前人诘难，至今王仁裕作《玉堂闲话》已成定论。刘世德《中国小说百科全书》、1998年新版《辞海》均已明了。《玉堂闲话》现存文170篇左右，内容驳杂，多记怪异之事，常标言者姓名，以示有据，其中大部分采录现实生活中发生的事情，从中可以窥见唐代后期及五代时期天水、陇南、汉中和成都一带的社会状况和风土人情，很有现实意义。作品多数叙事简洁，不乏曲折起伏之笔，刻画人物性格如见其人，语言平易晓畅，有较高的文学艺术价值。顾青《中国小说史》评五代笔记小说称："五代时期的笔记小说集以王仁裕《玉堂闲话》为代表，其间还留有唐人小说的遗风，对后世小说影响不少，曾为明代拟话本小说提供了素材。"[①]这个评价是很高的。南开大学李剑国论及五代小说云："王仁裕《玉堂闲话》一流闲话式小说，前承《戎幕闲谈》《剧谈录》一脉而下之，专叙命定报应者亦颇有述作。"[②]虽然不如顾青所说褒义直接，语意也有保留，但肯定《玉堂闲话》之承前启后的作用，文化价值亦高的用意是很明显的。笔者曾询教于五代文学研究专家、南京大学博导周勋初先生，唐文学研究专家、陕西师大博导霍松林先生，他们认为《玉堂闲话》辑佚、注译后，形成一个完整的本子面世，很有必要。

《开元天宝遗事》今存全本，《四库全书》亦有收录，有很高的小说史地位。此书据社会传闻，列146个标题，分别记述唐开元天宝年间轶事，内容以

---

① 顾青：《中国小说史》，（台北）文津出版社1995年，第206页。
② 李剑国：《唐五代志怪传奇叙录》，南开大学出版社1993年版，第158页。

奇异物品为多，人物事迹也是以传说为主。故《四库全书总目》说此书"盖委巷相传，语多失实，仁裕采摭遗民之口，不能证以国史"。但其中"妙笔生花""传书燕"等篇含有一定的社会史料；索斗鸡、肉阵、肉腰刀、凤炭、楼车载乐等内容，暴露了权臣杨国忠、李林甫等人的昏朽荒淫的生活，也有一定的参考价值。山东大学丁如明教授《开元天宝遗事十种》按语说："其对地方风物、民俗记写较多"[1]，有不少的文史典故亦出于《开元天宝遗事》。这特别有益于陇南的地方人文建设。此书卷数诸书著录不一，有1卷本、2卷本、4卷本，但只是分卷不同，无多大缺失。现存主要有《历代小史》《顾氏文房小说》《唐代丛书》等本，1985年上海古籍出版社点校本等。

《王氏见闻录》3卷，《崇文总目》入史部传记类，也已经散佚。其名称先后已有所变化，别称为《王氏见闻》者有之。20世纪80年代中期复旦大学朱东润、胡裕树、陈允吉等专家校点薛居正《旧五代史》时已经注意到了这个情况，根据武英殿藏本和《太平广记》等文献给予认定，《王氏见闻》即《王氏见闻录》之名阙字，实为一书。从现存30余篇章看，《王氏见闻录》因为是记写王仁裕自己的亲身经历，内容更显生动并且更富于地缘化。如《竹䶄》篇写晚唐五代今天水、陇南熊猫的生存和当时人对其捕杀的情况，有助于人们了解一千多年来地缘风物、珍稀物种生存的变化。《王承休》篇则通过记述蜀后主王衍游秦州一事，反映了秦州、成州、阶州在五代前期的政治、军事、经济、文化生活实际，对今天水、陇南、汉中和四川区域风物研究有极高的文化价值。

总之，王仁裕笔记小说的经济文化价值是很高的，在地方产业发展中，可以充分发掘其所具有的文化内涵，依据文学描写开发新产品、开发旅游点，使之在陇南全面建设小康社会的进程中发挥重要作用。

除诗集《西江集》等外，王仁裕散文主要收录在诗文集《紫泥集》《紫泥后集》《紫阁集》《乘辂集》等里边，其他散文作品涉及音乐著作《国风总类》、记游著作《入洛记》和《南行记》、书法作品《送张禹偁诗》等。《西江集》，《旧五代史》王仁裕本传："有诗万余首，勒成百卷，目之曰《西江集》。"《新

---

[1] （五代）王仁裕等撰，丁如明辑校：《开元天宝遗事十种》，上海古籍出版社出版1985年版。

五代史》本传:"仁裕乃集其平生所作诗万余首为百卷,号《西江集》。仁裕与和凝于五代时皆以文章知名。"《十国春秋》卷44本传:"生平作诗满万首,蜀人呼之曰:'诗窖子'。"王仁裕还有诗文集《紫泥集》《紫泥后集》《紫阁集》《乘辂集》《诗集》。《舆地纪胜》云:"仁裕所著有《紫泥集》《西江集》《入洛记》共百卷。"《崇文总目》卷五"别集类二"著录其《紫阁集》11卷,《乘辂集》5卷。《四库阙书目》卷1"别集类"著录《王仁裕诗》11卷。《通志》卷70《艺文略》8"别集类"录其《紫阁集》11卷、又《乘辂集》五卷。宋《志》同,又《紫泥集》12卷、《紫泥后集》40卷、《诗集》10卷。《国史经籍志》同。《西江集》为诗歌总集,100卷。今均不传。

王仁裕音乐著作《国风总类》。《崇文总目》卷5"总集类下"录著其所编《国风总类》50卷。《通志》卷70《艺文略》8"诗总集"、《国史经籍志》卷5"总集类"并著录其所编《国风总类》50卷。宋《志》同。今皆不传。但从现存的有关文献记载,可知其音乐造诣之深和音乐理论之独到,他把音乐乐理同人生遭际、社会变化、时事迁移联系起来,形成一种音乐道统理论。例如《册府元龟》记载:

晋高祖天福五年(940)八月戊申,宴群臣于永福殿,乐奏黄钟。

仁裕曰:"音不纯肃,声不和振,其将有争者乎?"

或问之曰:"奚以知其然?"

对曰:"夫乐有天地辰宿,有轨数形色,有阴阳逆顺,有离合隐见。天数五、地数六,六五相台,十一月而生黄钟。黄钟者,同律之主,五音之元宫也。子寅卯巳未酉戌谓之羽,子寅辰午未酉亥谓之宫,子丑卯巳未申戌谓之角,子卯辰巳未酉戌谓之商,四者靡靡成章,峻而且厉,郑卫之音,此之谓也。虽高有所忽微,中有所阙漏,与夫推历生律,以律合吕,九六之偶,旋相为宫。

三正生天地之美,七宗同阳阳之序者,于其通人神,宣岁功,生成轨仪之德。纪协长大之箓,则精粗异矣。在乎审治乱,察盛衰,原性情,应形兆,则殊途而同归也。三正者,一为天,二为地,三为人;七宗者,黄钟为宫,太簇为商,姑洗为角,林钟为徵，南吕为羽，应钟为变宫，蕤宾为变徵。角为木，商为金，宫为土，变徵为日，变宫为月，徵为火，羽为水。

龙角元龟天豕井候主乎角，平亢河鼓娄聚舆鬼主乎商，天根须女庖俎乌喙主乎宫，辰马阴虚旄头天都主乎变徵，大火丘封天高乌搏主乎变宫，龙尾玄室四兵文昌主乎变徵，天津东壁参代辋车主乎羽。

角之数六十有四，商之数七十有二，宫之数八十有一，变徵之数五十有六，变宫之数四十有二，徵之致五十有四，羽之数四十有八，极商之数九十，阳之数一百二十有八，阴之数一百一十有二，五音之数毕矣。

神无形而有化，处乎声数之间，故昭之以音，合之以算，音以定主，算以求象，触于耳而彻于心，由是而知也，夫何疑哉？"①

上文所载，是现今已知有关王仁裕音乐著述最多的文字，但仅为王仁裕的音乐理论体系之一角，管中窥豹，以此我们可以知道：他的音乐理论体系以传统哲学的阴阳、五行之说和四时变化、季节交替理论为哲学基础，把五音，即宫、商、角、徵、羽的音型变化和"勾通人神""轨仪之德""审治乱、察盛衰、原性情、应形兆"联系起来，达到"昭之以音，合之以算，音以定主，算以求象"的理论境界，在今天研究音乐理论的人来看，过于高深，甚至是有些玄之又玄了。但在五代那个特定时期和传统哲学构建人们思想的时代，他在继承的同时又有创新，形成他独到的音乐理论和音乐思想，也是处于领先地位的。

一些史料记载，王仁裕深厚的音乐素养，已经达到了可以从音乐中预知社会机变、人之祸福生死的程度，有预测学和未来学的色彩。《太平广记》卷203《乐》一"王仁裕"条：

晋都洛下，丙申年春。翰林学士王仁裕夜直，闻禁中蒲牢每

---

① 载《册府元龟》卷857《知音》，另参见胡文楷：《薛史〈王仁裕传〉辑补》，载《中华文史论丛》1980年第3辑第197至201页，中国人民大学复印报刊资料1980年第10期第79—80页全文转载。

发声,如叩项脑之间。其钟忽撞作索索之声,有如破裂,如是者旬余。每与同职默议,罔知其何兆焉。其年中春,晋帝果幸于梁汴。石渠金马,移在雪宫,迄今十三年矣。索索之兆,信而有征。(出《玉堂闲话》)

这个记载所说,系公元936年春天,翰林学士王仁裕在五代后晋都城洛阳夜晚值班(夜直)所经历的一件奇事。皇宫之中的洪钟提钮蒲牢(龙生九子之四,掌钟鸣之声远扬)发声特别,如叩项脑之间,而钟声却不洪亮,他以为肯定有所征兆,不料真发生朝廷大事。《太平广记》卷204《乐》二有类似记载:

后唐清泰之初,王仁裕从事梁苑,时范公延光师之。春正月,郊野尚寒,引诸幕僚,饯朝客于折柳亭。乐则于羽,而响铁独有宫声,泊将掺执,竟不谐和。王独讶之,私谓戎判李大夫式、管记唐员外献曰:"今日必有诪张之事,盖乐音不和。今诸音举羽,而独扣金有宫声。且羽为水,宫为土,水土相克,得无忧乎?"于时筵散,朝客西归。范公引宾客,绁鹰火,猎于王婆店北。为奔马所坠,不救于荒陂。自辰巳至午后,绝而复苏。乐音先知,良可至矣。(出《玉堂闲话》)①

上引史事在公元934年,师从王仁裕的显宦范延光(先任枢密使兼天雄军节度使,此翌年任检校太师兼中书令)遭遇劫难,却是音乐不合有所征兆。以乐音之奇变,预知人的安危,在古籍中不乏记载,但王仁裕从乐理不合和阴阳相克的对应规律上推敲,却更显新见过人。

再如《五代会要》《新五代史》有同类型的记载:

仁裕性晓音律,晋天福五年七月,晋高祖初定雅乐,宴群臣

---

① 此两则所引见蒲向明:《玉堂闲话评注》,中国社会出版社2007年版,第105-106页。

于永福殿,奏黄钟之乐。司封郎中王仁裕闻之曰:"音不纯肃,声不和展,其将有争者起于禁中。"或问之:"奚知其然?"对曰:"夫有天地辰宿……"俄而有军校斗殴于升龙门外,厉声称反,声闻于内,有司执之以闻。人以为神。①

对于王仁裕来说,他的艺术境界已到了欣赏乐声不仅是为肉体的耳朵所闻的,它还更多存在于心灵的通感与想象和分析之中。大概是缘于他超出当时一般人的、那种玄奥无极的乐声浸润熏陶,他蕴含深刻的心灵总是触摸旋律的是否和谐,伴随他高深的哲学思想腾空飘逸,执意去发掘现实生活之中可能的异象,正如德国哲学家狄尔泰所说:"最高意义上的诗和音乐是在想象中创造一个新的世界"②,以致达到"神用象通,情变所孕"③的境界。

明朱承爵《存余堂诗话》收录有王仁裕听琵琶诗句"寒敲白玉声何缓,暖逼黄莺语自娇",堪比白居易《琵琶行》句,可知音乐欣赏水平之高。

王仁裕的法书论文和书学观点,在陇蜀期间的散文创作中有突出反映。在历史上能够长远流传,供后人作为楷模取法的书法,称为法书。据史料记载,王仁裕的法书,至少在北宋末还存于皇家府库。《宣和书谱》卷六有记载:

> (王仁裕)洞晓音律,作诗数千篇,目之曰《西江集》。尝观《列御寇》言神遇为梦,谓以一体之盈虚消息,皆通于天地,应于万物,非偶然也。王献之梦神人论书而字体加妙。李峤梦得双笔而为文益工,斯皆精诚之至而感于鬼神者也。仁裕翰墨虽无闻于时,观其《送张禹偁诗》,正书清劲,自成一家,岂非濯西江水之效欤?今御府所藏正书一:送张禹偁诗。④

可惜,实物今天已经是无法看到了。但由此可知,王仁裕翰墨以楷书见

---

① 载《五代会要》卷六《论乐(上)》,据《新五代史》卷五十七杂传"王仁裕"条增补。
② 狄尔泰:《论德国诗歌和音乐》,1933年德文版,第341页。转引自陈剑晖:《现代批评视野与诗性散文理论建构》,《文艺争鸣》2011年第3期。
③ 《文心雕龙·神思》,见周振甫《文心雕龙今译》,中华书局1986年版。
④ 见中国书学丛书(宋)佚名:《宣和书谱》,上海书画出版社1984年版。

长,风格劲健、清雅,就像曾给他"浣肠"之梦的西江之水一样,通于天地,虽在于勤奋,也不免天成,终非偶然所得,颇具特色。我们从他的法书作品《送张禹偁诗》可以知道他的书学观点:正书为先,崇尚劲健。

王仁裕陇蜀记游散文著作为《入洛记》《南行记》。《崇文总目》卷2"传记类下"著录其《入洛记》10卷,钱东垣按云:"《读书志》《宋志》并一卷。"《郡斋读书志》卷2上录《入洛记》一卷,志云:"右蜀王仁裕随王衍降入洛阳,记往返途中事并其所著诗赋。"同书卷2下又录其《南行记》3卷,且云:"右王仁裕撰。晋天福三年,仁裕被命使高季兴,记自汴至荆南,道途赋咏及饮宴酬唱,殆百余篇。"今并不传。但我们可以从其他著作中辑出《入洛记》部分内容可感受其记游著作的风格,如清陈元龙《格致镜源》卷二十,宋程大昌《雍录》卷三均引出自《入洛记》对于大明宫含元殿的记述:

> 含元殿玉阶三级。其第一级可高二丈许,每间引出一石螭头,东西鳞次而排,一一皆存,犹不倾垫。第二三级各高五尺许,莲花石顶亦存。阶两面龙尾道各上六七十步方达第一级。皆花砖微有污损。[①]

含元殿是唐大明宫的前殿,也是唐初期的朝会之所及政治中心,在唐僖宗光启二年(886年)毁于战火,显然王仁裕在长安时看到的含元殿已是后唐倾颓遗址,但还尚具规模。后来,程大昌在《演繁录》卷11中再引《入洛记》这段话时,已经和其他著作做了比较:

> (含元殿)曰玉阶三级,第一级可高二丈许,每间引出一石螭头,东西鳞次而排,一一皆存,犹不倾垫。第二、三级各高尽许。莲花石顶亦存,阶两面龙尾道各上六七十步方达,第一级皆花砖,微有亏损。贾黄中《谈录》:含元殿前龙道,自平地凡诘曲七转,由丹凤门北望宛如龙尾下垂于地,雨垠栏悉以青石为之,至今石

[①] 赵军仓:《王仁裕及其作品研究》,四川师范大学博硕士论文中国知网数据库2010年版。

柱犹有存者。仁裕所见后唐时也，黄中所见本朝初也。合二说验之：则龙尾道夹殿阶旁上，而玉阶正在道中，阶凡三大层，每层又自疏为小级，其下二大层，两旁虽皆设扶栏，栏柱之上但刻为莲花形，无压顶，横石其上一大层者，每小级固皆有栏，栏柱顶更有横石，通豆压之而刻，其端为螭头溢出柱外，是其殿陛所谓螭首者也。①

程大昌结合王仁裕《入洛记》所录后唐时含元殿景况和宋初贾黄中《谈录》所载，得出了含元殿前的龙尾道在北宋后期仍保有皇家宫殿气势雄伟的格局，但南宋人已经很少看到了。又，他途经骊山华清池时记录华清池有七圣堂"当堂塑玄元皇帝，以太宗、高中、睿、玄、肃及窦太后两面行列侍立，俱冠纫衮冕，洒扫甚严"（程大昌《考古篇》引王仁裕《入洛记》，同上《四库全书》），说明唐代对于道教的崇敬，而且华清宫到五代之时破坏还不算太过严重。宋人王明清在《挥麈录》后录卷五云："顷见（王）仁裕《洛城漫录》云：'张全义为京留守，识黄巢于群僧中。'"这是今所见黄巢起义失败脱战袍挂僧衣的最早记录，历来为史家之一说。明徐应秋《玉芝堂谈荟》卷七注："《洛城漫录》一书史书皆不见记载，疑出《入洛记》。"至少说明王仁裕《洛城漫录》一书在晚明时代还完整存在并在文坛流传，但关于黄巢起义的记载，实际同样出于《入洛记》。由此可知，王仁裕的记游类著作《入洛记》可以堪称代表，当时人物地理、重大历史事件的记述颇为详尽，并且繁简得当，富有文采。

《通志》于《南行记》外，另录其《王氏东南行》一卷，疑即同一书。

《开元天宝遗事》武英殿本《四库全书总目提要》引晁公武《读书志》曰："蜀亡，仁裕至镐京，采摭民言，得开元天宝遗事一百五十九条，分为四卷。"《通志》《宋史》及焦竑《国史经籍志》均著录王仁裕《开元天宝遗事》。明叶盛《菉竹堂书目》、清赵士炜《中兴馆阁书目辑考》考列《开元天宝遗事》1卷，释曰："五代（唐）王仁裕采摭前史不载者，凡一百五十九条。"善本除有

---

① 《四库全书》光盘版，武汉大学出版社1998年版。

明顾氏文房小说本、明建业张氏铜活字本、嘉靖六年黄廷鉴抄本外，还有日本宽永十六年（1639）刻本（今藏西南大学）。①《玉堂闲话》《崇文总目》卷2"传记类下"著录王仁裕撰《玉堂闲话》10卷。《宋志》"杂家类"载《玉堂闲话》3卷。《国史经籍志》录王仁裕撰《玉堂闲话》10卷。《诗菇》卷四"杂编"称："王仁裕《玉堂闲话》尚行世，中载七言律数首，皆清雅，特格卑弱耳。"《太平广记》《资治通鉴考异》《绀珠集》《类说》等书中引有佚文一百余条。原书无存。《国史经籍志》录《唐末见闻录》八卷，未注撰人；《王氏见闻集》3卷，注"王仁裕记前蜀事"。《四库阙书目》卷2、《通志》卷68《艺文略》6"小说类"并著录王仁裕《续玉堂闲话》1卷。

王仁裕的金石札记著作。据《册府元龟》卷97《奖善门》记载："显德二年四月，太子少保王仁裕进《回文金镜铭》（别称《转轮回纹鉴铭》——笔者注），上善之，赐帛百匹。"但《回文金镜铭》今已不存，具体内容如何，已经无从查考了。《全唐诗补编·续拾》卷42补诗二首，与此有关。还有《秦亭篇》《锦江集》《紫泥集》《华夷百题》《周易说卦验》3卷，赋、图并行于世，当时流传甚广，少有其比。但均今已不存，已无从知晓其本来面目和具体内容了。

总之，他的笔记、小说，虽然文实简率，没有志怪奇谲的形质，不如唐传奇那样情节曲折、缠绵、形象鲜明，但它处于向宋时笔记小说"可信"的过渡时期，为文学史上小说发展链条不可或缺的环节。他的《开元天宝遗事》等著作，载录了王公贵族的淫靡之风，为后世戏曲、小说家、掌故家所重，有较高的文学地位和较大影响，而且其具备的教化、育人功能也是不可忽视的。苏轼在宋仁宗嘉祐七年（1062）出任凤翔判官，身临王仁裕宦游故地，读《开元天宝遗事》，颇有感触，以诗表达了他对这本书的感想。②他的笔记、小说是了解唐五代社会生活和风俗人情的优秀作品，艺术上有别于其以前的同类创作，更近于今天的小说体式。他的学术著作《周易说卦验》《转轮回纹金鉴

---

① 周勋初先生发现《唐语林》中采录《开元天宝遗事》中文字甚多，且自宋以来的流传过程中，有人因《玉堂闲话》一名颇有吸引读者的诱惑力，竟把《开元天宝遗事》一书改称《玉堂闲话》，以广招徕，也有书贾任意增减卷数重新编纂，且改易署名迷惑读者的情况。见周勋初：《文史探微》，上海古籍出版社1987年版，第213页。

② （清）冯应榴：《苏文忠诗合注》，中华书局1986年版。

铭》《国风总类》等，主要是资料的整理，其中保存了大量历史故事、民间传说或当时社会的重大事件，所以，王仁裕的学术地位也有值得重视之处。

第二节　王仁裕笔记存留与陇蜀文化内涵

令人费解的是，王仁裕当时属"儒者蓍龟，一代雄才"；他"旷达高怀，世无与比，篇章赋咏，尤是所长"。以其数目惊人的创作，诗歌竟无留存有一个专集，甚至别集，而只散存于《唐诗品汇》《唐诗归》《全五代诗》《全唐诗》等诗总集中。他的笔记、小说如《开元天宝遗事》《玉堂闲话》等未载入文学史，散见于《太平广记》的作品，可能还是其学生李昉在太平兴国二年（977）始奉诏编书时设法集入的。李昉对王仁裕的作品应该是清楚的，他作"王仁裕神道碑铭文"时，时间上刚刚编就《太平广记》，前后有所大量比较，他明白先师的文学地位，虽然不免怀着"讵敢忘于所自"的心情，褒扬先师。但是，"礼乐崩坏，文章断绝"之时，王仁裕"鸿笔丽藻，独步当时"的文学影响应该是不能动摇的。但文学史中为何多有李珣、花蕊夫人、欧阳炯、和凝、孙光宪等名气逊于王仁裕的五代作家，甚至生平不详者如薛昭蕴、齐己、张泌也载文史志中，而竟然不见声名显赫的王仁裕？这，确实是个谜。个中原因不妨推识如下：

1.王仁裕虽多史有载，但各有所异，且语焉不详。又缺乏更为翔实的资料，近年有所发掘，却因实物地处偏远，专家新识者寡，深刻且广泛的研究不足。

2.王仁裕的作品主要是诗歌和笔记、小说以及学术整理。唐诗延及五代已是强弩之末（宋诗突起另有成因，且诗性别于唐宗，近论者甚多，无由再赘），而作为"一代之文学"的词在这时已渐成气候。建安诗人之于五言诗，初唐诗人之于七言诗，五代作家之于词有其共同的意义。艺术上的不断探索积累创作经验，吸收前代作家的艺术成就，改变传统题材、手法的局限，使之较为自由地表情达意，造就一个又一个艺术探索的波次。五代的词人，文学史志载者，有名如冯延巳、牛希济、牛峤、李璟，二流者如和凝、李珣、张泌,这些作家已启开了辉煌宋词的门隙。但王仁裕在词上几无建树,或许坚持正统,对"长短句"不屑一顾,恰恰在此形成空白,缺失了体现创作档次的亮点。即使是诗,王仁裕在《全唐诗》中所存不及时号"诗囊"的诗僧齐己,有诗十卷;也不及谭用之,有诗四十首,留下"秋风万里芙蓉国,暮雨千家薜荔村"(《秋宿湘江遇雨》)这样耐人咀嚼的佳句。

3. 至于笔记、小说,李昉刊《太平广记》,为稗说家之渊海。《太平广记》以500卷之书,在后传过程中,散佚、残缺或被篡改者层出不穷。且五代笔记、小说,正如鲁迅指出:"然其文实简率,既失六朝志怪之古质,复无唐人传奇之缠绵。当宋之初,志怪又欲以'可信'见长,而此道不复振也。"[①] 真是一针见血。王仁裕以其五代笔记、小说自身存在的原因,和所处的文体、题旨转折时期,处于唐、宋的夹缝之中,也再不能振其奋羽。所以王仁裕的笔记、小说,还是充满着一种主、客关联的不幸和悲凉。

4. 子孙后裔不注重先祖文籍的流传和保存,亦是王仁裕失位于文学史的原因之一。王仁裕有两个儿子,长子傅珪初为成州军事判官,次子傅璞初为秦州长道令。但王仁裕逝后暂厝于开封期间不知何往,以后护柩返原籍的是他的长孙、宋秘书郎王永锡。另一个孙子王全禧却任绵州西昌令。子嗣流离,王仁裕作品集多数系自编本,未刊行于世,也随之散佚了。这也许是他作品至今存留很少的原因。

当然,这些推识还需实物资料的进一步验证。王仁裕的文学史地位,随着研究的不断深入,会有更新论述;王仁裕的作品,还会被更多的研究者发掘出来,以名后学。

王仁裕陇蜀笔记小说和散文的文学史地位,值得我们更进一步考察。王仁裕的陇蜀诗名,北宋学界颇为看重,明人由看重而至于推崇,程登吉《幼学须知》称:"汉晁错多智,景帝号为'智囊';王仁裕多诗,时人号为'诗窖'",将其与晁错相提并论。稍后,邹圣脉增补《幼学须知》易名《幼学琼林》,成为蒙学经典,因其沿袭明人之辞,王仁裕"诗窖"美誉随之广泛传扬开来。但是相比之下,其陇蜀笔记小说、散文留存较多,在文学史上占有一

---

① 鲁迅:《中国小说史略》,人民文学出版社1958年出版。

第三章　王仁裕笔记小说散文对陇蜀浮世的描写

定地位，有丰富的文化内涵和很高的文学价值。从现存《玉堂闲话》187条[①]，其中蒲向明《玉堂闲话评注》辑录186条，根据金程宇提及韩国所存《太平广记详节》所收《崔育》篇出自《玉堂闲话》[②]。他指出："《太平广记详节》卷二一《崔育》中华本缺五十四字及出处……但《详节》空格处皆不缺，且注出《玉堂闲话》，不徒可补缺字，亦可补今人《玉堂闲话》辑本之阙，极为珍贵。"[③] 现根据孙逊等编《太平广记详节》影印本（下）辑出全文，标点为笔者所加：

> 崔育
> 唐昭宗代，前进士崔育以中原乱离，客于边上，亦士流之子，艺学蔑闻，辄事轻薄。刺郡者亦是朝僚，多勉而接纳。每出入，常骑牛。戴竹笠，大如雨席，仍牛前遣挺角，村童绳而挽之。所在城郭士女随观，谓之"精怪"。每谒州郡，骑牛就厅，牵而登陛，哈之者、怒之者相半。至则投刺，其名衔云："极言正谏，拔触时政。耽酒嗜肉，怜葱爱蒜，不得已而居山，道士崔育。"州将县宰视之如土木，藩帅郡侠奈之不可。后因封部乱，为州民脔其肉，族其家。盖轻薄之所致也。（出《玉堂闲话》）[④]

就现存《玉堂闲话》所有作品及《开元天宝遗事》145条、《王氏见闻录》33条等作品内容看，王仁裕陇蜀笔记小说的记实性明显增强，但也有许多依传说渲染造作的痕迹。

笔记小说是文言小说的一大门类。关于文言小说的分类，从古至今，说

[①] 蒲向明《玉堂闲话评注》中国社会出版社2007年版辑得186条，2008年复旦大学中文系金程宇教授在日本又辑得1条，总计达到187条。

[②] 金程宇：《域外汉籍丛考》，中华书局2007年版，第68-88页。金程宇：《东亚汉文学论考》，凤凰出版社2013年版，第345页。

[③] 金程宇：《韩国古籍〈太平广记详节〉新研》，载刘迎胜主编《中韩历史文化交流论文集》（第三辑），延边人民出版社2007年版，第63页。

[④] 孙逊、〔韩〕朴在渊、潘建国主编：《太平广记详节（下）》，朝鲜所刊中国珍本小说丛刊影印本（第五），上海古籍出版社2014年版，第723-724页。《崔育》全文也见于金程宇《韩国古籍〈太平广记详节〉新研》，见前注64页。

法纷呈，一直未有定论。最先专门论及笔记小说的，应该是唐代刘知几。他说："偏记小说，自成一家……爰及近古，斯道渐烦，史氏流别，殊途并骛，权而为论，其流有十焉：一曰偏记，二曰小录，三曰逸事，四曰琐言，五曰郡书，六曰家史，七曰别传，八曰杂记，九曰地理书，十曰都邑簿。"①这个观点是从杂史流别的角度探讨了笔记小说小说，罗列的特征十分明显，仅偏记、逸事、琐言、别传、杂记等类可以和笔记小说有联系，其中不乏小说成分，尤其是他所说"偏记"，除了稍有历史记述的痕迹外，恐怕还可有虚构和创作的成分。所以，明代论者再进一步，从笔记小说的文学层面加以分析论证。胡应麟说："小说家一类，又自分数种：一曰志怪，《搜神》《述异》《宣室》《酉阳》之类是也。一曰传奇，《飞燕》《太真》《崔莺》《霍玉》之类是也。一曰杂录，《世说》《语林》《琐言》《因话》之类是也。一曰丛谈，《容斋》《梦溪》《东谷》《道山》之类是也。一曰辨订，《鼠璞》《鸡肋》《资暇》《辨疑》之类是也。一曰箴规，《家训》《世范》《劝善》《省心》之类是也。"②这个小说概念应该是不纯粹的，传奇列入小说无误，但丛谈、辨订、箴规并不属于小说范畴。

宋代的宋祁著《笔记》一书，分释俗、考订、杂说三卷，开始以"笔记"作为书名。笔记小说称"笔记"者，则有题名苏轼的《仇池笔记》、纪昀的《阅微草堂笔记》等。与之相类的称呼，则有随笔、笔谈、笔录、笔丛、谈丛、丛说、漫录等。在传统目录学中，并没有"笔记"一体，各类笔记多归于小说家或杂家。今见首先提出笔记小说概念的，是北宋史绳祖的《学斋占毕》。但它不曾做出解释，而在其实际运用中，所指则为一般笔记。其卷二《陵菱二物》条曰："前辈笔记小说固有字误或刊本之误，因而后生末学不稽考本出处，承袭谬误甚多。"讲的是知识考证，而非人物故事，故不曾产生什么影响。20世纪20年代，上海进步书店刊行《笔记小说大观》，汇集自晋至清二百余种作品，开始引起人们的重视。如《历代笔记概述》归纳自魏晋到明清的笔

---

① 见刘知几《史通》第十篇《杂述》，上海古籍出版社2008年版。
② 胡应麟《少室山房笔丛》卷二九《九流绪论下》。胡应麟将小说分为六类，包罗之广，超过历来的公私书目，其中志怪、传奇、杂录三类属于今人认为的古小说范畴。传奇小说自成一体，志怪、杂录是笔记体之书，杂录相当于刘知几所说的琐言与逸事，包含了杂史性笔记的内容。参见严杰《唐五代笔记考论》，中华书局2008年版。

记为小说故事、历史琐闻和考据辨证三大类①，而小说故事类多为笔记小说，历史琐闻类有些也属于笔记小说。笔记小说是以笔记形式创作的小说，对它的界定，关键在于区别非小说的笔记和非笔记的小说。作为叙述性文学体裁的小说，是指有人物有故事，以散文语言为主要表现手段，从不同角度反映社会生活及作者的社会理想、审美理想的作品。所以，笔记小说与非小说的笔记的区别，在于古今小说概念的含义不同。在中国古代，最早提出小说概念的是庄周。《庄子·外物》说："饰小说以干县令，其于大达亦远矣。"所讲的"小说"并非文体，而是指与"大达"相对的琐屑言词。《汉书·艺文志》后，小说作为文体，仍包括不本经典的论述、非正史的琐闻，以及随笔札记、辨订考证等文字，以今天的观点看，很多仅为笔记，而非小说。

要区分非小说的笔记，从是否记叙人物、故事界分，便可把一大批单纯记叙典章制度、风物习俗、医药技艺的著作及阐释经史、考据文字、天文历算等著作从笔记小说中根除。比较难的是，笔记小说与历史琐闻类笔记的区别，因后者亦有人物，有故事，故《四库全书总目小说家类》也说："案记录杂事之书，小说与杂史最易相淆，诸家著录，亦往往牵混。今以述朝政军国者入杂史，其参以里巷闲谈、词章细故者，则均隶此门。"②显然，这样区分有其合理性。小说是文学创作，虽亦以现实生活为依据，但必然融入作者的主观色彩，借助想象虚构，再现生活画面，与历史著作要求尽可能客观地记录评述发生过的事件不同。因此，是否有自觉或不自觉的想象虚构，是否有程度不同的艺术加工，便成为笔记小说与杂史琐闻的重要区别。《四库全书总目》所说的"里巷闲谈"，在口耳相传中，必然有取舍增减，有不自觉的想象虚构和艺术加工；至于"词章细故"，则更属于文学创作的内容了。

所谓区别非笔记的小说，是指与文言传奇小说相区别。目前通行的文言小说分类为志怪、志人与传奇，缺陷在于区分标准不一。前二者的区别在题材内容，一记神鬼怪异，一记人间轶事；后者特点在描写方法。如果说传奇与志怪的不同在于记述现实成分较大，则传奇中也不乏写神鬼精怪的名篇；如果说传奇中的现实成分，之前已有志人小说较为成熟且范围加大。从内容

---

① 刘叶秋：《历代笔记概述》，北京出版社2003年版。
② 四库全书总目提要（影印本）卷141：子部小说家类二，中华书局1965年版。

说，传奇"尚不高于按奇记逸，仍为志怪、志人"。倡导此种分类的鲁迅在论及《聊斋志异》时，曾推许蒲松龄"用传奇法，而以志怪"，分明说传奇是"法"，是表现方法。说传奇是"法"并不始于鲁迅，乾隆年间纪昀非议《聊斋志异》时，就说其"一书而兼二体"，"随意装点"，"细微曲折，摹绘如生"，是"才子之笔，非著书人之笔也"①。所说的"体"与"笔"，也就是"法"。以表现方法为标准来划分，文言小说只能分为笔记小说与传奇小说两大类型。汉魏六朝的志怪、志人及其后相类的小说，均属笔记小说。唐代传奇勃兴，延续到《聊斋志异》及其仿效者的作品，均属传奇小说。两大类型内，尚可据题材内容再作区分。

在各种小说中，笔记小说是最贴近生活的，除了其本身的价值外，又为其他形式的小说和戏剧、诗文等文学创作提供了极其丰富的素材。现存王仁裕《玉堂闲话》《开元天宝遗事》《王氏见闻录》等笔记小说集的作品就是极好的范例。在反映历朝历代社会生活方方面面的丰富性、具体性上，笔记小说是任何其他文学形式所不能比拟的，甚至封建时代的正史，也每每从笔记小说中摘取材料。

"杂"确是笔记小说的特点，体现其题材的广泛性和内容的丰富性。如王仁裕《玉堂闲话》虽然一篇一则文字无多，所涉不广，但总体来看，则不可小觑：朝政军国之大局，市井乡村之细故，三教九流之轶事，东西南北之趣闻，中外四方之珍奇，名山大川之异宝，鬼神精怪之灵迹，等等，凡耳闻目睹心想之所及，无不汇录笔下。

笔记小说是中国古典小说的最初形态，称其为"小说""小道""丛残小语"，固然含有鄙薄贬斥之意，却也抓住了它的一些特点。笔记小说在发展中虽也曾出现过如洪迈《夷坚志》那样数百卷的巨著，但都是杂凑汇集而成，少有体大思精之作。笔记小说一般均篇幅短小，基本上是一事一记，合而成帙，虽"小说""小语"，却有其灵活性，不拘形式，不拘体例，挥洒自如，气韵生动。虽然传奇小说、白话小说后来居上，但笔记小说仍风行不衰。笔记小说的知识性、趣味性、灵活性，其他小说不能替代，因而它仍拥有广大

---

① 鲁迅：《中国小说史略》，上海古籍出版社1998年版。

读者，具有发展的余地。与传奇小说比，笔记小说篇幅短小，粗陈梗概，少委婉细腻的描写和精雕细刻的加工，显得"简"与"粗"。笔记小说并非不讲艺术性，虽粗亦精，简而不陋。多数笔记小说均创作于作家艺术上最成熟的时期，有的作家甚至倾毕生精力而为之。笔记小说基于自身的积累并借鉴其他小说艺术，其艺术水平也是不断提高的。鲁迅在笔记小说分类中，于志怪、志人之外，又列出"杂俎"一类，这种分法有笼统之嫌①。唐代及其以后便涉及它与传奇小说的区别，历来习惯于称"笔记体"与"传奇体"。唐宋时期在笔记小说史上是又一个重要阶段。此时期小说的发展出现两次重大分化，一是文言小说中传奇的勃兴，二是在唐代说经、俗讲基础上出现白话小说，从此中国小说史便形成文言与白话两大系统。这两次分化都直接或间接地以笔记小说为基础。在两次分化的冲击和刺激下，笔记小说也得到进一步发展。

王仁裕笔记小说在整个时代文风的影响下，更注重平实的文风，理性成分有所增强。笔记小说诸如王仁裕作品的价值，并没有随文言退出历史舞台而消亡，除了供学者们研究，总结其发展规律外，其创作经验，今天仍可资当今的散文、杂文、随笔、小小说、报告文学等创作者借鉴。同时，由于笔记小说内容丰富，形式活泼，因而仍有其认识和欣赏价值。

王仁裕笔记小说留存较多，在文学史上占有一定地位，有较为丰富的陇蜀文化内涵和很高的文学价值。

《玉堂闲话》一些篇目情节奇特，叙写曲折，对后代小说产生了不小的影响。如《刘崇龟》《杀妻者》所写的断狱故事，情节扑朔迷离，直接脱化了明凌濛初《二刻拍案惊奇》卷28故事"程朝奉单遇无头妇／王通判双雪不明冤"，被程毅中先生认为是"宋代以后公案小说的先驱，是由唐到宋小说题材扩大的一个迹象"②。故事叙述皆具体生动，对后来的公案小说颇有影响。李代桃僵，在被诬者临刑之际，作案者因不平而自首的模式，为不少小说所借鉴，如《古今小说·陈御史巧勘金钗钿》《聊斋志异·胭脂》等。《型世言》第

---

① 鲁迅《中国小说史略》第十篇《唐之传奇集及杂俎》，见上海古籍出版社1998年版郭豫适导读本。杂俎，也是一种笔记样式，代表作有唐段成式《酉阳杂俎》、明谢肇淛《五杂俎》、明刘凤《杂俎》等，鲁迅将其归为一类，亦应有这方面的考虑。

② 程毅中：《唐代小说史话》，文化艺术出版社1990年版，第292页。

三十一回《匿头计占红颜，发棺立苏呆婿》即以"杀妻者"条为主要情节来源。

此外，书中还写了一些胆识过人、坚强不屈的妇女形象，如"邹仆妇"条写女主角在丈夫被盗杀害的危急时刻，从容镇定，骗得脱身后即去告发，使夫仇得报。"歌者妇"条，写南中大帅为霸占歌者妇而杀其夫，歌者妇伪为顺从，伺机欲刺杀大帅，事不成而自杀，亦令人赞叹敬佩。宋话本《错斩崔宁》中王氏大娘子骗静山大王一节，颇与"邹仆妇"条相类；《聊斋志异·庚娘》则吸收"歌者妇"条伪为顺从，谋刺并自杀的情节。《裴度》由弱者的角度检视宰相微服私访的风度和体察民情的胸怀，不禁令读者为不幸之人重获幸福和贤明权者成人之美而称快，明冯梦龙《古今小说》袭用其题材，改为《裴晋公义还原配》。《葛周》通过不以小节损才的用人策略，揭示了葛从周为后梁名将，威名著于敌中的原因，作者以《韩诗外传》"楚庄绝缨"和《史记》"秦缪释盗"的典故点题，还显出"大者无所不容"和"以德惠人"的特殊意义，为《古今小说·葛令公生遣弄珠儿》所本。《玉堂闲话》中讽刺游丐文士的作品影响了《儒林外史》的创作，陈癞子切讳"癞"字的情节，自然使读者想到鲁迅笔下的阿Q。

但是，《玉堂闲话》有些条目系采录或模仿前人之作，如"颜真卿"条，早见于韦绚的《戎幕闲谈》；"灌园女婴"条，模仿李复言的《定婚店》而不如其生动。但总的说来，书中所叙见闻可谓简练有致，有的如"刘崇龟"条，称得上曲折生动，前所提及的几篇，也能写出人物性格来。在五代小说中，此书属于较好的一种。

另有《续玉堂闲话》一卷，今已亡佚。《秘书省续编到四库阙书目》及《通志略》均入小说类，注云王仁裕撰，作一卷，而其他书籍未见著录，亦未见佚文。如确为《玉堂闲话》续书，内容应相近，艺术上或可略弱。李昉等编撰《太平广记》时，采录《玉堂闲话》颇多，但未见采录续书。《王仁裕神道碑》铭文也未载该书，由此推断，如确有其书，当编撰于宋太宗兴国二年（977）后，或宋雍熙二年（985）后。也有学者认为，《续玉堂闲话》为后人所作之书，如周勋初先生认为："王仁裕见闻甚广，文名倾动一时，所著之书，定然风行于朝野。他又经历几个朝代，长期担任翰林学士之职，这样书贾们自然会采用《续玉堂闲话》问世了。"（周勋初《玉堂闲话考》，载《西北师范学院学报》

1993年第3期）此说作为推论也有合理成分，但乏史料支持。从今不见其佚文的事实看，或许该书在流传过程中已混同于《玉堂闲话》之中，难觅踪迹。要之，关于该书有四种情况：曾有过，但后亡失；成书较晚，为后学整理；书贾一介续写而成；曾有过，但后来混同于《玉堂闲话》，难辨真伪。

第三节　王仁裕笔记对陇蜀浮世多面观照

《开元天宝遗事》不同版本所标卷数不尽相同，或一卷、或二卷、或四卷，但最早确本应该是收有159条作品。日本宽永十六年（1639）依宋绍定戊子本翻印王仁裕《〈开元天宝遗事〉自序》云：

> 仁裕破蜀之年，入见于明天子（唐明宗），假途秦地，振辔镐都（在今西安至咸阳之间），有唐之遗风，明皇之故迹，尽举目而可观也。因得询求事实，采摭民言，开元天宝之中影响如数百余件，去凡削鄙，集异编奇，总成一卷，凡一百五十九条，皆前书之所不载也，目之曰《开元天宝遗事》。虽不助于风教，亦可资于谈柄，通识之士，谅无诮焉[①]。

此序指明《开元天宝遗事》的作时在天成年间，因为后唐同光三年（925年）灭蜀，四年李存勖在洛阳为乱兵射杀，李嗣源即位称唐明宗，改同光四年为天成元年。王仁裕自序还说明了创作《开元天宝遗事》所涉及的地域和创作方式、分卷以及全书共收159条故事的情况。南宋晁公武《郡斋读书志》对此证言说："蜀亡，仁裕至镐京，采摭民言，得开元天宝遗事一百五十九条，分为四卷。"可见，原书确有159条，但不知流传过程中发生了怎样的变故，今天只能看到146条作品，尚有13条（篇）不知所终，对其后续的搜求补正，以俟来者。从前文所述版本文化的形成看，《开元天宝遗事》不同版本

[①] 陈尚君：《玉堂闲话评注序二》，见蒲向明《玉堂闲话评注》，中国社会出版社2007年版，第5页。

诸多差异的存在，似与其被多种丛书收录有关，因为编丛书者往往有所删削，不免造成条目的减少和内容的萎缩。

《开元天宝遗事》的真伪之辩也是其区别于王仁裕别种笔记小说所特有的文化现象。由于其中部分内容虚诞，宋时即引起学者的怀疑，洪迈《容斋随笔》卷一《浅妄书》所指四点虚诞之处确实存在，着眼点在于其记载不符史实，还由此书"文章乏气骨"而认定系托名王仁裕之作，内容鄙浅而延误后学者，应当禁毁。其实，《开元天宝遗事》的舛谬也不仅洪迈所指四条，如《花上金铃》篇"天宝初，宁王日侍，好声乐，风流蕴藉，诸王弗如也"。据《旧唐书》卷95本传载，宁王李宪于开元二十九年冬十一月薨。此篇称"天宝初"显然有误。明胡应麟也说：

> 仁裕为伪蜀学士，所著有《玉堂闲话》，今尚载《广记》中，而《开元遗事》绝不经见。其书浅俗鄙陋，盖效陶氏《清异录》而愈不足观者。仁裕能诗，《西江集》至万首，今一二散见于《闲话》中，虽卑弱，尚可吟讽，书事亦清婉。但乏气骨，不应至是。第以浅陋，故世或好之，今尚传云。①

他认为《太平广记》征引《玉堂闲话》等王仁裕著作，却不引《开元天宝遗事》，足以证明此书并非王仁裕所撰，其撰作时间可能更晚于北宋初，效法五代陶穀《清异录》却托名王仁裕。自此以降，《开元天宝遗事》因之被列为伪书，清初姚际恒《古今伪书考》首列，晚清张心澂《伪书通考》、今人郑良树《续伪书通考》继之。近年有人把《开元天宝遗事》指为"伪典小说"，指明其写作目的是"专门为了诗文创作而编造杜撰新奇的典故"，"向壁虚造，且带游戏意味"②。这个证伪似乎比清人更进一步，意在说明该书不符史实虽然难免，就是其中典故也属于虚妄捏造。

但是，凡此等等不足以证明此书托名王仁裕，系伪书当毁。先看五代同

---

① （明）胡应麟：《少室山房笔丛》卷32《四部正讹》（下），中华书局1958年版，第319页。
② 罗宁：《论五代宋初的"伪典小说"》，见《中国中古文学研究——中国中古（汉—唐）文学国际学术研讨会论文集》，学苑出版社2005年版。

期撰作的印证。《旧唐书·宋璟传》载"璟因极言得失,特赐彩绢等",而"仍手制曰:'所进之言,书之座右,出入观省,以诫终身'",可与《开元天宝遗事》中《金函》篇所记"明皇尤勤国政,谏无不从,或有章疏规讽,则探其理道优长者,贮于金函中,日置于座右,时取读之,未尝懈怠也"相印证。再看关于卢奂的记载二书如出一辙。《开元天宝遗事》中《立有祸福》篇记卢奂事迹:

卢奂为陕州刺史,严毅之声闻于关内。玄宗幸京师、次陕城顿,知奂有神政,御笔赞于厅事曰:"专城之重,分陕之雄。人遇惠爱,性实谦冲。亦既利物,存乎匪躬。斯为国宝,不坠家风。"寻除兵部侍郎。

《旧唐书·卢奂传》则曰:

(奂)开元中,为中书舍人、御史中丞、陕州刺史。二十四年,玄宗幸京师,次陕州顿,审其能政,于厅事题赞而去,曰:"专城之重,分陕之雄。人多惠爱,性实谦冲。亦既利物,存乎匪躬。斯为国宝,不坠家风。"寻除兵部侍郎。

《旧唐书》撰者刘昫(刘昫为五代后晋宰相)和《开元天宝遗事》撰者王仁裕是同时代的人,他们对卢奂的记载如此相似,可以认为《开元天宝遗事》所述史事有相当的可靠性,而这确实得到后世的认同。苏轼有《读〈开元天宝遗事〉》三首:

其一:姚宋亡来事事生,一官铢重万人轻。朔方老将风流在,不取西蕃石堡城。
其二:潭里舟船百倍多,广陵铜器越溪罗。三郎官爵如泥土,争唱弘农得宝歌。
其三:琵琶弦急衮梁州,羯鼓声高舞臂韝。破费八姨三百万,大唐天子要缠头。

《开元天宝遗事》记唐玄宗轶闻旧事，多采自遗民之口，与正史多违异。苏轼读后，有感于开元天宝遗事，写了这三首诗。第一首诗是说唐玄宗初践皇位，任用姚崇、宋璟为相，一度出现"开元之治"；而天宝年间先后任用李林甫、杨国忠为相，沉湎声色，奢侈荒淫，朝政日趋腐败。"一官铢重"是指无限信用胡人安禄山，终于养虎遗患，酿成安史之乱。"朔方老将"是指安禄山叛乱时任朔方节度使的郭子仪，平息安史之乱功居第一。第二首写唐玄宗恣意游乐，滥封官爵，以至于"三郎官爵如泥土，争唱弘农得宝歌。"第三首写谢阿蛮《凌波舞》，唐玄宗击羯鼓，杨贵妃弹琵琶："破费八姨三百万，大唐天子要缠头。"当时观看者仅八姨秦国夫人一人："曲罢，上戏曰：'阿瞒（李隆基自称）乐藉，今日幸得供养夫人，请一缠头！'秦国曰：'岂有大唐天子阿姨，无钱用耶？'遂出三百万为一局焉。"（见《杨太真外传》，作者乐史与王仁裕同时）。这三首诗极写唐玄宗的奢靡生活，警为后人之戒，也由此证明《开元天宝遗事》在北宋文坛已经颇为流行。又司马光撰《资治通鉴》，其中《唐纪》32天宝十载下记："自是安禄山出入宫掖不禁，或与贵妃对食，或通宵不出，颇有丑声闻于外，上亦不疑也。"对此记载，司马光《资治通鉴考异》曰：

> 王仁裕《开元天宝遗事》云："禄山常与妃子同食，无所不至。帝恐外人以酒毒之，遂赐金牌子系于臂上，每有王公召宴，欲沃以巨觥，禄山即以金牌试之，云'准敕断酒'。"今略取之。

《考异》这段话明确无误地说明王仁裕撰写了《开元天宝遗事》，并且引用了其中的故事《金牌断酒》约略用于《资治通鉴》的情况。《唐纪》天宝十一载下记：

> 或劝陕郡进士张彖谒国忠，曰："见之，富贵立可图。"彖曰："君辈倚杨右相如泰山，吾以为冰山耳。若皎日既出，君辈得无失所恃乎？"遂隐居嵩山。

此记述与《开元天宝遗事》中《依冰山》的部分内容相同，司马光出于前文《考异》有所说明，则此未交代取于何书，而张彖亦不见于《旧唐书》。就是这一点，使得认定《开元天宝遗事》系托名王仁裕为浅妄之书的洪迈百思不得其解，发问道：惟张彖指杨国忠为冰山事，《资治通鉴》亦取之，不知别有何据[①]？司马光作为史学家以严谨著称于事，他对史料可靠与否的裁定，是有权威性的，《资治通鉴》采用《开元天宝遗事》的记载，充分肯定了《开元天宝遗事》的史料价值。南宋晁公武《郡斋读书志》正是因为相同的情况，才在卷二下载录："《开元天宝遗事》，右汉王仁裕撰"；南宋郑樵《通志》卷65《艺文略》三"杂史"著录："王仁裕撰《开元天宝遗事》六卷"。元人脱脱等在撰《宋史》也肯定了这一观点，在卷203《艺文志》二"故事类"载："王仁裕撰《开元天宝遗事》一卷"；明人焦竑也并未像他同时期稍后的胡应麟一样否定《开元天宝遗事》，而是在卷三《国史经籍志》"杂史类"著录："王仁裕《开元天宝遗事》一卷"。清代学者纪昀（晓岚）等发现了自苏轼以来的种种证据，肯定了洪迈置疑属实外，也肯定了王仁裕撰《开元天宝遗事》的史实，《四库提要》澄清说：

> 其书（《开元天宝遗事》）实在二人（苏轼、司马光）以前，非《云仙散录》之流，晚出于南宋者可比。盖委巷相传，语多失实，仁裕采撷于遗民之口，不能证以国史，是即其失。必以为依托其名，则事无显证。刘义庆《世说新语》，刘孝标注往往摘其抵牾，要不以是谓不出义庆手也。故今仍从旧本，题为仁裕撰焉。

真是对疑古派欲证此书系伪作的一个否定性的总结。现代学者认为它既然是小说，传闻异词，不必强调其真实性，因其创作方式是采录民间传闻，语言出现失实，与史书相矛盾也是在所难免，王仁裕撰《开元天宝遗事》已成定论。

[①]（南宋）洪迈：《容斋随笔》，上海古籍出版社1978年版，第6页。

《王氏见闻录》《见闻录》《唐末见闻录》是王仁裕的另几部笔记小说，文字洗练，篇幅短小，但内容却十分丰富，惜其早已散佚。

《王氏见闻录》别称《王氏见闻集》《王氏见闻》。五代南唐刘崇远《金华子杂编》卷3著录《王氏见闻集》三卷，注云："王仁裕记前蜀事"；宋初李昉《太平广记》称引该书或云《王氏见闻录》，或云《王氏见闻》；南宋初郑樵《通志》卷65《艺文略》三"杂史"著录王仁裕撰《王氏见闻集》三卷，清初吴任臣《十国春秋》卷44"王仁裕传"列有《王氏见闻录》。今有论者称："《王氏见闻录》《崇文书目》归入史部传记类，《通志》《通考》均未收录，《宋志》归入子部小说类。"① 未知此论所据者何，谬误是显而易见的。《王氏见闻录》佚文最多见于《广记》，也有见于宋无名氏《分门古今类事》中者。陈尚君据《广记》在《五代史书汇编》（杭州出版社2004年5月版）中钩辑到31条，也有辑本得32条者②，但本人以为，可以从《广记》中钩辑到《王氏见闻录》佚文33条：依陈本31条，可以加上《李龟祯》《陈洁》2条。摘引如下：

《李龟祯》条：乾德中，伪蜀御史李龟祯久居宪职。尝一日出至三井桥，忽睹十余人，摧头及被发者，叫屈称冤，渐来相逼。龟祯慴惧，回马径归，说与妻子。仍诫其子曰："尔等成长筮仕，慎勿为刑狱官，以吾清慎畏惧，犹有冤枉，今欲悔之何及。"自此得疾而亡。

《陈洁》条：伪蜀御史陈洁，性惨毒，谳刑定狱，尝以深刻为务。十年内，断死千人。因避暑行亭，见蟢子悬丝面前，公引手接之，成大蜘蛛，衔中指，拂落阶下，化为厉鬼，云来索命。惊讶不已，指渐成疮，痛苦十日而死。

因这两条紧跟在标明出自《王氏见闻》的《萧怀武》篇后面，都是写"前蜀事"，虽未指明出于何书，但理解为蒙后省略了篇章来源应该是情理之中的。

《王氏见闻录》的作品事涉怪诞，篇幅远较《开元天宝遗事》为长，纪

---

① 陈见微:《辑本〈王氏见闻录〉序》,《古籍整理研究学刊》, 1986年第1期。

② 同上。

实用笔的过程中带有明显的虚构成分，故事情节生成多依赖于逸闻，描写也很有生动之处。如《潞王》篇中何某两次见阴君的事，明显具有逸闻的性质，写人物言行也很传神；《伪蜀主舅》篇写从秦州往成都运送红牡丹移栽的事情，着墨不多，但情节构成自然流畅。《竹䶉》篇首先"描写的可能就是珍异的熊猫"①，实际从内容详细推敲，应该是关注到小熊猫在秦陇一带的生存状况，该篇关涉公元910—918年的事情，时作者还在天水，任职秦州，应该认为是真实的生态情况记录，说明那时天水的植被状况非常之好，以至于当时的平民捕食小熊猫成为寻常事，这是其他史料笔记所没有的。《温造》篇写人物的机智多谋，《成都丐者》写行乞者的狡黠，《窦少卿》篇写人物亡故噩耗的误传，细节和行动描写颇为生动，有鲜明的文学性，很接近现代意义上的小说。《封舜卿》篇具体描写了在成都官署设厅观看戏剧演出的场景，其中长吹《麦秀两歧》的情景，反映了当时民间曲子之创作十分旺盛的情况。《长须僧》《功德山》《青城道士》等作品向人们展示了在那个动乱年代，有佛道外衣掩盖下的种种秽行，最后得以铲除的情形。尤其是《王仁裕》篇借豢养猿猴"野宾"之事写别离和悲苦之情，不仅是研究王仁裕生平的珍贵文献，而且文笔璨然，余情袅袅，千百年后读来仍惆怅满怀，特别是用琐碎小事写作者眼中野宾的顽皮可爱，字里行间所表述的人与猿的友情、亲情让人恻然心恸，作品想象飞驰，感人至深，其文学性堪与名篇媲美。

有论者以其中的长篇《王承休》为例说明《王氏见闻录》与现代意义上的小说差距很大，认为一篇近五千字的作品刻画人物并不鲜明，故事性也差，只有篇末一节比较生动有趣。②这是对作品缺乏全面考察以偏概全所致。

《唐末见闻录》别称《唐末见闻》《唐末见闻记》。北宋《崇文总目》卷二"传记类下"著录《唐末见闻录》八卷，清钱东垣按云："《通志略》不著撰人，《宋志》作王仁裕撰。"宋官修《四库阙书目》卷二"小说类"著录《唐末见闻录》八卷，未著撰人。南宋初郑樵《通志》卷65《艺文略》三"杂史"著录《唐末见闻》八卷，注云："记僖、昭两朝事。"不著撰人。明焦竑《国史·经籍志》卷三"杂史"类录有《唐末见闻》八卷，未注明撰人。《十国春秋》未

---

① 吴月、王会绍、王明庸、余贤杰：《甘肃风物志》，甘肃人民出版社1985年版，第122页。
② 邵宁宁、王晶波：《说苑奇葩——晋唐陇右小说》，甘肃教育出版社1999年版，第204页。

著录《唐末见闻录》。今人有人认为《唐末见闻录》非王仁裕撰[①]，但没有可靠的证据。后人仍按照《宋志》判定其为王仁裕所作。《唐末见闻录》现存近20条，见于《资治通鉴考异》，篇章情况较为破碎，如《资治通鉴考异》卷262引《唐末见闻录》载全忠回书云："前年洹水，曾获贤郎；去岁青山，又擒列将。盖梁之书檄，皆此类也。"其详细情况和文学价值还需进一步研究。

王仁裕《见闻录》三卷，《四库阙书目》卷二"小说类"和《宋史·艺文志》均有收录，并和《唐末见闻录》八卷一起并列，可见它并不是《唐末见闻录》的简称。而其他史书和类书不见收录《见闻录》，所以今天学界多数人认为它实际上是《王氏见闻录》的省称，因为这两种书里没有提到《王氏见闻录》，至今也找不到有什么书收录了《见闻录》的作品，具体情况如何，以俟来者。

总之，我国的小说，至唐代开创了一个新局面，虽尚"不离搜奇记异"，但已进入了"有意小说"的时代，这一时期作品繁多，人才济济，许多佳作一直流传至今而占有文学史显著地位，王仁裕笔记小说即为其中之一。王仁裕身处战火纷乱、礼乐崩坏的唐末五代，与李德裕、郑处诲比，少有顾忌，而能秉笔直书，故其揭露部分，较先前的作品更为广泛有力，但已时过境迁，故缺少李、郑面对唐室衰败的怅惘怀旧之情，只是较平淡的谈往事、叙掌故而已，思想的深度显出浮泛和乏力，加之笔记小说的"残丛小语"形式，厚重感仍显不足。但是，从唐宋传奇间他的笔记小说作为重要一环起到了过渡作用，并且对后来的小说创作产生了持久影响却是不争的事实。

[①] 张兴武：《五代艺文考》，巴蜀书社2003年版，第152页。

第四章 《玉堂闲话》叙录唐末五代陇蜀浮世生活

王仁裕《玉堂闲话》现在我们辑录到的作品有187条（篇）①，笔者在前面的章节依据孙逊先生等编朝鲜所刊中国珍本小说丛刊影印本《太平广记详节》（下），将《玉堂闲话评注》未收的《崔育》一篇作了辑录②。从《玉堂闲话》内容的整体构成上看，叙录唐末五代陇蜀浮世生活占去了该书相当篇幅，且题材范围相对比较集中。

第一节 《玉堂闲话》辑录与陇蜀生活题材

蒲向明《玉堂闲话评注》第一辑的31篇作品中，叙写陇蜀社会生活的就有《权师》《赵圣人》《渭滨钓者》《李彦光》《刘钥匙》《刘自然》《秦城芭蕉》《王晖》等。试看《权师》篇：

> 唐长道县山野间，有巫曰"权师"，善死卜。至于邪魅鬼怪，隐状逃亡，地秘山藏，生期死限，罔不预知之。
> 或人请命，则焚香呼请神，僵仆于茵褥上，奄然而逝，移时方喘息，瞑目而言其事。奏师之亲曰郭九舅，豪侠强梁，积金甚

---

① 蒲向明：《关于〈玉堂闲话〉研究的最新进展》，《甘肃高师学报》2008年1期。
② 孙逊，（韩国）朴在渊，潘建国主编：《太平广记详节》，上海古籍出版社2014年版，第723-724页。

广，妻卧病数年，将不济。召令卜之。闭目而言曰："君堂屋后有伏尸，其数九。"遂令斸之，依其尺寸，获之不差其一，旋遣去除之。妻立愈，赠钱百万，却而不受，强之，方受一二万，云："神不令多取。"

又一日，卧于民家，瞑目轮十指云："算天下死簿，数其遐迩州县死数甚多，次及本州岛村乡，亦十余人合死者，内有豪士张夫子名行儒与焉。"人有急告行儒者，闻而惧，遂命之至。谓张曰："可以奉为，牒阎罗出免之。"于是闭目，于纸上书之，半如篆籀，祝焚之。既讫，张以含胎马奔奉之，巫曰："神只许其母，子即奉还。"以俟异日，所言本州岛十余人算尽者，应期而殁，惟张行儒免之。及牝诞驹，遂还其主。其牝呼为"和尚"，云："此马曾为僧不了，有是报。"

自尔为人廷算者不少，为人掘取地下隐伏者亦多，言人算尽者，不差晷刻。以至其家大富，取民家牛马资财，遍山盈室。（出《太平广记》卷79）

故事所叙事件发生的地域，属于唐末五代长道县。关于它的历史变迁《中国历史大辞典》说："长道县，隋开皇十八年（598）以汉阳县改置，治今甘肃省礼县东北长道镇，大业初属汉阳郡，唐属成州，天宝末废。咸通十三年（872）复置，属秦州。北宋熙宁七年（1074）改属岷州。南宋属西和州，蒙古废。"[①]这和刚改属岷州后三四十年成书的《舆地广记》卷十五所载有出入："本汉上禄县地，属武都郡。元魏分（上禄）置长道县。隋属汉阳郡，唐属秦州，天宝末废。咸通十三年复置，属秦州。皇（宋）朝六年来属（岷州），有祁山。蜀诸葛亮率军攻祁山，天水、南安、安定郡叛魏应亮，即此。"[②]很显然，前者的来源为《舆地广记》，但把长道县初置的时间从汉魏推后到了隋朝，并且略去了关于祁山及其著名史事的记载。其实，诸葛亮六出祁山、北

[①] 中国历史大辞典历史地理卷编纂委员会编：《中国历史大辞典》（历史地理卷），上海辞书出版社1996年版，第156页。

[②] （宋）欧阳忞著：《舆地广记》（上册），四川大学出版社2003年版，第438页。

伐陇蜀而至关中，充分说明了长道县汉唐以来的陇蜀孔道之重要，非同一般，这对我们认识王仁裕以文章叙写陇蜀，非常具有历史意义。

在唐末五代，长道县的辖地范围约相当于现在的东至红河、盐官、祁山，南至西和城关、罗峪、长道，西至礼县城关、崖城，北至马坞（今属岷县）、固城、平泉，境内有祁山水、盐官水两条西汉水的重要支流。北宋长道改属岷州不久成书的《元丰九域志》卷三"陕西路"对此做了明确的记载："长道，州东三百三十里，二乡。长道、故城、白石、盐官、骨谷（史集别有滑谷、谷骨之称）、崖城、平泉、马务八镇，有祁山、盐官水。"[①] 就是一个很好的佐证。这个长道县应该就在唐末五代陇蜀地域的核心位置，王仁裕以他的陇蜀笔记叙录为我们展示了这一地区特有的浮世生活。

由本故事可以看到，在五代后唐的长道县（今属陇南），巫风极盛行。这与时代转折时期，人们的信仰出现危机有关。巫术是指运用想象的力量，以象征的行为，企图达致控制事物的进程，使之符合自己愿望的方法。英国古典人类学家弗雷泽（J.G.Frazer）通过对搜罗的大量不同时间、不同地域巫术材料的研究，总结出了巫术的一般特点。巫术世界看起来光怪陆离，不可理喻，然而它们本身是遵循一定规律的。根据巫术赖以建立的思想原则，他将巫术划分为"顺势巫术"和"接触巫术"两类，前者是建立在"相似律"即"同类相生"或"果必因同"的基础上，后者则是建立在"接触律"基础上，即：物体一经接触，在中断实体接触后还会继续远距离地相互作用。因为两者都认为物体通过某种神秘的交感可以远距离地相互作用，这两类巫术都归于"交感巫术"总的名称之下。弗雷泽认为，从巫术到宗教再到科学是人类依次发明的认识周围世界的三种方式。本故事所写权师因巫术获得的荣耀，终究和盛唐科举入仕的光荣有着本质区别。所以柳宗元《非国语·卜》中说："卜者，世之余技也。"轻蔑之意颇显。这里王仁裕刻画的巫师形象是陇蜀乡民间及其浮世生活中的文学典型，与这一带的民俗民风具有代表意义。顾青《中国小说史》在论及"五代杂事小说集"时认为："五代时期的杂事小说集以《玉堂闲话》为代表。"[②] 由《权师》可见一斑。

---

① （宋）王存撰，魏嵩山、王文楚点校《元丰九域志》，中华书局1984年版，130页。
② 顾青：《中国小说史》，（台北）文津出版社1995年版，第206页

另有《刘钥匙》为采自天水的街谈巷议或出于唐末五代秦州的民间传闻，寓含意旨，新鲜奇特，读来颇有意趣。高利贷者刘钥匙不仅精明刻薄，甚至为富不仁、乘人之危，确实令人可憎。在想方设法掠夺财产的过程中体现出来的残忍本质，比巴尔扎克笔下的葛朗台也是有过之而无不及。不同的是王仁裕在此坠入了因果报应的窠臼，使作品的批判锋芒无可挽回地俗化到类似于江湖杂耍；而巴尔扎克用了冷静的批判现实主义的手术刀，展示了守财奴嗜财如命的灵魂，由审丑而达到审美。当然，就作品本身而言，我们是不应苛求千年前特定环境中的古人的。刘世德《中国古代小说百科全书》评《玉堂闲话》说："叙事简洁，不乏起伏曲折之笔；刻画人物性格，如见其人、如闻其声，语言平易晓畅，有较高艺术价值。"① 可以从《刘钥匙》的写法来做细致比照。

《玉堂闲话评注》第二辑的31篇作品中，《发塚盗》《刘崇龟》《郑昌图》《村妇》《王宰》《田承肇》《李延召》等篇叙写陇蜀生活。其中《刘崇龟》篇写南海事，可以看成笔触由陇蜀向南的延伸，对后世文学影响重大：

> 刘崇龟镇南海之岁，有富商子少年而白皙，稍殊于稗贩之伍。泊船于江。岸上有门楼，中见一姬年二十余，艳态妖容，非常所睹。亦不避人，得以纵其目逆。乘便复言："某黄昏当诣宅矣。"无难色，颔之微哂而已。既昏暝，果启扉伺之。此子未及赴约，有盗者径入行窃，见一房无烛，即突入之，姬即欣然而就之。盗乃谓其见擒，以庀刀刺之，遗刀而逸，其家亦未之觉。商客之子旋至，方入其户，即践其血，汰而仆地。初谓其水，以手扪之，闻鲜血之气未已，又扪着有人卧，遂走出。径登船，一夜解维。比明，已行百余里。
>
> 其家迹其血至江岸，遂陈状之。主者讼穷诘岸上居人，云："某日夜，有某客船一夜径发。"即差人追及，械于囹室，拷掠备至，具实吐之，唯不招杀人。其家以庀刀纳于府主矣。府主乃下

---

① 刘世德：《中国古代小说百科全书》，中国大百科全书出版社1993年版，第711页。

令曰:"某日大设,合境庖丁,宜集于球场,以候宰杀。"屠者既集,乃传令曰:"今日既已,可翌日而至。"乃各留刀于厨而去。府主乃命取诸人刀,以杀人之刀,换下一口。来早,各令诣衙请刀,诸人皆认本刀而去。唯一屠最在后,不肯持刀去。府主乃诘之,对曰:"此非某刀。"又诘以何人刀,即曰:"此合是某乙者。"乃问其住止之处,即命擒之,则已窜矣。于是乃以他囚之合处死者,以代商人之子。侵夜毙之于市。窜者之家,旦夕潜令人伺之,既毙其假囚,不一两夕,果归家,即擒之。具首杀人之咎,遂置于法。商人之子,夜入人家,以奸罪杖背而已。彭城公之察狱,可谓明矣。(出《太平广记》卷172)

此作写一个富商之子的艳约,由此身陷囹圄。后经府尹彭城公巧妙用计,得以找到真凶,使案件得到公正判决。小说表现了作者这样一个司法观念:断狱必须多方查考,不可草率从事。在艺术手法上,情节安排曲折新奇,颇有悬念,大大增强了作品的可读性和生动性。本篇情节构思与生成在后代小说、戏曲中多有模拟,成为公案小说的一种写作模式。程毅中《唐代小说史话》称,《玉堂闲话》中的作品如《刘崇龟》,"可以说是宋代以后公案小说的先驱,是由唐到宋小说题材扩大的一个迹象"[①]。《发塚盗》篇系反映当时襄中县(治今陕西勉县)刑狱诉讼的重要作品。官府搜获盗墓疑犯,狱吏屈打成招,即将行刑问斩,本犯良心发现,自己振臂认罪,藩帅大为震撼,亲自奏请朝廷,重新处置,才得以冤案昭雪。故事揭发了严刑逼供的昏官酷吏,读来令人深思处颇多,体现了作者为官判案必须慎重,不可草菅人命的刑狱思想。《玉堂闲话》中的几篇断狱公案故事,为唐代小说所罕见,可视为后代公案题材小说戏曲之滥觞。由此可以感知侯忠义《隋唐五代小说史》更是以不小的篇幅分析《玉堂闲话》对后世小说创作影响之苦衷。[②]《村妇》叙写成州(今甘肃成县)事:

[①] 程毅中:《唐代小说史话》,文化艺术出版社1990年版,第292页。
[②] 侯忠义:《隋唐五代小说史》,浙江古籍出版社1997年版,第260–264页。

昭宗为梁主劫迁之后，岐凤诸州，备蓄甲兵甚众，恣其劫掠以自给。

成州有僻远村墅，巨有积货。主将遣二十余骑夜掠之。既仓卒至，罔敢支吾。其丈夫并囚缚之，罄搜其货，囊尔贮之。然后烹豕犬，遣其妇女羞馔，恣其饮噉，其家尝收莨菪子，其妇女多取之熬捣，一如辣末。置于食味中，然后饮以浊醪。于时药作，竟于腰下拔剑掘地曰："马入地下去也。"或欲入火投渊，颠而后仆。于是妇女解去良人执缚，徐取骑士剑，一一断其颈而瘗之。

其马使人逐官路，棰而遣之，罔有知者。后地土改易，方泄其事。（出《太平广记》卷190）

天祐元年（904），朱全忠为创造篡夺唐王朝政权之便利，胁迫唐昭宗迁都洛阳，挟天子以自重。原都长安及其周边随之凋敝和混乱。各州刺史趁机蓄兵扩充实力，放纵士兵抢掠以自给。就是离长安较远的成州（辖栗亭、同谷二县，主要区域在今甘肃南部徽成盆地，占今徽县、成县大部），也不能幸免。军将遣兵去抢远村富户，没想到二十余兵卒失手丧命于村妇。小说写村妇以特殊方式抗匪，刻画了一个女中豪士的形象和极有特色的人物性格，显示了她非凡的胆识和智慧，歌颂了成州远村这位女子的机智和勇敢。本篇于方志也有重要的史学意义，证明成州（今陇南徽成盆地）在距今1100年以前酿酒技术已经达到很高水平，至少可以佐证现在所说"成州老窖"近千年酿酒史的流行说法是不确切的。董乃斌《古代小说鉴赏辞典》对《玉堂闲话》描写地方风物颇有赏评。①《村妇》展示陇蜀兵患、巧妇羞馔唐末五代乡村社会淋漓尽致，而穿插其中的动作描写仅寥寥几笔，面貌便生动如跃然纸上，可谓叙写浮世生活之绝佳例证。汉魏以来小说更多的是在民间传播与影响，许多小说是民间流传的异事奇谈，多为士大夫所鄙视："夫《易》象一车之言，近于怪也；诗人南箕之奥，近乎戏也。固服缝掖者，肆笔之余，及怪及戏无侵于儒，无若诗书之味太羹，史为折桂，子为醯酸也，炙鸭羞鳖，岂容下箸

---

① 董乃斌：《古代小说鉴赏辞典》（上），上海辞书出版社2004年版，第448页。

第四章 《玉堂闲话》叙录唐末五代陇蜀浮世生活

乎？固役而不耻者，抑志怪小说之书也。"(段成式《〈酉阳杂俎〉自序》)小说虽然于儒学无有大妨，但终不过是"炙鸭羞鳖"，岂可与诗、史同登大雅之堂？这或许能很好地解释为什么《新旧五代史》《王仁裕神道碑》不载录《玉堂闲话》等王仁裕小说创作的原因。但王仁裕《玉堂闲话》写唐末五代陇蜀浮世的文学意义不能被掩盖。所以，陈尚君先生有评云："《玉堂闲话》记录唐末五代时期的史事和社会传说极其丰富，且大多为王仁裕亲身经历及得自当事人叙述的记录，具有很高的文学价值和史料价值。"① 凡此等等，不胜枚举。

20世纪80年代，周勋初就撰有《〈玉堂闲话〉考》一文②，为迄今为止最早，也是唯一能检索到的专门考察《玉堂闲话》的论文。《玉堂闲话》成书应在晋汉年间，这个可以从《帝犯》《蕃中六畜》《耶孤儿》《胡王》等篇的记载得到一些印证。如陈尚君先生所论，它的散佚应该在宋元之间，计有《太平广记》《类说》《说郛》《资治通鉴考异》《竹庄诗话》《锦绣万花谷》《岁时广记》《永乐大典》《唐诗纪事》《能改斋漫录》等古籍收录了《玉堂闲话》的篇章，其中北宋《太平广记》为收录《玉堂闲话》最多的文献，叙写陇蜀浮世生活影响延及宋元。北宋是否刊刻过《太平广记》尚不能定论，但其在北宋有所流传却是不争的事实③，《醉翁谈录·舌耕叙引》提到说话人所需要的文化修养时说："夫小说者，虽为末学，尤务多闻。非庸常浅识之流，有博览该通之理。幼习《太平广记》，长攻历代史书。"④ 元末明初《太平广记》传本的阅读已很普及。《玉堂闲话》"老蛛"篇，起首所写地点《太平广记》谈刻本原作"秦岳"，汪绍楹点校据明抄本改为"泰岳"。据本篇内容，显然并非写泰山岱岳庙，况五代时泰山岱岳庙规模已很宏大，其经楼为大风吹倒恐不可能，且未有相关记载。王仁裕"系秦州人，多喜言秦州事"(见李剑国《唐五代志怪传奇叙录》南开大学出版社1993年版)，原作"秦"当无谬，且秦州(今天水)现有泰山庙，历史上屡有废兴。谈刻本原作"秦岳"，即指邽山，也是在陇蜀一线。

---

① 陈尚君：《玉堂闲话评注序言二》，见蒲向明《玉堂闲话评注》，中国社会出版社2007年版，第6页。
② 周勋初：《〈玉堂闲话〉考》，《西北师范学院学报》1988年第3期。
③ 张国风：《〈太平广记〉在两宋的流传》，载《文献》2002年第4期。
④ (宋)罗烨：《醉翁谈录》，古典文学出版社1957年版。

《狨》是我国最早记写川金丝猴的小说作品，其中对陇蜀金丝猴的生活习性描写细致入微：

> 狨者，猿猱之属。其雄毫长一尺、尺五者，常自爱护之，如人披锦绣之服也。极嘉者毛如金色，今之大官为暖座者是也。
>
> 生于深山中，群队动成千万。雄而小者，谓之狨奴。猎师采取者，多以桑弧檽矢射之。其雄而有毫者，闻人犬之声，则舍群而窜。抛一树枝，接一树枝，去之如飞。或于繁柯秾叶之内藏隐之，身自知茸好，猎者必取之。其雌与奴，则缓缓旋食而传其树，殊不挥霍，知人不取之，则有携一子至一子者甚多。
>
> 其雄有中箭者，则拔其矢嗅之，觉有药气，则折而掷之。颦眉愁沮，攀枝蹲于树巅。于时药作抽挚，手足俱散，临堕而却揽其枝，揽之者数十度，前后呕哕，呻吟之声，与人无别。每口中涎出，则闷绝手散，堕在半树，接得一细枝梢，悬身移时，力所不济，乃堕于地。则人犬齐到，断其命焉。猎人求嘉者不获，则便射其雌，雌若中箭，则解摘其子，擿去复来，抱其母身，去离不获，乃母子俱毙。
>
> 若使仁人观之，则不忍寝其皮，食其肉。若无悯恻之心者，其肝是铁石，其人为禽兽。昔邓芝射猿，其子拔其矢，以木叶塞疮。芝曰："吾违物性，必将死焉。"于是掷弓矢于水中。山民无识，安知邓芝之为心乎？（出《太平广记》卷446）

陈服官著《金丝猴研究进展》、李保国《金丝猴名称考释》："狨"，"是考证可信的金丝猴古名"。金丝猴，又名金线狨、仰鼻猴、蓝面猴、线狨。我国特有，誉为"国宝"，国家一级保护动物。属灵长目、猴科、仰鼻猴属。金丝猴，属灵长目、猴科，形瘦长而壮实，背部有金黄色的长毛，故名"金丝猴"。金丝猴分为三种：川金丝猴、滇金丝猴和黔金丝猴。川金丝猴分布于四川西部和北部、甘肃南部、秦岭和神农架地区，脸形较圆，吻部隆突，面盘靛蓝，鼻孔上翘，眼周围白色，所以也叫"蓝面猴""仰鼻猴"。其毛色金黄柔软,最长可达20—30厘米,耀眼夺目。尾巴与体长几乎相等。观赏价值、药用价值、保护价值很高。滇金丝猴产于云南西部,体背、体侧、四肢外侧、足和尾呈黑色,因此又叫"黑金丝猴"或"黑仰鼻猴"。其幼猴全身为白色,随年龄增长才能逐渐变成父母的体色。黔金丝猴分布于贵州梵净山区,其数量十分稀少,目前国内外动物园均未饲养展出过,所以绝大多数人不能见到。其身上没有"金色",体毛主要是灰褐色,身上有许多白斑,当地人又称之为"花猴";因尾巴又黑又细,像牛尾巴,所以又称"牛尾猴"。是金丝猴中最珍贵的一种。据调查,目前黔金丝猴尚存数百只,已濒临灭绝。令人不解的是,如《聊斋志异·黑兽》、清李调元《南越笔记》卷9所写"狨"何以带有凶残的色彩,可能与民间传说有关。

王仁裕著本篇,时在公元934年随潞王东出洛阳之前。他曾往返于成都、兴元、秦州三地任职,亲眼目睹了这些地方捕杀"金线狨"的情况,由文章记写来看,"猎人"为了取得"金线狨"的宝贵皮毛,捕杀的手段无所不用其极。面对猎取对象所表现的亲族之情和慈爱之心,"猎师"们在利益的驱动下暴露出的奸诈和残忍,形成了强烈的反差。作者不由对金丝猴的被猎杀表示愤怒和谴责,对金丝猴的命运深感担忧和惋惜。在今天看来,本文是有着强烈人文主义色彩的篇章,与当今一些学者对此的反思和回顾有脉络相连之感[①]。从文学上来看,本篇有着一定的结构和情节,故事性强,感情充沛,语言生动传神,为《玉堂闲话》中重要的作品之一,也是笔记小说中唯一留下的一千多年前陇坂之南、蜀北地区金丝猴生存状况的重要资料和文献。作品对古人猎杀金丝猴表示谴责,表现出鲜明的人文主义关怀。援引相类作品内容,细致介绍"狨""暖座""邓芝射猿"等,供读者参比。多见不为怪,加深了领会,增添了情趣,潜移默化,有助于读者获得理论上和情感上的深入认识。可以说这种独特的注解,在艺术欣赏方面也有微妙的助读提高作用。

---

① 王子今:《"金线狨"——金丝猴的故事》,《中华读书报》2002年11月20日。

第二节 《玉堂闲话》笔意麦积山等陇蜀文化要素

麦积山今天能蜚声中外,《玉堂闲话》的记述功不可没。试看《麦积山》篇:

> 麦积山者,北跨清渭,南渐两当,五百里冈峦,麦积处其半。崛起一石块,高百万寻,望之团团,如民间积麦之状,故有此名。其青云之半,峭壁之间,镌石成佛,万龛千室。虽自人力,疑其鬼功。隋文帝分葬神尼舍利函于东阁之下,石室之中,有庾信铭记,刊于岩中。古记云:"六国共修,自平地积薪,至于岩巅,从上镌凿其龛室佛像。功毕,旋旋拆薪而下,然后梯空架险而上。"
> 其上有散花楼、七佛阁、金蹄银角犊儿。由西阁悬梯而上,其间千房万屋,缘空蹑虚,登之者不敢回顾。将及绝顶,有万菩萨堂,凿石而成,广若今之大殿。其雕梁画栱,绣栋云楣,并就石而成。万躯菩萨,列于一堂。自此室之上,更有一龛,谓之天堂。空中倚一独梯,攀缘而上,至此,则万中无一人敢登者。于此下顾,其群山皆如培塿。
> 王仁裕时独能登之,乃题诗于天堂西壁上曰:"蹑尽悬空万仞梯,等闲身共白云齐。檐前下视群山小,堂上平分落日低。绝顶路危人少到,古岩松健鹤频栖。天边为要留名姓,拂石殷勤手自题。"时前唐末辛未年,登此留题,于今三十九载矣。(出《太平广记》卷397)

关于"庾信铭"的写作动机和创作意图,民国天水学者冯国瑞有所推究。其《麦积山石窟志》:"抑考庾信由长安来秦州,或者为当时秦州大都督李允信之宾客,恰逢在麦积山为其亡父造七佛阁,勒铭崖壁,千载盛事。"但仅是设想而已。《周书》卷41《庾信传》说其"群公碑志,多请相托",看来受人之托撰写碑志,是当时惯常事务。梁元帝承圣三年(554),庾信奉命出使西魏,梁亡后滞留在长安。李允信作七佛龛,或请庾信撰写《秦州天水郡麦积

第四章 《玉堂闲话》叙录唐末五代陇蜀浮世生活

崖佛龛铭并序》还是有历史依据的。

王仁裕提及"庾信铭"刊于石间，是因为庾信生前和亡故后声名并隆、影响远播之故。《周书·庾信传》载云："庾信，字子山，南阳新野人也，祖易齐征士，父肩吾，梁散骑常侍，中书令。信幼而俊迈，聪明绝伦，博览群书，尤善《春秋左氏传》，身长八尺，腰带十围，容止颓然有过人者，起家湘东国常侍，转安南府参军。时肩吾为梁太子中庶子掌管记……父子在东宫，出入禁闼，恩礼莫与比隆，既有盛才，文并绮艳，故世号为徐庾体焉……大象初以疾去职，卒，隋文帝深悼之。赠本官加荆、淮二州刺史，子立嗣。"可见一斑。所以，麦积山闻名遐迩，与"庾信铭"刊刻是分不开的。至少在五代时期已现端倪[①]。在今天，麦积山雕塑所具有的美感与我们的审美趋向共振，"庾信铭"就更显出不同寻常的意味来，尽管其溢美的题旨是显然的。王朝闻指出："麦积山艺术，显然是佛教善男信女们崇拜的偶像，却又对我们提供了适应我们兴趣的审美价值。"[②]这一说，或可为我们重解"庾信铭"提供一点启发。

又，王仁裕在本文中提到的"古记"，虽未言明所据何本，但对后人了解麦积山的初建情况是至为珍贵的，并且引人为古代工匠的睿智折服和感叹叫绝。从前后文看，本篇在辗转流传中出现"错文"。若将"隋文帝"句和"古纪云"句互换，则文脉顺畅，无宕迭之感。本文多次出现"王仁裕"之称，若自撰，恐非通情理。笔者疑本篇收入《太平广记》时，或为宋人篡改而谬悠至今。

或许《玉堂闲话评注》考虑了陇蜀乡土因素，抑或就是为了一种桑梓情结，对《麦积山》篇的注疏尤其用功。从庾信《秦州天水郡麦积山崖佛铭》到杜甫《山寺》诗、宋李师中《麦积山寺》诗，尽可涉猎，不厌细说。如转录庾信铭记全文，如解释"古记"、七佛阁、"培塿"等等，所引资料如串珠玑，娓娓道来，不免使人生出思古之幽情。

又如《大竹路》之"孤云两角"注疏，引《海录碎事》记载：

[①] 崔玲：《麦积山与庾信铭文》，《社科纵横》2005年5期。
[②] 王朝闻：《麦积山艺术》，《艺术评论》2004年12期。

> 兴元府之南，有路通巴州，三日而达于山顶，其高处谓之"孤云两角，去天一握"，意者韩信逃于深僻之处。刺史杨师谋就其所逃之处而刻石焉。两角山既非通衢，故碑不显。今碑在难江县学。而两角山、米仓山之间有淮阴公庙，又有截贤岭，则其迹可考矣。近者开禧逆曦之变，士大夫之逃难者亦多由米仓以东归此，正趋荆楚之路，与大安之西走不同矣。唯此山追韩信之事不显，而大安之人，遂至附会溪桥，立庙以自夸诈，而非其实也。

显然是把《玉堂闲话》叙写唐末五代陇蜀浮世生活和陇蜀地理交通的背景密切联系起来。对于今天水、陇南的地名沿革考证得十分翔实。《玉堂闲话评注》第44页，对"天水"这一词条的注释，用了将近800字，对天水从汉代置郡以来，依据《汉书·地理志》《秦州记》《湘州记》《隋书·经籍志》《水经注·渭水条》《类聚》《明统一志》《嘉庆重修一统志》《甘肃通志》《巩昌府志》《汉书·郊祀志》《旧五代史·郡县志》等十几种文献，对其沿革、称谓、置所所在地等进行了详尽的考证，这对我们今天阅读古代文献提供了极大的便利。又如对古"河池县"（即今陇南市徽县）的注释，虽然不算太长，但释义仍不失其要害：

> 河池县，治所在今甘肃徽县银杏镇，所辖约相当于今甘肃徽县。《旧唐书》卷44地理志：汉河池县地，属武都郡。隋大业三年（607年）罢凤州，于里梁泉置河池郡。河池县与两当、同谷并属河池郡。唐武德元年（618年），改河池郡为凤州。天宝元年（742年），复改为河池郡。乾元元年（758年）又改为凤州，隶属山南西道。辖梁泉、黄花和两当、河池四县。文德元年（888年），升凤州为节度府，辖兴、利（今四川广元市）二州及梁泉、两当、河池三县。五代河池县属凤州。历史上全国三个地方置河池县，其中甘肃的徽县，陕西凤县至元朝改为凤州。明朝有广西河池县，今名河池市。

真可谓切中肯綮，乃至于"陇右"（33页）、"成纪"（35页）、"秦城"（46页）、"武都"莫不如此。赵逵夫指出："这本书（指《玉堂闲话评注》）与地方文化的研究方面意义更大。"蒲向明是在整理《玉堂闲话》叙写陇蜀的作品时，把目光凝视在发掘地方文学遗产的视阈内，寻求一个平衡点，这种研究方法在别处不是很鲜见，在甘肃学界似乎也还不是很多，因而带有开拓的启示性。把《玉堂闲话》的陇蜀浮世生活描写归于陇土、陇南，如《刘自然》篇，在甘肃古代小说研究史上却是首先由此来实践的。

《玉堂闲话评注》，对散见于《太平广记》《类说》《绀珠集》《说郛》《资治通鉴考异》《竹庄诗话》《锦绣万花谷》《岁时广记》《永乐大典》《唐诗纪事》《能改斋漫录》等古籍中的186篇《玉堂闲话》作品，进行了细致的辑佚、校订和整理，其意义不仅在于使一部散佚七八百年、几近埋没的轶事小说集重新复归于完整和独立成书，而且甚至在某些方面又有重新发现，这主要是通过作者的评记来实现的。换言之，蒲书的新见不全在于对原作文学性或文章性的校订、诠释和显示，而在于文献性和文物性视阈的开掘和拓展。有论者指出"王仁裕等虽属五代养尊处优的人物"，且"虽无富国强兵之策，但于学术文化建设却十分用力"。[①]《秦城芭蕉》篇是一则有关晚唐五代时期天水风物不可多得的记述资料：

> 天水之地，迩于边陲，土寒，不产芭蕉。戎帅使人于兴元求之，植二木于亭台间。每至入冬，即连土掘取之，埋藏于地窖。候春暖，即再植之。庚午、辛未之间，有童谣曰："花开来裏，花谢束裏。"而又节气变而不寒，冬即和煦，夏即暑毒，甚于南中，芭蕉于是花开。秦人不识，远近士女来看者，填咽衢路。寻则蜀人犯我封疆，自尔年年一来，不失芭蕉开谢之候。乙亥岁，歧陇援师不至，自陇之西，竟为蜀人所有。暑湿之候，一如巴邛者。盖剑外节气，先布于秦城。童谣之言，不可不察。（出《太平广记》卷140）

---

① 张兴武：《五代作家的人格与诗格》，人民文学出版社2000年版，第45—46页。

这是一则有关晚唐五代时期天水风物不可多得的记述资料。故事生动地描述了当时天水气候异常冬暖的情景。作者把天水失陷于伪蜀的原因，归于芭蕉花的异常开谢，并由此肯定为一种因果关系，带有佛教宿命的色彩。以童谣预示人事、时局和气候的变化或异常，屡见于古代文史。如《汉书》卷114所载汉成帝时童谣云赵飞燕："燕燕尾涎涎，张公子，时相见。木门仓琅根。燕飞来，啄皇孙，皇孙死，燕啄矢。"《三国演义》第九回写董卓"千里草，何青青；十日上，不得生。"等。细察带有预言性质的童谣，往往是某些人"有意为之"，使之流传于市井街巷，从而试图影响时局。本篇童谣，预示着天水的入蜀（束裹，谐音失国）。本篇有较高的史料价值和地方风物价值，可用以研究作者本人的重要内证资料，也可由此了解古代，特别是五代时期天水的一些风土人情。故事生动地描述了当时天水气候异常春暖的情景，有较高的史料价值和地方风物价值，可用以研究王仁裕本人的重要内证资料，也可由此了解古代，特别是晚唐五代时期天水入川即陇蜀毗邻地带的风土人情。

《刘崇龟》为《玉堂闲话》之名作，情节构思与生成在后代小说、戏曲创作中多有模拟，成为宋明公案小说的一种写作模式。我国短篇文言公案小说的源头在早秦时期，天水放马滩出土秦简《墓主记》就具备了公案小说的特征。而后刘向《说苑·贵德》所载《于公》篇，干宝《搜神记》对该篇补充，由此至唐这类小说渐趋成熟，如唐陇西人李公佐《谢小娥传》催生了后来元杂剧《窦娥冤》。以《刘崇龟》为代表的这类作品，"情节曲折离奇，内容生动感人，篇幅较前也大为延长，非汉代之简短记事可比"[①]。《杀妻者》是我国公案断狱小说故事"无头案"题材的最早源头，同时也是公案小说常见情节的生成模式。《村妇》评记的新见是，小说写以特殊方式抗匪，刻画了一个女中豪士的形象和极有特色的人物性格，显示了她非凡的胆识和智慧，歌颂了成州远村这位女子的机智和勇敢。本篇于方志也有重要的史学意义。《玉堂闲话评注》第四辑中收录的《东柯院》叙写天水郡陇城县院僧生活，对"妖"术无边，人皆无法，做了一个解释，对道士、县令、巡官描写，带有明显的

---

① 柳依：《浅论我国古代的公案小说》，《学术月刊》1998年第2期。

戏弄色彩，虽描写生动，叙述简洁，主次分明，但作品思想性上的缺陷还是很明显的。《麦积山》篇探讨了"庾信铭"刊刻对麦积山的文化、历史意义，对该作由宋人篡改提出了独特的看法：本文多次出现"王仁裕"之称，若自撰，恐非通情理。笔者疑本篇收入《太平广记》时，或为宋人篡改而谬悠至今。《狨》篇评记指出，从文学上来看，有着一定的结构和情节，故事性强，感情充沛，语言生动传神，为《玉堂闲话》中重要的作品之一，也是笔记小说中唯一留下的一千多年前陇坂之南、蜀北地区金丝猴生存状况的重要资料和文献。《民妇》的评记，注意到了狐魅文化在文学创作中的影响，指出：狐魅之说，由来已久，六朝志怪小说就有描写，至中唐遂盛。本篇所写狐怪，虽有媚态，但还未入幻化成精之象，以狐形始，亦以狐态毙，与其说是民妇刻意捕捉狐媚，倒不如说是一只对民妇有恋情的人情化了的狐狸为民所枉杀。

《玉堂闲话》中记录王仁裕平生亲历见闻陇蜀浮世生活的作品，使读者从中可以了解作者生活和创作的详细情况，了解作者的思想风貌和精神境界，从而感知那个时代庙堂儒士阶层的思想特征。如《王仁裕》篇一，以其亲身听到的禁中蒲牢发声异响，为国柄更替之兆，试图说明征兆之间的必然联系，旨在言明其创作并不虚妄，而是信而有征。《王仁裕》篇二，尽管故事情节有别于前篇，且创作主题和叙写手法与前并无二致，但内容的特别之处在于反映了他当时的生活状况：他受范延光器重，在清雅消闲的氛围中记述由乐音的异常预知人间祸福的事。《范质》以雏燕遇害，试图证明所有生命体都有憎爱嫉妒之心，很有令人深思之处。还有《麦积山》篇，由于亲身经历，内容很为传神引人，为现代人了解麦积山石窟历史的重要文献。

《玉堂闲话》中详细记载唐末五代时期秦陇、蜀地南中山川风物的作品，可使读者窥见那个时代秦陇、蜀中的风俗人情，颇有文学、社会学和风俗学意义。《玉堂闲话评注》所辑186篇《玉堂闲话》作品中，写秦陇风物，以写秦州或天水者居多，约有22篇作品题材涉及天水、陇右、秦州，占全书总篇数的12%，这个比例和作者桑梓秦州有关。如《王行言》篇：

秦民有王行言，以商贾为业，常贩盐鬻于巴、渠之境。路由兴元之南，曰大巴路，曰小巴路。危峰峻壑，猿径鸟道，路眠野宿，杜绝人烟，鸷兽成群，食啖行旅。行言结十余辈少壮同行，人持一柱杖，长丈余，銛钢铁以刃之，即其短枪也。

才登细径，为猛虎逐之。及露宿于道左，虎忽自人群中，攫行言而去。同行持刃杖，逐而救之，呼喊连山，于数十步外夺下，身上拿攫之踪已有伤损。平旦前行，虎又逐至，其野宿，众持枪围，使行言处于当心。至深夜，虎又跃入众中，攫行言而去。众人又逐而夺下，则伤愈多。行旅复卫而前进，白昼逐人，略不暂舍，或跳于前，或跃于后。时自于道左而出，于稠人丛中捉行言而去，竟救不获，终不伤其侣，须得此人充其腹。不知是何冤报，逃之不获。（出《太平广记》卷433）

此篇写秦州商民的人虎冤报，颇有离奇之处。晋葛洪在《西京杂记》里对虎吃人有颇为详细的记载："东梅人黄公，少时为未能制蛇御虎佩赤金刀，以绛缯束发，立兴云雾坐成山河，及衰老气功羸惫，饮酒过度不能复得其术。秦末有白虎见于东海，黄公乃以赤刀往厌之，术既不行，遂为虎所杀。三辅人遂以为戏。汉帝亦取以为角抵戏马。"[1]故事对虎的威力还是诚惶诚恐的，因为像东海黄公那样有武功、有法术的人仍然没有斗过虎，为虎所食。与此相比，商人王行言就更不是虎的对手了。蹊跷的是虎多次在人群之中叼走他，最终叼而不返，别人却不受伤害。作者将其归为冤报，当然带有宿命的色彩，但这个谜一样的事件，就是在今天，也是不好究其竟的。作品在写法上用词精巧，叙述颇为生动。《王行言》是有关陇蜀传奇故事的篇章，包含有汉中及其邻近地区的虎患资料，虽故事离奇，但内容中关于当时华南虎生存的真实性不可怀疑，"尤其当时猛虎横行四境的情况，是足以凭信认可的"[2]。《权师》写秦州长道县（今西和、礼县部分地区）山野巫师"权师"预知祸福的神异，以致其发家大富，牛马资财遍山盈室，由此可见那个时代长道民众对先验观念的尊崇和偶然机遇的热衷。《薛昌绪》在细节和过程的叙述中展示了"秦陇人妖"的乖僻。《劫鼠食仓》反映的是饥荒之年破鼠穴求食于田的情况，读来

---

[1] （东晋）葛洪著，程毅中校点：《西京杂记》，中华书局1985年版，第77页。
[2] 陶喻之：《汉中历代虎患钩沉》，《汉中师范学院学报》1997年第3期。

令人酸楚甚多。《蕃中六畜》述说西蕃大饥，乞食秦陇事件，那些仆倒在途的饿殍说明，那是一个怎样让人无奈的时代。《道流》用回忆笔法委婉戳穿伪秦州道者的伎俩：

>……王仁裕任兴元节判。离秦州乡地，未及岁年，忽有来寻师者。赍亲表施州刺史刘缄封，衣紫而来，兼言往洋州求索。询其行止，云："某忝窃乡关之分，先于秦州西升观，入道多年。"遂沉吟思之，当离乡日，观中无此道流，深感其命服所求，其人亦念念而过。
>
>旬月间，自洋源回，薄有所获。告辞之意，亦甚挥逊。遂设计延伫，拂榻止之。夜静，沃以醹醁数瓯，然后徐询之曰："尊师身边紫绶，自何而得？宜以直诚相告。"对曰："此是先和尚命服，传而衣之。乃是广修寺著紫僧弟子，师既殂，乃舍空门，投西升观入道，便以紫衣而服之。"自谓传得本师衣钵。岂有道士窃衣先和尚紫衣？未之前闻。（出《太平广记》卷262）

但从另一个角度看，本篇叙写道士身着御赐紫色袈裟化缘的奇事，反映了五代时期道、佛二教之间的融合包含关系和自由的教派来往，也反映了作者对这一宗教现象的不解，同时为读者了解当时秦州一带道、佛二教的发展提供了一些史料。这也是研究王仁裕生平的重要笔记作品。

《秦骑将》对秦将刺杀妻子，选择了冷静的叙述，但其中妇女表现出的勇敢，震撼人心：

>秦骑将石某者，甚有战功。其妻悍且妒，石常患之。
>
>后其妻独处，乃夜遣人刺之。妻手接其刃，号救叫喊。婢妾共击贼，遂折镡而去，竟不能害。妇十指皆伤。
>
>后数年，秦亡入蜀，蜀遣石将兵，屯于褒梁。复于军中募侠士，就家刺之。褒蜀相去数千里，侠士于是挟刃，怀家书，至其门曰："褒中信至，令面见夫人。"夫人喜出见，侠拜而授其书，

捧接之际，挥刃斫之。妻有一女跃出，举手接刃，相持久之，竟不能害。外人闻而救之，女十指并伤。

后十年，蜀亡，归秦邦，竟与其夫偕老，死于牖下。（出《太平广记》卷272）

丈夫患于妻子的泼悍和嫉妒，雇请杀手行刺妻子的事，在古代并不多见。本文秦骑将两度雇凶灭妻，均未得手。一方面表现了丈夫的凶狠，另一方面也表现了妻子和女儿竟然能以手接刃的勇敢和刚毅。故事读来令人惊心动魄。从上下文来看，秦骑将与妻子当皆属秦州人无疑。

《石从义》写秦州吏豢养家犬以颂母子情深事，颇有感人之喻：

秦州都押衙石从义家，有犬生数子。其一献戎帅琅琊公，自小至长，与母相隔。及节使率大将与诸校会猎于郊原，其犬忽子母相遇于田中，忻喜之貌，不可名状。猎罢，各逐主归。自是其子逐日于使厨内窃肉，归饲其母，至有衔其头肚肩肋，盈于衙将之家，衙中人无有知者。（出《太平广记》卷437）

犬，一向被人们誉为"吉兽"。犬入诗章，最早见于《诗经·小雅·巧言》篇："跃跃毚兔，遇犬获之。"（疏："毚，大兔也。大兔必狡猾，又谓之狡兔。"）《山海经》上有天狗天犬可以御凶之说。《说文解字》中有："孔子曰，视犬之字如画狗也。"东汉《古诗十九首·十五从军征》有"兔从狗窦入，雉从梁上飞"之句。《述异记》中曾记载了晋代大文学家陆机养狗之事。小说和戏曲作品，均把狗描写得活灵活现。《封神演义》和《宝莲灯》中的哮天犬已是家喻户晓，元代杂剧中有出叫《犬义记》的戏，写狗为袁粲家少爷报仇，噬杀狄灵的故事，十分生动有趣。但是，《石从义》把犬拟人化，写其颇类同于人，有亲缘之情。亲情气氛，还不多见。本篇记述养犬母子之间的亲情逸事，读来饶有兴味。

第三节 《玉堂闲话》文学手法与陇蜀生活

《隗嚣宫》通过秦州古迹，想说明神仙风度的高妙：

秦州城北绝顶之上有隗嚣宫，宫颇宏敞壮丽，今为寿山寺。寺有三门，门限琢青石为之，莹彻如琉璃色。余尝待月纳凉，夕处朝游，不离于是。尔后入蜀，蜀有道士谓余曰："隗宫石门限下诗记之乎？"余曰："余为孩童，迨乎壮年，游处于此，未尝见有诗。"道士微哂曰："子若复游，但于石门限下土际求之。"丙戌岁，蜀破还秦，至则访求之，果得一绝云："清溪道士人不识，上天下天鹤一只。洞门深锁玉窗闲，滴露研朱点《周易》。"详观此篇，飘飘然有神仙体裁，远近词人竞来讽味，那知道士非控鲤驾鹤之流乎？奇哉！奇哉！（出《竹庄诗话》卷21）

20世纪70年代，天水隗嚣宫遗址出土盘螭盖三足石砚，现藏甘肃省博物馆藏，为汉砚中之佳品。隗嚣（约前72—公元33），字季孟，天水成纪（今甘肃秦安）人。出身陇右大族，初在州郡为官，以知书通经闻名陇上。王莽篡位，以为骑都尉，迁七公斡士。地皇末（23），逃归，起兵，自称上将军，略定陇西，依更始帝刘玄建复汉政权。更始二年（24），征为右将军，迁御史大夫。明年，逃归。建武二年（26），邓禹承制以为西州大将军。六年，勒兵拒命。七年，公孙述以为朔宁王。九年冬，逃西城（今甘肃礼县红河一带），又逃冀城（今甘肃甘谷县），病死。见《后汉书·隗嚣公孙述列传》。隗嚣可称一时豪杰，然不能明断时务，不谙大体。背汉事蜀称臣于公孙述，注定了他可叹可怜的结局。

《安道进》以在天水营长道县杀人之事，预示了安道进下场的残败结局。

有安道进者，即故云州帅重霸季弟，河东人也，性凶险。庄宗潜龙时，为小校，常佩剑列于翊卫。忽一日拔而玩之，谓人曰：

"此剑也，可以刜钟切玉，孰敢当吾锋芒。"旁有一人曰："此又是何利器，妄此夸谭。假使吾引颈承之，安能快断乎？"道进曰："真能引颈乎？"此人以为戏言，乃引颈而前，遂一挥而断。旁人皆惊散。道进携剑，日夜南驰，投于梁主。梁主壮之，俾隶淮之镇戍。

有掌庾吏，进谓曰："古人谓洞其七札为能，吾之铦镞，可彻其十札矣。尔辈安知之？"吏轻之曰："使我开襟俟之，能彻吾腹乎？"安曰："试敢开襟否？"吏即开其襟，道进一发而殪之，利镞迳过，植于墙上。安蓄一犬一婢，遂挈而南奔。昼则从于卢荻中，夜则望星斗而窜。又时看眼中神光，光多处为利方，光少处为不利。既能伏气，遂绝粒。经时抵江湖间，左挈婢，右携犬，而辙浮渡，殊无所损。淮帅得之，擢为裨将。赐与甚丰。

时兄重霸事蜀，亦为列校，闻弟在吴，乃告王。蜀主王嘉其意，发一介以请之。迨至蜀，亦为主将，后领兵戍于天水营长道县。重霸为招讨马步使，驻于秦亭县。民有爱子，托之于安，命之曰斤子。道进适往户外，斤子偶经行于寝之前。安疑之，大怒，遂腰斩而投于井。其家号诉于霸，传送招讨使王公。

至于南梁，王公不忍加害，表救活之。及憾其元昆，又欲害其家族，兄家闭户防之。蜀破，道进东归。明宗补为诸州马步军都指挥使。后有过，鞭背卒。（出《太平广记》卷269）

本则故事与安重霸有关。安重霸为求秦州帅职，劝王承休请蜀主东游秦州。由此酿成前蜀亡国大患。《旧五代史》记载了前秦州节度判官蒲禹卿上表二千言规劝，不为采纳的情况，其深层乃是因为美妇之故。《资治通鉴》卷273载王承休妻严氏美，蜀主私焉，故锐意欲行。蜀主内心不仅为一美妇，而是秦州多有美人欲蓄之。《通鉴》卷273记云："蜀安重霸劝王承休求秦州节度使，承休言于蜀主曰：'秦州多美妇人，请为陛下采择以献。'"就很清楚地说明了这一点。文中安道进的形象，正应了"多行不义，必自毙"的古训。说明虽有才能，但道德有缺陷的人，最终还是人生的失败者。本篇安道进试剑、试箭,颇类同于《水浒传》"杨志卖刀"情节,所不同在于安道进为一凶残莽夫,被害者多为良民,只是片言相激或不经意的偶然事件,竟被无情杀害,令人切齿。

《老蛛》篇叙写的传奇恶行发生在秦州:

> 秦岳之麓有岱岳观,楼殿咸古制,年代寝远。一夕大风,有声轰然,响震山谷。及旦视,即经楼之陊也。楼屋徘徊之中,杂骨盈车。有老蛛在焉,形如矮腹五升之茶鼎,展手足则周数尺之地矣。先是侧近寺观,或民家,亡失幼儿,不计其数,盖悉罹其啖食也。多有网于其上,或遭其黏然縻绊,而不能自解而脱走,则必遭其害矣。于是观主命薪以焚之,臭闻十余里。(出《太平广记》卷479)

"秦岳"之称最早见于唐贞元十年(794)进士郑澥诗作,《全唐诗》卷368其《中书相公任兵部侍郎日后阁植四松逾数年…因献拙什》云:"吴臣梦寐远,秦岳岁年摧。"言秦岳为历久险峻之山。清岐山左臣《花案奇闻》第8回"老驿丞命弃流妖":"箬帽天公,靴尖秦岳,比那前说五妄,又妄之妄也。"喻秦岳为极尖耸者。老舍《剑北篇》:"秦岳的雄奇,终南的林木,一脉奔驰,千峰起伏,雄浑苍茫是秦岭的风度。"此秦岳指秦岭。"秦岳"或说为秦山。《韩非子·十过》:"昔者黄帝合鬼神于西秦山。"今浙江杭嘉有秦山,江西瑞昌有秦山,皆因秦始皇巡游的传说而得名。江苏赣榆县东秦山岛,传秦始皇曾于此登山祭海。终南(山)别称秦岭、秦山。杜甫《愁(强戏为吴体)》:"渭水秦山得见否,人经罢病虎纵横。"《同诸公登慈恩寺塔》:"秦山忽破碎,泾渭不可求。"又,终南(山)也叫秦岭、秦山、南山,是秦岭山脉横亘河南,在长安城南的一座山峰。《水经注·渭水》载:"又西北,轩辕谷水注之。水出南山轩辕溪。南安姚瞻以为黄帝生于天水,在上邽城东七十里轩辕谷。"又云:"上邽,故邽,戎国也。秦武公十年,伐邽,县之。旧天水郡治。"据《秦州直隶州新志》载,今天水市所在地秦城之北凤凰山即邽山,为州之镇山。1986年天水放马滩秦墓出土的一幅木板地图,名邽县地图,整个地图以邽丘为中心。笔者认为,邦山名源于圭与卦及伏羲观天观地作八卦。五代时泰山岱岳庙经楼为大风吹倒虽未有相关记载,但那时因为战乱和社会生产遭到极大破坏,其破败景象还是见著于杂史。明张尔岐《蒿庵闲话》卷1引明刘侗、于奕正《帝京景物略》云:"按稗史,(碧霞)元君者,汉时仁圣帝(即泰山神)前,有石琢金童玉女。至五代时,殿圮象仆,童象泐尽,女沦于池。"汪绍楹点校本据明抄本改谈刻本原作"秦岳"为"泰岳",未明所据何处。但笔者以为原"秦岳"的说法是正确的。

《玉堂闲话》叙写陇蜀浮世生活的作品,从题材上看,在唐人小说中还很少见,可以说是宋以后公案小说的先驱。前论《刘崇龟》,写一少年富商子与一艳姬偶见钟情,私约相会。不料为盗者所杀然后逃去,商子后面赴约,知出人命,遂登船逃匿,终为官府缉拿,经历了严刑审讯,吐露实情,但不能招出杀人事实。府尹彭城公以凶器为线索,终于找到真凶,了结此案。故事的展开和情节的推进颇有曲折新奇之处。《发冢盗》揭发了严刑逼供昏官酷吏。官府搜获盗墓疑犯,狱吏屈打成招,即将行刑问斩,本犯良心发现,自己振臂认罪,藩帅大为震撼,亲自奏请朝廷,重新处置,才得以冤案昭雪。《杀妻者》也是揭露刑讯逼供的罪恶:

> 闻诸耆旧云:昔有人因他适回,见其妻为奸盗所杀,但不见其首,支体具在。既悲且惧,遂告于妻族。妻族闻之,遂执婿而入官丞。行加诬云:"尔杀吾爱女。"狱吏严其鞭捶,莫得自明,洎不任其苦,乃自诬杀人,甘其一死。款案既成,皆以为不缪。郡主委诸从事,从事疑而不断。谓使君曰:"某滥尘幕席,诚宜竭节。奉理人命,一死不可再生,苟或误举典刑,岂能追悔也?必请缓而穷之。且为夫之道,孰忍杀妻?况义在齐眉,曷能断颈?纵有隙而害之,盍作脱祸之计也。或推病殒,或托暴亡,必存尸而弃首,其理甚明。"使君许其谳义。
>
> 从事乃别开其第,权作狴牢。慎择司存,移此系者,细而勒之。仍给以酒食汤沐,以平人待之。键户棘垣,不使系于外。然后遍勘在城伍作行人,令各供通。近来应与人家安厝坟墓多少去

处文状。既而一面诘之曰:"汝等与人家举事,还有可疑者乎?"有一人曰:"某于一豪家举事,具言杀却一奶子,于墙上舁过,凶器中甚似无物,见在某坊。"发之,果得一女首级。遂将首对尸,令诉者验认,云:"非也。"遂收豪家鞫之,豪家伏辜而具款。乃是杀一奶子,函首而葬之,以尸易此良家之妇,私室蓄之。豪士乃全家弃市。吁!伍辞察狱,得无慎乎!(出《太平广记》卷172)

妻子为奸盗所杀,妻家将丈夫告官,狱吏严酷施刑,枉法为冤。所幸郡主委托办案的从事,以人的生命为重,通过仵作调查,得以惩治元凶,平反错案。中国的法医,古代称为"伍作""仵作"。"仵作"之称源于本篇。《简明法制史词典》"仵作"条释曰:"古代官署中检验死伤的吏役。仵作,名于宋代。郑克《折狱龟鉴·释冤下·府从事》引《玉堂闲话》:'乃追封内仵作行人,令供近日与人家安盾去处。'明、清使用较广。……清末改称'检验吏'。"[1] 但也有学者认为,古代"仵作"之名首见于《疑狱集》,源于《玉堂闲话》"伍作"一名。从《疑狱集》到《折狱龟鉴》,相距约150年时间[2]。《疑狱集》是五代和凝、宋初和𫘫父子合编,和𫘫所撰部分成书于"雍熙初年",晚于《太平广记》数年,而《折狱龟鉴》为南宋初郑克所著。概括来看,古代"仵作"之名首见于何书虽有争议,但其源于《玉堂闲话》本篇"伍作"一名确系共识。本篇还是公案断狱小说故事"无头案"的最早源头,同时,也是后代公案小说的常见情节生成模式。

《玉堂闲话》记载陇蜀贞节列妇事迹的作品,也歌颂女子的机智和勇敢。如《邹仆妻》写女子在丈夫被盗贼杀害后,佯装拍手称快,保持从容镇定,不露声色地与贼盗们周旋,到达孤庄南,借总首之力缉捕凶手,为夫报仇。而自己回返襄阳,削发为尼。

《玉堂闲话》一些陇蜀故事情节比较详尽曲折,如《灌园婴女》《刘崇龟》

---

[1] 王召棠主编:《简明法制史词典》,河南人民出版社1988年版,第154页。另可参见王云海主编:《宋代司法制度》,河南大学出版社1992年版,第238页;上海市红楼梦学会编:《金瓶梅鉴赏辞典》,上海古籍出版社1990年版,第394页;杨奉琨:《"仵作"小考》,《法学》1984年第7期。

[2] 徐忠明:《"仵作"源流考证》,《政法学刊》1996年2期。

等，还留有唐人小说的遗风。有些作者亲历事件的记述，却能洞开境界，与国家、民族的兴衰联系在一起。如《仆射陂》：以旌旗之献助李卫公破契丹进犯，明知为虚妄传奇之事，他自己的实地查验颇有些傻气，但不掩作品内容上的清俊格调。《耶孤儿》篇虽不免唯心色彩，但思想倾向鲜明，不减豪迈气概。这类作品中，对神道观念的宣扬有挥之不去的情愫，反映了作者的世界观和内在的信仰倾向。另如《斗山观》篇：

> 汉乾祐中，翰林学士王仁裕云：兴元有斗山观，自平川内，耸起一山，四面悬绝，其上方于斗底，故号之。薜萝松桧，景象尤奇。上有唐公昉饮李八百仙酒，全家拔宅之迹。其宅基三亩许，陷为坑，此盖连地而上升也。
>
> 仁裕辛巳岁，于斯为节度判官，尝以片板题诗于观曰："霞衣欲举醉陶陶（公昉一家饮八百洗疮，一家酒醉而上升），不觉全家住绛霄。拔宅只知鸡犬在，上天谁信路歧遥。三清辽廓抛尘梦，八景云烟事早朝。为有故林苍柏健，露华凉叶锁金飙。"旧说云：斗山一洞，西去两千里，通于青城大面山，又与严真观井相通。仁裕癸未年入蜀，因谒严真观，见斗山诗碑在焉。诘其道流，云："不知所来。"说者无不惊异之。（出《太平广记》卷397）

作品叙写了王仁裕探访兴元（今汉中）这一陇蜀道家胜地——斗山观的情景，但通过题诗情节，流露了他对神仙观念的热衷和不禁向往，也有证明"神道之不诬"的企图隐含其中。兴元斗山观，史籍记载不多。其来历是否类似于云南威信县华汾山与罗汉山之间，且因观星斗而得名的斗山观，不好断定。本篇记载较为详细，山形奇特，传说亦远，其间还有作者亲临的考察。但文中所说斗山观通于严真观，真假难辨。作者用斗山诗碑的存在，试图说明两观相通为真，颇为玄奥，亦显牵强。他的亲身经历的叙写中，有些篇章并未有预言先哲的色彩，而是表现出历史故事本来的面目，《大竹路》即为典型之一。

第四章 《玉堂闲话》叙录唐末五代陇蜀浮世生活

兴元之南,有大竹路,通于巴州。其路则深溪峭岩,扪萝摸石,一上三日,而达于山顶。行人止宿,则以絙蔓系腰,萦树而寝。不然,则堕于深涧,若沈黄泉也。复登措大岭,盖有稍似平处,路人徐步而进,若儒之布武也。其绝顶谓之"孤云两角",彼中谚云:"孤云两角,去天一握。"淮阴侯庙在焉。

昔汉祖不用韩信,信遁归西楚。萧相国追之,及于兹山,故立庙貌。

王仁裕尝佐褒梁师王思同,南伐巴人,往返登陟,亦留题于淮阴祠。诗曰:"一握寒天古木深,路人犹说汉淮阴。孤云不掩兴亡策,两角曾悬去住心。不是冕旒轻布素,岂劳丞相远追寻。当时若放还西楚,尺寸中华未可侵。"崎岖险峻之状,未可殚言。(出《太平广记》卷397、《类说》卷54)

关于大竹路确切的地望,有学者称王仁裕记述有误。四川文史研究馆冯汉镛《古代四川的地图学》一文(见2004年"巴蜀文化网"),说到"大竹路"称:"金州即今陕西安康县,从那里进川,只有取道紫阳,万源。即唐人所称的'大竹路'。"并引本篇故事后说:"正因为作者王仁裕往来于此线,以致把米仓道所经的淮阴侯祠,误为大竹路也有淮阴祠,实际上,米仓道乃唐时的大巴路,而大竹路,则是小巴路。"意即本故事所写为米仓道(大巴路),上有淮阴祠,而大竹路(小巴路)另有线路。《蜀水考》卷3云:知大巴山在南江(难江)县北一百四十里,是南江和巴江的源头,西受孤云两角流出的蟒潭水,蟒潭水一名韩溪,上有韩信庙及截贤岭,而小巴山则在南江县东北二百三十里,险峻不及大巴而高耸过之,故《寰宇记》称小巴岭上多云雾,盛夏犹有积雪。有北水源出此山,其附近有竹浴关。《蜀水考》说:"竹浴关在通江县东北二百三十里,为自陕西紫阳县入蜀路。"关的附近,有属万源县管辖的大竹渡。《蜀水考》称大竹在太平厅(万源)北八十里。故从金州入川,取道紫阳,经大竹渡时,若欲往成都,则取道通江、阆中、三台、中江而抵达。但此述只转引《蜀水考》一书,且未见原文,以此说明王仁裕有误,似不充分,且《蜀水考》著者陈登龙系清乾隆时人,远晚于王仁裕,据以其说,未脱以今证古之嫌。且陈登龙著《蜀水考》，系仿照《水经注》体裁描述四川河流，实地考察欠缺，以至于叙述准确方面后人质疑颇多。又，有论者认为唐无"大竹路"之称，与前面观点相反。巴中学者张中信《米仓道上》（2005年"巴中旅游网"）认为："米仓古道又称大行道、巴岭路、宋以后叫大竹路，清始称米仓道。"这里所说大行道，就是大巴路，与王仁裕所写大竹路一致。但宋时王仁裕已作古，悖于写"大竹路"。这就有两种可能：其一是唐五代有大竹路之称，但不限于具体是指大巴路还是小巴路；其二是宋人收录本篇入《太平广记》《类说》时，按照当时的情况做了一些篡改，今所见者，已非王仁裕原作本来面目。仅此存疑。但从叙写唐末五代陇蜀浮世生活的角度看，该篇把"就地记述"与穿插历史典故紧密结合起来，增加了故事内容的厚度。

《玉堂闲话》有的作品写陇蜀浮世生活不乏求实精神，闪露智者的光芒，《辨白檀树》即为不可多得的优秀篇章：

> 剑门之左峭岩间有大树，生于石缝之中，大可数围，枝干纯白，皆传曰"白檀树"，其下常有巨虺，蟠而护之，民不敢采伐。又西岩之半，有志公和尚影，路人过者，皆西向擎拳顶礼，若亲面其如来。
>
> 王仁裕癸未岁入蜀，至其岩下，注目观之，以质向来传说。时值晴朗，溪谷洗然，遂勒辔移时望之。其白檀，乃一白栝树也。自历大小漫天，夹路溪谷之间，此类甚多，安有檀香蛇绕之事？又西瞻志公影，盖岩间有圆柏一株，即其笠首也；两面有上下石缝，限之为身形；斜其缝者，即袈裟之文也；上有苔藓斑驳，即山水之毳文也。方审其非白檀。志公不留影于此，明矣。仍知人之误传者何限哉！（出《太平广记》卷407）

《玉堂闲话》中写陇蜀冥魂幽魅的篇章很多，往往记述相关时间、地点、人物等要素为证，证明神道的存在和不可抗拒。然而，本篇一反窠臼，作者以唯物论者的眼光，纠正关于香檀树和志公和尚影的种种谬说，很为可贵，颇有今天所说实事求是的一面。本文语言流畅，叙述生动。可给读者留下许多值得咀嚼和回味的东西。"白檀树"的神秘面纱，最终还是通过作者的考察与辨析，被合情合理地揭了开来，令人叫绝。

第四节 《玉堂闲话》叙写陇蜀浮世之特色

《刘钥匙》为《玉堂闲话》叙写陇蜀浮世生活很有特色的篇章，它写出了陇右高利贷者刘钥匙的精明、阴险和刻薄。

> 陇右水门村有店人曰刘钥匙者，不记其名。以举债为家，业累千金。能于规求，善聚难得之货。取民间资财，如秉钥匙。开人箱箧帑藏，盗其珠珍不异也，故有"钥匙"之号。
> 邻家有殷富者，为钥匙所饵，放债与之，积年不问。忽一日，执券而算之，即倍数极广。既偿之未毕，即以年系利，略无期限，遂至资财物产，俱归"钥匙"，负债者怨之不已。后"钥匙"死，彼家生一狭，有钥匙姓名，在胁肋之间，如毫墨书出。乃为债家鞭棰使役，无完肤，"钥匙"妻、男广，以重货购赎之，置于堂室之内，事之如生。及毙，则棺敛葬之于野，盖与刘自然之事仿佛矣。
> 此则报应之道，其不诬矣。（出《太平广记》卷134）

《刘自然》篇谈刻本注明出《儆戒录》，李剑国认为系《玉堂闲话》作品，勾画了一个因贪图妇女美发而草菅人命的秦州酷吏形象，虽然终遭果报，还是读来令人切齿。[①]《刘钥匙》所揭露的高利贷商人巧取民财造成农民破产的事实，在唐五代有典型意义。那个时代的商业尽管已经开始了由古代型贩运贸易向近代型由生产推动的市场商业的转变过程，但其基本性质并未有根本性的改变，即不与生产相结合，以长途贩运奢侈品和异地土特产品为主。高额的商业利润由于无工业投资的出路，反过来投资农业，刘钥匙们大肆兼并

---

① 李剑国：《唐五代志怪传奇叙录》，南开大学出版社1994年版，第158页。

土地和放高利贷增值，使得社会痼疾愈演愈烈，历史上理想的"均田制"土地分配方式成为一种贤明象征。《刘钥匙》所展示的社会文化心态在于：他取"民间资财"的"钥匙"，也即手中的"千金"——商业利润，投入土地，这样的商贾无异于盗人珍珠的窃贼。小说所反映的，对于失去土地的平民来讲，金钱无异于致人贫困的恶魔。《刘钥匙》等类型的小说生动地反映了一种在商业大潮冲击下的惶惑与恐惧的社会心理。王仁裕这类小说实际表现的是农本文化面临商业文化的尴尬与难堪。刘钥匙们的暴富，无情地嘲弄着重义轻利的道德信条，这对我们认识今天的经济社会仍具有现实意义。《刘钥匙》篇所展现的商人资本对社会的冲击，时刻动摇着人们心目中的"农本位"，农业的萧条已在所难免，农民的流离失所终成必然。从这篇小说我们感受到，仅靠理性的批判，农本文化难以科学地阐释商业发展而引起的诸种社会矛盾和克服由价值失落而造成的社会恐慌心理。《刘钥匙》从土地崇拜情结寻求支持，以期望恢复农本文化的自信力，体现了作者一种抑商轻利的精神追求和意义归旨。刘钥匙死后转世为农耕文化主要象征的"牛"，从故事蕴含的人文心理看，蕴涵深刻：他生前为商，高利贷牟利，这就直接破坏了传统农业社会的正常秩序，背弃了重义轻利的价值观念，所以，他必然要遭到神圣的惩罚，死后变为牛犊来洗刷其罪过。《刘钥匙》所反映的这种情绪，于无意识中使作品在农与商、义与利这两极价值之间做出明确选择。小说以支持农本文化的态度使这种文化取得了象征性胜利。《刘钥匙》的商贾描写，表现了这种交织着明确的理性思考与无意识心理定式的价值选择，展示出在那个急剧变动的过渡时代商业浪潮中农耕（农本）文化所面临的挑战及其反映。

《秦城芭蕉》表明唐末五代天水近乎边界，陇右衰微到不堪回顾盛唐气象时的概貌，而气候的异常、芭蕉异样绽放，竟示凶兆，不免宿命色彩浓重，颇显意味深长。《村妇》不仅展示了成州（今成县）远乡村妇杀灭兵寇的智勇，而且可靠地记载了成州的酿酒史至少可以追溯到唐天祐元年（904）以前。《河池妇人》以河池（今徽县）烈妇言行，赋就节义壮歌，弱女子终以人格的力量赢得尊重和自由。《王宰》也写河池事：

丁丑岁，蜀师戍于固镇。有巨帅曰："费铁觜"者，本于绿林部下将卒。其人也，多使人行劫而纳其货。一日，遣都将领人攻河池县。有王宰者（失其名）少壮而勇，只与仆隶十数辈止于公署。群盗夜至，宰启扉而俟之，格斗数刻，宰中镞甚困，贼将逾其阈。小仆持短枪，靠扉而立，连中三四魁首，皆应刃而仆，肠胃在地焉。群盗于是舁尸而遁。他日，铁鹐又劫村庄，才合夜，群盗至村。或排闼而入者，或四面坏壁而入，民家灯火尚莹煌。丈夫悉遁去，唯一妇人以勺挥釜汤泼之，一二十辈无措手，为害者皆狼狈而奔散。妇人但秉勺据釜，略无所损失。旬月后，铁鹐部内数人，有面如疮癞者，费终身耻之。（出《太平广记》卷192）

本篇故事中姓王的县宰虽然只统领有十几个人，但他们勇气可嘉。于邪恶势力，如果一味忍让，反而会助长其嚣张气焰。如果有勇有谋、针锋相对的斗争，恶匪也会显出外强中干之处，最终失威于正义力量。县宰身先士卒，仆隶身受鼓舞，特别是那个小仆智勇兼备、奋不顾身的杀敌，竟使群盗抬尸而逃。相比之下，后边故事中的村妇秉勺据釜、以汤退敌，则更闪烁着女中豪杰的亮色。作品主题鲜明，很有发人深省之处。王宰与小仆抗御"铁鹐"匪帮固然可歌可泣，但少妇以勺挥釜汤泼退贼寇，很是令人叫绝，在独特的方式后面，表现了她的非凡胆略和智慧。

《东柯院》所写陇城，为五代侨置，而东柯院应在中唐已负盛名，杜甫富有诗意的东柯谷中，至于后唐却已是妖孽横行，法师众人不可驾驭，其中不免作者的神异思想大行其道。《麦积山》除了文献价值外，还以其生动的描写和无畏的探索精神给人深远印象。《竹实》以陇右饥民采摘竹实度荒年的宏大场面震慑人心：

唐天复甲子岁，自陇而西，迨于褒梁之境，数千里内亢阳，民多流散。自冬经春，饥民啖食草木，至有骨肉相食者甚多。

是年，忽山中竹无巨细，皆放花结子。饥民采之，舂米而食，珍于粳糯。其子粗，颜色红纤，与今红粳不殊，其味尤更馨香。数州之民，皆挈累入山，就食之。至于溪山之内，居人如市，人力及者,竞置囷廪而贮之。家有羡粮者不少。又取与荤茹血肉而同食者,呕哕,如其中毒,十死其九。其竹,自此千蹊万谷,并皆立枯。十年之后,复产此君。可谓百万圆颅,活之于贞筠之下。(出《太平广记》卷412)

在陇南,干旱年份常会出现竹子开花。大多数竹种,如刚竹属、茶秆竹属、苦竹属、箭竹属、赤竹属、唐竹属的果实属于颖果类型,干燥而不开裂,果皮与种皮紧密相连,体型较小,通常认作种子,种子细长形似麦粒。竹子开花结实,古代典籍载之甚多。如《山海经》:"竹生花,其年便枯。"晋戴凯之《竹谱》:"竹六十年易根,易根必生花,生花必结实,结实必枯死,实落土又复生。"竹实可食,魏晋即有记载。《广志》:"竹实可服食。"《晋书》:"竹生紫花,结实如麦,青皮中米白味甘。"如本篇所说,大规模的以竹实度荒年,在宋代也有。《宋史·五行志》:"咸平元年(999)十二月,宣化县保圣山瑞竹生一本二枝。二年闰二月,宣、池、歙、杭、越、睦、衢、婺诸州箭竹生米如稻。时民饥,采之充食。"竹实还有药用价值。《本草纲目》:"竹实主治通神明,轻身益气。"《浙江台州志》:"箭竹结实,磨粉作食,疗痢疾甚效。"本篇对陇蜀唐末五代时期饥民生活的实录,不仅生动再现了那个时代人们面对饥馑的无奈挣扎和艰辛,而且对今天秦巴山区扶贫攻坚也不无历史参照的意义。还有《仲小小》篇:

临洮之境,有山民曰仲小小,众号仲野牛,平生以采猎为务。临洮以西,至于叠、宕、嶓岷之境。数郡良田,自禄山以来,陷为荒徼。其间多产竹牛(一名野牛),其色纯黑,其一可敌六七骆驼,肉重千万斤者。其角,二壮夫可胜其一。每饮龁之处,则拱木丛竹,践之成尘。猎人先纵火逐之,俟其奔迸,则毒其矢,向便射之。洎中镞,则挈锅釜,负粮糗,蹑其踪,缓逐之。矢毒既发,即毙,踣之如山。积肉如阜,一牛致乾肉数千斤。新鲜者甚美,缕如红丝线。

乾宁中,小小之猎,遇牛群于石家山,唣犬逐之,其牛惊扰,

第四章 《玉堂闲话》叙录唐末五代陇蜀浮世生活

奔一深谷。谷尽，南抵一悬崖。犬逐既急，牛相排麏，居其首者，失脚堕崖，居次者，不知其偶堕，累累接迹而进，三十六头，皆毙于崖下，积肉不知纪极。秦、成、阶三州士民，荷担之不尽。（出《太平广记》卷434）

这是一则叙写陇蜀原住民对野生牛群捕杀的故事，既描述了猎杀野牦牛的残忍，也给我们展现了秦、成、阶三州唐末五代的生态环境，从中可以窥见人类对野牛最原始的征服方式。作品生动反映了唐五代时临洮（时称溢乐，今岷县）一带的地方风貌。当时临洮以西，直到蟠岷的地方十几个州县的耕地因为安史之乱而废弃荒芜，野蒿丛生，荆棘遍地，因以多生竹牛。临洮竹牛体形巨大，为图取其肉，遭猎人以毒箭射杀，场面令人震惊。乾宁年间（894—898），仲小小以犬逐牛，坠崖三十六头，这些牛肉供给陇蜀三州，即秦州（治所在今甘肃天水）、成州（治所在今甘肃成县）、阶州（治所在今甘肃武都）士民食用，度过饥荒。这是一则真实性很高的历史故事，本来人类因为少数人的自私贪婪而酿成的战争灾难，被野牛肉暂时消弭。由此可以感知，古代人对野生动物的杀戮，令今人惊诧、深思。或许，现在这一带环境的恶劣，古人还是难辞其咎的。

《玉堂闲话》对唐末五代陇蜀浮世生活的记述与描写，在语言使用上，朴素流畅，平易如话。如《征君》《李任为赋》《房知温》《庞从》等用语并不刻意为之，虽距今千年有余，读来还是晓畅易懂。有相当多作品写到了关中和兴元（今汉中）陕南一带风物，这和作者的从政经历有关。如《渭滨钓者》虽然主题是在宣扬从佛向善观念，但也写了宝鸡一带以香饵钓者为业的风俗。《胡令》写奉先县令胡某的吝啬小气，于故事中反映出在晚唐五代二人对弈的象棋颇为流行、令人痴迷的情况。《大安寺》所述民间奸猾者行骗的可憎，也展现了唐懿宗皇帝微服私访给社会生活的深刻影响。《目老叟为小儿》意在揭露道士招摇撞骗的卑劣，也反映了当时京都人崇尚丹书方士的社会风气。《田令孜》写了一个沉疴之人颇为传奇地得以治愈的经过，还通过相关内容，展现了唐时药饮发达、防治时疫的风俗。《法门寺》试图赞颂佛力的神奇，同时显现了唐时民间兴佛的巨大潜能。《商山路》在一个虎口脱险的故事背后，反映了中原到东南沿海民商的艰难。

写蜀地、南中山川的作品,《玉堂闲话》给读者展现了一个别有洞天的艺术境界,给人遐想之处颇多,这类篇章在《玉堂闲话》中占有不小比例。《瞿塘峡》篇不仅反映了其得名于盛唐的实事,而且在文学史上,第一次以"瞿塘峡"为题作文[①],有重要的人文地理意义。如《南州》篇背笼而行的惊险之途和"犊儿细粪""麻虫裹蒸"的盘飧,大出人意料之外,显示了一个令人意想不到的境况。《歌者妇》中女歌者的节烈赴死,不由使人叹惋。《狨》写川金丝猴的生存状态,有着特别的风物意味,又经过作者对猎杀金丝猴者的鞭挞,使作品闪烁着人文主义的光芒。《选仙场》把南中道士选仙的肃穆场景和蟒蛇食人的结果对比表述,使批判的锋芒在叙述的平缓中显得意味深长。《狗仙山》用事件证明所谓"狗仙山"的虚妄和现象背后真正的缘由,具有鲜明的求真精神。

在刻画陇蜀浮世生活人物方面,《玉堂闲话》注重在情节发展中使人物性格丰满起来。如《刘崇龟》《刘钥匙》等篇,抓住人物性格的主要方面进行描写,或在故事情节的发展中自然而然地刻画人物性格,从而使所写人物形象生动,具有立体感。《振武角抵人》有着很强的故事性,魁岸而膂力超人的男子,许多好手摔跤都败在他的手下,岂料一个文弱书生将他击倒,非力量原因,而是利用了他怕见酱的弱点,十分相似于希腊神话中巨人安泰的故事和阿喀琉斯之踵的传说。《裴度》由弱者的角度检视宰相微服私访的风度和体察民情的胸怀,不禁令读者为不幸之人重获幸福和贤明权者成人之美而称快。明冯梦龙《古今小说》袭用其题材,改为《裴晋公义还原配》。《葛周》通过不以小节损才的用人策略,揭示了葛从周为后梁名将,威名著于敌中的原因。作者以《韩诗外传》"楚庄绝缨"和《史记》"秦缪释盗"的典故点题,还显出"大者无所不容"和"以德惠人"的特殊意义,为《古今小说·葛令公生遣弄珠儿》所本。其他如《于遘》赞扬钉铰匠不图财利、就人危难的高贵品质,《陈癞子》描画富商忌讳身体缺陷的变态心理,《白项鸦》写异于寻常的武者女妖,《市马》嘲讽膏粱子弟的无知和虚伪,都有值得注视的文学意义。

---

① 蓝勇:《三峡的得名和演变》,《史学月刊》1994年第3期。

悬念的设置，情节的起伏推进，使《玉堂闲话》增强了陇蜀浮世生活作品的故事性和可读性。如《邹仆妻》《杀妻者》《孟乙》《睿陵僧》《李延召》《郑昌图》等篇，不乏起伏曲折之笔，有较强的故事性，读来如闻其声，如见其人，有着独到的艺术价值。试看《郑昌图》：

广明年中，凤翔副使郑侍郎昌图未及第前，尝自任以广度弘襟，不拘小节，出入游处，悉恣情焉。洎至舆论喧然，且欲罢举。

其时同里有亲表家仆，自宋亳庄上至，告其主人云：昨过洛京，于谷水店边，逢见二黄衣使人西来，某遂与同行。至华岳庙前，二黄衣使与某告别，相揖于店后面，谓某曰："君家郎君应进士举无？"仆曰："我郎主官已高，诸郎君见修学次。"又问曰："莫亲戚家儿郎应无？"曰："有。"使人曰："吾二人乃是今年送榜之使也，自泰山来到金天处，押署其榜，子幸相遇。"仆遂请窃窥其榜。使者曰："不可，汝但记之。"遂画其地曰："此年状头姓，偏傍有'阝'，名两字，下一字在口中。榜尾之人姓，偏傍亦有此'阝'，名两字，下一字亦在口中。记之记之！"遂去。

郑公亲表颇异其事，遂访岐副具话之，具勉以就试。昌图其年状头及第，榜尾邹希回也。姓名画点皆同。（出《太平广记》卷183）

郑昌图能"状头及第"中进士，并非是他有什么真才实学、德范过人。实际上，他是一个放纵性情、舆论哗然之人。他对自己参加科举没有什么信心。但是由于一个所谓"黄衣使人"的预言，不仅鼓动了他的自信或野心，而且参加考试竟然以状元之位中进士，令人匪夷所思。这则故事表明晚唐五代科举取士的制度已经发生了蜕变，偶然因素和暗箱操作已经取代了考试的公正、严明，人们崇尚的不再是脚踏实地的努力，向往的是神力的先知和护佑，这种社会风气的堕落扭曲了一个时代——五代。它使背叛和冒险大行其道。与其说郑昌图这种素质的人由科举进入社会高层，预示了政权的短命成为必然，毋宁说这样的时代埋没了社会精英，同时也就埋没了时代需要的光明前程。还有《王殷》篇虽然用寥寥几笔，也使一个宁死不屈的妇女形象跃然纸上。随从苗温企图遏止主子连帅王殷的叛行，事泄被杀，殃及苗妻，她不甘配隶别部军校的命运，割乳而死，其节烈行为令人感叹。《贺氏》写民家妇被丈夫遗弃、虐待，而婆婆又不慈爱，受尽凌辱，但她始终逆来顺受、以德报怨、勤力奉侍，赞美她的贤孝品德。其他如《秦骑将》中石某之妻和婢女的刚勇，《河池妇人》写少妇的坚贞不屈，《歌者妇》写妇人如南中大帅魔爪、假意顺从寻机行刺为夫报仇而事败自刎的可嘉心志，《村妇》中成州妇女以计救夫、收拾匪贼的智勇双全，《王宰》写河池妇人以"勺挥釜汤"的独特战法击退匪徒得以自保，等等，都歌颂那个战乱频仍时期特有的妇女机智勇敢的品质。因此，在中国小说的历史演变中，王仁裕应占有一席不可或缺之地。①

《玉堂闲话》的陇蜀生活作品表现神异文化色彩多显露于记奇者。《齐州民》中的神异之杵、《房知温》中的闻鬼呼三公、《许生》篇中的许生入冥知朱仁忠显晦之事、《高辇》中的梦雷电晦冥征兆等，融入社会文化心理及民族深层性格、大众文化与精英文化，亦幻亦真，亦庄亦谐，与整个社会风气呼应，呈现出开放而又不失庄重，恢弘热烈收放自如的状态。在这种情境下的神异之谈也如鱼得水，展示了自身的特有魅力，体现了"以神性说人性，以奇闻喻人文"的另类真实，这类神异作品所写虽奇，但神仙世界对读者不再陌生难近，也有喜怒哀乐。在作者看来人的至情至性正是神凡沟通的临界点。在王仁裕的笔下，神与异虽然已与常人平起平坐，但仍处于对立而被审视的阶段。人们还没有真正将自己的身心与神异世界沟通交流，只是把升仙或异变当作一种幸运的获致，或当作游心寓目的对象来看待。"《玉堂闲话》有人仙错综的自我投入，对作品诗情的领会，也就更深了。"②

《玉堂闲话》表现唐五代陇蜀浮世生活的"游丐"文化有很直接的形象感。"游丐"之"游"是指远离故土，漂游在外。士子游丐是士子在经济困窘时的一种临时性行为，它不同于一般的乞讨，其行乞的对象，主要是政府官员和高门大户。所要的不止是温饱，而且还包括购买奴婢和再游之行李，就是能够保障举子阶层进行生活、交游，甚至是家人的需求。因为年均一次的科举、

---

① 王晶波：《陇土生活与唐小说的繁荣》，《社科纵横》1994年第6期。
② 杨义：《中国古典小说史论》，中国社会科学出版社1995年版，第204—205页。

奔走于名人荐举，以及科举看重游历诗赋等原因，也由于官员对士子的早期投资形成的政治相资关系，游丐在形成生存状态的同时，也形成了一种文化现象。《尹用昌》篇中的游丐夫妇，"遇物即有所咏，其词皆有旨"，文学水平应该是不低的，但在当时的社会风气之下，产生了傲慢、轻薄心理。因此，常"遭众人乱殴"，境遇并不是很好，死后化仙，也还是免不了凄凉之感。《崔秘》中的游丐士子崔秘，以"我"到你处"游丐"，是"我"对你的尊重和认可为思想支配点，在游丐过程中对地方官挑剔、不恭，显出这种文化堕落的一面。崔秘竟因为潘环"鼻柱之左有疮，脓血常流，每被熏灼，腥秽难可堪，目之为白死汉"而离去，可见其挑剔之至。这种"游丐"文化，也展示了一些士子游丐时道德沦丧、强抢予夺的劣性。

　　《玉堂闲话》表现陇蜀唐宋间过渡时期商业文化对农耕文化的冲击。王仁裕生活的唐末五代时期，是一个乱离的过渡时期。一方面工商业得到了空前的发展，同时它和战乱交织，给农业社会传统造成了前所未有的冲击与破坏。由此《玉堂闲话》在维护陇蜀传统的重义轻利和尚农抑商观念方面，表现了这种严峻挑战的客观存在，由《刘钥匙》篇，可以窥见一斑[①]。

[①] 赵维江：《从唐人小说看传统文化中的土地崇拜情结》，《宁波大学学报》（人文社科版）1998年第3期。

第五章 《开元天宝遗事》及其唐代陇蜀浮世叙录

《开元天宝遗事》据社会传闻，列146个标题，分别记述唐开元、天宝时期传说、遗事，内容以奇异物品为多，人物事迹也是以传说闻纪为主。故《四库全书总目》说此书"盖委巷相传，语多失实，仁裕采摭遗民之口，不能证以国史"。但其中豪友、传书燕等项含有一定的社会史料；索斗鸡、肉阵、肉腰刀、凤炭、楼车载乐等项内容，暴露了权臣杨国忠、李林甫等人的昏朽荒淫的生活，也有一定的参考价值。① 此书卷数诸书著录不一，有1卷本、2卷本、4卷本，但只是分卷不同，无多大缺失。现有版本主要有《历代小史》《顾氏文房小说》《唐代丛书》等本，1985年上海古籍出版社点校本，据《顾氏文房小说》本。据王仁裕《〈开元天宝遗事〉自序》最早确本应该有159条作品，蒲向明《王仁裕文学创作研究》一书采录最新研究成果，辑校149条②，尚有10条待考。

---

① 陈尚君辑校《全唐诗补编》（上中下）全三册，中华书局1992年10月出版；陈尚君辑校《全唐文补编》（上中下）全三册，中华书局2005年8月出版。此二书的问世堪称20世纪唐诗文整理研究的最大成就，其中不乏甄别、增补一些王仁裕的诗文作品，因此开阔了研究者解读王仁裕文学作品遗存的范围。

② 蒲向明：《追寻"诗窖"遗珍——王仁裕文学创作研究》，光明日报出版社2012年版，第108-139页。

第一节 《开元天宝遗事》版本流传与陇蜀

《开元天宝遗事》今存全本，《四库全书》亦有收录，有很高的小说史地位。此书据社会传闻，分别记述唐开元天宝年间轶事，内容以奇异物品为多，人物事迹也是以传说为主。山东大学丁如明教授《开元天宝遗事十种》按语说："其对地方风物、民俗记写较多"，对乞巧的记述就极有民俗学意义，也有一些记载涉及了对陇蜀浮世生活的观察和叙录，这特别有益于陇南的地方人文建设。细致看来，也有不少的文史典故亦出于《开元天宝遗事》。此书卷数诸书著录不一，有1卷本、2卷本、4卷本，但只是分卷不同，无多大缺失。现存主要有《历代小史》《顾氏文房小说》《唐代丛书》等本，1985年上海古籍出版社首推点校本。《开元天宝遗事》今存善本，版本较多，已形成其特有的版本文化现象，北京大学曾贻芬先生《〈开元天宝遗事〉点校说明》对此曾给予关注。①

按照《开元天宝遗事》的流传形式，其版本归为两类：一是单行本，一是丛书本。

单行本有三种。一是明建业张氏铜活字本。北京图书馆古籍善本书目著录此书二卷，有何焯、黄丕烈跋，实际只有黄丕烈跋三条：

其一

古书自宋元板刻而外，其最可信者莫如铜板活字，盖所据皆旧本，刻亦在先也。诸书中有会通馆、兰雪堂、锡山安氏馆等名目，皆活字也。此建业张氏本仅见于是书，收之与《西京杂记》并储，汉唐遗迹略据一二矣。荛夫

其二

此书旧藏周文香严书屋中，余于嘉庆壬申岁借校一过，所

---

① 曾贻芬点校王仁裕撰：《开元天宝遗事》和唐姚汝能撰：《安禄山事迹》，两书合为一册，由中华书局2006年3月出版。曾校本专门附录了王仁裕《〈开元天宝遗事〉自序》这一文献资料，显得弥足珍贵，该本优于上海古籍出版社1985年1月出版的山东大学丁如明辑校《〈开元天宝遗事〉十种》中的王仁裕《开元天宝遗事》，应该是目前最可靠的本子。

校者为埭川顾氏家塾梓行本，彼此互有得失，惟此是覆严州本，故重视之。卷中向有旧校之字，大约据顾本。如上卷二页三行，"牧"原作"守"，后七行第五字"便"原作"须"。九页八行第三格第一字"馋"原作"乾"，后七行第二字，"法"原作"铁"。余借校时尚然，不知香严身后，后人重装竟将旧校之字挽入，殊失活本真面目。余得此后出校本证之，悉知其妄，犹幸余见真本在前，可据旧校一一标明也。其余增补钩乙，未经改易，存之以见校者手笔，差为可喜。忆己卯春香严作古，遗书分散，其目颇流转于坊间，独此书不著录，或遗其家固守，或已属他人，竟于无意中遇之，虽重直弗惜矣。辛巳三月莞夫

其三
此书估人传示。周氏所开目录注云：某人题签，某家藏弆，皆自有迹者言之也。最后标目一行下有雌黄楷字二行，余审视之，知系义门手书，倘起香严而质之，想亦以为是也。又记。

跋语提及何焯："最后标目一行下有雌黄楷字二行，余审视之，知系义门手书，倘起香严而质之，想亦以为是之。"此本卷末有绍定戊子（1228）陆子遹（当即陆游之子陆子遹）题记，可信出于宋刊本。木记曰：

此书所载明皇时事最详，至一话言、一行事，后人文字间所引，大抵出于此书者多矣。绍定戊子刊之桐江学宫。山阴陆子遹书。

这说明此本是据宋绍定戊子（1228）本翻印的。

二是日本宽永十六年（1639）刻本。卷末亦有此本记，也是绍定本的重印本，缪荃孙亦持此说。此本与中国诸传本不同处有二：卷首有王仁裕撰自序，正文前有目录。目录列146条，正文仅有145条，缺《暖玉安》一篇。

三是缪氏艺风堂抄本《开元天宝遗事》。现藏北京大学图书馆，后有李木斋（清李盛铎）跋。

第五章 《开元天宝遗事》及其唐代陇蜀浮世叙录

据《中国丛书综录》著录,《开元天宝遗事》丛书本有明刊《续百川学海》本、清顺治三年宛委山堂刊印《说郛》本、《五朝小说大观》本、清道光二十三年序《唐人说荟》本、《唐代丛书》本、民国四年上海文明书店石印的《说库》本、《顾氏文房小说》本(《丛书集成初编》本即采此本)、《四库全书》本、《旧小说》本以及元明善本《历代小史》本。据《中国科学院藏中文古籍善本书目》记载:明抄本《类说》今存二十六卷,其中有《开元天宝遗事》;明末刻王世贞编《艳异编》中《开元天宝遗事》一卷,题杜牧撰;明抄本《说集六十种》和明末刻清初印本《唐人百家小说》亦收《开元天宝遗事》。

《开元天宝遗事》不同版本所标卷数不尽相同,或一卷,或二卷,或四卷,但最早确本应该是收有159条作品。王仁裕《〈开元天宝遗事〉自序》云:

> 仁裕破蜀之年,入见于明天子(唐明宗),假途秦地,振辔镐都(在今西安至咸阳之间),有唐之遗风,明皇之故迹,尽举目而可观也。因得询求事实,采摭民言,开元天宝之中影响如数百余件,去凡削鄙,集异编奇,总成一卷,凡一百五十九条,皆前书之所不载也,目之曰《开元天宝遗事》。虽不助于风教,亦可资于谈柄,通识之士,谅无诮焉。①

此序指明《开元天宝遗事》的作时在天成年间,因为后唐同光三年(925年)灭蜀,四年李存勖在洛阳为乱兵射杀,李嗣源即位称唐明宗,改同光四年为天成元年。王仁裕自序还说明了创作《开元天宝遗事》所涉及的地域和创作方式、分卷以及全书共收159条故事的情况。南宋晁公武《郡斋读书志》对此证言说:"蜀亡,仁裕至镐京,采摭民言,得开元天宝遗事一百五十九条,分为四卷。"可见,原书确有159条,但不知流传过程中发生了怎样的变故,今天只能看到146条作品,尚有13条(篇)不知所终,今人赵军仓近著据清人著作辑得3条,后续的搜求补正,以俟来者。从前文所述版本文化的形成看,《开元天宝遗事》不同版本诸多差异的存在,似与其被多种丛书收录有

---

① 陈尚君:《玉堂闲话评注序二》,见蒲向明《玉堂闲话评注》,中国社会出版社2007年版。

关,因为编丛书者往往有所删削,不免造成条目的减少和内容的萎缩。

《开元天宝遗事》的真伪之辩也是其区别于王仁裕别种笔记小说所特有的文化现象。由于其中部分内容与史实有错讹,宋时即引起学者的怀疑。洪迈《容斋随笔》卷一《浅妄书》言之凿凿云:

> 俗间所传浅妄之书,如所谓《云仙散录》《老杜事实》《开元天宝遗事》之属,皆绝可笑。……《开天遗事》托云王仁裕所著。仁裕五代时人,虽文章乏气骨,恐不至此。姑析其数端以为笑。其一云:姚元崇开元初作翰林学士,有步辇之召。按元崇自武后时已为宰相,及开元初三入辅矣。其二云:郭元振少时美风姿,宰相张嘉贞欲纳为婿,遂牵红丝线,得第三女,果随夫贵达。按元振为睿宗宰相,明皇初年即贬死,后十年嘉贞方作相。其三云:杨国忠盛时,朝之文武争附之以求富贵,惟张九龄未尝及门。按九龄去相位十年,国忠方得官耳。其四云:张九龄览苏颋文卷,谓为文阵之雄帅。按颋为相时,九龄元未达也。此皆显显可言者,固鄙浅不足攻,然颇能疑误后生也。惟张彖指杨国忠为冰山事,《资治通鉴》亦取之,不知别有何据。近岁兴化军学刊《遗事》,南剑州学刊《散录》,皆可毁。①

洪迈所指四点浅妄虚诞之处确实存在,着眼点在于其记载不符史实,还由此书"文章乏气骨"而认定系托名王仁裕之作,内容鄙浅而延误后学者,应当禁毁。其实,《开元天宝遗事》的舛谬也不仅洪迈所指四条,如《花上金铃》篇"天宝初,宁王日侍,好声乐,风流蕴藉,诸王弗如也"。据《旧唐书》卷95本传载,宁王李宪于开元二十九年冬十一月薨。此篇称"天宝初"显然有误。明胡应麟也说:

> 《开元天宝遗事》称王仁裕,《容斋随笔》辩之详矣。余按:

---

① (宋)洪迈:《容斋随笔》,上海古籍出版社1978年版,第6页。

第五章 《开元天宝遗事》及其唐代陇蜀浮世叙录

仁裕为伪蜀学士，所著有《玉堂闲话》，今尚载《广记》中，而《开元遗事》绝不经见。其书浅俗鄙陋，盖效陶氏《清异录》而愈不足观者。仁裕能诗，《西江集》至万首，今一二散见于《闲话》中，虽卑弱，尚可吟讽，书事亦清婉。但乏气骨，不应至是。第以浅陋，故世或好之，今尚传云。①

胡应麟认为《太平广记》征引《玉堂闲话》等王仁裕著作，却不引《开元天宝遗事》，足以证明此书并非王仁裕所撰，其撰作时间可能更晚于北宋初，效法五代陶穀《清异录》却托名王仁裕。自此以降，《开元天宝遗事》因之被列为伪书，清初姚际恒《古今伪书考》首列，晚清张心澂《伪书通考》、今人郑良树《续伪书通考》继之，一时甚嚣尘上。近年有人称《开元天宝遗事》为伪出现新说，把其称作"伪典小说"，指明其写作目的是"专门为了诗文创作而编造杜撰新奇的典故"，"向壁虚造，且带游戏意味"。②这个证伪似乎比清人更进一步，意在说明该书内容不符史实虽然难免，就是其中典故也属于虚妄捏造，并无史实基础，存之遗害深重。

细究前述，皆不足以证明此书托名王仁裕，系伪书当毁。从采撷民间传说的角度看，虚构恰是文学性的表现，一些内容并不完全脱离史事，先看五代同期撰作的印证。《旧唐书·宋璟传》载"璟因极言得失，特赐彩绢等"，而"仍手制曰：'所进之言，书之座右，出入观省，以诫终身'"，可与《开元天宝遗事》中《金函》篇所记"明皇尤勤国政，谏无不从，或有章疏规讽，则探其理道优长者，贮于金函中，日置于座右，时取读之，未尝懈怠也"相印证。再看关于卢奂的记载二书如出一辙。《开元天宝遗事》中《立有祸福》篇记卢奂事迹：

卢奂为陕州刺史，严毅之声闻于关内。玄宗幸京师、次陕城

---

① （明）胡应麟：《少室山房笔丛》卷32，中华书局1958年版，第319页。张心澂《伪书通考》引胡应麟《四部正讹》这段话，以支持自己的观点，见商务印书馆1957年版该书下册，第889–890页。
② 罗宁：《论五代宋初的"伪典小说"》，见《中国中古文学国际学术研讨会论文集》，学苑出版社2005年版。

顿，知奂有神政，御笔赞于厅事曰："专城之重，分陕之雄。人遇惠爱，性实谦冲。亦既利物，存乎匪躬。斯为国宝，不坠家风。"寻除兵部侍郎。

《旧唐书·卢奂传》则曰：

（奂）开元中，为中书舍人、御史中丞、陕州刺史。二十四年，玄宗幸京师，次陕州顿，审其能政，于厅事提赞而去，曰："专城之重，分陕之雄。人多惠爱，性实谦冲。亦既利物，存乎匪躬。斯为国宝，不坠家风。"寻除兵部侍郎。

《旧唐书》撰者刘昫（刘昫为五代后晋宰相）和《开元天宝遗事》撰者王仁裕是同时代的人，他们对卢奂的记载如此相似，可以认为《开元天宝遗事》所述史事有相当的可靠性，而这确实得到后世的认同。苏轼有《读〈开元天宝遗事〉》三首：

其一：姚宋亡来事事生，一官铢重万人轻。朔方老将风流在，不取西蕃石堡城。
其二：潭里舟船百倍多，广陵铜器越溪罗。三郎官爵如泥土，争唱弘农得宝歌。
其三：琵琶弦急衮梁州，羯鼓声高舞臂鞲。破费八姨三百万，大唐天子要缠头。

《开元天宝遗事》记唐玄宗轶闻旧事，多采自遗民之口，与正史多违异。苏轼读后，有感于开元天宝遗事，写了这三首诗。第一首诗是说唐玄宗初践皇位，任用姚崇、宋璟为相，一度出现"开元之治"；而天宝年间先后任用李林甫、杨国忠为相，沉湎声色，奢侈荒淫，朝政日趋腐败，"一官铢重"是指无限信用胡人安禄山，终于养虎遗患，酿成安史之乱。"朔方老将"是指安禄山叛乱时任朔方节度使的郭子仪，平息安史之乱功居第一。第二首写唐玄宗

>>> 第五章 《开元天宝遗事》及其唐代陇蜀浮世叙录

恣意游乐，滥封官爵，以至于"三郎官爵如泥土，争唱弘农得宝歌。"第三首写谢阿蛮《凌波舞》，唐玄宗击羯鼓，杨贵妃弹琵琶："破费八姨三百万，大唐天子要缠头。"当时观看者仅八姨秦国夫人一人："曲罢，上戏曰：'阿瞒（李隆基自称）乐藉，今日幸得供养夫人，请一缠头！'秦国曰：'岂有大唐天子阿姨，无钱用耶？'遂出三百万为一局焉。"（见《杨太真外传》，作者乐史与王仁裕同时）。这三首诗极写唐玄宗的奢靡生活，警为后人之戒，也由此证明《开元天宝遗事》在北宋文坛已经颇为流行。又司马光撰《资治通鉴》，其中《唐纪》32天宝十载下记"自是安禄山出入宫掖不禁，或与贵妃对食，或通宵不出，颇有丑声闻于外，上亦不疑也。"对此记载，司马光《资治通鉴考异》曰：

王仁裕《开元天宝遗事》云："禄山常与妃子同食，无所不至。帝恐外人以酒毒之，遂赐金牌子系于臂上，每有王公召宴，欲沃以巨觥，禄山即以金牌试之，云'准敕断酒'。"今略取之。①

《考异》这段话明确无误地说明王仁裕撰写了《开元天宝遗事》，并且引用了其中的故事《金牌断酒》约略用于《资治通鉴》的情况。《唐纪》天宝十一载下记：

或劝陕郡进士张彖谒国忠，曰："见之，富贵立可图。"彖曰："君辈倚杨右相如泰山，吾以为冰山耳。若皎日既出，君辈得无失所恃乎？"遂隐居嵩山。

此记述与《开元天宝遗事》中《依冰山》的部分内容相同，司马光出于前文《考异》有所说明，则此未交代取于何书，而张彖亦不见于《旧唐书》。就是这一点，使得认定《开元天宝遗事》系托名王仁裕为浅妄之书的洪迈百思不得其解，发问道：惟张彖指杨国忠为冰山事，《资治通鉴》亦取之，不知别有何据？②司马光作为史学家以严谨著称于事，他对史料可靠与否的裁定，

---

① （宋）司马光：《资治通鉴考异》卷216"禄山生日条"，中华书局1956年版。
② （宋）洪迈：《容斋随笔》，上海古籍出版社1978年版，第6页。

是有权威性的,《资治通鉴》采用《开元天宝遗事》的记载,充分肯定了《开元天宝遗事》的史料价值。南宋晁公武《郡斋读书志》正是因为相同的情况,才在卷二下载录:"《开元天宝遗事》,右汉王仁裕撰";南宋郑樵《通志》卷65《艺文略》三"杂史"著录:"王仁裕撰《开元天宝遗事》六卷"。元人脱脱等在撰《宋史》也肯定了这一观点,在卷203《艺文志》二"故事类"载:"王仁裕撰《开元天宝遗事》一卷";明人焦竑也并未像他同时期稍后的胡应麟一样否定《开元天宝遗事》,而是在卷三《国史经籍志》"杂史类"著录:"王仁裕《开元天宝遗事》一卷"。清代学者纪昀(晓岚)等发现了自苏轼以来的种种证据,肯定了洪迈置疑属实外,也肯定了王仁裕撰《开元天宝遗事》的史实,《四库提要》澄清说:

> 其书(《开元天宝遗事》)实在二人(苏轼、司马光)以前,非《云仙散录》之流,晚出于南宋者可比。盖委巷相传,语多失实,仁裕采摭于遗民之口,不能证以国史,是即其失。必以为依托其名,则事无显证。刘义庆《世说新语》,刘孝标注往往摘其牴牾,要不以是谓不出义庆手也。故今仍从旧本,题为仁裕撰焉。

真是对疑古派欲证此书系伪作的一个否定性的总结。现代学者认为:据内容讹误而认定该书是伪,则无显证,从司马光、苏轼的记录说明,该书流传于五代宋初之时,与王仁裕年代相合,王谠《唐语林》所采文字称出于《玉堂闲话》者,且有十条属《开元天宝遗事》,可知在宋代,有《开元天宝遗事》被编入《玉堂闲话》的可能①。既然是小说,传闻异词,不必强调其真实性,因其创作方式是采录民间传闻,语言、时间出现失实,与史书相矛盾也是在所难免,王仁裕撰《开元天宝遗事》已定论,毋庸置疑。

《开元天宝遗事》是王仁裕笔记小说中影响最大的一部作品,其中保存不少唐代社会史料,是从其他正史中所不能见到的,可补史之阙。如姚崇和宋璟是玄宗朝之重臣,他们辅佐玄宗进入盛唐最辉煌时期。《开元天宝遗事》中的

---

① 中国大百科全书出版社编辑部编:《中国古代小说百科全书》,中国大百科全书出版社1993年版,第243页。

《截镫留鞭》《四方神事》记载姚崇从政为民，得到百姓爱戴。《步辇召学士》则记载姚崇超群的政治才能得到玄宗的器重。而《旧唐书》本传除具体描述姚崇灭蝗的功绩外，其他记载基本就是一份为官升降表，很难展现一代名臣风采。宋璟为官正直，人心归美。《赐箸表直》记玄宗将金箸赐予宋璟，并称"所赐之物，非赐汝金，盖赐卿之箸，表卿之直也"。《旧唐书·宋璟传》有与此相类的记载"璟因极言得失，特赐彩绢等"，但还是失于简略，不够形象生动。

  王仁裕搜辑《开元天宝遗事》的时代，距开元、天宝已近二百年，史事传闻的文学成分自然增多。它反映了盛唐社会的不同侧面，大体以玄宗宫廷生活为主，也旁及开元、天宝（713—756）四十四年间社会生活的许多内容。《开元天宝遗事》中《金笼蟋蟀》《射团》《半仙之戏》《乞巧楼》诸篇记载了一些宫中游乐，其一旦走出宫门，即获庶民仿效，折射出世人对时尚的追求、各色情趣爱好等；《相风旌》《占风铎》记述了用相同的原理不同的形式制作测风的装置，这说明唐代对于风的认识所达到的科技水平；《游盖飘青云》《裙幄》《探春》讲述的是游春，而春游习俗至今仍兴盛不衰；《冰兽赠王公》主要讲杨国忠子弟以奸媚结识朝士，但也告诉我们一个事实，即早在唐代就已经有冰雕艺术了；《传书鸽》记载唐代已利用鸽子传递书信，是关于信鸽的最早纪录。……这些记载对后世小说戏曲创作和唐明皇题材故事，产生了深远影响，如《梧桐雨》《长生殿》，以及《醒世恒言》形成故事情节，也往往从此书采取素材。

  《开元天宝遗事》所收唐明皇的故事，记录了他前期政治生活的英明睿智，也反映了他晚年的昏庸荒唐，《金函》《痴贤》《精神顿生》等篇就是唐明皇前期形象的写照。这些作品虽然篇幅短小，似乎都是琐屑之事，但能够以小见大，小处见真，使读者对开元盛世的历史成因有一些深切的认识。相比之下，其中写唐玄宗后期生活的作品占了更多分量，且涉及宫闱生活，如《助情花》《被底鸳鸯》《风流阵》《随蝶所幸》《助娇花》《眼色媚人》反映了明皇纵情声色、任用奸佞的情况，表面上显得任性风流，实际上已经是昏庸颓败、愚顽痴昧之态，由此而酿成了安史之乱的大祸。《金鸡障》《金牌断酒》等篇，已细致展示了安禄山的曲意奉承、滋生阴谋之心和玄宗对其丧失警惕的态势，预示了一种历史必然。从文学创作的角度看，这些篇章又善于抓住细节，表现掩映其中的生活意趣,特别是李、杨爱情生活的描写既有皇家的奢华色彩,又有平民的亲情氛围,吸引着无数的读者和写作者,从而在后来的诗文戏曲中新翻蕴含,迭出佳作,不免使人想起《浮生六记》情节和《石头记》里的大观园。

小说还记载了不少士人生活趣事和逸闻典故,如《惭颜厚如甲》《敲冰煮茗》《牵红丝娶妇》《梦笔头生花》《解语花》《粲花之论》《美人呵笔》等,内容丰富、情节上动,颇有独到之处。有论者称,其中还有转述张说原作的故事[①],这是一个有趣的发现,留待以后深入研究。

第二节 《开元天宝遗事》关涉的陇蜀民俗文化

《开元天宝遗事》还具有很高的民俗文化价值,为后世很多的文人雅士所摘引。如《戏掷金钱》是最早记载压岁钱风俗的作品;《半仙之戏》写寒食节时宫中及民间荡秋千的游戏;《探春》写长安仕女早春时节的郊游风气;《击鉴救月》写遇到月食之夜长安仕女击鉴而救月复明的习俗;《金龙蟋蟀》《乞巧楼》等篇分别记载了民间养斗蟋蟀和七月七日夜乞巧的风习……这些涉及很多层面的民俗,其中相当一部分延续到了现在,赋予中国民间生活最富于传统的美学趣味,其所表达的中华民族特有的文化传统、心理机制、道德规范,至今仍具有宝贵的认识意义和研究价值。

从结构上看,《开元天宝遗事》与现代小说存在着较大差距,但从文化艺术趣味上看,它与现代小说的关系要比史传长篇又近得多。如果把全书看成一个整体,那些互不关联的片段只是读者所能看到的一组组关于盛唐社会发展状况的蒙太奇艺术镜头,贯穿其中的文化主线就会引领我们真正感受这部作品所具有的独特魅力。

《开元天宝遗事》今存全本,《四库全书》亦有收录,有很高的小说史地位。此书据社会传闻,列146个标题,分别记述唐开元天宝年间轶事,内容以

[①] 邵宁宁、王晶波:《说苑奇葩——晋唐陇右小说》,甘肃教育出版社1999年版,第194页。

奇异物品为多，人物事迹也是以传说为主。故《四库全书总目》说此书："盖委巷相传，语多失实，仁裕采撷遗民之口，不能证以国史。"但其中"妙笔生花""传书燕"等篇含有一定的社会史料；索斗鸡、肉阵、肉腰刀、凤炭、楼车载乐等内容，暴露了权臣杨国忠、李林甫等人的昏朽荒淫的生活，也有一定的参考价值。王仁裕《开元天宝遗事》四卷，洪迈《容斋随笔》以为托名仁裕，所驳诘有确实之处，然苏轼集中有读《开元天宝遗事》四绝句，司马光作《通鉴》亦采其中张彖指杨国忠为冰山语，则其书实在二人以前，非《云仙散录》之流，晚出于南宋者可比。宋《郡斋读书志》《直斋书录解题》，清《补五代史艺文志》均有著录。传世刻本有：明张氏建业铜活字本、《顾氏文房小说》本，均二卷；《续百川学海》本、《说郛》本、《唐人说荟》本等，均一卷。还可见于《五朝小说大观》本、《唐代丛书》本。

《开元天宝遗事》主要采撷民言"记宫中琐闻杂事"，故直接叙写陇蜀浮世生活的作品相对比较少见。今从叙写陇蜀浮世生活或从相近文学地理范围的角度，选取《唤铁》《瑞炭》《香肌暖手》《枯松再生》《立有祸福》《蛛丝卜才巧》《占风铎》《山猿报时》《乞巧楼》等篇加以解析。

《唤铁》本写太白山隐士轶事，但因太白山是秦岭主峰，陇蜀地区处于西秦岭山地，在文学地理上具有关联性，隐者情况类似者颇多。"太白山为秦岭主峰，顶峰冰冻期长，除盛夏外，积雪不消。由关中平原南望，山顶银光闪闪，故名。太白山是以巨大的花岗岩体为核心的断块山，形成于1亿年以前的燕山运动时期。花岗岩节理发育，断层错综。"[1]历史上远古以来历代都有大量隐者居于此。旧有"武功太白，去天三百"的谚语。李白《古风》"太白何苍苍，星辰上森列"之诗句，不仅言其山之高峻，上与星辰光辉相映，还写在隐者眼里，景色壮丽无比[2]。《开元天宝遗事》此篇说：

> 太白山有隐士郭休，字退夫，有运气绝粒之术。于山中建茅屋百余间，有白云亭、炼丹洞、注《易》亭、修真亭、朝玄坛、

---

[1] 张妙弟：《中国国家地理百科全书》，北京联合出版公司2016年版，第28页。
[2] 牛汝辰：《中国地名掌故词典》，中国社会出版社2016年版，第474页。

集神阁。每于白云亭与宾客看山禽野兽，即以槌击一铁片子，其声清响，山中鸟兽闻之，集于亭下，呼为唤铁。

言隐士郭休"有运气绝粒之术"，虚实不好辨明，但他以一己之力在山间建造茅屋百余间着实令人惊骇，且多有命名，均为修炼道行之语。文章著录其奇异诡谲之处，显然不在这个方面，而在于他竟然能"槌击一铁片子"，在空旷山野中"鸟兽闻之""集于亭下"。在今人来看或许没什么奇特之处，或因郭休与鸟兽长期相处，彼此熟稔，或因过去击铁唤食，喂食山禽野兽，已形成野物之条件反射。有历史上意义的是，这个"唤铁现象"成为文人归隐的一种诗歌意象。如宋代艾性夫据此赋诗《题友人归隐图》说"买山长说欲栖身，画得图成隐始真。半枕虚堂生草梦，一溪流水种桃人。但知樵客当辞汉，莫与渔郎说避秦。早晚相从弄明月，细听唤铁响苍筠"① 即可见一斑。

《瑞炭》所写西凉国，由陇西成纪（今甘肃秦安）人敦煌太守李暠所建："隆安四年（400），晋昌太守唐瑶移檄六郡，推李暠为大都督、大将军、凉公、领秦凉二州牧、护羌校尉。李暠大赦境内，改元庚子，定都敦煌，西凉正式立国。拓疆东自建康（今高台西南），西至鄯善。"② 李暠自称汉飞将军李广十六世孙，义熙元年（405），李暠改元建初，遣使奉表东晋，并迁都酒泉，与北凉长期争战。他寄希望于后代，留下了有名的戒子书（也称《教子格言》）：

节酒慎言，喜怒必思，爱而知恶，憎而知善，动念宽恕，审而后举。众之所恶，勿轻承信。详审人，核真伪，远佞谀，近忠正。蠲刑狱，恐烦扰，存高年，恤丧病，勤省案，听讼诉。刑法所应，和颜任理，慎勿以情，轻加声色。赏勿漏疏，罚勿容亲。耳目人间，知外患苦；禁御左右，无作威福。勿伐善施劳，逆诈亿必，以示己明。广加咨询，无自专用。从善如顺流，去恶如扬

---

① 罗竹风主编，汉语大词典编纂处编纂：《汉语大词典（上）》（缩印本），汉语大词典出版社、香港商务印书馆1997年版，第1597页。

② 安邑江主编：《酒泉史话》，甘肃文化出版社2005年版，第118页。

第五章 《开元天宝遗事》及其唐代陇蜀浮世叙录

汤。富贵而不骄者至难也,念此贯心,勿忘须史。僚佐邑宿,尽礼承敬,宴飨馔食,事事留怀。古今成败,不可不知,退朝之暇,念观典籍,面墙而立,不成人也……①

但其子李歆继位不守家训,不纳臣谏,惜西凉国只存续两代,元熙二年(420)即亡。到唐天宝二年(743),唐玄宗(李暠十一世孙)追尊李暠为兴圣皇帝。所以王仁裕所写西凉国瑞炭,有如此清晰的历史背景,其所叙录的"瑞炭",应该是出自敦煌、酒泉的无烟煤炭。

西凉国进炭百条,各长尺余,其炭青色,坚硬如铁,名之曰"瑞炭"。烧于炉中,无焰而有光,每条可烧十日,其热气逼人而不可近也。

传上古炎帝时已使用燃石(煤炭)。晋人王嘉在《拾遗记》卷四记载:"及夜,燃石以继日光……昔炎帝始变生食,用此火也。"②此处所写瑞炭,青色、坚硬如铁,燃之无焰而有光,热气逼人等特点,均与今优质无烟煤一致,可见敦煌、酒泉一带开采无烟煤的历史久远,而且在历史上一直很有名望。只是此记瑞炭"每条可烧十日",明显具有文学家手笔,夸饰色彩明显。其实王仁裕《开元天宝遗事》记述贵族之家以炭取暖讲究甚多,唐玄宗李隆基的宰相、宠妃杨玉环的堂兄杨国忠家,冬天取暖用的炭,便非同一般。用蜂蜜将炭屑捏塑成双凤形,烧炉时用精贵的白檀木铺在炉底,一尘不染(《凤炭》)。杨国忠更糜烂的取暖方式,是以美女身体作热源:"杨国忠于冬月,常选婢妾肥大者,行列于前,令遮风。盖藉人之气相暖,故谓之'肉阵'"(《肉阵》)。无独有偶,岐王李范(与杜甫同时代)每到冬天冻手时他不去烤火,而是叫来年轻美貌的妓女,把手伸进她的怀里贴身取暖,美其名曰"香肌暖手"(《香肌暖手》)。而申王李成义则发明"妓围取暖"法:"每至冬月有风雪苦寒之际,使宫妓密围于坐侧以御寒气。"(《妓围》)岐王、申王都是唐玄宗李隆基的兄

---

① 政协甘肃省静宁县文史委:《静宁文史资料选辑》(第3辑),1997年内刊本,第77页。
② 岳麓书社编:《百子全书》(5),岳麓书社1993年版,第4116页。

弟，以女体取暖之法，不仅是受杨国忠影响，或许还是受到当朝皇帝行为的启发。《开元天宝遗事》所续写的大诗人李白就享受过"美人呵笔"的待遇：有年冬天大寒时节，李隆基找李白到其便殿撰诏诰，但笔冻写不了，皇帝一下子喊来自己后宫10个嫔妃侍候李白左右，叫每人用香嘴呼热气将毛笔解冻，称为"美人呵笔"（《美人呵笔》），堪为明证。

《香肌暖手》叙写岐王李范年轻时迷惑于女色的轶事，但从成年后的情况看，李范是开元时期最重要的文学扶持者①。窦皋《述书赋》赞岐王说："可谓梁园笔壮，乐府文雄。累圣重光之盛业，六书一艺之精工，非所以抑圣人以绚己，服勇士以雕虫。责繁声于韶濩，征艳色与苍穹者也。"原注："言乐府文雄者，王多能好事，有文词特为歌者所唱。"②可见岐王不仅能诗，且其诗歌在当时颇为流行，足以见其影响力③。《旧唐书》称："范好学工书，雅爱文章之士，士无贵贱，皆尽礼接待，与阎朝隐、刘庭琦、张谔、郑繇篇题唱和，又多聚书画古迹，为时所称。时上禁约王公，不令与外人交结。驸马都尉裴虚己坐与范游宴，兼私挟谶纬之书，配徙岭外。万年尉刘庭琦、太祝张谔皆坐与范饮酒赋诗，黜庭琦为雅州司户，谔为山茌丞。"④岐王礼贤下士，又雅好风流，加之以其皇室贵胄的地位，自身的才情以及在当时的影响力，吸引了大批的文士聚集在岐王府，进行宴饮游乐、酬唱赠答、吟诗诵赋，使"岐王府"成为较为活跃的文人唱和"沙龙"。我们从史料知道，岐王多才多艺，喜好结交文士，不仅与文人交游唱和，且多有文士为其府属，如王维、崔颢、李龟年等著名人物既有饮宴唱和，又有声言往来。

《枯松再生》，清刘灏《御定佩文斋广群芳谱》卷六十八《木谱》别作《枯松复生》，云出自《开元天宝遗事》，或二者互为异文。中国民间庭院中，很少种植松柏类植物，今人常误认为松柏乃坟地植物，不宜进阳宅。这里所说为宫苑，不似民间，但枯松枯荣，征兆吉凶，很有令人玩味之处。文章

---

① （美）宇文所安（Stephen Owen）：《盛唐诗》（贾晋华译），生活·读书·新知三联书店2004年版，第23页。
② 张彦远：《法书要录》，人民美术出版社1964年版，第200页。
③ 田萌萌：《岐王与盛唐诗坛》，《河北工业大学学报》（社会科学版），2015年第3期。
④ （五代）刘昫：《旧唐书》，中华书局1975年版，第3016页。

叙写唐明皇遭遇安禄山之乱后，移驾西幸四川之事，明显与陇蜀历程有关。蜀中皇宫中枯死的一棵老松树重新发芽，枝叶茂盛碧绿，好像新种植的一样。后来肃宗平定内乱，重兴大唐国运，枯死的松树再次重生。确有其事，毫无夸张①。

《立有祸福》篇云：

> 卢奂为陕州刺史，严毅之声闻于关内。玄宗幸京师、次陕城，顿知奂有神政，御笔赞于厅事曰："专城之重，分陕之雄。仁虽惠爱，性实谦冲。亦既利物，存乎匪躬。斯为国宝，不队家风。"寻除兵部侍郎。陕州之民多有淫祀者，州之士民相语曰："不须赛神明，不必求巫祝。尔莫犯卢公，立便有福音。"

卢奂的才干，声名遐迩，以至于在陇蜀一带巡幸的玄宗认为他有神政，先是御笔题词肯定他的惠爱、谦冲，后来又擢升兵部侍郎。"非其所祭而祭之，名曰淫祀。淫祀无福。"简而言之淫祀是指不合礼制的祭祀。不当祭的祭祀，妄滥之祭。包含了越份之祭与未列入祀典之祭两种。《礼记·曲礼》谓："非其所祭而祭之，名曰淫祀。淫祀无福。"在治理淫祀问题上，卢奂的措施是得力的，在民间也是很有口碑的，严行和福音协调地整合在一起，集于他一身。此故事所载几与《旧唐书·卢奂传》同，在一定意义上可补史之阙。

《蛛丝卜才巧》描写宫中乞巧风俗，表现出王仁裕对于盛唐文化的无限追忆②：

> 帝与贵妃，每至七月七日夜在华清宫游宴。时宫女辈陈瓜花酒馔列于庭中，求恩于牵牛、织女星也。又各捉蜘蛛闭于小合中，至晓开视蛛网稀密，以为得巧之候；密者言巧多，稀者言巧少。民间亦效之。

---

① 《中华野史镜鉴》编委会：《中华野史镜鉴》第三卷，当代世界出版社1998年版，第951页。
② 罗欣：《先唐博物杂记类小说叙事空间研究》，《南京师范大学文学院学报》，2016年第1期。

但陇蜀现地西和县、礼县今存全国唯一的七天八夜乞巧民俗，内涵丰富[1]，已经成为国家级"非遗"，目前正在申报世界非物质文化遗产，故《蛛丝卜才巧》有意义于陇蜀。从本故事看，明皇时"牛郎织女传说"已经和"乞巧"活动交融在一起，供果馔求牵牛、织女星以降恩，最直接的表现不是给予姻缘爱情，而是巧心巧手。蟢子（一种细足小蜘蛛）在瓜果上结网，是女子已得"巧"的吉兆。本篇和后面的《乞巧楼》篇是对民俗乞巧活动的重要记载，历来为文士引用，如宋赵师侠《鹊桥仙·明河风细》词："明河风细，鹊桥云淡，秋入庭梧先坠。摩孩罗荷叶伞儿轻，总排列、双双对对。花瓜应节，蛛丝卜巧，望月穿针楼外。不知谁见女儿忙，漫多少、人间欢会。"表明乞巧的现实意义在宋时极为广泛，人们利用牵牛、织女神话故事的影响，进行女红才艺竞赛，树立榜样，导引女子安于妇道，其政教意蕴可以与《关雎》媲美。广有影响的《中国古典文学名著分类集成》录本篇作《蛛丝才巧》[2]，而《巴蜀丛书》收录本篇作《蛛丝卜巧》[3]，其内容同。

《占风铎》仅一句："歧王宫中于竹林内悬碎玉片子，每夜闻玉片子相触之声，即知有风，号为'占风铎'。"它和《开元天宝遗事》所收《相风旌》《占雨石》类似，主要功用在于观测气象之用[4]，但大风行吹竹林之中，玉片相撞而鸣，颇有音乐意境，有论者认为本篇也是王仁裕写自然态的音乐[5]，不失天籁。

《山猿报时》内容也较为简略：

> 商山隐士高，累征不起，在山中构道院二十余间。太素起居清心亭下，皆茂林修竹、奇花异卉。每至一时，即有猿一枚诣亭前，鞠躬而啼，不易其候。太素因目之为报时猿，其性度有如此。

---

[1] 赵逵夫：《汉水与西、礼两县的乞巧风俗》，《西北师大学报》（社会科学版），2005年06期。
[2] 王筱云等主编：《中国古典文学名著分类集成》，《小说卷（二）》隋、唐、五代部分，百花文艺出版社1994年版，第452页。
[3] 范勇：《巴蜀丛书》（第1辑），四川省新华书店1988年版，第35页。
[4] 刘昭民编著：《中华气象学史》（第一册），台湾商务印书馆1970年版，第94页。
[5] 应有勤、孙克仁编著：《中国乐器大词典》，上海世纪出版集团教育出版社2015年版，第479页。

第五章 《开元天宝遗事》及其唐代陇蜀浮世叙录

商山地属陕南,与陇蜀毗连。隐士高太素遇"报时猿"颇有传奇。清人陈世熙所编文言小说集《唐人说荟》对此做了一定演绎:

> 商山隐士高太素起居清心亭下,每至一时,即有一猿诣庭前,鞠躬而啼,不易其候。予窃疑之,不谓事竟有未可尽诬者。客有与金山某逸士为友者,暇日访之,见山上茅屋结构天然,旁列茂林修竹,奇花异卉,有猿一群,驯扰得所。坐未几,忽一猿啼于前。逸士曰:"此何时来也?"居无何;猿啼如故。又曰:"此何时也?"客异而问之,逸士曰:"此报时猿也,累验不爽。"客归述之,盖于鸡报晓、鹤知更之外,又增一新说矣。①

清人的演绎主要在情节的生成方面,先有铺垫以作叙实,不乏情节的曲折迂回之处,再是提到了"鸡报晓""鹤知更",还是受《开元天宝遗事》所收《知更雀》条"报晓鸟"的启发。山猿能否报时,未经实验,不能断定。但是动物有其本能,既然雄鸡能够报时,或者山猿也能报时。天未明即闻檐下麻雀啁啾,好像它们也是知道时间的。

《乞巧楼》也是写乞巧风俗,盛唐最为风行。王建《宫词》有句:"每年宫里穿针夜,敕赐诸亲乞巧楼。"以锦结楼,能容数十名嫔妃,可见"楼殿"之大,靡费之广,到了很惊人的程度:"宫中以锦结成楼殿,高百尺,上可以胜数十人,陈以瓜果酒炙,设坐具,以祀牛、女二星。嫔妃各以九孔针、五色线,向月穿之,过者为得巧之候。动清商之曲,宴乐达旦,士民之家皆效之。"整线贯针的风俗,则承自前代。南朝梁宗懔《荆楚岁时记》云:"是夕,人家妇女结彩缕,穿七孔针。""七月七日夜,妇女陈瓜果于庭中以乞巧。"北朝也有此俗,庾信《七夕赋》曰:"缕条紧而贯中,针鼻细而穿空。"唐代七夕风俗是个承上启下的时期,除某些祀典承袭前朝外,至于宫廷参与活动,天子尽兴参加,创设乞巧楼等,都是前代从未有过或不甚普遍的②。盛唐长期稳定的政治局面为经济的持续发展准备了条件,也为乞巧等官民同乐的文化事

---

① 韦明铧点评:《扬州旧闻》,古吴轩出版社2003年版,第183页。
② 赵克尧:《从唐诗看唐代七夕风俗与士庶心态》,《东南文化》1992年第5期。

业之繁荣创作,提供了丰饶土壤。此篇所记风俗,盛况非凡,可与《蛛丝卜才巧》篇互参,南宋赵与时《宾退录》所述王建遗诗一首"画作天河刻作牛,玉梭金镊采桥头。每年宫女穿针夜,敕赐新恩乞巧楼"可做参考。

晚唐五代政治黑暗、社会矛盾激化,盛唐的兴盛和现实的衰败,造成士子巨大的心理落差,激发了士子对"开元盛世"的无限追忆和向往。因此,这一时期出现了许多记载开元天宝遗事类的笔记小说。唐五代笔记小说创作上虽趋向杂史,题材多取于《国史》,有浓郁的史学成分,但"依傍史实,但有文字加工,并吸取传说,因而有所虚构。故有些篇亦具有一定小说成分,论者或亦视为小说"①。并且"道听途说,街谈巷议",悉可入录。从遵循"文疑则阙"的史学原则来说,笔记小说材料的真实性是不足与杂史相比的。因此,王仁裕的笔记小说《开元天宝遗事》历来为史学家或批评家所非议。《四库全书总目》提要批评称:"盖委巷相传,语多失实,仁裕采摭遗民之口,不能证以国史,是即其失。"洪迈在《容斋随笔》指出舛谬者四事为多家首肯,考之史料,此四错误确系史实。不仅如此,"花上金铃"条所写宁王事亦与史实相悖。但应当看到,《开元天宝遗事》虽多取材于《国史》,有很高的史料价值,但它毕竟只是笔记小说而非信史,不能从史学的角度去苛求笔记小说一定要遵循力求真实的原则。

第三节 《开元天宝遗事》域外题材及陇蜀

丁如明辑校《开元天宝遗事十种》按语,"是书共159条,记宫中琐闻杂事,尤留意宫内外风俗习尚之记载。如七月七日乞巧、红丝结褵、金钱卜、斗花、秋千、灵鹊报喜等,均有著录;唐明皇、杨贵妃、其他王公贵族淫靡之风,亦多涉略"。可以说,《开元天宝遗事》是展示唐玄宗时代社会政治生活的历史画卷,它以开元、天宝为界,以宫廷生活为主,反映了盛唐时期社会生活的各个侧面。

---

① 苗壮:《笔记小说史》,浙江古籍出版社1998年版,第40页。

第五章 《开元天宝遗事》及其唐代陇蜀浮世叙录

《开元天宝遗事》意图刻画唐玄宗明君形象和群臣的勤政为民群像。开元初年，唐玄宗依靠姚崇、宋璟等贤相，采取了一系列措施来稳定政局、整顿朝纲、发展经济、完善体制。君主英明臣子贤能，朝廷上下洋溢着为新政权建功立业、积极向上的清新气息。

步辇召学士、七宝山座、精神顿生、金函写玄宗知人善任、勤于政事；赐箸表直、痴贤写宋璟、张方回忠信刚直、犯颜直谏而受褒奖，赞美了玄宗虚心纳谏；记恶碑、立有祸福、县妖破胆、逐恶如驱蚊蚋记卢奂、李杲、袁光庭等人令行禁止、铁腕严毅，民吏诚服，鬼神敬畏；口案写张九龄刑狱神明；截镫留鞭、四方神事、有脚阳春、禽拥行车、郡神迎路记姚崇、张九龄、张开、李元纮等为官贤能，爱民恤物，深受百姓拥戴。

这些条目，篇幅短小，只展现人物某一侧面的性格特征，缺乏形象性，但从近乎春秋笔法中还是能够见微知著，上至君王下到各级官吏，无一不勤于政、忠于事、爱民恤物，他们身上表现出的勤、忠、刚、仁、贤、严的品质，就不难理解"开元盛世"的历史成因了。

《开元天宝遗事》对唐玄宗晚年昏庸失道的批判，对奢靡宫廷生活的揭露，也是毫不回避的。天宝年后，唐玄宗先后任用李林甫、杨国忠为相，好大喜功，沉湎声色，骄奢淫逸，朝政日趋腐败。《盆池鱼》通过玄宗两次问对张九龄两次不悦，文字上表现的是张九龄的忠直，实际是对晚年的明皇昏庸失道、宠信奸佞、喜爱奉承以及好大喜功的批判。金鸡障、金牌断酒表现安禄山曲意奉承、包藏祸心的奸诈和玄宗晚年的昏朽。助情花香、眼色媚人、被底鸳鸯、锦雁、望月台反映了玄宗纵情声色、骄奢淫逸、疏于理政的颓废心态。烛奴、醉舆、妓围、花上金铃、灯婢、嚼麝之谈表现申王、宁王生活之奢侈；肉阵、移春槛、冰山辟暑、楼车载乐、千炬烛围、四香阁揭示杨国忠及其子弟恃后族之贵，极于奢侈的糜烂贵族生活。看花马、富窟、油幕、裙幄表现奢侈的世风。

从作者对材料的选择和编排看，玄宗晚年的昏庸失道、宠信奸佞已祸延宗社；纵情声色、骄奢淫逸生活态度，使朝廷上下充斥着追求物欲享受、荒唐颓废的污浊风气，从根本上揭示了唐代由盛迅速转衰的深层社会原因。

《开元天宝遗事》也表现陇蜀地域以外的风流名士之生活情趣和逸闻琐

事。我国古代品鉴人物言谈举止、逸闻琐事的传统始于汉代察举制度，形成于对东汉党锢之祸前后"节名士"的精神气度、魏晋名士风度的品评。刘义庆的《世说新语》是品鉴汉末至东晋以来名士逸闻琐的集大成者。自此，品鉴名士风韵成为我国古代各个朝代批评人物不可或缺的一种文化现象。《开元天宝遗事》中记载盛唐名士逸闻琐事有以下门类：

栖逸：唤铁、敲冰煮茗、物外之游、山猿报时写隐士郭休、王休和高隐士自得其乐的隐居生活。

言语：花裀、撤去灯烛、游盖飘青云，选录名士言谈高雅，或应对机敏。

识鉴：依冰山写张彖见微知著、卓识远见和急流勇退、避祸全身的机智决断。

任诞：颠饮写进士郑愚等人不拘礼节、藉草裸形的任达。

夙惠：梦笔头生花写李白年少时因梦笔头生花而名闻天下。

赏誉：吹火照书、粲花之论、醉圣、走丸之辨、文阵雄帅、文帅等对苏颋、李白、张九龄等人苦学、俊逸、辩才和文章的称赏赞誉。

巧艺：射飞毛写刘洪精妙的箭术，歌直千金、隔障歌记乐妓善歌。

品藻：任人如市瓜写李白评明皇任人皆得精萃，颇多过誉之辞；忍字记王守和名如其人，守和不争受到明皇的褒奖。

规箴：竹义记明皇借竹"牙笋未尝相离"喻孝悌之义。

上述门类，或叙自适其乐的隐士生活，或写放诞、任达的名士风度，或记人物对世事的洞悉，或展人物的才性，或阐发儒家思想之精要，较全面地反映了盛唐时期人物的不同精神风貌、文化思想和风俗时尚。

《开元天宝遗事》对唐代陇蜀浮世生活及其风俗习尚的叙写，也是其亮点之一。风俗在传统社会中的政治文化意义大于其学术意义。孔子的兴观群怨说是最早强调风俗教化意义的学说之一。汉魏六朝，学者明确从政教角度探讨风俗的文化特征，强调统治者对风俗的社会规范和导引作用。刘勰说："风有薄厚，俗有淳浇，明王之化，当移风使之雅，易俗使之正，是以上之化下，亦为之焉，民习而行，亦为之俗焉。"①广教化，美风俗，风俗实际成为统治阶

---

① （北齐）刘昼：《刘子新论》（卷第九）风俗第四十六·汉魏丛书，吉林大学出版社1992年影印本，第685页。

级进行政治教化的工具，具有较强的整合社会的政治功能。历代统治者会因时因势对风俗进行变易和建设，目的是为了促使良风美俗之形成。如我国传统风俗寒食节，在开元之前一直被视为"野祭"。开元二十年，唐玄宗敕令将寒食节编入五礼之一，才给世人追贤思孝的"野祭"正名，后有追悯先贤、追求政治清明之意。

蛛丝卜才巧和乞巧楼借七月七日夜祀牵牛、织女星形式，表达人们对忠贞爱情的向往，更重要的是利用牵牛、织女神话故事的影响，进行女红才艺竞赛，树立榜样，导引女人安于妇道，其中的政教意蕴可以与《关雎》媲美。半仙之戏记寒食节时宫中及民间荡秋千的游戏，探春、游盖飘青云、裙幄写游春习尚。健康向上文娱游艺活动，既陶冶性情，又对形成良好的社会风气有极大的推动作用。销魂桥写离别悲忧。古代长安灞桥两岸，堤长十里，一步一柳，来迎送去的人多在此惜别，折柳枝别亲友，"柳"与"留"谐音，以表挽留之意，表现我们的民族崇尚礼节、重视人际的优良传统。其他如击鉴救月、云鹊报喜、金笼蟋蟀等，都成为良风美俗的重要组成部分，有些风俗一直延续到现在，形成了我国民间独特的审美情趣。

《开元天宝遗事》记录了开元、天宝时期的奇珍异宝，表现盛唐帝国的物阜民丰。《开元天宝遗事》中所记的奇珍异宝，多传奇特质，荒诞不经。记事珠有"或有阙忘之事，则以手持此珠，便觉心神开悟，事无巨细，焕然明晓，一无所忘"的功能。瑞炭长尺余，置于炉中，可烧十日，"其气逼人而不可近也"。自暖杯，置酒其中，酒能至沸汤温度。七宝砚台，外形精巧，"每至冬寒砚冻，置炉上，砚冻自消，不劳置火"。夜明杖、夜明枕，至夜，一个可照十步，一个光照一室。占雨石能准确预天气阴晴。警恶刀，"或前有恶兽、盗贼，则所配之刀铿然有声，似警告于人也"。更神奇的是照病镜，"每有疾病，以镜照之，尽见脏腑中所滞之物，后以药疗之，竟至痊瘥"，类似今天B超一类的医疗设备。

显然，宫廷珍宝在民间传述过程中，人们感性不断加以想象、不断赋予它奇异特性，以增强真实性，寄予某种愿望和理想。这与"金扁担"心理同出一辙，从一个侧面反映了农业民族固有的重实际的心理特质。同时，从开元、天宝两时期记录的珍宝数量来看，开元时期珍宝数量少，或秘藏不露，或收入国库,如记事珠"说秘而至宝也",自暖杯"随收于内藏",这与开元初推行节用省费的政策是相吻合的。天宝年间,珍宝数量大,多为私人赏玩,反映了帝国物阜民丰以及尚奇追异的宫廷习尚。

除上述五部分内容之外,《开元天宝遗事》还记载了祥瑞灾异故事,如梦玉燕投怀、镜影成相字、刀自鸣、泪妆、风流阵,充满了谶纬迷信思想;志怪小说梦虎之妖受唐传奇的影响,人物、情节描写趋于细腻,体现了五代时期志人志怪小说合流的趋势;公案小说鹦鹉告事,在追求情节曲折性方面对后世公案类小说发展有一定的启迪。

艺术上《开元天宝遗事》的撰录趋向于史传,篇幅短小、内容丰富、政治性强。尽管琐事轶闻未必符合历史事实,但在材料的选择、编排上反映了作者一定的史学观和政治观。同时,它又受唐传奇写法的影响,突破了史学"写实"的羁绊,想象、虚构成分多了,少量篇章"不仅变采记为描写,重辞彩,讲谋篇,追求语言的优美、情节的曲折和结构的完整,而且注重人物形象的完整、丰满、生动"①。总之,受史学尚实之风与传奇作品尚虚之风的影响,其艺术特点如下。

第一,作品虽然篇幅短小,但每条有精心提炼的标题。标题是故事的内核,故事围绕标题而展开。多数条目结构体例采用"某人事+评论+人事原委或某人事+人事原委+评论"的叙事模式,以叙述为主,少量篇章有言语记录。这种叙事模式显然受到了编年体史书编排体系的影响,篇幅短小,以七八十字者居多,少的仅有10几个字,多的达300余字。

多数篇章尽管故事情节简单,但能够揭示人物某个侧面的个性特征。如步辇召学士,"七月十五日,苦雨不止,泥泞盈尺,上令侍御者抬步辇召学士来"。到便殿论时务的情节描写表现了明皇礼贤下士、勤于政事的性格特征,作者由衷地赞叹,"自古急贤待士,帝王如此者,未之有也"。痴贤以"左拾遗张方回,精神不爽,时人呼为痴汉子"和"每朝政有失,便抗疏论之,精彩昂然,进不惧死"的鲜明对比,表现了左拾遗张方回敢于直谏的刚直品德。走丸之辩通过"滔滔不竭如下坂走丸"的形象和贴切的比喻表现了张九龄善

---

① 引自蔡静波:《唐五代笔记小说研究》,陕西师范大学博士学位论文2006年中国知网版,第8页。

于言辞的性格特征。

有些篇章只叙人事原委，少描写，无情节，没有故事性。如金衣公子，"明皇每于禁苑中见黄莺，常呼之为'金衣公子'"，内容只起到解释金衣公子名称来源的作用。云鹊报喜条，"时人之家闻鹊声，皆为喜兆，故谓云鹊报喜"，只叙述了当时民间的风俗习惯。千炬烛围，通过"杨国忠子弟，每至上元夜，各有千炬红烛围于左右"的简要叙述，表现了杨国忠子弟糜烂奢华的贵族生活。

第二，《开元天宝遗事》突破了史学"写实"的羁绊，想象、虚构的成分增多。周勋初提出，"从源流上看，篇幅短的传奇即是笔记小说，篇幅长而带有故事性的笔记小说就是传奇"[①]。唐传奇脱胎于笔记小说，又影响笔记小说的发展。受传奇影响，《开元天宝遗事》中虚构、想象成分明显增多。如富窟，作者极尽铺张之能事，描绘出京都富豪王元宝家室的豪华，为了泥雨不滑，竟"以铜线穿钱甃于后园花径中"；游仙枕，"其色如玛瑙，温温如玉"，"若枕之，则十洲三岛、四海五湖，尽在梦中所见"，想象之丰富，毫不逊色于今天的科幻小说。

少数篇章非常讲求语言的优美、情节的曲折和结构的完整，运用叙述、描写、对话等小说常用的叙述方式，塑造了比较丰满的艺术形象。妖烛中作者用拟人化的写法，烛、人物与场景相互映衬，"酒酣作狂，其烛则昏昏然"，"罢则复明矣"，情、景、物融合为一体，把宁王纵情声马犬色、心迷情乱的骄逸生活揭示得淋漓尽致。传书燕通过燕子传书离奇情节的描写和对兰女神态、语言细致入微地刻画，借物咏情，词浅情深，成功塑造了一个典型的哀怨思妇的艺术形象，有完整的故事结构和曲折的故事情节。传书燕条目的出现，表明《开元天宝遗事》中笔记小说和传奇文学的合流。

第三，全书语言简洁，书事清婉。语言上《开元天宝遗事》兼取史家笔法简括而不繁饰和唐传奇"叙述宛转，文辞华艳"[②]语言特点的长处，加之"采摭遗民之口"，虽为文言小说，实际是当时口头语言和书面语言的交融，语言简洁、文辞清丽、叙事委婉。

---

① 周勋初:《周勋初文集》(五)，江苏古籍出版社2000年版，第24页。
② 鲁迅:《中国小说史略》，人民文学出版社1973年版，第54页。

有些篇章中使用了典故，如销恨花，"明皇于禁苑中，初有千叶桃盛开，帝与贵妃日逐宴于树下。帝曰：'不独萱草忘忧，此花亦能销恨。'"萱草即谖草（忘忧草），最早记载见于《诗经·卫风·伯兮》"焉得谖草，言树之背"。明皇"不独萱草忘忧，此花亦能销恨"，桃花人面相映红，言在此意在彼，意蕴深远，文辞婉转、清丽，叙事凝练。

善于运用比兴手法，如采用当时俗谚的惭颜厚如甲条，用"惭颜厚如甲"喻进士杨光远"多矫饰，不识忌讳""常遭有势者挞辱，略无改悔"厚颜无耻之形，语言形象、通俗明畅。赐箸表直，以箸之直喻宋璟性格的刚直；以依冰山喻依杨国忠为靠山，"或皎日大明之际，则此山当误人尔"，形象生动；赞美"宋璟爱民恤物，朝野归美"，则以有脚阳春喻宋璟，"言所至之处，如阳春煦物也"，语言通俗简洁，叙事委婉。

一些篇章穿插了诗歌，借以表情达意，辞简意丰，蕴含深刻。如立有祸福，明皇盛赞卢奂的四言诗："专城之重，分陕之雄。仁虽惠爱，性实谦冲。亦既利物，存乎匪躬。斯为国宝，不队家风。"文辞典雅厚重。鸡声断爱，注重对偶和炼字，"欢情方浓，恨鸡声之断爱；思怜未洽，叹马足以无情"。"恨""叹"两字生动细腻地表现了长安名妓刘国容怨恨、无奈的心理，营造了哀怨凄美的意境。传书燕，"我婿去重湖，临窗泣血书。殷勤凭燕翼，寄与薄情夫"。"临""薄"两字倾诉了兰女的悲情之苦、思情之切，让人为之动容，表达了闺中思妇盼望夫君早日归来的哀怨之情。

从上述分析可以看出，《开元天宝遗事》素材虽多取于《国史》，依傍史实，但又超越了史实。它汲取了史传文学、唐传奇、唐诗以及前人志人、志怪小说的营养，说理、实录减弱，叙事、虚构和想象增强，艺术地再现了唐玄宗时代的宫廷生活、政治生活、社会风俗时尚和各种文化思潮，是一幅反映玄宗时代的社会全景图，当然，不乏对陇蜀浮世生活的记叙。这些作品具有很高的文学价值和史料价值，在笔记小说艺术上取得了很高的成就。

第六章 《王氏见闻录》叙录唐末五代陇蜀浮世

　　《王氏见闻录》为宋代目录学和史志所著录,从宋人载录的情况看,其版本流传在宋末已经比较稀少。宋仁宗景祐至庆历年间官修的目录专书《崇文总目》著录《王氏见闻录》于史部"传记类",而南宋郑樵《通志·艺文略》著录其于史部"杂史类",并所附解题云:"晋王仁裕撰,记前蜀事。"由此可知,《王氏见闻录》应当撰成于五代后晋时,内容则多记陇蜀王氏政权时朝野事迹。《王氏见闻录》的作时,还可以从作品本身窥见蛛丝马迹。《广记》卷190引《王氏见闻》"温造"条云:"南梁人自尔累世不敢复叛。余二十年前职于斯,故老尚历历而记之矣。"查《广记》卷397引《玉堂闲话》"斗山观"条:"兴元有斗山观……仁裕辛巳岁,于斯为节度判官。"按此南梁或为兴元(今汉中),该书应撰成于后晋天福年间。

第一节 《王氏见闻录》的流传与陇蜀叙写

　　《王氏见闻录》除《崇文总目》《通志·艺文略》著录外,《秘书省续编到四库阙书目》《宋史·艺文志》则著录于子部小说家类。南宋晁、陈两家私藏书志皆不著录该书,而《通志·艺文略》《宋史·艺文志》两种书目均抄录自前代书志,可知南宋时《王氏见闻录》传本已稀,或不久即亡失不存。经查今人近编《中国古代小说百科全书》虽在介绍王仁裕时对《王氏见闻录》有

163

所提及，但并无专条介绍。①

从南宋晁公武《郡斋读书志》、陈振孙《直斋书录解题》二种著名私家藏书志皆不著录《王氏见闻录》的情况看，该书在南宋民间的流传已经较为鲜见，《绀珠集》《类说》不见摘引，显然存在着宋末《王氏见闻录》就已经散失、亡佚的可能，不大会有更晚流传该书的情况。至于《宋史·艺文志》的著录，显然是元末至正年间脱脱等编撰《宋史》时抄录了前代诸种书志，陈陈相因而已。另南宋绍兴中改定的佚名辑《秘书省续编到四库阙书目》以及《宋史·艺文志》著录《王氏见闻录》于子部"小说家类"，联系前者诸书载录情况考察，该书被载录经历了由传记类——杂史类——小说家类的变化，反映了当时学界人们对其认识观念的逐步发展和变化的过程：由史传、杂史向文学作品本身的回归。

《王氏见闻录》书名有不同书籍载录出现差异的现象，归纳起来，大致有《王氏见闻集》《王氏闻见集》《王氏见闻》《见闻录》等数种。《崇文总目》云："《王氏见闻集》三卷"。《通志略》杂史类作《王氏闻见集》，卷数同。《秘书省续编到四库阙书目》《宋志》小说类作《见闻录》，均题三卷。清顾怀三《补五代史艺文志》小说类，亦三卷，作《见闻录》。即便是征引《王氏见闻录》佚文最多的《太平广记》，或作《王氏见闻录》，或作《王氏见闻》等。南宋委心子《新编分门古今类事》引作《王氏见闻》，南宋阙名《锦绣万花谷》引作《王氏闻见录》。其佚文还见宋司马光《通鉴考异》、明冯梦龙《古今谭概》和《情史》、明《永乐大典》等书。

《王氏见闻录》原为三卷，均见《太平广记》所引，宋人书如《分门古今类事》等引及此书，内容则不出《太平广记》已称引者②。从所记事来看，仅《温造》一则记宪宗时温造平南梁兵乱事，《金州道人》记僖宗时平黄巢谶应事，《潞王》一则为前蜀亡后事，其余均记前蜀兴亡前后事，可知《通志·艺文略》所述可信。此书为王仁裕唐末五代陇蜀随记见闻之作，多记前蜀君臣遗事和朝野杂闻。因王仁裕在蜀曾任翰林学士，得以直接接触有关人事，故

---

① 中国大百科全书编辑部编：《中国古代小说百科全书》，中国大百科全书出版社1993年版，第551页。
② 本书所引《王氏见闻录》诸条，除注明者外，其余均见于中华书局1961年版《太平广记》，后文不再一一注明。

所记多证实可信，有很高史料价值，如《王承休》一则记前蜀覆亡前王衍君臣巡游天水耽乐史事，长达4000多字，并详录前秦州节度使判官蒲禹卿谏书全文，向为学者重视。《王氏见闻录》喜谈征祥果报之事，部分内容近于小说家言，殆因王氏随录所闻。前引宋人对此书著录部类的不同，大致可见时人对此书的态度，未料也因此得以流传下来。

《王氏见闻录》的辑佚工作，在20世纪初就开始了。最早为民国四年（1915）吴增祺编《旧小说》乙集自《广记》辑十五则，作为丛编之一的商务印书馆铅印平装本称《王氏见闻》，佚名撰。20世纪80年代中期，陈见微先生辑《王氏见闻录》32条佚文，后面有李剑国先生在《隋唐五代小说叙录》中辑佚文31条，并附考释，再有陈尚君先生辑《王氏见闻录》31条逸文①，但所辑似有漏遗。如《太平广记》卷第126"报应"类所收"萧怀武"条，注明"出《王氏见闻》"，但紧跟其后所收"李龟祯"条未标明出处，兹引如下：

> 乾德中，伪蜀御史李龟祯久居宪职。尝一日出至三井桥，忽睹十余人，摧头及被发者，叫屈称冤，渐来相逼。龟祯慑惧，回马径归，说与妻子。仍诫其子曰："尔等成长筮仕，慎勿为刑狱官，以吾清慎畏惧，犹有冤枉，今欲悔之何及。"自此得疾而亡。②

本条笔记写前蜀监察御史李龟祯的离奇遭遇和戒子遗言，事件带有明显的生活化和传闻性质，据《通志》云《王氏见闻》"记前蜀事"的特点和仅居"萧怀武"则之后等诸方判断，应属《王氏见闻录》无疑。"李龟祯"条之后的"陈洁"条：

> 伪蜀御史陈洁，性惨毒，谳刑定狱，尝以深刻为务。十年内，断死千人。因避暑行亭，见蟢子悬丝面前，公引手接之，成大蜘蛛，衔中指，拂落阶下，化为厉鬼，云来索命。惊讶不已，指渐

---

① 陈尚君辑《王氏见闻录》收入傅璇琮等主编《五代史书汇编》，苏州出版社2006年版。
② （宋）李昉：《太平广记》（第3册），中华书局1961年版，第895页。

成疮，痛苦十日而死。①

其情况相似"李龟祯"条未标明出处，从写前蜀严刑峻法的酷吏遭受果报的情形看，也应属《王氏见闻录》无疑。再如《广记》卷238"诡诈"类所收"成都丐者"条：

> 成都有丐者，诈称落泊衣冠。弊服褴缕，常巡成都市廊，见人即展手希一文云："失坠文书，求官不遂。"人皆哀之，为其言语悲嘶，形容憔悴。居于早迁桥侧。后有势家，于所居旁起园亭，欲广其池馆，遂强买之。及辟其圭窦，则见两间大屋，皆满贮散钱，计数千万。邻里莫有知者。成都人一概呼求事官人为"乞措大"。②

该故事《广记》谈刻本误为出自《朝野佥载》，现在通行的汪绍楹校本据明抄本，甄别为出自《王氏见闻》实至名归，再用宋人《王氏见闻》"记前蜀事"的特点判定属《王氏见闻录》为确。

所以，今可辑到的《王氏见闻录》佚文确为34条。

《王氏见闻录》现存作品计有34篇，分别是：《蜀士》《陈岷》《金州道人》《萧怀武》《李龟祯》《陈洁》《潞王》《伪蜀主舅》《兴圣观》《骆驼杖》《竹　》《温造》《成都丐者》《文处子》《王承休》《窦少卿》《冯涓》《封舜卿》《杨铮》《长须僧》《韩伸》《胡翙》《陈延美》《吴宗文》《蜀功臣》《朱少卿》《功德山》《青城道士》《陷河神》《王宗信》《王仁裕》《王思同》《姜太师》《沈尚书妻》。其中篇幅最长者为《王承休》，容量为4千多字。本书所列《王氏见闻录》作品辑于《太平广记》等书，笔者（蒲向明）在辑录过程中参照其他诸本做了校订，以使自宋元以来这些作品流传中出现的文字舛误和遗漏得以纠正和补充。特别是对《王承休》篇的辑录和校订，笔者又结合孙逊先生等新近出版的韩国藏影印本《太平广记详节（下）》（2014）校辑全文字句，使得它更接近本

---

① （宋）李昉：《太平广记》（第3册），中华书局1961年版，第895页。
② 同上，第1837页。

来面目。此前《太平广记详节》国内未见有藏本,因而本书辑校的《王承休》版本,是截至目前最新的辑校本。

《蜀士》篇直写唐末五代陇蜀浮世生活:

> 伪王蜀有王氏子承协,幼承荫,有文武才,性聪明,通于音律。门下常养一术士,潜授战阵之法,人莫知之。术士褴褛弊衣,亦不受承协之资镪。承协后因蜀主讲武于星宿山下,忽于主前呈一铁枪,重三十余斤,请试之。由是介马盘枪,星飞电转。万人观之,咸服其神异。及入城,又请盘城门下铁关,五十余斤,两人舁致马上,当街驰之,亦如电闪。大赏之,擢为龙捷指挥使。其诸家兵法,三令五甲,悬之口吻。以其年幼,终不付大兵柄。奇异之术,信而有之。(出《太平广记》卷80)

本篇写蜀士(术士)直叙之笔仅寥寥数语,重心在叙录王承协的传奇技艺和文韬武略,故周勋初先生录此篇入《唐人轶事汇编》时,直接命篇名为《王承协》[①]。故事从王承协的人物特点方面,又间接地反映了蜀士的不同寻常。据《资治通鉴》卷267蜀主王建讲武于星宿山下,是在后梁开平二年(908年),军队规模有步骑30万人,可谓盛况。时王仁裕任秦州节度判官不久,王承协的传奇事件应是他听说后补记的。

《陈岷》篇所叙主角为李继岌:

> 后唐庄宗世子魏王继岌伐蜀,回军在道,而有邺都之变。庄宗与刘后命内臣张汉宾赍急诏,所在催魏王归阙。张汉宾乘驿,倍道急行,至兴元西县逢魏王,宣传诏旨。王以本军方讨汉州,康延孝相次继来,欲候之出山,以陈凯歌。汉宾督之。有军谋陈岷,比事梁,与汉宾熟,密问张曰:"天子改换,且是何人?"张色庄曰:"我当面奉宣诏魏王,况大军在行,谈何容易。"陈岷曰:

---

① 周勋初主编:《唐人轶事汇编》(下),上海古籍出版社2006年版,第2026页。

"久悉知闻，故敢谘问。两日来有一信风，新人已即位矣，复何形迹？"张乃说："来时闻李嗣源过河，未知近事。"岷曰："魏王且请盘桓，以观其势，未可前迈。"张以庄宗命严，不敢迁延，督令进发。魏王至渭南遇害。（出《太平广记》卷80）

《唐人轶事汇编》以重要人物为题收录作《李继岌》①，《清异录》（下）载李继岌荐粥事，平章事卢澄入朝待漏，厨官以粥侍奉有雅言，反映了后唐初期良好的君臣关系。任继愈主编《中华传世文选》称："李继岌唐庄宗李存勖之子，封魏王，有《伐蜀檄》，注曰：后唐同光三年，庄宗命继岌充西川四面行营都统，郭崇韬充东北面行营招讨，帅李绍琛、毛璋等伐蜀，因传此檄，出师凡七十日，蜀主衍出降。"②从《伐蜀檄》的文采和李继岌计杀郭崇韬的史事看，李继岌的文韬武略远在一般人之上。本篇所记还见于薛居正《旧五代史》列传三宗室"魏王李继岌"传。兴元西县，为汉末三国侨置县③，原西县在今礼县永兴乡、西和长道镇一带④。可是，文中陈岷虽有政治智慧，但还是不免李继岌死难。

《金州道人》叙写陇蜀术士伎俩，颇显神异色彩：

金统水在金州。巢寇犯阙之年，有崔某为安康守，大驾已幸岷峨。惟金州地僻，户口晏如。忽有一道人诣崔言事曰："方今中原版荡，乘舆播迁，宗社陵夷，鞠为茂草，使君岂无心殄寇乎？"崔曰："泰山既颓，一木搘之可乎？"客曰："不然，所言殄者，不必以剑戟争锋，力战原野。"崔曰："公将如何？"客曰："使君境内有黄巢谷、金统水，知之乎？"曰："不知，请询其州人。"州人曰："有之。"客曰："巢贼禀此而生，请使君差丁役，赍畚锸，同往掘之，必有所得。"乃去州数百里，深山中果有此名号者。客

---

① 周勋初主编，武秀成、姚松等编《唐人轶事汇编（四）》，上海古籍出版社1995年版，第1727页。
② 任继愈主编：《中华传世文选》，辑（清）康熙选、徐乾学等编《古文渊鉴》（下），吉林人民出版社1998年版，第858页。
③ 见（清）顾祖禹：《读史方舆纪要》卷五九《陕西八》。
④ 赵逵夫：《论"空城计"之有无与西城的地望》，《甘肃社会科学》2011年第5期。

遂令寻源而斸之，仍使断其山冈，穷其泉源。泉源中有一窟，窟中有一黄腰人，既逼之，遂举身自扑，呦然而卒。穴中又获宝剑一。客又曰："吾为天下破贼讫。"崔遂西向进剑及黄腰，未逾剑、利，闻巢贼已平，大驾复国矣。（出《太平广记》卷85）

金州，即今陕西安康市。据史，南北朝时期安康先属南朝，后属北朝，先称直州，西魏废帝三年（554年）设金州，因越河川道出麸金得州名。唐、五代、宋设金州安康郡，辖西城、汉阴、平利、旬阳、洧阳、石泉等六县。

《萧怀武》记述五代前蜀后主属下萧怀武的"寻事团"：

伪蜀有寻事团，亦曰中团，小院使萧怀武主之，盖军巡之职也。怀武自所团捕捉贼盗年多，官位甚隆，积金巨万，第宅亚于王侯，声色妓乐，为一时之冠。所管中团百余人，每人各养私名十余辈，或聚或散，人莫能别，呼之曰狗。至于深坊僻巷，马医酒保，乞丐佣作，及贩卖童儿辈，并是其狗。民间有偶语者，宫中罔不知。又有散在州郡及勋贵家，当庑看厩、御车执乐者，皆是其狗。公私动静，无不立达于怀武，是以人怀恐惧，常疑其肘臂腹心，皆是其狗也。怀武杀人不知其数，蜀破之初，有与己不相协，及积金藏镪之夫，日夜捕逐入院，尽杀之。冤枉之声，闻于街巷。后郭崇韬入蜀，人有告怀武欲谋变者，一家百余口，无少长戮于市。（出《太平广记》卷126）

宋人郑克编《折狱龟鉴》，在记述"韦鼎览状"事时，顺便论述了《成都古今记》中的萧怀武事，叙写内容相同[①]。萧怀武的特务组织"寻事团"，本是军巡一类的职务。他所管辖的一百多人，各人又豢养着十几个亲信。他们时聚时散，人们难以辨别，称之为狗。大街小巷，马医、酒保、乞丐、雇工、商贩，甚至儿童里也有他们的人。因而，连民间老百姓的相对私语，他们都

---

① 刘俊文著：《折狱龟鉴译注》，上海古籍出版社1988年版，第32至34页。

无不知晓。他们当中有的人就在州郡官府或勋臣贵戚之家做饭、养马、驾车、奏乐，公私动静都可以随时密报给萧怀武。于是人心恐惧，疑心自己身边都是萧怀武的狗腿子。由于萧怀武借此杀人不可胜数，呼冤之声充溢朝廷内外。郭崇韬率兵入蜀后，便把他处以满门抄斩。郑克对此议论说："是使察奸慝而反为奸慝者也，岂能资耳目之用，释疑似之冤乎？"真是一语道破。显然，这个"寻事团"充当了一个历史社会的丑角①。本篇所载史实，新、旧《五代史》均未记载。但这是王仁裕目击的事实，确是十分珍贵的史料。公元918年，王建死，其子王衍继位。王衍是个昏聩无能之辈，只知享乐，不问国事。宦官王承休"以优笑狎暱见宠"，深得信任。此时，作者正在前蜀任中书舍人、翰林学士之职，因此蜀亡前夕的这段史实记述得最为详尽。

《李龟祯》篇《广记》未标明出处，据"记前蜀事"的特点和从仅居《萧怀武》篇之后等方面看，应属《王氏见闻录》：

> 乾德中，伪蜀御史李龟祯久居宪职。尝一日出至三井桥，忽睹十余人，摧头及被发者，叫屈称冤，渐来相逼。龟祯慑惧，回马径归，说与妻子。仍诫其子曰："尔等成长筮仕，慎勿为刑狱官，以吾清慎畏惧，犹有冤枉，今欲悔之何及。"自此得疾而亡。（出《太平广记》卷126）

李龟祯是一个饱学之士，颇有卓异之处。唐昭宗赞称："其卢赡、韦说、封渭、韦希震、张蠙、黄滔、卢鼎、王贞白、沈崧、陈晓、李龟祯等十一人，所试诗赋，义理精通，用振儒风，且蹑异级。"②李龟祯在前蜀后主时期，是一个忠直之臣。《资治通鉴》载："同光二年（924，蜀后主乾德五年）三月，己亥朔，蜀主宴近臣于怡神亭，酒酣，君臣及宫人皆脱冠露髻，喧哗自恣。知制诰京兆李龟祯谏曰：'君臣沈湎，不忧国政，臣恐启北敌（胡三省注，谓唐

---

① 曲彦斌著：《中国乞丐史》，武汉大学出版社2016年版，第106页。
② （唐）李晔（昭宗）：《覆试进士敕》，（清）董浩等修《全唐文》卷91昭宗（二），中华书局1983年版。

也)之谋.'不听。"①也就是在这一年，王衍政权灭亡。《十国春秋》对此综合史料，给出了一个较为全面的解释："五代时京兆人。仕前蜀。王衍乾德末，官知制诰。为人切直，不畏权贵。衍常宴近臣于怡神亭，酒酣，脱冠露髻，男女无别，杂坐欢呼，不复有上下之礼。龟祯谏曰：'君臣沉湎，不忧国政。臣恐启北敌之谋，祸至无日矣！'衍殊不为意，未逾年而国亡。"②此篇写李龟祯在前蜀后主时期的一段奇遇，若他突遇冤魂桥头拦路相逼，尚有疑处的话，他后面的诫子言辞，很清楚地说明了他的"清慎畏惧"和自戒自省。乾德（919—924），前蜀后主王衍年号。清赵翼《陔馀丛考》卷三十八论及人名讳龟："五代前蜀有京兆李龟祯。"本篇写前蜀监察御史李龟祯的离奇遭遇和诫子遗言，事件带有明显的生活化和传闻性质。

《陈洁》篇《广记》原阙出处，据"记前蜀事"的特点和处《萧怀武》《李龟祯》二则之后诸面看，应属《王氏见闻录》，故在此一并解析。

> 伪蜀御史陈洁，性惨毒，谳刑定狱，尝以深刻为务。十年内，断死千人。因避暑行亭，见蟢子悬丝面前，公引手接之，成大蜘蛛，衔中指，拂落阶下，化为厉鬼，云来索命。惊讶不已，指渐成疮，痛苦十日而死。（出《太平广记》卷126）

从叙写五代陇蜀社会生活的角度观察，陈洁乃一介酷吏无疑，他性格残忍，谳刑严酷，"十年内断死千人"，定然最终不会有一个好结果。叙录所涉奇事，包含了作者和陇蜀浮世深厚的因果报应观念。

《潞王》篇叙写陇蜀异事：潞王李从珂的马步判官何某，两度入冥见阴君，言及潞王当帝天下。叙写浮世生活颇有曲折之处，但重点在说明李从珂成为后唐末帝的合法性：

> 清泰之在岐阳也，有马步判官何某，年逾八十，忽暴卒。云

---

① （宋）司马光：《资治通鉴》卷273后唐纪二，中华书局1965年版。
② （清）吴任臣撰：《十国春秋》卷35—40，中华书局1983年版，第638页。

有使者拘录，引出，冥间见阴君曰："汝无他过，今放汝还。与吾言于潞王曰：'来年三月，当帝天下。'可速返，达吾之旨。"言讫引出，使者送归。及苏，遂以其事密白王之左右，咸以妖妄而莫之信，由是不得闻于王。月余，又暴卒入冥，复见阴君。阴君怒而责之曰："何故受吾教而竟不能达耶？"徐曰："放汝去，可速导吾言，仍请王画吾形及地藏菩萨像。"何惶恐而退。见其庭院廊庑之下，簿书杂乱，吏胥交横。何问之，使者曰："此是朝代将变，升降去留，将来之官爵也。"及再活，托以词讼见王。及见之，且曰："某有密事上白。"王因屏左右问之，备述所见，王未之信。何曰："某年逾八十，死在旦夕，岂敢虚妄也。"王默遣之。来春，果下诏攻岐阳，唯何叟独喜，知其必验。至期，何叟之言，毫发无差矣。清泰即位，擢何叟为天兴县令。固知冥数前定，人力其能过之乎。（出《太平广记》卷136、《分门古今类事》卷2所引稍异）

据记载，李从珂本姓王，镇州平山（今河北平山）人。后唐明宗李嗣源征战时过平山，掳掠妇女魏氏和她十来岁的儿子，见其子乖巧伶俐，便收为义子，没想到竟抢回的是后唐末代皇帝。李从珂长大成人后，骁勇善战，跟随李嗣源南征北讨，深得恩主喜爱，被封为潞王。李从珂小名二十三，李嗣源常呼他为"阿三"。像后唐的前几任皇帝一样，李从珂亦未得善终，死在了自家人手里。清泰，后唐末帝李从珂的年号（934—936），共计三年。岐阳，县名，治今岐山县岐阳镇。本篇写李从珂从潞王到后唐末帝的神奇经历，意在宣扬"冥数前定，非人力其能遇"的主题，反映了作者历史的局限，但潞王从马步判官何某得到的杜撰讨好之词，给了他很好的心理暗示，是其成功的客观诱因，尚不能排除。

《伪蜀主舅》记述唐末五代陇蜀浮世生活，颇有小说家言的风貌：

伪蜀主之舅，累世富盛，于兴义门造宅。宅内有二十余院，皆雕墙峻宇，高台深池，奇花异卉，丛桂小山，山川珍物，无所不有。秦州董城村院，有红牡丹一株，所植年代深远，使人取之，掘土方丈，盛以木柜，自秦州至成都，三千余里，历九折、七盘、望云、九井、大小漫天，隘狭悬险之路，方致焉。乃植于新第，因请少主临幸。少主叹其基构华丽，侔于宫室，遂戏命笔，于柱上大书一"孟"字，时俗谓孟为不堪故也。明年蜀破，孟氏入成都，据其第。忽睹楹间有绛纱笼，迫而视之，乃一"孟"字。孟曰："吉祥也，吾无易此居。"孟之有蜀，盖先兆也。（出《太平广记》卷136）

故事属于吉凶预兆、占卜相术一类[1]，描述了前蜀国舅的骄奢淫逸、飞扬跋扈，仅庄院住宅就有20余处，其中有无数的奇花异草、亭台楼阁，可谓富丽至极。当听说秦州城（今天水）董城村院有红牡丹，花大如盘，艳丽无比，竟下令限期从秦州送到成都，途三千多里路，劳民伤财，只为一株牡丹而已，就连少主（王衍）也"叹其基构华丽，侔于宫室"。客观上，本篇展示了王蜀统治集团在陇蜀浮世生活中的极其腐朽，王衍的国舅于成都造豪华府邸，已达到令皇帝都叹为观止的程度，深表"不堪"，一花尚费如此周折，至于其余更不必言说了。这样侈靡腐败，国家焉能不亡？[2] 由此观之，伪蜀统治集团，腐败已经病入膏肓。果不其然，"明年蜀破，孟氏入成都，据其第"。腐败亡国，给人警示。故事也客观地载录了牡丹向南传播的历史演变：唐末五代秦州（今甘肃天水）有牡丹，五代前蜀时传至成都。自开元末年至五代，牡丹是从河东道先后传入长安、洛阳、杭州、越州、福建、湖南、秦州、成都等地的，并受到世人的推崇与珍爱[3]。

《兴圣观》叙写设斋食以供僧道，或请为死者超度灵魂事：

蜀城旧有兴圣观，废为军营，庭宇堙毁，已数十年。军中生子者，奕世擐甲矣，殊不知此为观基。甲申岁，为蜀少主生日，

---

[1] （宋）李昉等编：《吉凶预兆、占卜相术》，北京广播学院出版社1999年版，第16页。
[2] 蒲向明：《史传、杂史和笔记小说的共生互动——以王仁裕〈王氏见闻录〉为中心》，《社科纵横》2010年第7期。
[3] 刘莉：《五代名士王仁裕小考》，《敦煌研究》2003年第6期。

僚属将率俸金营斋。忽下令,遣将营斋之费,及修兴圣观。左徒藏事,急如星火,不日而观成。丹臒未晞,兴圣统师而入蜀。嗟乎!国之兴替,运数前定,其可以苟延哉!(出《太平广记》卷140)

由营斋之费引出重修兴圣观,可是,修观始成,丹臒未晞,后蜀亡国,存在着多么令人不可捉摸的权变。兴圣观,原名贞元观,后改称紫极宫,唐肃宗至德年间改兴圣观[①]。本篇所写兴圣观的盛衰和国家兴替有关,隐隐之中似有一种不可抗拒的历史机缘,那就是运数前定。虽有宿命的浓厚色彩,但也客观反映了世事难料的沧桑之感。

第二节 《王氏见闻录》描述陇蜀生活(一)

《骆驼杖》写唐末五代陇蜀浮世生活中一种仪仗的由来:

蜀地无骆驼,人不识之。蜀将亡,王公大人及近贵权幸出入宫省者,竟执骆驼杖以为礼,自是内外效之。其杖长三尺许,屈一头。傅以桦皮。识者以为不祥。明年,北军至,骆驼塞剑栈而来,般辇珍宝,填满城邑,至是方验。(出《太平广记》卷140)

以动物的异常行为或者动物本身来预测凶吉,是这类小说重要的主题。这种前兆迷信,是根据事物产生前的迹象或征候来预测事物凶吉祸福的一种习俗,是一种无心遇到之兆,属"自来之兆"。骆驼杖,王仁裕首次记录唐末陇蜀流行的一种前端弯曲的手杖,有一定的民俗文化意义。

《竹䶉》写唐末五代陇蜀地区、秦陇之地广泛存在的情况:

竹䶉者,食竹之鼠也。生于深山溪谷竹林之中无人之境,非竹不食,巨如野狸,其肉肥脆。山民重之,每发地取之甚艰。岐

---

① 段渝:《巴蜀文化史》,四川人民出版社2012年版,第87页。

>>> 第六章 《王氏见闻录》叙录唐末五代陇蜀浮世

梁睢眦之年，秦陇之地，无远近岩谷之间，此物争出，投城隍及所在民家。或穿墉坏城，或自门阒而入，犬食不尽，则并入人家房内，秦民之口腹饫焉。忽有童谣曰："骝骝引黑牛，天差不自由。但看戊寅岁，扬骨蜀江头。"智者不能议之。庚午岁，大梁同州节度使刘知俊叛梁入秦，家于天水。天水破，流入蜀。居数年间，蜀人又谣曰："黑牛无系绊，棕绳一时断。"伪蜀先主闻之，惧曰："黑牛者，刘之小字；棕绳者，吾子孙之名也。盖前辈连宗字，后辈连承字为名，棕绳与宗承音同。吾老矣，得不为子孙之患乎？"于是害刘公以厌之。明年，岁在戊寅，先主不豫，合眼刘公在目前。蜀人惧之，遂粉刘之骨，扬入于蜀江。先主寻崩。议者方知骝者刘也，黑牛者刘之小字，戊寅岁扬骨入于蜀江之应。（出《太平广记》卷163，陈尚君辑云《分门古今类事》卷13引出《益部耆旧传》）

竹䶉即竹鼠，又名竹狸、冬芒狸①，是我国南方山区一种珍稀野生动物，其肉质细嫩，味道鲜美，属于低脂、低醇、高蛋白肉类，现在多有人工饲养。从本文看，早在唐末五代陇蜀地区、秦陇之地，即天水至成都一线有广泛分布，而且迟至宋明时期，一度极为丰富。陇蜀有民谣说："婆娘割竹子，男人编背斗。要得开大荤，上山挖竹䶉。要得开小荤，下河摸泥鳅。"②这个关于竹䶉的记载，因其形状、大小、生活习性都与小熊猫相符，故有论者认为是小熊猫。此载不仅年代较早，而且远较《本草纲目》详备。王仁裕的《竹䶉》不仅写风物，还把相关的谣谚与历史传说融合进来，"刘知俊叛梁入秦，家于天水。天水破，流入蜀"，终至被挫骨扬灰，悲剧色彩令人唏嘘。

《温造》：

宪宗之代，戎羯乱华。四方徵师，以静边患。诏下南梁，起

---

① （清）纪昀编纂：《影印文渊阁四库全书》（第592册）北京出版社2012年版，第58页。
② 凤县民间文学集成办公室编：《凤县民间文学集成》，2012年内刊本，第344页。

甲士五千人，令赴关下。将起，帅人作叛，逐其帅，又惧朝廷讨伐，因团集拒命者岁余。宪宗深以为患，择帅者久之，京兆尹温造请行。宪宗问其兵储所费，温曰："不请寸兵尺刃而行。"至其界，梁人觇其所来，止一儒生，皆相贺曰："朝廷必不问其罪，复何患乎？"温但宣诏敕安存，至则一无所问。然梁帅负过，出入者皆不舍器仗，温亦不诫之。他日，球场中设乐，三军下令，并任执带弓剑赴之，遂令于长廊之下就食。坐筵之前，临阶南北两行，悬长索两条，令军人各于面前索上，挂其弓剑而食。逡巡，行酒至，鼓噪一声，两头齐抨其索，则弓剑去地三丈余矣。军人大乱，无以施其勇，然后阖户而斩之。五千余人，更无噍类。其间有百姓随亲情及替人有赴设来者甚多，并玉石一概矣。南梁人自尔累世不敢复叛。余二十年前职于斯，故老尚历历而记之矣。（出《太平广记》卷190）

作者广泛接触故老传闻，勤于调查。他以触目惊心的事实，揭露了统治集团的罪恶。唐宪宗时，京兆尹温造自请命去兴元镇压未执行军令的五千名叛军。温造用计，五千兵士及余者百姓亲随甚多，阖户而斩之，一并玉石俱焚。这样的大规模残酷屠杀事件，发生在作者生前半个多世纪，而作者"二十年前职于斯"，依然使人不寒而栗。其实从史籍可知，温造是个性格多面体的人物。《旧唐书·温造列传》载："温造，字简舆，河内（今沁阳）人。造幼嗜学，不喜试吏，自负节概，少所降志，隐居王屋，以渔钓逍遥为事。"温造一生功绩主要在两方面：一是抑制藩镇割据势力，为朝廷统一做出了贡献；二是兴修水利，施惠于民。大和三年（829）冬南诏叛乱，朝廷诏令陇蜀要地兴元（今汉中）尹、山南西道（治所在今汉中）节度使李绛招募壮卒，兵征南诏。次年二月平定叛乱，军回汉中，监军杨叔元挑拨募兵为乱，李绛被杀。唐文宗以温造"气豪嫉恶"，授检校右散骑常侍、兴元尹、山南西道节度使之职，连下四道手谕，令各路领兵均归温造调遣平乱。温造到汉中以后，巧用计谋，平叛成功。本篇用文学的手法，生动叙录了事件发生的经过。明冯梦龙《智囊集》也收《温造》篇①，多有异文之处，或所本出于《王氏见闻录》略有掇改而已。温造（766—835），字简舆，河内济源（今属河南）人。生于唐代宗大历元年，卒于文宗太和九年，年七十岁。身材魁伟，性嗜典籍。自负节概，不喜为吏，隐居王屋山，以钓鱼为事。徐州节度张建封招为幕僚，奏署参谋，累官侍御史。兴元军乱，杀李绛，授造山南西道节度使，往定其乱。大和七年（833），温造入为御史大夫，九年转礼部尚书，其年六月病卒，赠尚书仆射。文学称于时局，有文集八十卷行于世，另有《瞿童述》文，写神仙事②，流传较广。《全唐文》卷七百三十收温造《自请罚奏》文曰：

> 十二月二十二日，初闻宫中遗火，缘妖贼并禁在台，恐有奸谋，遂追集人吏，设备提防，然后奔走入朝，到稍在后。两巡使崔宜、姚合，其日台中忽闻有火，遂追集所领赴朝堂，到稍在后。臣等职列纪律之次，庶僚动皆取则。若不重罚，难励众情，自罚三十直，宜、合请各罚二十直③。

温造于穆宗朝累拜御史中丞，《自请罚奏》正言及御史台事，故知必写于其在御史中丞任上。此奏文采简约、清疏在序，而且从中还表现了温造良好的束律和节操，这是需要对比王仁裕《温造》篇进一步认识的。

《成都丐者》内容简略，但文学性不低：

> 成都有丐者，诈称落泊衣冠。弊服褴缕，常巡成都市廓，见人即展手希一文云："失坠文书，求官不遂。"人皆哀之，为其言语悲嘶，形容憔悴。居于旱迁桥侧。后有势家，于所居旁起园亭，欲广其池馆，遂强买之。及辟其圭窦，则见两间大屋，皆满贮散钱。计数千万。邻里莫有知者。成都人一概呼求事官人为"乞揩大"。（出《太平广记》卷238）

---

① （明）冯梦龙著，鲁京主编：《智囊全集》（三），中国财富出版社2012年版，第758页。
② 黄仁生、罗建伦校点：《唐宋人寓湘诗文集》（一），岳麓书社2013年版，第246页。
③ 周绍良主编：《全唐文新编》（第四部），吉林文史出版社2000年版，第8457页。

本则故事《太平广记》谈刻本作出《朝野佥载》，汪校引明抄本作出《王氏见闻》。内容"记蜀中事"，汪校为是。这是一篇情节曲折的陇蜀浮世生活描写叙世文，丐者以乞讨致富，乍听不可想象，但现实确是如此，成都丐者能成为"家有大屋，满贮散钱"的巨富，正如拍案惊奇。表面为乞丐，实际是富户的现象，在当今社会，也屡屡上演。

《文处子》叙写陇蜀浮世行骗之人：

> 有处子姓文，不记其名，居汉中。常游两蜀侯伯之门，以烧炼为业。但留意于炉火者，咸为所欺。有富商李十五郎者，积货甚多。为文所惑，三年之内，家财罄空。复为识者所诮，追而耻之，以至自经。又有蜀中大将，屯兵汉中者，亦为所惑。华阳坊有成太尉新造一第未居，亦其空静。遂求主者，赁以烧药。因火发焚其第，延及一坊，扫地而静。文遂夜遁，欲向西取桑林路，东趋斜谷，以脱其身。出门便为猛虎所逐，不得西去，遂北入王子山谿谷之中。其虎随之，不离跬步。既窘迫，遂攀枝上一树，以带自缚于乔柯之上。其虎绕树咆哮。及晓，官司捕逐者及树下，虎乃徐去。遂就树擒之，斩于烧药之所。（出《太平广记》卷238）

文处子在汉中先骗富商李十五郎，又骗蜀中大将，后面导致成太尉新造府邸失火，殃及街坊，夜逃遇虎，虽然侥幸逃离虎口，但最终还是受到了官司惩罚。处子，义同处士。指有德才而隐居不愿做官的人。唐李邕《叶有道碑》云："且薛方、逢萌，备外臣之礼；虞仲、夷逸，终处子之业。"但此篇中文处子德才俱损，以做失德之事为能，终遇凶险，结果遭斩身死，应验了"多行不义必自毙"的古训。

《王承休》篇是《王氏见闻录》乃至王仁裕笔记小说中篇幅最长者，生动而细致地描写了唐末五代陇蜀浮世生活的政治、军事和经济生活等方面。现以蒲向明《王仁裕文学创作研究》集校稿为底本，参照孙逊、〔韩〕朴在渊、

<<< 第六章 《王氏见闻录》叙录唐末五代陇蜀浮世

潘建国主编《太平广记详节》校订① 如下：

> 蜀后主王衍宦官王承休，后主以优笑狎昵见宠。（妻）□有美色，恒侍少王寝息，久而专房。承休多以邪僻奸秽之事媚（惑）其主，主愈宠之。与韩昭为刎颈之交，所谋皆互相表里。承休一日请从诸军拣选官健，得骁勇数千，号龙武军。承休自为统帅，并特加衣粮，日有优给。因乞秦州节度使，且云："原与陛下于秦州采撷美丽□□（皆过）。旦说秦州之土风，多出国色。仍请幸天水。"少主甚悦，即遣仗节赴镇。应所选龙武精锐（兵），并充衙队从行。
>
> 到方镇下车，当日毁拆衙庭，发丁夫采取材石，创立公署使宅，一如宫殿之制。兼（坚）以严刑峻法，妇女不免土木之役。又密令强取民间子弟（女），使教歌舞伎乐。被获者，令画工图真及录名氏，急递中送韩昭。昭又密呈少主。少主睹之，不觉心狂。遂决幸秦之计，因下制曰："朕闻前王巡狩，观土地之惨舒，历代省方，慰黎元之傒望。西秦封域，远在边隅。先皇帝画此山河，历年征讨，虽归王化，未浃惠风。今耕稼既属有年，军民颇闻望幸，用安疆场，聊议省巡。朕选取今年十月三日幸秦州，布告中外，咸使闻知。"由是中外切谏不从。母后泣而止之，以至绝食。
>
> 前秦州节度使判官蒲禹卿叩马泣血，上表谏曰："臣闻尧有敢谏之鼓，舜有诽谤之木，汤有司过之士，周有诫慎之鞀。盖古者明君，克全帝道，欲知己过（罪），要纳谠言。将引咎而责躬，庶理人而修德。陛下自承祧秉箓，正位当天，爱闻逆耳之忠言，每犯颜而直谏。且先皇帝许昌发迹，阆苑起身，历艰辛于草昧之中，受危险于虎争之际。胼胝戈甲，寝（寐）寤风霜，申武力而拘诸原，立战功而平多垒，亡躯致命，事主勤王，方得成家，至于开国。今日鸿基霸盛，大业雄（推）崇，地及雍、（岐）凉，界

---

① 孙逊、〔韩〕朴在渊、潘建国主编：《太平广记详节（下）》，朝鲜所刊中国珍本小说丛刊影印本（第五），上海古籍出版社2014年版，第618至639页。

179

连（荆、楚）南北。德通吴、越，威定蛮陬，郡府颇多，关（开）河渐广，人物秀丽，土地繁华，当四海（幅）辐裂之秋，成万代龙兴之业。陛下生居富贵，坐得乾坤，但好欢娱，不思机变。臣欲望陛下，以名教而自节，以礼乐而自防，循道德之规，受师傅之训，知社稷之不易，想稼穑之最难，惜高祖之基扃，似太宗之临御，贤贤易色，孜孜为心。无稽之言勿听，弗询之谋勿用，听五音而受谏，以三镜而照怀，少止息于诸处林亭，多观览于前王经史，别修上德，用卜远图，莫遣色荒，毋令酒惑，常亲政事，勿恣闲游。

臣窃闻陛下欲出（都城）成都，往巡边垒。且天水（远路）地远，（路）□峻恶难行，险栈欹云，危峰插汉，微雨则吹摧阁道，稍泥则沮滑山程，岂可鸣銮，那堪叱驭！又复敌（境）京咫尺，塞邑荒凉，民杂蕃戎，地多岚瘴，别无华风异景，不可选胜寻幽。陇水声悲，胡笳韵咽，营中止带甲之士，城上宿枕戈之人。看探（火）房于孤峰，朝朝疑虑；睹望旗于峻岭，日日堤防。是多山足水之乡，即易动难安之地，麦积崖无可瞻恋，米谷峡何（要）亚连知。路遇嗟山，程通怨水。秦穆围马之地，隗嚣僭位之邦。是以一人出行，百司参从，千群雾拥，万众星驰，当路州县（凋）摧残，所在馆驿隘少，止宿尚犹不易，供需固是为难。纵若（官）就中指挥，自破属省钱物，未免因依扰践，触处凌迟。以此（细）商论，不合轻动。其类苍龙出海，云行雨施。岂教浪静风恬，必见伤苗损稼。所以銮舆须止，天步难移。况顷年大驾，只到山南，犹（下）不关进发兵士。此时直至天水，未审如何制宜。（且）自当初打破梁原城池，掳掠义宁户口，截腕者非一，斩首者甚多，匪惟生彼人心，抑亦损兹圣德。今去洛京不远，复闻大驾重来，若彼预有计谋，此则便须征讨。况凤翔久为（雠）进敌，必贮奸谋。切虑妄构妖词，致生衅隙。又陛下与唐主（方）始申欢好，信币交驰。但虑闻道圣驾亲行，别怀疑忌，其（或专）必特差使命，请陛下境上会盟。未审圣躬去与不去？若去，则（顷）相似秦、赵争强，彼此难屈；若不去，即便同鲁、卫不睦，战伐（兹）寻兴，酌彼未萌，料其先见。愿陛下思忖。

臣伏闻自古帝王，省方巡狩，吊民伐罪，展义观风，然后便归九重，别安万姓。今陛下累曾游历，未闻一件教条，止于跋涉山川，驱驰人马。秦苑（即）则舟船几溺，青城则嫔采将沈，自取惊忧，为何切事？（及）却还京辇，不悦军民，但郁众情，莫彰帝德。忆昔先皇（之）在日，未尝无故巡游。陛下纂承已来，率意频离宫阙，劳心费力，有何所为？此际依前整跸，又拟远别宸居。昔秦皇之鸾驾不回，炀帝之龙舟不返，陛下圣逾秦帝，明甚隋皇。且无北筑之虞，焉有南游之弊？宽仁大度，（广）笃孝深慈。知稼穑之艰难，识古今之成败，自防得失，不纵襟怀，忍教致却宗（祧）□言将道断，使烝民以何托，令慈母以何幸。若不虑以危亡，但恐乖于仁孝。况玉京金阙，宝殿珠楼，内苑上林，琼池环圃，香风满槛，瑞露盈盘。钧天之乐奏九韶，回雪之舞呈八佾。簇神仙于（紫禁）清虚之境，（耀珠翠于皇宫，论万乘之躯，便是三清之境）列歌舞于阆苑之中。人间胜致，天下所无，时或赏游，足观奇趣。何必须于远塞，看彼荒山，不惜圣躬，有何裨益？

（总）方今岐阳不顺，梁园已亡，中原有人，大事未了。且当国生灵受弊，盗贼横行，纵边（庭）延无（烽）峰火之危，而内地有腹心之患。陛下千年膺运，一国称尊。文德武功，经天纬地。考逾于舜，仁甚于汤。百行皆全，万机不（挠）扰，聪明博达，识量变通，深负智谋，独怀英杰。方居大宝，正是少年，既（承）成社稷之基，复把山河之险。但不远听深察，居安虑危。辟四门以求贤，（摠）总万邦而行事，咸（修）有一德，端坐九重。使恩威并行，赏罚必当，平分雨露，遍（疗）及疮痍，令表里以宽舒，使子孙以昌盛，布临人之惠化，立济（物）众之玄功。选拣雄师，思量大计，振彼鸱张之势，壮兹虎视之威。秣马训兵，丰粮利器。彼若稍有（佻）微衅，此即直下平吞，正取时机，大行王道。自然百灵垂佑，四海归仁。众心成城，天下治理。（目即）即目蜀都强盛，诸国不如，贤士满朝，圣人当极。

臣愿百姓乐于贞观，万乘明于太宗，采药石之言，听刍荛之说，爱惜社稷，医疗军民，似周武谔谔而昌，知辛纣唯唯而灭，无饰非拒谏之事，有面折廷（诤）争之人，因我睿朝，益我皇化。陛下莫见居人稠叠，谓言京辇繁华，盖是外处凌残，住止不得，所以竞来臻凑，贵且偷安。今诸州虐理处多，百姓失业欲尽，荒田不少，盗贼成群。乞陛下广布腹心，特令闻见。且蜀国从来创业，多乏永谋，或德不及于两朝，或祚不延于七代。刘禅俄降于邓艾，李势遽归于桓温，皆为不取直言，不恤政事，不行王道，不念生灵。以至国人之心，无一可保，山河之险，不足可凭。陛下至圣至明，如尧如舜，岂后主之相匹，岂子仁之比伦。有宽慈至孝之名，有远见长谋之策，不信谄媚，不恣耽荒，出入而有所（在）可征，动静而无非经久，必致万年之业，终为四海之君。

臣愿陛下且住銮舆，莫离京国，候中原无事，八表来王，天下人心，咸归我主。若群流赴海，众蚁慕膻，有道自彰，无思不服。匪惟要看天水，直可便坐长安，是微臣之至恳，举国之深愿。臣闻天子有诤（争）臣七人，虽无道，不失其天下。是以辄倾丹恳，仰谏圣明，不藉官荣，不沽多（名）誉，情非讪上，理直（切）忧君。虽无折槛之能，但有触鳞之罪，不避诛殛，辄扣天庭。臣死如万类之中，去一蝼蚁。陛下或全无忖度，须向边陲，遗圣母以忧心，令庶寮以怀虑，全迷得失，自取疲劳，事有不虞，悔将何在（益）！臣愿陛下稍开谏路，微纳臣言，勿违圣后之情，且（充）允国人之望，俯存大计，勿出远边。"

后主竟不从之。韩昭谓禹卿曰："我取（收）汝表彰，候秦州回日，下狱逐节勘之。勿悔！"至十月三日，发离成都。四日，到汉州。凤州王承捷飞驿骑到秦云："东朝差兴（具）圣令公，统军十余万，取九月（一日）到凤州。"少主独（犹）谓臣下设计，要沮其东行。曰："朕恰要亲看相杀，又何患乎？"不顾而进。上梓潼山，少主有诗云："乔岩簇冷烟，幽迳上寒天。下瞰峨嵋岭

（顶），上（平）窥华岳巅。驱驰（驰驱）非取乐，按幸为忧边。此去将登陟，歌楼路（欹危迳）几千。"宣令从官继和。中书舍人王仁裕和曰："采杖（彩仗）拂寒烟，鸣驺（雏）在半天。黄云生马足，白日下松巅。盛得（德）安疲俗，仁风扇极边。前程问成纪，此去尚三千。"成都尹韩昭、翰林学士李浩弼、徐光浦并继和，亡其本。

至剑州西二十里已来，夜过一碛（嶝）山。忽闻前后数十里，军人行旅，振革鸣金，连山叫噪，声动溪谷。问人云："将过税人场，惧有鸷兽搏人，是以噪之。"其乘马亦（无不）咆哮恐惧，垂（箠）之不肯前进。众中有人言曰："适有（于）大驾前，（有）鸷兽自路左丛林间跃出，于万人中攫将一夫而去。"其人衔到溪洞间，尚闻唱"救命"之声。况天色未晓，无人敢捕逐者，路人无不流汗。迟明，有军人寻之，草上委其余骸矣。

少主至行宫，顾问臣僚，皆陈恐惧之事。寻命从臣令各赋诗。王仁裕诗曰："剑牙钉舌血毛腥，窥算劳心岂暂停。不与天朝除患难，惟于当路食生灵。从将户口资馋口，未委三丁税几丁。今日帝王亲出狩，白云岩下好藏形。"翰学士李浩弼进诗曰："岩下（谷）年年自寝（蓄弊）讹，生灵餐尽意如何。爪牙众后民随（徐）减，溪壑深来骨已（渐）多。天子纪纲犹被弄（辱），客人穷独困（固）难过。长途莫怪无人迹（蜀旅），尽（倒）被山王税杀他。"少主览此二篇，大笑曰："此二臣之诗，各有（非无）旨也。朕亦于马上构思，三十余里，终不就。"于是命各官从臣（各赐束帛），翰林学士徐光浦、水部员外王巽亦进诗。至剑门，少主乃（有）题曰："缓辔逾双剑，行行蹑石棱（稜）。作千寻壁垒，为万祀依凭。道德虽无取，江山粗可矜。回看成阙路，云垒（叠）树层层。"后（主）侍臣继，成都尹翰昭和曰："闭关防外寇，孰敢振威棱。险固疑天设，山河自古凭。三川奚所赖，双剑最堪矜。鸟道微通处，烟霞鸟巢百层。"王仁裕和曰："孟阳曾有语，刊在白云棱。李杜常挨托，孙刘亦恃凭。庸才安可守，上德始堪矜。

暗指长（漫）天路，浓峦（岚）蔽几层。"又命制《秦中父老望幸赋》一首进之，今亡其本。过白卫岭，大尹韩昭进诗曰："吾王（皇）巡狩为安边，此（东）去秦享（亭）尚数千。夜照路歧山店火，晓通消息戍瓶（朔）烟。为云巫峡虽神女，跨凤秦楼是谪仙。八骏似龙人似虎，何愁飞过大漫天。"少主和曰："先朝神武力开边，画断封疆四五千。前望陇山屯剑戟，后凭巫峡鏁烽烟。轩皇尚自亲平寇，嬴政徒劳爱学仙。想到隗宫寻胜处，正应莺语暮春（艳阳）天。"王仁裕和曰："龙旆飘摇（飘）指极边，到时犹更二三千。登高晓蹋巉岩石，冒冷朝充（衝）断续烟。自学汉皇开土字（宇），不同周穆好神仙。秦民莫遣无恩及，大散关东别有天。"

洎至利州，已闻东师下固镇矣。旬日内，又闻金牛败卒，塞硖而至（来）。其时蜀师十余万，自绵汉至于深渡千余里，首尾相继，皆无心斗敌。遣使臣逼促，则回枪刺之曰："请唤取龙武军相战（杀）。不惟勇敢，况且偏请衣粮。我等拣退不堪，何能相杀？"实无余（少主无奈）何！十月二十九日狼狈而归，于栈阁悬险溪岩壑（窄隘）之中，连夜继昼，却入成都。康延孝与魏王继踵而入，少主于是树降。东军未入前，王宗弼杀韩昭、枢密使宋光嗣、景润澄、宣徽使李周辂、欧阳冕（晃）等。王承休握锐兵于天水，兵（守）刃不举。既知东军入蜀，遂拥麾下之师及妇女孩幼万余口，金银缯帛，于西蕃买路归蜀。沿路为左衽掳夺，并经溪（雪）山，冻饿相践而死。迨至蜀，存者百余人，唯与田宗洵等脱身而至。魏王使人诘之曰："亲握锐兵，何得不战？"曰："惮大王神武，不敢当其锋。"曰："何不早降？"曰："盖缘王师不入封部，无门输款。"曰："其初入蕃部，几许人同行？"曰："万余口。""今存者几何？"曰："才及百数。"魏王曰："汝可偿此万人之命。"遂尽斩之。蜀师不战，坐取亡灭者，盖承休、韩昭之所致也。人多不知之。（出《太平广记》卷241）

文中□所标，出自蒲本以谈刻本、汪绍楹校注本为底本的校注原文，而

<<< 第六章 《王氏见闻录》叙录唐末五代陇蜀浮世

以（）标出者，则出自《太平广记详节》（以下简称《详节》）一书。《详节》是朝鲜时代刊行（1462）的一部《太平广记》选本，收录小说839则，计50卷，比冯梦龙《太平广记钞》要早160余年，金程宇先生认为它是"东亚现存最早的《太平广记》选本"[①]，刊行早于我国《太平广记》的最早刻本——谈恺本100多年，具有珍贵的文献价值。早在20世纪70年代，韩国有关研究人员就对《详节》进行了探讨。21世纪初，中国人民大学张国风先生首次将他研究《详节》的成果告布学界[②]，由此引起学者广泛关注。2005年9月韩国学古房出版了由金长涣、朴在渊、李中宗三人合作推出的《详节》译注篇、校勘篇和原典影印篇（精装八册）。在国内，孙逊等主编《太平广记详节》（上下）影印本于2014年推出，填补了国内的一大空白。实际上，《太平广记》早在北宋就传入了高丽（今朝鲜半岛），学界较为一致的看法是：大概在公元1100年左右，该书已经成为高丽人学习的对象、注释的参考，而且对他们的文学创作也产生过一定的影响，在文学上也有重要地位。与此同时，《太平广记》传入日本，对日本的文学产生过影响。鉴于这个原因，金程宇先生指出："在肯定《详节》的底本为宋本的同时，认为《详节》的底本为北宋本，至于是刊本还是抄本，由于史料缺乏，只好存而不论了。"[③]从这些文献流变的情况可以看出，依据《详节》所校订的《王承休》一篇，更接近于王仁裕最早作品的原貌。陶敏主编《全唐五代笔记》收有《王承休》篇[④]，主要依据中华书局本，参校其他诸本甚多，但价值没有新发现的《详节》本高。《王承休》篇长达4000余字，为王仁裕现存作品中最长者，它详细记录了前蜀后主王衍咸康元年（925）北幸秦州兵败亡国之事。王仁裕于咸康元年（925）为蜀中书舍人、翰林学士，十月随王衍北幸秦州，亲身经历了前蜀内部政权倾覆的全过程，内容虽拖沓重复较多，但记述颇为真实细致，尤其对前秦州节度使判官蒲禹卿上表奏疏的全文抄录，可补正史之缺。本篇所记可称为王蜀灭亡前最

[①] 金程宇：《韩国古籍〈太平广记详节〉新研》，载刘迎胜主编：《中韩历史文化交流论文集》（第三辑），延边人民出版社2007年版，第48页。
[②] 张国风：《韩国所藏〈太平广记详节〉的文献价值》，《文学遗产》2002年第4期。
[③] 金程宇：《韩国古籍〈太平广记详节〉新研》，见前注，第58页。
[④] 陶敏主编：《全唐五代笔记》（第4册），三秦出版社2012年版，第2985-2990页。

翔实的史料，可以与《新五代史》《资治通鉴》《蜀梼杌》《十国春秋》等史书比较互参，因为至今任何一部史书就该事件都没能记得如此具体详细。

第三节 《王氏见闻录》描述陇蜀生活（二）

《窦少卿》是王仁裕叙录关于死讯舛讹的一则故事，反映的是唐末五代陇蜀浮世生活的鬼神观和传奇色彩：

> 有窦少卿者，家于故都，素于渭北诸州。至村店中，有从者抱疾，寄于主人而前去。历廊、延、灵、夏，经年未归，其从者寻卒于店中。此人临卒，店主问曰："何姓名？"此仆只言得"窦少卿"三字，便奄然无语。店主遂坎路侧以埋之，卓一牌向道曰："窦少卿墓"。与窦相识者过之，大惊讶，问店主，店主曰："牌上有名，固不谬矣。"于是更有识窦者经过，甚痛惜。有至亲者报其家，及令骨肉省其牌，果不谬。其家于是举哀成服，造斋相次，迎其旅榇殡葬，远近亲戚，咸来吊慰。葬后月余，有人附到窦家书，归程已近郡，报上下平善。其家大惊，不信，谓人诈修此书。又有人报云："道路间睹其形貌，甚是安健。"其家愈惑之，遂使人潜逆之，窃窥于路左，疑其鬼物。至其家，妻男皆谓其魂魄归来。窦细语其由，方知埋者是从人，乃店主卓牌之错误也。（出《太平广记》卷242）

《钦定古今图书集成》录出于《云溪友议》的《娄千宝》篇，叙及窦少卿赴台州任职事即所遇传奇，或为同一人[①]。本篇写错传死讯而至于亲属信以为真，窦少卿的遭遇，在以后历代屡见不鲜。即使今天信息如此发达，讹传死讯事件也时有发生。所以，本故事的题材并无新颖，品之，在叙述语言上，

---

① （清）陈梦雷、（清）蒋廷锡原著，刘宇庚主编：《钦定古今图书集成》精华本 第4册 图文珍藏版，线装书局2016年版，第1673页。

第六章 《王氏见闻录》叙录唐末五代陇蜀浮世

写人情致，颇有性状，如临其境。故事结构也详略得当，很具文学性。

冯涓为唐末五代名士，史籍文献多有载录。本《冯涓》主要叙录他在陇蜀"性滑稽，诗多讥讽，尤长于章奏"的情况：

> 冯涓，旧唐名士，雄才奥学，登进士第，履历已高。唐帝幸梁、洋，涓扈跸焉。至汉中，诏除眉州刺史。赴任，至蜀阻兵，王氏强縻于幕中。性耿概不屈，恃才傲物，甚不洽于伪蜀主。知王氏有异图，辄不相许。或赠缯帛，必锁柜中，题云"贼物"，蜀主虽知，怜其文艺，每强容之。时或不可，数揖出院，欲挞杀之，略无惧色。后朱梁遣使致书于蜀，命诸从事韦庄辈，具草呈之，皆不惬意。左右曰："何妨命前察判为之？"蜀主又有惭色。梁使将复命，不获已，遂请复职。便亟修回复，涓一笔而成，大称旨。于是却复前欢。因召诸厅同宴，饮次，涓敛衽曰："偶记一话，欲对大王说，可乎？"主许之。曰："涓少年，多游谒诸侯，每行，即必广赍书策，驴亦驮之，马亦驮之。初戒途，驴咆哮跳踯，与马争路而先，莫之能制。行半日后，抵一坡，力疲足愈，遍体汗流，回顾马曰：'马兄马兄，吾去不得也，可为弟搭取书。'马兄诺之，遂并在马上。马却回顾谓驴曰：'驴弟，我为你有多少伎俩，毕竟还搭在老兄身上？'"蜀主大笑，同幕皆遭凌虐。及伪蜀开国，终不肯居宰辅。（出《太平广记》卷257）

故事中的冯涓，显然是前蜀谏臣，以孤标傲世、敢于直谏出名，但也因此影响了他的仕途。唐宣宗大中十一年（857），登进士第（《北梦琐言》作大中四年），又登宏词科，授京兆府参军。期间将宰相杜审权的密语泄露给友人郑賨，让杜审权认为冯涓为人浅薄，不复重用[①]。因为时危世乱，隐居商山十年，后为祠部郎中。唐僖宗中和元年（881），授眉州（今四川眉山）刺史，此时四川正是田令孜、陈敬瑄抗拒中央的时候，未至任，遂于成都墨池灌园

[①] （后晋）刘昫等撰，陈焕良、文华点校：《旧唐书》（第四册），岳麓书社1997年版，第2910页。

自给，著《怀秦赋》《蜀䮷引》以明志。唐昭宗景福年间，王建任命他为西川节度判官。天复年间，两川税负繁重，人多不敢言，冯涓作《生日颂》上言人民之苦，王建愧谢道："如君忠谏，功业何忧。"诸将劝王建趁岐王李茂贞衰落的时候攻打他的大本营凤翔，冯涓上书认为梁（朱温）、晋（李克用）相争，合并统一后肯定向西攻蜀，凤翔作为蜀国的藩篱，不如与凤翔和亲为上，王建采纳了冯涓的意见。后梁篡唐，王建也自立为帝，史称前蜀，遭到冯涓的强烈反对，冯涓从此杜门不出。前蜀永平初年（911），王建屡次出兵，冯涓上谏应以安民为先，兴财为本。历前蜀御史大夫，卒于乾化中。著有《南冠集》《梁川集》《龙吟集》《长乐集》等。《宋高僧传》卷二二《周伪蜀净众寺僧緘传》："释僧緘者，俗名緘也，姓王氏，京兆人。少而察慧，辞气绝群。大中十一年，杜审权下对策成事，秘书监冯涓即同年也。……后唐同光三年入蜀，寻访冯涓，已死矣。"《鉴戒录》又云："前蜀冯大夫涓，恃其学富，所为轻薄，然于清苦直谏，比讽箴规，章奏悉干教化。所著文章，迥超群品，诸儒称之为大手笔矣。太祖问击枪之戏创自谁人。大夫对曰：'丘八所置。'上为大契。又与相座王司空锴等小酌，巡故字令。锴举一字三呼，两物相似。锴令曰：'乐乐乐，冷淘似博饨。'涓曰：'巳巳巳，驴粪似马屎。'合座大哈，涓独不笑，但仰视长啸而已。凡所举措讥诮，多如此焉。太祖为蜀王时，方构大业，莫不赋舆增益，转运烦苛，百姓困穷，无敢言者。因太祖生辰，大夫独献一歌，先纪王功，后陈生聚。太祖曰：'如卿忠谠，寡人王业何忧。'遂赐黄金十斤，以旌礼谏。于是徭役稍减矣……又著《檄龙文》《大虫榜》《险竿歌》，无非比讽，为世所称。"《十国春秋》卷40本传："涓性滑稽，语多讥诮。生平尤工于章奏。"① 浙江东阳方志称："新罗（朝鲜）方建层楼，赍金帛奏请撰记，君命而成，时人荣之。"② 本篇通过几个较为典型的片段描写，充分说明了冯涓性格滑稽，语多讥诮，虽有才华但为人尖刻、轻薄鄙陋的性格。冯涓，唐吏部尚书冯宿之孙，大中四年进士，生卒年不可考。吴任臣《十国春秋》卷四十《冯涓传》记载了冯涓大胆进谏蜀主之事，何光远《鉴戒录》

---

① 周勋初主编：《唐人轶事汇编》，上海古籍出版社1995年版，第1784–1788页。
② 郭佐唐：《东阳最早文传国外的人——冯涓》，《东阳文史资料选辑》（第11辑）1992内刊本，第11页。

卷四《轻薄》记载冯涓与王锴酒间之戏，语出轻薄，《北梦琐言》卷三《杜审权斥冯涓》记载冯涓嚣浮浅露，言泄自己将上任之事。这些记载与本篇故事人物性格统一，可以互参。

《封舜卿》篇记载人物的文艺才能，比正史所谓"世居两制，以文笔称于世"的史家之笔更为生动[①]，颇有小说家言的优势：

> 朱梁封舜卿文词特异，才地兼优，恃其聪俊，率多轻薄。梁祖使聘于蜀，时岐、梁眈睚，关路不通，遂溯汉江而上，路出金州，土人全宗朗为帅。封至州，宗朗致筵于公署。封素轻其山州，多有傲睨，金之人莫敢不奉之。及执罍索令，曰："《麦秀两歧》。"伶人愕然相顾："未尝闻之，且以他曲相同者代之。"封摆头曰："不可。"又曰："《麦秀两歧》。"复无以措手。主人耻而复恶，杖其乐将。停盏移时，逡巡，盏在手，又曰："《麦秀两歧》。"既不获之，呼伶人前曰："汝虽是山民，亦合闻大朝音律乎！"金人大以为耻。次至汉中，伶人已知金州事，忧之。及饮会，又曰："《麦秀两歧》，亦如金之筵，三呼不能应。"有乐将王新殿前曰："略乞侍郎唱一遍。"封唱之未遍，已入乐工之指下矣。由是大喜，吹此曲，讫席不易之。其乐工白帅曰："此是大梁新翻，西蜀亦未尝有之，请写谱一本。"急递入蜀，具言经过二州事。洎封至蜀，置设。弄参军后，长吹《麦秀两歧》于殿前，施芟麦之具，引数十辈贫儿，褴缕衣裳，携男抱女，挈筐笼而拾麦，仍合声唱，其词凄楚，及其贫苦之意，不喜人闻。封顾之，面如土色，卒无一词，惭恨而返。乃复命，历梁、汉、安、康等道，不敢更言"两歧"字，蜀人嗤之。（出《太平广记》卷257）

本篇陈尚君置于《广记》卷242"窦少卿"一则之后，并称出同前。误。此文写五代下级官吏封舜卿恃才傲物、恃俊轻薄的轶事，为其他正史所不载。为今人了解五代时期这一阶层普通仕人的出行、交游、施政等情况具有重要

[①]（宋）薛居正撰：《旧五代史》，吉林人民出版社2005年版，第573页。

的文史意义。封舜卿还可参见王灼《碧鸡漫志》引《文酒清话》《广卓异记》卷13、《册府元龟》卷939。陈尚君《旧五代史新辑会证》有"封舜卿"条，可资参证①。

《杨铮》着力点在写唐末五代陇蜀浮世生活中，下层士人与上层官宦名士社会交往的态度：

> 蜀秀才杨铮，行恶思，或故作落韵，或丑秽语，取人笑玩。装修卷轴，投谒王侯门，到者无不逢迎，雄藩大幕，争驰车马迎之。铮每行，仆马甚盛，平头骑从骡，携书袋。偏郡小邑，尤更精意承事之，虑其谤渎。黔南节度使王茂权，聪明，有文武才。四方负艺之士，周不集其门。召铮至，饬东阁，尽礼待之。时令贡恶诗，以为欢笑。诸客请召，有不得次者，以为怏怏。茂权一日忽屏从谓之曰："秀才客子，当州必欲咨留，相伴至罢镇同归，可乎？如可，则当奉为卜娶，所居奉留。"铮欣然从之。权令媒氏与问名某氏之属。至于成迎，筵宴为备焉。仍邀请从事赴会。铮亲见女容质异常端丽。及成礼，遽遭殴辱，左右婢仆，皆是扶同共相毁詈，不胜其苦。乃是茂权诈饬无须少年数辈，皆浓装艳服以给之。然后茂权自赴会大笑。此后复就茂权，屡自乞一邑。初有难色，宾从其谄，方许之。遂命给简署，及其治行李，择良日辞谢。本邑迎候人力，自衙门外至通衢。忽有二健步，手执一牒。当街趋拽下马，夺去中带，云："有府断，摄官送狱，荷校灭耳！"茂权遂诈作计，赠遗二夫，令脱逃而遁。潜藏旬日，方召出之。军州大以为笑。（出《太平广记》卷262）

在那个特定地域和特殊时代，由于下层士人政治出路的不可确定性，使多数上层官僚都愿意与他们交往，而不愿与他们结怨。即使像杨铮一样，非常无礼，人们也尽力忍让②。另一方面，蜀地秀才杨铮喜欢取笑谩骂他人，结

---

① 陈尚君辑纂：《旧五代史新辑会证》（第6册），复旦大学出版社2005年版，第2104—2105页。
② 黄云鹤：《唐朝下层士人社会交往特征及其心态》，《史学集刊》2005年第1期。

果屡次遭人算计，这些事成为人们的笑柄，真是聪明反被聪明误。杨铮史书无传，本篇显然是记载陇蜀下层文人事迹，由此我们可以了解唐末五代中下层文士的生活和交游情况。

《长须僧》篇主要是揭示崇尚胡须之文化心理：

> 王蜀有长须长老，自言是宰相孔谦子，莫知谁何。剃发留须，皓然垂腹，拥百余众，自江淮入蜀。所在盱俗，瞻骇仪表，争相腾践而礼其足。凡所经由，倾城而出，河目海口，人莫之测。至蜀，螺钹迎焉。先谒枢密使宋光嗣，因问曰："师何不剃须？"答曰："落发除烦恼，留髭表丈夫。"宋大恚曰："吾无髭，岂是老婆耶？"遂挥出，俟剃却髭，即引朝见。徒众既多，旬日盘桓，不得已剃髭而入。徒众耻其失节，悉各散亡。伪蜀主问曰："远闻师有长须之号，何得如是？"对曰："臣在江湖，尝闻陛下已证须陀洹果，是以和须而来；今见陛下将证阿那舍果，是以剃须而见。"少主初未喻，首肯之。及近臣解释，大为欢笑。后住持静乱寺，数为大众论讼。有上足以不谨获罪。伶人藏柯曲深慕空门，而不知其中猥细。谓是清静，舍俗落发。谨事瓶钵，渐见秽滥。诟訾而出，以袈裟挂于寺门曰："吾比厌俗尘，投身清洁之地，以涤其业鄣。今大师之门，甚于花柳曲，吾不能为之。"遂复归于乐籍。蜀人谓师曰："一事南无，折却长须。"（出《太平广记》卷262）

这则故事反映了当时以貌取人的从众心理，是一种文化信仰泛化造成的浮躁现象，比之现今一些邪教头领或佯扮僧侣者，或诱惑众人、欲望旺盛的骗子，长须僧的社会危害毕竟是有限的，但"受这种崇尚胡须之文化心理的影响，徒有美胡须而形不符实，就为人所鄙了[①]"。

《韩伸》的题材归于叙写陇蜀浮世生活"无赖"类：

---

① 刘志伟：《胡须：权力意志异化的象征符号（下）》，《语文知识》2007年第2期。

> 有韩伸者，渠州人也。善饮博，长于灼龟。游谒五侯之门，常怀一龟壳，隔宿先灼一龟。来日之兆吉，即博，不吉即已。又或去某方位去吉，即往之，诸方纵人牵之不去，即取人钱货，如征赤债。或经年忘其家而不归，多于花柳之间落魄，其妻怒甚。时复自来耻顿，驱趁而同归，如是往往有之。又尝游谒于东川，经年不归。忽一日，聚其博徒，契饮妓而致幽会。夜坐洽乐之际，其妻又自家领女仆一两人潜至，匿于邻舍，俟其夜会筵合，遂持棒伺于暗处。伸不知觉，遂塌声唱《池水清》，声不绝，脑后一棒，打落幞头，扑灭灯烛。伸即窜于饭床之下。有同坐客，暗中遭鞭挞一顿，不胜其苦，最后遣二青衣，把髻子牵行，一步一棒决之，骂曰："这老汉，何落魄不归也！"无何，牵至烛下照之，乃是同坐客。其良人尚蓬头潜于饭床之下。蜀人大以为欢笑矣，时辈呼韩为"池水清"。（出《太平广记》卷264、《古今谭概·闺诫部第十九》）

文中的韩伸，有"灼龟"的高招，当然其灵验显然被夸大了[①]。至于说他无赖，倒不怎么看得出来，还不如说他是个有趣的小人物。他虽是无赖之徒，但仅靠占卜之术赢取钱财，与令人厌恶的无赖之行相比，本无厚非之处，仅一市井细民而已。故事写韩伸幽会时，其妻潜至而闹出大误会，就是一出市井闹剧。作品情节生动有趣，令人解颐，具有浓浓的市民情趣。文笔跳脱有致，可读性极好。该故事虽记述游士的庸俗和荒唐，但作者截取场面的能力很好，描写"池水清"笑柄的来由，尤为生动，有很鲜明的艺术特色。

《胡翙》重在叙写甚至是刻画主人公的轻薄性格：

> 有胡翙者，佐幕大藩，有文学称，善草军书，动皆中意。时大驾西幸，中原宿兵，岐秦二藩，最为巨屏。其飞书走檄，交骋诸夏，莫不伏其笔舌也。时大帅年幼，生杀之柄，断在贰军张筠。

---

① （宋）李昉等编，张国风会校：《太平广记会校》，北京燕山出版社2011年版，第4268页。

<<< 第六章 《王氏见闻录》叙录唐末五代陇蜀浮世

其宣辞假荆州任在张同，张同为察巡。翙常少其帅，蔑视同辈不为礼。帅因藉其才，不甚加责，但令谕之而已，其轻薄自如也。常因公宴，翙被酒呼张筠曰"张十六"。张十六者，筠第行也。数以语言诋筠，因帅故，但衔之。他日，往荆州诣张同，同仆不识，问从者，曰："胡大夫翙。"至厅，已脱衫矣。同闻翙来，欲厚之，因命家人精意具馔。同遽出迎见，忽报曰："大夫已去矣。"同复步至厅，但见双椅间遗不洁而去，卒不留一辞。同亦笑而衔之。张无能加害。时帅请翙聘于大梁，翙门下客陈评事者从行。筠密赂陈，令伺其不法。入梁果恣虚诞，或以所见密闻梁王，皆为陈疏记之。洎归，帅知其狂率，亦优容之。陈于是受教，抅成其恶，具以乖僻草藁，袖而白帅。帅方被酒，闻之大怒，遂尽室拥出，坑于平戎谷口，更无噍类。帅醒知之，大惊，痛惜者久之。沉思移时曰："杀汝者副使，非我为之。"后草军书不称旨，则泣而思之。此过亦非在筠，盖翙自掇尔。王仁裕尝过平戎谷，有诗吊之曰："立马荒郊满目愁，伊人何罪死林丘。风号古木悲长在，雨湿寒莎泪暗流。莫道文章为众嫉，只应轻薄是身仇。不缘魂寄孤山下，此地堪名鹦鹉洲。"（出《太平广记》卷266）

胡翙不得志，不是因为众人嫉妒他的文章写得好，而是因为他性格轻薄。翙因轻薄无礼[①]，使得军将张筠怀恨在心，蓄意施计陷害，终至他全家被埋于平戎谷口。《旧五代史》卷九十和《新五代史》卷四十六记载了张筠军职履历，以及通过各种手段获取他人财物的事迹。本文在表现张筠心胸狭窄，工于心计的性格特征方面，比史书更胜一筹。

《王氏见闻录》所收《陈延美》篇，中华书局点校本《广记》卷二六九未收，卷末按云："卷首目录有《陈延美》一条，谈氏初印本并阙。"受此影响，蒲向明《追寻"诗窖"遗珍——王仁裕文学创作研究》一书也亦应缺如。但谈氏初印本实不阙，今据谈本《广记》辑入：

---

① 温瑜：《从哀悼诗看先秦至唐代社会的群体心态演进》，《德州学院学报》2016年第5期。

有陈延美者，世传杀人，人莫有知者。清泰朝，侨居邺下御河之东，僦大地而处。少年聪明，衣著甚侈，薰沐兰麝，鞯马华丽。其居第内外张陈，如公侯之家。妻妾三两人，皆端严婉淑。有妹曰李郎，妇甚有颜色，生一子，未晬岁，十指皆骈。俱善音律。延美亦能弦管，常乘马引一仆于街市，或登楼，或密室狎游。所接者皆是膏粱子弟，曲尽谈笑章程。或引朋侪至家，则异礼延接，出妻与妹，令按丝吹竹，以极其欢容，则恋恋而不能已也。时刘延皓帅邺，偶失一都将，访之经时，卒无影响，责其所由甚急。陈密携家南渡，诣（诣）大梁高头街，僦宅而居，复华饰出入。未涉旬，因送客出封丘门，饯宾之次，邺之捕逐者至，擒之，至座。洎縶于黄砂以讯之。具通除剿邺中都将外，经手者近百人。居高头宅，未三五日，陈不在家，偶有盲僧丐食于门，其妹怒其狨，使我不利于市，召入剿之，瘗于卧床之下。及败，官中使人刜出之，荷至邺下。搜其旧居，果于床下及屋内，积叠瘗尸，更无容针之所。以至邻家屋下，皆被旁探为穴，藏尸于内。每客至，要杀者令啜汤一碗，便瞢然无所知，或用绳绤，或行铁锤，然后截割盘屈之，占地甚少。盖陈、李与仆者一人，妹及妻等争下手屠割，如是年月极深。今偶记得者，试略言之。先是二人货丝者，相见于砖门之下，诱之曰："吾家织锦，甚要此丝，固不争价矣。"遂俱引至家，双毙而没其货。又曾于内黄纳一风声人，寻亦毙于此屋之下。又有持钵僧一人，诱入而死之。又于赵家果园见一贫官人，有破囊劣驴，系四跨铜袋。哀而诱之至家，亦毙于此屋。又有二军人，言往定州去，亦不广有缁囊。遂命入酒肆饮之。告曰："某有亲情在彼，欲达一缄。"数内请一人同至其家，取书至。则点汤一瓯。啜呷未毕，绳縶已在项矣。未及剉截之间，其伴呼于门外。急以布幕盖尸于墙下，令李郎出应之曰："修书未了，且屈入来。"陈执铁锤于扉下候之。后脚才逾门限，应锤而殪于地。后款曲剉斫而瘗之。其膏粱子弟及富商之子死者甚众，不二(一一)记之。洎令所由发掘之,则积尸不知其数。有母在河东,密差人就擒之。老妪闻之愕然,嗟叹曰:"吾养此子大不肖! 渠父杀数千人,举世莫能有知者,竟伏枕而终。此不肖子,杀几个人,便至败露。"遂搜索其家,见大瓮内盐渍人腿数支,妪恒啖之。因至邸下,见其子,不顾而唾之。自言其向来所杀,不知其数,此败偶然耳。时盛夏,一家并钉于衙门外,旬日而殂。(《太平广记》甲种本卷二百六十九引)

金程宇《韩国古籍〈太平广记详节〉新研》也指出:"《详节》卷22《陈延美》篇,中华本无,谈恺刻本之后印本注出处为《王氏见闻》,及《永乐大典》收此文,但未注明出处。"① 他还以韩国所藏《太平广记详节》文本为据,对谈本作了校正,称:其中"诣大梁高头街……","诣"国内二本均误作"诸","不一一记之"中华书局本阙,谈刻本作"不二记之",显然将"一一"误合为"二"。本书结合孙逊影印本对照查对,金程宇所说为实,故吸纳。张兵先生指出:"《永乐大典》所引用《太平广记》,有可能是足本,如卷九百十三所引的《杀人埋尸》(《陈延美》)一条,今本皆无。"② 陶敏主编《全唐五代笔记》收录了《陈延美》③,但一些地方出现了错讹,本文据《永乐大典》传抄本改。从文学角度看,《广记》后印本卷二六九所引"陈延美"条,写杀人世家之罪案,细节详尽曲折④,程毅中《唐代小说史》评云:"比明代的某些公案小说还高明得多"⑤,十分中肯。陈延美与其妻妾杀人故罪不可赦,但其母的表现着实让人吃惊,视杀人如平常业务,且毫无悔过之心,家风家教黑心之路令读者不寒而栗,礼义廉耻早已荡然无存,最终虽被钉死于衙门之外,其下场并不令人同情。

---

① 金程宇:《韩国古籍〈太平广记详节〉新研》,见刘迎胜主编:《中韩历史文化交流论文集》(第三辑),延边人民出版社2007年版,第62页。
② 张兵:《宋辽金元小说史》(第2版),复旦大学出版社2007年版,第35页。
③ 陶敏主编:《全唐五代笔记》(第4册),三秦出版社2012年第2981页–2999页;《王氏见闻集》录32条,《陈延美》条收入该书2994–2995页。
④ 孟永林:《五代王仁裕杂史小说著述考》,《古籍整理研究学刊》2007年第6期。
⑤ 程毅中:《唐代小说史》,人民文学出版社2003年版。

《吴宗文》篇反映的是唐末五代陇蜀蓄养家妓的生活情况：

> 王蜀吴宗文，以功勋继领名郡。少年富贵，其家姬仆乐妓十数辈，皆其精选也。其妻妒，每怏怏不惬其志。忽一日，鼓动趋朝，已行数坊，忽报云"放朝"。遂密戒从者，潜入，遍幸之。至十余辈，遂据腹而卒。（出《太平广记》卷272）

家妓之风，魏晋极盛。"宠臣群下，亦从风而靡；王侯将相，歌妓填室；鸿商巨贾，舞女成群。竞相夸大，玄有争夺，如恐不及，莫为禁令。"（《太平御览》引裴子野《宋略》）因而使家妓蓄养出现空前未有的盛况。隋代沿袭之，初唐对家妓蓄养依据官员品级的高低做出明确规定，加以严格限制。《唐会要》卷三十四载，神龙二年（706）九月唐中宗李显下诏："三品以上，听有女乐一部，五品以上，女乐不过三人。"但到了盛唐时期，时风骄奢，淫逸流行，朝廷对此放开限制。天宝二年（743）九月二日，唐玄宗再次下诏："五品已上正员官，诸道节度使及太守等，并听当家畜丝竹，以展欢娱。"（《旧唐书·职官志》）本篇所反映的正是这种风气蔓延的结果。如吴宗文这般，欲求于一时之享，餍足美色，竟然超出了本有的生理限制①，导致捧腹而亡，也是得其所哉。淫欲无度，不止伤身，还害性命，如《红楼梦》之贾瑞。本篇主人公觊觎美色已久，偶有机会却不知节制，遍幸乐妓十数辈，竟腹痛而死，可叹！这些仕人生活的记述，不见于史书，有助于今人了解五代文人的生活状态。

第四节　《王氏见闻录》描述陇蜀生活（三）

《蜀功臣》篇在题材上类似于前篇，但其中掺杂了因果报应思想：

> 蜀有功臣，忘其名，其妻妒忌。家畜妓乐甚多，居常即隔绝之。或宴饮，即使隔帘幕奏乐，某未尝见也。其妻左右，常令老

---

① 郑志敏著：《细说唐妓》，文津出版社1997年版，第256至296页。

丑者侍之。某尝独处，更无侍者，而居第器服盛甚。后妻病甚，语其夫曰："我死，若近婢妾，立当取之。"及属纩，某乃召诸姬，日夜酣饮为乐。有掌衣婢，尤属意，即幸之。方寝息，忽有声如霹雳，帷帐皆裂，某因惊成疾而死。（出《太平广记》卷272）

功臣，唐、宋、明三代赐给有功之臣的名号。《文献通考·职官十八》："加功臣号，始于唐德宗，宋朝因之，至元丰乃罢。"在唐末五代的陇蜀浮世生活中，私家蓄养女乐、歌舞人，是主人身份、地位和财富的重要表征之一，也是主人的娱用工具和淫乐工具。比之前篇所述吴宗文主要的情节相似，只是这个蜀功臣最终的死法不同。吴宗文为纵欲而亡，蜀功臣是死于咒谶的应验，有明显的规劝和惩戒意味。

《朱少卿》：

> 王蜀时，有朱少卿者，不记其名。贫贱客于成都，因寝于旅舍。梦中有人扣扉觅朱少卿，其声甚厉，惊觉访之，寂无影响。复睡，梦中又连呼之。俄见一人，手中执一卷云："少卿果在此？"朱曰："吾姓即同，少卿即不是。"其人遂卷文书两头，只留一行，以手遮上下，果有"朱少卿"三字。续有一人，自外牵马一匹直入，云："少卿领取。"朱视之，其马无前足，步步侧蹶，匍匐而前，其状异常苦楚。朱大惊而觉，常自恶之。后蜀王开国，有亲知引荐，累至司农少卿。无何，膝上患疮，双足自膝下俱落，痛苦经旬，五月五日殂。乃马梦之征也。（出《太平广记》卷279、《永乐大典》卷13139，《分门古今类事》卷7引出《蜀异记》）

王建后蜀时期的朱姓司农少卿，未发迹前有一奇梦[①]，实为噩梦，预示了他未来的结局，果然应验。《周礼·春官·占梦》以日月星辰占六梦之吉凶，一正梦、二噩梦、三思梦、四寤梦、五喜梦、六惧梦，为解梦传统主流。这

[①] 元大仁、元小方编译：《奇梦大观》，延边人民出版社1995年版，第243页。

里的马梦之征，还是脱离不了人们对梦的神秘而不可捉摸的感觉，此为疾病致梦的较为典型的暗示现象，只是需要在心理上让某个事件应验罢了。

《功德山》：

> 唐巢寇将乱中原。汴中有妖僧功德山，远近桑门皆归之。至于士庶，无不降附者。能于纸上画神寇，放入人家，令作祸祟，幻惑居人。通宵继昼，不能安寝，或致人疾苦。及命功德山赠金作法，则患立除之。又画纸作甲兵，夜夜与街坊嘶鸣，腾践城郭，天明即无所见。又多画其犬，焚祝之，夜则鸣吠，相咬啮于街衢，居人不得安眠。命而赠之，即悄无影响。人即异其术，趋术者愈众。
>
> 又滑州有一僧，颇善妖术，与功德山无异，公私颇患之。时中书令王铎镇滑台，遂下令曰："南燕地分有灾，宜善禳之。"遂自公衙，至于诸军营，开启道场，延僧数千人。僧数不足，遂牒汴州，请功德山一行徒众悉赴之。遂以幡花螺钹迎至衙。赴道场之夕，分选近上名德，入于公衙，其余并令散赴诸营礼忏。洎入营，悉键门而坑之，方袍而死者数千人，衙中只留功德山以下奠长。讯之，并是巢贼之党，将欲自二州相应而起，咸命诛之。（出《太平广记》卷287）

妖僧籍出于汴中（今开封），可能修行于功德山，故名。原本作"功德山有祅僧"[①]可作参考。功德山有观音阁，故也称为观音山，在蜀冈最高处。故本故事发生地域，应在陇蜀之地。本篇颇具传奇意味，情节亦曲折。后半部分内容写滑州（今河南滑县）僧术，但一次不问青红皂白坑杀所谓"妖僧"数千信徒，即使为巢党嫌疑，今天看来还是过于残忍。这篇故事保存了黄巢起义时的一些史料，鲜见于其他史书。

《青城道士》写陇蜀道士，以秽行作乱，浮世影响极坏，为蜀后主秘密处置：

---

① （宋）李昉等编，张国风会校：《太平广记会校》（十一），北京燕山出版社2011年版，第4764页。

第六章 《王氏见闻录》叙录唐末五代陇蜀浮世

伪蜀青城山道士能幻术,往往入锦城,施其法,有所获,即潜挈归洞穴。或闻其行甚秽,官吏中有识者,颇恶之。后于成都诱引富室及勋贵子弟,皆潜而随之。或于幽僻宅院中,洒扫焚香设榻,张陈帷幌。则独于室内作法,或召西王母,或巫山神女,或麻姑、鲍姑神仙,皆应召而至,与之杯馔寝处,生人无异。则令学者隙而窥之。欢笑罢,则自帷帐之前蹑而去。又忽城中化出金楼,众皆睹之,惑众颇甚。其民间少年,膏粱子弟,满城如狂。少主知其妖,密使人擒之,累月不获。后有人报云:"已出笮桥门去。"因使人逐之,乃以猪狗血赍行。至青城路上三十余里,及之,遂倾血沃之。不能施其术,及下狱讯之,云:"年年采民家处子住山中,行黄帝之道,死于岩穴者不知其数。"豪贵之家,颇遭秽淫。所通辞款,指贵达之门甚多。少主不欲彰其恶,潜杀之。(出《太平广记》卷287)

青城道士,三国蜀汉即有修真长生的"范长生"传说,一时流为美谈①。此条所写,为唐末五代陇蜀仙道信奉的盛况,而其中混迹的淫邪之人,败坏世风,传播谣言,是当时社会不可忽视的一股潜在恶势力。

《陷河神》篇具有神话作品在内容生成上的层累特征,原文如下:

陷河神者,巂州巂县有张翁夫妇,老而无子,翁日往溪谷采薪以自给。无何,一日,于岩窦间刃伤其指。其血滂注,滴在一石穴中,以木叶窒之而归。他日,复至其所,因抽木叶视之,仍化为一小蛇。翁取于掌中,戏玩移时。此物睿睿然,似有所恋,因截竹贮而怀之。至家则啖以杂肉,如是甚驯扰。经时渐长。一年后,夜盗鸡犬而食。二年后,盗羊豕。邻家颇怪失其所畜,翁妪不言。其后县令失一蜀马,寻其迹,入翁之居,迫而访之,已吞在蛇腹矣。令惊异,因责翁蓄此毒物。翁伏罪,欲杀之。忽一

---

① 林藜著:《萍踪识小》,福建人民出版社1981年版,第198页。

夕，雷电大震，一县并陷为巨湫，渺弥无际，唯张翁夫妇独存。其后人蛇俱失，因改为陷河县，曰蛇为"张恶子"。

尔后姚苌游蜀，至梓潼岭上，憩于路旁。有布衣来，谓苌曰："君宜早还秦，秦人将无主。其康济者，在君乎？"请其氏，曰："吾张恶子也，他日勿相忘。"苌还后，果称帝于长安。因命使至蜀，求之弗获，遂立庙于所见之处，今张相公庙是也。僖宗幸蜀日，其神自庙出十余里，列伏迎驾，白雾之中，仿佛见其形，因解佩剑赐之，祝令效顺。指期贼平。驾回，广赠珍玩，人莫敢窥。王铎有诗刊石曰："夜雨龙抛三尺匣。春云凤入九重城。"（出《太平广记》卷312）

嶲州，隋置，即今四川省西昌市。此神话盖即血化小蛇之升闯，张恶子，即所谓"陷河神"。晋干宝《搜神记》卷二〇有《陷湖》篇："邛都县下有一老姥，家贫，孤独。每食，辄有小蛇，头上戴角，在床间，姥怜而饴之。食后稍长大，遂长丈余。令有骏马，蛇遂吸杀之，令因大忿恨，责姥出蛇。姥云：'在床下。'令即掘地，愈深愈大，而无所见。令又迁怒，杀姥。蛇乃感人以灵言，嗔令：'何杀我母？当为母报仇！'此后每夜辄闻若雷若风，四十余日。百姓相见，咸惊语：'汝头那忽戴鱼？'是夜，方四十里，与城一时俱陷为湖，土人谓之为陷湖。唯姥宅无恙，迄今犹存。渔人采捕，必依止宿，每有风浪，辄居宅侧，恬静无他。风静水清，犹见城郭楼橹异然。"袁珂先生认为，陷湖、陷河的神话传说，古书所记非一，鲁迅《古小说钩沉》辑《刘之遴神录》所记、《搜神记》卷二〇所记母题相类[1]，而且《陷河神》《张恶子》《陷湖》都是同一神衣之下的异文。唐末，李商隐即有《张恶子庙》诗："下马捧椒浆，迎神白玉堂。如何铁如意，独自与姚苌。"《玉溪生诗笺注》注引《后秦录》云："初，苌游至梓潼岭，见一神人谓之曰：君早还秦，秦无主，其在君乎。苌请其姓氏，曰：张恶子也。言讫不见。及苌称帝，即其地立张相公庙祀之。"关于张恶子予姚苌铁如意的故事，见于《梓潼化书》卷七十五：姚

---

[1] 袁珂编：《中国神话大词典》，四川辞书出版社1998年版，第483页。

第六章 《王氏见闻录》叙录唐末五代陇蜀浮世

苌去蜀访张恶子,恶子"假以铁如意,祝之曰:麾下可致兵。苌疑之,予(即恶子)为之一麾,旗帜蔽天,戈盾戎马万余列之平坡"。姚苌得称帝,张恶之佑护之力也①。本片所写张恶子和姚苌的神话传说,实即本篇后半部分的异文。此篇有明显的神异色彩,但叙后秦太祖武昭皇帝姚苌和唐僖宗事迹和遭遇,又兼传奇成分,与作者听天命、信鬼神的思想有关,由此可以看出唐代神异故事的丰富性和复杂性,同时也表现了唐代社会在思想意识方面自由开放的状态。

《王宗信》写唐末五代陇蜀重镇白石镇(今陕西凤县境)发生的一件胡僧妖术之事:

> 唐末,蜀人攻岐还,至于白石镇,禅将王宗信止普安禅院僧房。时严冬,房中有大禅炉,炽炭甚盛。信拥妓女十余人,各据僧床寝息。信忽见一姬飞入炉中,宛转于炽炭之上。宗信忙遽救之。及离火,衣服并不焦灼。又一姬飞入如前,又救之。顷之,诸妓或出或入,各迷闷失音。有亲吏隔驿墙,告都招讨使王宗俦。宗俦至,则徐入,一一提臂而出。视之,衣裾纤毫不煅,但惊悸不寐。讯之,云,被胡僧提入火中,所见皆同。宗信大怒,悉索诸僧立于前,令妓识之。有周和尚者,身长貌胡。皆曰,是此也。宗信遂鞭之数百,云有幻术。此僧乃一村夫,新落发,一无所解。又缚手足,欲取炽炭蒸之。宗俦知其屈,遂解之使逸,讫不知何妖怪。(出《太平广记》卷366)

《中外地名大辞典》说:"白石镇,在陕西省凤县东北十里,一名白石铺。""白石镇城,在甘肃省西和县西。《方舆胜览》:宋绍兴九年,陕西尽入于金。宣抚使吴玠以李永镇守岷州,遂移州治于长道县之白石镇,据南山建城。金改为西和州。"②从这些史料可知,在唐末五代的陇蜀白石镇在凤县境。凤县古称"凤州",始建于秦。因地连陕、甘,又处入川蜀孔道,北依秦岭主

---
① 李剑平主编:《中国神话人物辞典》,陕西人民出版社1998年版,第338页。
② 段木干主编:《中外地名大辞典》,人文出版社1981年版,第934页。

脊，南接紫柏山，古栈道贯通全境，故有"秦蜀咽喉，汉北锁钥"之称。《十国春秋·王宗信传》云："（王）宗信性残毒，酷喜杀人。常镇凤州，有角抵人苏铎者，委之巡警，与麾下孙延膺素不相能。"王宗信系前蜀高祖王建的义子，前蜀高祖时无显耀战功。前蜀后主王衍即位，任招讨，追随王宗俦讨伐岐王李茂贞，屯兵威武城，无功而返。王宗信镇守凤州时，与属下孙延膺不合。孙延膺谋反，王宗信被杀。《儆戒录》载："伪蜀王宗信镇凤州，有角觝人苏铎者，委之巡警，尝与宗信之左右孙延膺不协。宗信因暇日登楼，望见苏铎锦袍束带，似远行人之状，宗信讶之。铎本岐人也，延膺因谮曰：苏铎虽受公畜养，其如包藏祸心，久欲逃去。宗大怒，立命擒至，先断舌脔肉，然后斩之。及延膺作逆，其被法之状如铎焉。"①此篇写妖，如有唐传奇遗风。幻术是一种虚而不实、假而似真的方术。我国早有记载，《列子·周穆王》云："穷数达变，因形移易者，谓之化，谓之幻。"《颜氏家训·归心》云："世有祝师及诸幻术，犹能履火蹈刃，种瓜移井"。宋郭若虚《图画见闻志·术画》载："昔者孟蜀有一术士称善画。蜀主遂令于庭之东隅画野鹊一只，俄有众禽集而噪之。次令黄筌于庭之西隅画野鹊一只，则无有集禽之噪，蜀主以故问筌，对曰'臣所画者艺画也。彼所画者术画也。'"写五代有术士能招鸟至。可与此篇比照。

《王仁裕》写他本人在汉中陇蜀关键之地署职，与猿儿"野宾"的放养往来经历，颇有传奇色彩：

> 王仁裕尝从事于汉中，家于公署。巴山有采捕者，献猿儿焉。怜其小而慧黠，使人养之，名曰："野宾"。呼之则声声应对，经年则充博壮盛。縻絷稍解，逢人必啮之，颇亦为患。仁裕叱之，则弭伏而不动。余人纵鞭箠亦不畏。其公衙子城缭绕，并是榆槐杂树，汉高庙有长松古柏，上鸟巢不知其数。时中春日，野宾解逸，跃入丛林，飞趯于树梢之间。遂入汉高庙，破鸟巢，掷其雏卵于地。是州衙门有铃架，群鸟逐集架引铃，主使令寻鸟所来，

---
① 周勋初、严杰：《唐人轶事汇编》，上海古籍出版社2016年版，第2238页。

见野宾在林间，即使人投瓦砾弹射，皆莫能中。薄暮复栖，方馁而就絷，乃遣人送入巴山百余里溪洞中，人方回，询问未毕，野宾已在厨内谋餐矣。又复絷之。

忽一日解逸，入主帅厨中，应动用食器之属，并遭掀扑秽污，而后登屋，掷瓦拆砖。主帅大怒，使众箭射之。野宾骑屋脊而毁拆砖瓦，箭发如雨。野宾目不妨视，口不妨呼，手拈足掷，左右避箭，竟不能损其一毫。有使院老将马元章曰："市上有一人，善弄胡狲。"乃使召至，指示之曰："速擒来！"于是大胡狲跃上衙屋赶之，逾垣迈巷，擒得至前，野宾流汗体浴而伏罪。主帅亦不甚诟怒，众皆看而笑之。于是颈上系红绡一缕，题诗送之曰："放尔丁宁复故林，旧来寻处好追寻。月明巫峡堪怜静，路隔巴山莫厌深。栖宿免劳青嶂梦，跻攀应惬碧云心。三秋果熟松梢健，任报高枝彻晓吟。"又使人送入孤云两角山，且使絷在山家。旬日后，方解而纵之，不复再来矣。

后罢职入蜀，行次嶓冢庙前，汉江之壖。有群猿自峭崖中，连臂而下，饮于清流。有巨猿舍群而前，于道畔古木之间，垂身下顾，红绡仿佛而在。从者指之曰："此野宾也！"呼之，声声相应。立马移时，不觉恻然。及从辔之际，哀叫数声而去。及陟山路，转壑回溪之际，尚闻鸣咽之音，疑其断肠矣。遂继之一篇曰："嶓冢祠边汉水滨，此猿连臂下嶙峋。渐来子细窥行客，认得依稀是野宾。月宿纵劳羁绁梦，松餐非复稻粮身。数声肠断和云叫，识是前年旧主人。"（出《太平广记》卷446）

人类与猿有着不太远疏的物种联系，古往今来关于猿的传说故事和野史笔记不少。《吴越春秋》"白猿"的记载，是我国文学史上一篇较早的武侠小说；《搜神记》"猴国"篇，《传奇》孙恪故事等都有极生动的情节；《宣室志》杨老头的记载，对照社会沉闷压抑的氛围和人心的污浊贪婪，借猿猴的山野逍遥，表达作者的遣怀之感。本篇文笔璨然，余情袅袅，千百年后读来仍惆怅满怀，王仁裕几件小事写出作者眼中野宾的顽皮可爱，字里行间所表述的人与猿的友情、亲情让人恻然心恸,因其用猿啼的意象来抒发人生苦短、人猿相惜的情绪,千百来年来一直为人所称道和引用。宋祁《元会诗五首》"解辫穹庐使,吹笙萍野宾[①]"、刘克庄《三和》"交疏认鹿为山友,客少呼猿作野宾[②]"、徐照《猿皮》"古树团团行路曲,无人来作野宾诗[③]"等宋人诗作,均出自这篇关于王仁裕豢养野猿的传闻轶事。

篇中一诗,是在西汉水嶓冢祠前(今天水齐寿一带)给将回归山林的野宾的临别寄语。全诗想象丰富,一往情深,充满了怜爱与祝福。尤其是末句,描写它在松果成熟的季节,愉快、自由、和乐而忙碌地采摘松子的情景,想象飞驰,感人至深。篇末一诗,则如实地记录了人猿主仆相遇的情景,委婉动人。诗歌文笔璨然,余情袅袅,字里行间所表述的人与猿的友情、亲情,让人恻然心恸。千百年后读之,仍使人惆怅满怀,感慨系之!

《王思同》写所遇之奇异之事,虽有不祥之兆,但事情终不能扭转:

> 后唐少帝朝,清泰王起于岐阳,朝廷诏西京留守王思同统禁旅征之。王师西出之后,寻闻劇垒,雍京僚属日登西楼,望其捷书。忽一日,官僚凭槛西向,见羊马城上有二大蛇,东西以首相向,为从者辈遥掷弹丸以警之。于时一人掷中东蛇之脑,蜿蜒然堕于墙下,挺然不动。使人视之,已卒矣。其西蛇徐徐入于穴巢之间。识者窃议之曰:"潞王乙巳生,统帅王公亦乙巳生,俱为蛇相,今东蛇中脑而卒,岂非王师不利乎?"未逾旬日,群帅叛归潞王,思同腹心都将王彦晖已下,并投岐城纳欵。同单马而遁,竟没于王事焉。蛇亡之兆,得不明乎?(出《太平广记》卷459)

《旧五代史》载:王思同,幽州人也。父敬柔,历瀛、平、儒、檀、营五州刺史。思同母即刘仁恭之女也,故思同初事仁恭为帐下军校。会刘守光攻仁恭于大安山,思同以部下兵归太原,时年十六,武皇命为飞腾指挥使。从

[①] (宋)宋祁撰:《景文集》,中华书局1985年版,第904页。
[②] (宋)刘克庄著,钱仲联笺注:《后村词笺注》,上海古籍出版社1980年版,第406页。
[③] (宋)徐照等撰,陈增杰校点:《永嘉四灵诗集》,浙江古籍社1985年版,第222页。

庄宗平定山东，累典诸军。思同性疏俊，粗有文，性喜为诗什，与人唱和，自称蓟门战客……在秦州累年，边民怀惠，华戎宁息。长兴元年，入朝，见于中兴殿。明宗问秦州边事，对曰："秦州与吐蕃接境，蕃部多违法度。臣设法招怀，沿边置寨四十余所，控其要害。每蕃人互市、饮食之界上，令纳器械。"因手指画秦州山川要害控扼处。明宗曰："人言思同不管事，岂及此耶！"[1] 本篇所记为后唐闵帝应顺元年（934）思同兵败而死之事，经此变王仁裕入潞王幕下。王仁裕经王思同提携再起，之后相处八年，政治上互相影响，且建立了很深友谊。此文在浓厚的述异色彩下，掩藏着作者深沉的惋惜之情，也不免一种面对宿命观念的无可奈何。

《姜太师》所写时代在蜀汉，实际类似于唐末五代，一经王仁裕之手叙写，志怪特征就更加突出：

> 蜀有姜太师者，失其名，许田人也，幼年为黄巾所掠，亡失父母。从先主征伐，屡立功勋。后继领数镇节钺，官至极品。有掌厩夫姜老者，事刍秣数十年。姜每入厩，见其小过，必笞之。如是积年，计其数，将及数百。后老不任鞭棰，因泣告夫人，乞放归乡里。夫人曰："汝何许人？"对曰："许田人。""复有何骨肉？"对曰："当被掠之时，一妻一男，迄今不知去处。"又问其儿小字，及妻姓氏行第，并房眷近亲，皆言之。及姜归宅，夫人具言，姜老欲乞假归乡，因问得所失男女亲属姓名。姜大惊，疑其父也，使人细问之："其男身有何记验？"曰："我儿脚心上有一黑子，余不记之。"姜大哭，密遣人送出剑门之外。奏先主曰："臣父近自关东来。"遂将金帛车马迎入宅，父子如初。姜报挞父之过，斋僧数万，终身不挞从者。（出《太平广记》卷500）

本文选入中学阅读材料时题名《姜太师认父》，故事情节简单，但其开端、发展、高潮、结局十分明晰，读来引人入胜。厩夫姜老"不任鞭棰"，"泣

---

[1] （宋）薛居正等撰：《旧五代史》，中华书局1975年版，第868页。

告夫人"，从侧面表现了姜太师的专横；得知姜老是自己的父亲之后，姜太师"大哭"，很深刻地表现了他内心的痛苦和悔恨，尤其是姜太师"斋僧数万，终身不挞从者"的行为，则是对自己不孝的深刻反省。陇蜀之地，历史上属于军事要道，连接茶马古道和南北丝绸之路。在两汉时期，就有"得陇望蜀"的历史典故。陇蜀地区勾连中原与西南，从军事层面看，频繁的战争给人民造成了极其深重的灾难，家破人亡，流离失所，致使亲生父子相对而不相识。本条所写，就是发生在东汉末陇蜀浮世生活的一件真实事件。在王仁裕笔记小说集《玉堂闲话》中，另一篇小说《康义诚》情节颇类似此篇，孙光宪所撰《北梦琐言》中亦记录了同类事情，可知这应是当时的一个真实史实。

《沈尚书妻》是叙写唐末五代陇蜀浮世生活中妒妇题材的作品：

> 有沈尚书失其名，常为秦帅亲吏。其妻狠戾而不谨，又妒忌，沈常如在狴牢之中。后因闲退，挈其妻孥，寄于凤州，自往东川游索，意是与怨偶永绝矣。华洪镇东蜀，与沈有布衣之旧，呼为兄。既至郊迎，执手叙其契阔，待之如亲兄。遂特创一第，仆马金帛器玩，无有缺者，送姬仆十余辈，断不令归北。沈亦微诉其事，无心还家。及经年，家信至，其妻已离凤州，自至东蜀。沈闻之大惧，遂白于主人，及遣人却之。其妻致书，重设盟誓，云："自此必改从前之性，愿以偕老。"不日而至。其初至，颇亦柔和；涉旬之后，前行复作。诸姬婢仆悉鞭棰星散，良人头面皆拏擘破损。华洪闻之，召沈谓之曰："欲为兄杀之，如何？"沈不可。如是旬日后又作，沈因入衙，精神沮丧。洪知之，密遣二人提剑，牵出帷房，刃于阶下，弃尸于潼江，然后报沈。沈闻之，不胜惊悸，遂至失神。其尸住急流中不去，遂使人以竹竿拨之，便随流。来日，复在旧湍之上，如是者三。洪使系石缒之。沈亦不逾旬日，失魂而逝。得非怨偶为仇也！悲哉！沈之宿有仇乎？（出《太平广记》卷500）

文中沈尚书的妻子凶狠、暴戾，完全不似上层女性身份，凶悍过度到难以令人理解的程度，以至于"良人头面皆挈挈破损"，作者描摹悍妻张牙舞爪相搏击之状，真是写出了妒妇的凶劲①。人言"性格决定命运"，在这里得到了最好的证明：她最终死于华洪密遣之人的剑刃之下。国外论者称："一个人做得最精明的选择，就是通过远离性格缺陷和邪恶念头，让自己免于遭受不幸。"②实际上本篇所写妒妇，曾经有一段改变"其初至，颇亦柔和"。遗憾的是这个改变坚持的时间太短仅十来天，"沈君本是决意不见妻子的，正是妻子书信中的保证使他决定再给妻子一次机会"③。问题是，生活并不像华洪想得那么简单，他为沈君除掉了悍妇，可是沈尚书并未走出那个怪圈，竟至于最后殒命。从思想内容看，这个故事个人的启发是："坚持锻炼自身优秀的方面，那些缺点就会被慢慢地瓦解。"④从文学发展演变的轨迹看：这篇作品"对《醒世姻缘传》和《聊斋志异》等作品中诸多妒悍妇人的影响⑤"是明显的。沈尚书惧怕妻子的轶事，颇有些超出常情，但她因暴戾被杀，伏尸不流，真是罕见。但作者归因于宿仇再世相遇，或可符合当时很多人的归因心理。该记载，对我们了解五代文人的生活状态有一定的帮助。

第五节　《王氏见闻录》叙写陇蜀的多重价值

《王氏见闻录》为王仁裕随记见闻之作，多记前蜀君臣遗事和朝野杂闻，因王仁裕在蜀曾任翰林学士，得以直接接触有关人事，故所记多证实可信，有很高史料价值和文学价值。从所记事来看，仅《温造》一则记宪宗时温造平南梁兵乱事，《金州道人》记僖宗时平黄巢谶应事，《潞王》一则为前蜀亡后事，其余均记前蜀兴亡前后事，可知《通志·艺文略》所述可信。

《王氏见闻录》所记主要是五代十国时王蜀政权的社会现实，从本书辑录

---

① 项楚：《〈王梵志诗校辑〉匡补》，《敦煌研究》1985年第2期。
② （美）马登著：《性格决定命运》，陕西师范大学出版社2012年版，第6页。
③ 曹圆：《出土墓志与唐代夫妻关系》，复旦大学硕士论文2013年3月，第98页。
④ （美）马登著：《性格决定命运》，陕西师范大学出版社2012年版，第7页。
⑤ 石麟：《唐宋传奇与明清小说》，《明清小说研究》2008年第3期。

的34条作品看,涉及地域主要在陇蜀,即秦陇、歧梁、蜀地,约今天水、陇南、汉中和成都一带[①]。以时间来划分,属梁、蜀时期者居多,有20多条,其余为仁裕佐判王思同者3条,反映黄巢入长安前后者3条。从题材来看,涉及王蜀和秦陇间军阀斗争的故事占多数。有"王思同"条:

> 后唐少帝朝,清泰王起于岐阳,朝廷诏西京留守王思同统禁旅征之。王师西出之后,寻闻蹶丕,雍京僚属日登西楼,望其捷书。忽一日,官僚凭槛西向,见羊马城上有二大蛇,东西以首相向,为从者辈遥掷弹丸以警之。于时一人掷中东蛇之脑,蜿蜒然堕于墙下,挺然不动。使人视之,已卒矣。其西蛇徐徐入于穴巢之间。识者窃议之曰:"潞王乙巳生,统帅王公亦乙巳生,俱为蛇相,今东蛇中脑而卒,岂非王师不利乎?"未逾旬日,群帅叛归潞王,思同腹心都将王彦晖已下,并投岐城纳歀。同单马而遁,竟没于王事焉。蛇亡之兆,得不明乎?

从这则笔记小说的内容看,作者对王思同任西京留守的过程是颇为熟悉的。《王氏见闻录》的多数作品应是作者在长安任西京留守判官时撰述的。后唐明宗天成二年(927),王思同移镇陇右,好文士,无贤不肖,必馆接赠遗,在秦州累年,边民怀惠,是在这样的情况下王仁裕应聘再度到兴元"任从事"。思同奉命讨伐董璋叛乱后,王仁裕留在长安,约有五六年的时间,使得他有充裕的时间去采访、调查。

《王氏见闻录》思想内容的"底层"是唐末五代陇蜀浮世之中的真人真事素材,内容涉及了当时社会、政治、经济、军事等多个领域,以其亲身经历

---

① 参见缪元朗《〈开元天宝遗事〉校点商榷》,四川大学学报(哲学社会科学版)1986年4期;蒲向明《〈开元天宝遗事〉诸问题探讨》,天水师范学院学报2008年3期;杨文新《王仁裕〈开元天宝遗事〉思想艺术初探》,《西北民族大学学报(哲学社会科学版)》2010年1期;周勋初《〈玉堂闲话〉考》,《西北师大学报(社会科学版)》1988年3期;刘雁翔《王仁裕〈玉堂闲话·麦积山〉注解》,敦煌学辑刊2006年2期;蒲向明《论〈玉堂闲话〉的思想内容和艺术特色》,《社会科学论坛(学术研究卷)》2008年1期;蒲向明著:《玉堂闲话评注》,中国社会出版社2007年5月版;陈尚君《王仁裕:陇南僻乡走出来的诗文大家——蒲向明〈玉堂闲话评注〉序》,见陈尚君著:《我见青山》,文津出版社2017年版,第26-33页。

为后世保留了许多有价值的史料。如"萧怀武"条云：

> 伪蜀有"寻事团"，亦曰"中团"，小院使萧怀武主之，盖军巡之职也。怀武自所团捕捉贼盗年多，官位甚隆，积金巨万，第宅亚于王侯，声色妓乐，为一时之冠。所管中团百余人，每人各养私名十余辈，或聚或散，人莫能别，呼之曰狗。至于深坊僻巷，马医酒保，乞丐佣作，及贩卖童儿辈，并是其狗。民间有偶语者，宫中罔不知。又有散在州郡及勋贵家，当庑看厩、御车执乐者，皆是其狗。公私动静，无不立达于怀武，是以人怀恐惧，常疑其肘臂腹心，皆是其狗也。怀武杀人不知其数，蜀破之初，有与己不相协，及积金藏镪之夫，日夜捕逐入院，尽杀之。冤枉之声，闻于街巷。……

这则笔记小说记载了王建前蜀政权的特务组织"寻事团"（"中团"）作为高压政治的产物，其监督民众达到了令人发指的程度，引人深思。这些史实，新旧《五代史》均无记载，清人《十国春秋》也鲜有收录。因其来自作者的耳闻目睹，显现出极其可贵的史料价值，可补史之阙。

《王承休》一篇长达4000多字，是现存《王氏见闻录》作品中篇什最长者，也是王仁裕笔记小说中容量最大的。蜀后主王衍沉湎酒色，贪图享乐，不思国事，任用"多以邪僻奸秽之事媚其主"的奸佞小人王承休为秦州节度使，其以秦州"多出国色"为诱惑，让王衍巡幸天水，导致了前蜀灭亡。作者经历了整个事件，以中书舍人、翰林学士之职参与其中，这是蜀亡前夕这段史实记述最为详尽的。《通鉴》据此而写，但已是十分简略。其中除保留了王仁裕自己的几首诗作外，还完整引述了前秦州节度使判官蒲禹卿叩马泣血的表奏，以劝谏蜀主王衍放弃巡游天水。该谏书所言"是多山足水之乡，即易动难安之地，麦积崖无可瞻恋，米谷峡何亚连知？路遇嗟山，程通怨水。秦穆圉马之地，隗嚣僭位之邦"，反映了当时天水"多山足水"的自然状况和麦积崖、米谷峡（今址不明，刘雁翔认为是来谷河即藉河，似不妥①）已经颇为驰名的情况。其中也刻画了几个有鲜明性格的人物形象，王衍的昏聩好色、王承休的祸国擅权、蒲禹卿的忠直忧国、王仁裕的酬唱附和、韩昭的奸邪凶狠等，都无不给人留下深刻印象。

《王氏见闻录》通过揭露前蜀统治集团的腐败，指明国运衰萎的原因，有深刻的警示意义。"伪蜀主舅"条（《太平广记》卷136）载：

> 伪蜀主之舅，累世富盛，于兴义门造宅。宅内有二十余院，皆雕墙峻宇，高台深池，奇花异卉，丛桂小山，山川珍物，无所不有。秦州董城村院，有红牡丹一株，所植年代深远，使人取之，掘土方丈，盛以木柜，自秦州至成都，三千余里，历九折、七盘、望云、九井、大小漫天，隘狭悬险之路，方致焉。乃植于新第，因请少主临幸。少主叹其基构华丽……

已经贵为蜀后主王衍的国舅，世代富豪尚还不够，他还于成都兴义门修造雕墙峻宇，其修造华丽的程度，连身为君王的少主王衍也大为感叹。最令人感到震惊的是，单为了弄一株红牡丹，竟从秦州"掘土方丈，盛以木柜"，历经三千余里的遥遥险途辗转运至成都，植于新第，靡费无数。如此奢侈的统治集团，腐败已经病入膏肓，国家焉能不亡？果不其然，"明年蜀破，孟氏入成都，据其第"。腐败亡国，给人警示。

《王氏见闻录》反映了五代十国时期战争频仍、兵燹不断给陇蜀浮世平民带来的深重灾难②。家破人亡、流离失所之际，父子骨肉相对竟不相识！"姜太师"条（《太平广记》卷500）写蜀汉时期故事，疑为当时社会写照。姜太师每天鞭棰的掌厩夫姜老，不料竟是自己的生父！在这戏剧性的偶然事件里面包含了平民在战乱中无处安定生息的必然。姜太师虽然用一个冠冕堂皇的

---

① 刘雁翔：《成纪县治迁徙讨论》，《敦煌学辑刊》2009年第3期。
② 见陈见微《辑本〈王氏见闻录序〉》，《古籍整理研究学刊》1986年1期；李剑国《隋唐五代小说叙录》，南开大学出版社1993年版；陈尚君辑《王氏见闻录》收入《五代史书汇编》傅璇琮等主编，苏州出版社2006年版。

借口完满地相认了父子,但他心中所落的愧疚,岂是"斋僧数万""终身不挞从者"所能消除的?这个社会历史的责任当然不能由生命个体来承担,这是一个战乱时代所能展示的生命之轻,亲情不保。从王仁裕《玉堂闲话》"康义诚"条(《太平广记》卷500)和孙光宪《北梦琐言》同类小说故事内容看,故事反映的绝不是当时的偶然现象和虚构情节,而是那个战乱时代较为普遍且真实生活的写照。

作者通过调查掌握故老传闻,它们以触目惊心的事实,揭露了统治者争权夺利、互相倾轧造成滥杀无辜的罪恶。"温造"条(《太平广记》卷190)记写唐宪宗时京兆尹温造自请命去南梁(兴元)镇压所谓反叛了的五千名兵士的事件:

> ……他日,球场中设乐,三军下令,并任执带弓剑赴之,遂令于长廊之下就食。坐筵之前,临阶南北两行,悬长索两条,令军人各于面前索上,挂其弓剑而食。逡巡,行酒至,鼓噪一声,两头齐抨其索,则弓剑去地三丈余矣。军人大乱,无以施其勇,然后阖户而斩之。五千余人,更无噍类。其间有百姓随亲情及替人有赴设来者甚多,并玉石一概矣。……

这是一场令人不寒而栗的屠杀,五千余军士(还有混杂其间的平民百姓、顶替者)都被无情杀戮,可以想见那是多么血腥的场面,以后若干年,一直成为南梁(兴元)人心中挥之不去的心理阴影,"自尔累世不敢复叛"。这个屠杀事件发生在作者生前半个多世纪,对于他来说"二十年前职于斯,故老尚历历而记之矣"。

《王氏见闻录》中的"金州道人"条(《太平广记》卷85)和"功德山"条(《太平广记》卷287)记写黄巢起义题材,带有神异性质,但不免说明为剿灭黄巢反抗朝廷的力量,无论是安康守崔某还是镇守滑台的中书令王铎都毫不犹豫地采取了断然措施。这些作品既具有史料意义,也具有文学价值。值得重视的是该书的作品,记载了物产和地理资源,于文学展示的同时,还再现了博物学和地理学的特殊意义。如"竹𪓰"条(见于《太平广记》卷

163，陈尚君辑云《分门古今类事》卷13引出《益部耆旧传》)记载熊猫类动物的情况：

> 竹𪕮者，食竹之鼠也。生于深山溪谷竹林之中无人之境，非竹不食，巨如野狸，其肉肥脆。山民重之，每发地取之甚艰。岐梁睚眦之年，秦陇之地，无远近岩谷之间，此物争出，投城隍及所在民家。或穿墉坏城，或自门阈而入，犬食不尽，则并入人家房内，秦民之口腹饫焉。……庚午岁，大梁同州节度使刘知俊叛梁入秦，家于天水。天水破，流入蜀。……蜀人惧之，遂粉刘之骨，扬入于蜀江。……

据此分析，竹𪕮的形体、大小、生活习性都应与今小熊猫相符（别有论者为今熊猫，但据此形体不类，亦有论者认为是竹鼠①，较之形体又过小），说明在唐末时期陇蜀地域、处于秦岭西段的天水（含今陇南部分地区）亚高山丛林分布良好，森林资源富集，生态状况类似于今四川邛崃山系和岷山山系东南麓，小熊猫广泛分布，民间对其捕食司空见惯。至于李茂贞和朱温凤翔之争的"岐梁睚眦之年"，是在唐昭宗天复年间（901—903），其时为什么会有小熊猫"争出"的异常活动，应该是一个历史地理学的谜，而王仁裕把这种事象和政治社会的童谣、史实联系起来，无非是为了增加故事的传奇性和"信而有征"的文学性。

该书称"见闻录"，当属作者耳闻目睹之事的记录，有真实的成分，也不乏虚妄的传闻。但从当时社会的人才观（"蜀士"条）、政治投机思想（"陈岷"条）、冥数前定观念（"潞王"条）、凶兆应验（"骆驼杖"条）、人情世故（"成都丐者"并"文处子"条）等方面，加深了今天以及后世人们对唐末五代初期社会的细致了解，是很有价值和意义的，其中的迷信和和怪诞成分，系其糟粕所在，但并不能降低它所具有的实际价值。

《王氏见闻录》最突出的艺术特色是展示了作者政治历史意识的独特审美

---

① 见台湾学者詹宗祐《论传统中国时期的野味——竹鼠》，台湾《中国饮食文化》2006年第1期，第87—116页。

表现。

王仁裕历仕五代，在前后蜀即处于政权的核心，这本笔记小说集为我们感受那个时期士大夫阶层的政治历史意识提供了独特审美体验。篇幅最长的"王承休"条，使不同的人物登台，让他们在急剧变化的社会时代面对多种矛盾，王承休投王衍所好，"密令强取民间子女，使教歌舞伎乐。被获者，令画工图真及录名氏，急递中送韩昭。昭又密呈少主。少主睹之，不觉心狂。遂决幸秦之计……"。对这样的荒唐行为，"由是中外切谏不从。母后泣而止之，以至绝食"。前秦州节度使判官蒲禹卿叩马泣血表谏，也并不能挽回少主自取灭亡的结局。其独特的审美表现在于，你可以预见败亡之势，你却又不能改变"势"所驱使，是一种政治历史的绝地无奈。而作者加以不动声色的记述，冷静且从容。

如此的情况还有"沈尚书妻"条，该妻被杀，"刃于阶下，弃尸于潼江"，表面看是个人悲剧，性格使然，实则所非。她面对的是一个丈夫可以拥有"姬仆十余辈"的社会，性格缺陷和家庭矛盾造成"诸姬婢仆悉鞭棰星散，良人头面，皆拿擘破损"的局面是必然结果。作者最后用"尸住急流中不去""怨偶为仇"的解颐试图淡化悲剧意味，由此展示了著作过程的独特审美表现。

该书鲜明的特色还在于其叙事视角的独特性。王仁裕生活于前蜀士林，他追记整理亲历耳闻事件，为今人考察晚唐五代士人政治心态与社会思潮提供了一个独特的视角。"王宗信"条写了十余妓女被胡僧引入火中，但离奇未伤的故事，至终篇，"讫不知何妖怪"，还是没有得到答案。这个故事反映了那个时代士人"诬佛"而又"信佛"的矛盾心态，而申明神道（当然包括佛力）之不谬，几乎就是当时士大夫们最主要的社会思潮。再如"陷河神"条中所写神道的离奇，却是从十六国的前秦开始，至后秦姚苌（南安赤亭今陇西人）游蜀，再到僖宗幸蜀，"其神自庙出十余里，列伏迎驾，白雾之中，仿佛见其形"，以说明神道思想的现实合理性，是在同期作家写秦陇、陇蜀事件时非常具有独特性的。

《王氏见闻录》在艺术上还体现了"史才"与"诗笔"的融合。感怀之思，成为五代作家共同的创作情结，王仁裕在这部笔记小说集中的记写也不能例外。"青城道士"条，写"伪蜀青城山道士能幻术"，其淫邪之行，危及豪贵之门，所以"少主不欲彰其恶，潜杀之"。对时世的感怀潜藏在冷峻的叙述之中。这种"史才"与"诗笔"的融合，该书比之诗歌表现更为直接，更为明显，显现一定的人文理想精神。"朱少卿"条写人生的遭际，腾达和落魄都无不应验"马梦之征"，将叙述客观史实与抒写人物情怀结合起来，做到了"史才"与"诗笔"的熨帖。

《王氏见闻录》在艺术上表现出一种新变的文体特征。该书现存的34条作品，无不体现唐末五代史传派小说和辞赋体小说的合流，在小说的杂体化发展进程中具有重要价值，对后世特定的文体形式产生影响。"王承休"条的蒲禹卿长表在小说的情节发展上起铺垫和伏笔作用，预示着王衍丧国投降的悲惨结局，这也是其在内容形式上的亮点，它不仅扩大了小说的内涵，而且在小说的杂体化进程中开风气之先。[①] 因此，该笔记小说集既显史才、诗笔，又带表文，应该是对小说文体发展的一个贡献。"胡翙"条写胡翙的种种事迹，是为后面他的被杀埋下伏笔，写法颇具史传笔法，而后面作者凭吊胡翙的诗作韵文，又体现了赋体小说的特点。"封舜卿"条穿插《麦秀两歧》曲产生的前后经过，乐曲成为关联内容、情节发展的重要线索，对有关音乐题材笔记小说的续写有重要影响。"王仁裕"条属于自传性质，其中题诗放猿（名"野宾"）的情节，由韵文嵌入笔记，叙述与诗赋浑然一体，很好地表现了作品内涵，也显现了故事情节发展的跌宕起伏，与文尾题诗相呼应，很好表现了文体上创新的特点。

---

① 温虎林：《王仁裕笔记小说〈王承休〉的文体学价值》，《甘肃高师学报》2009年第1期。

第七章　王仁裕诗文观照唐末五代陇蜀人文地理生态

王仁裕的诗文作品，在颇具文采的同时也极具纪实特征。这些文学性叙写，能观照到传统古籍较少注意的唐末五代陇蜀地域的人文地理特征。之所以会出现这种颇有特色的文学现象，是因为他一生七十七岁的历程中，大部分时间是在以陇南、汉中及成都为主的陇蜀地区度过。而在唐末五代，这一地区处在王朝核心区的边缘地带，有着人文地理方面的特别意义。

第一节　王仁裕生平四期与叙写陇蜀人文生态

笔者在十余年前的研究中，曾把王仁裕的一生分成四个时期[①]，在今天我们观察他的陇蜀地域诗文创作，仍然具有学术史价值。王仁裕在28岁以前（880—908），生活在陇蜀地域的西北部——秦州长道县，这是他的交游和苦读时期。此期因为父亲早逝，王仁裕少孤"幼不羁，唯以狗马弹射为务"[②]，至二十五岁始从师训。他最著名的事迹，就是梦中"开腹浣肠"及"吞西江文石"，由此梦醒激发他的文学天赋。李昉《王仁裕墓志铭》记载如下：

[①] 蒲向明:《王仁裕的文学成就》,《天水行政学院学报》2003年第3期。
[②] （宋）轶名著，顾逸点校:《宣和书谱》,上海书画出版社1984年版,第165页。

> 因梦开腹浣肠，复见西江碎石，其上皆有文字，梦中取而吞之，及觉，性遂开悟。因慷慨自励，请受经于叔父。诗书一览，有如宿习；凡诸义理，必究精微；下笔成章，不加点窜。岁余，著赋二十余首，曲尽体物之妙，由是远近所重。秦帅陇西公继崇闻之，自山中辟为从事。①

虽然有人质疑其真实性，但这只是王仁裕的梦境，人由于"顿悟"而决定改变人生方向的历史记载并不少见，因此不能说王仁裕一定有说谎的嫌疑，而且这两则事迹均载入新旧《五代史》及传状碑志之中："（王仁裕）二十有五，略未知书，因梦开腹浣肠，复睹西江碎石，皆有文字，梦中取而吞之。"②此记于今人常识虽然略显无稽，但可以想见一定是王仁裕告诉家亲旧故后，才传闻开来，以至于社会影响广泛，才被载入史传碑志。值得注意的是，到了明清时期，王仁裕"西江浣肠"与"梦石吞篆"之说已经成为典故："（王仁裕）少常梦剖其肠胃，以西江水涤之，诉兄江中沙石皆篆籀文，由是日进文思……"③ 这个典故在日本也广为流传，《大洋和辞典》载："王仁裕传喜为诗，其少也，尝梦执其肠胃，以西江水涤之，顾见沙石皆成文字。"④《大汉和辞典》："《五代史补》王仁裕尝梦剖其肠胃，以西江水涤之，顾见江中沙石皆成文字。"⑤《广汉和辞典》："王仁裕尝梦剖其胃肠，以西江水涤之，顾见江中沙石皆有文字。"⑥ 王仁裕一旦开悟，始有志向学则是必然之事。假如没有"开腹浣肠""梦石吞篆"的梦境启发，他可能和其父一样只是唐末五代陇蜀军幕之家成员，不可能在中国历史留下一席之地。

---

① （宋）李昉：《周故太子少师王公墓志铭》，见于蒲向明《玉堂闲话评注》，中国社会出版社2007年版，第355页；蒲向明：《追寻"诗窖"遗珍——王仁裕文学创作研究》，光明日报出版社2012年版，第220页；李昉：《王仁裕墓志铭》，见于赵逵夫、赵祥延《补作者见于〈全宋文〉之北宋佚文四篇》，《内江师范学院学报》2018年第11期。
② 曾枣庄、刘琳主编：《全宋文》（第3册），上海辞书出版社2006年版，第169页。曾枣庄主编：《宋代传状碑志集成》（第4册）四川大学出版社2012年版，第1656页。
③ （清）陈鳣：《续唐书》（三），商务印书馆1936年版，第586页。
④ （日）诸桥辙次著：《大洋和辞典》（卷六），大洋图書出版1961年版，第998页。
⑤ （日）诸桥辙次著：《大汉和辞典》，恒生图书公司1987年版，第442页。
⑥ （日）诸桥辙次、鎌田正、米山寅太郎著：《广汉和辞典》（下卷），修馆书店1957年版，第663页。

第七章 王仁裕诗文观照唐末五代陇蜀人文地理生态

王仁裕人生的第二阶段是自28岁到41岁（908—921），属于他步入社会上层期。此时唐末大乱，岐王李茂贞自立于陇右，李茂贞的独子李继崇辟召他为幕佐，王仁裕由此开始了仕宦生涯，初被辟为从事，后又转任秦州节度判官。后节度使李继崇降蜀，王仁裕继续留任秦州节度判官。第三阶段，他在41岁到54岁（921—934）处于兴元（今陕西汉中）为官的沉浮期，辛巳年（921）他离开秦州到兴元，任兴元节度判官。923年，蜀后主王衍召他到成都，三年中连授礼部郎中、中书舍人、翰林学士三职，王衍喜爱文学，而王仁裕"好文攻诗，偏所案狎，宴游和答，殆无虚日"，随侍唱和，此期也应该是王仁裕最受信任的时期。到了后唐同光三年（925）后唐破蜀，王仁裕被降授秦州节度判官，再度回到天水，出现仕途的一个低潮和轮回，因而未久罢职辞还，"归汉阳别墅，有终焉之志"。后唐明宗天成五年（930）因王思同所荐，又授兴元节度判官。后来潞王李从珂重用他，王仁裕也因此到当时政治中心洛阳任职。

王仁裕的人生第四期，也即54岁到77岁（934—956），是其在洛阳、开封的仕宦时期，二十余年他经历了唐、晋、汉、周四代七帝，虽然在政治上并没有太大的作为，显然是政权更迭频繁并非能力问题。他晚年最值得称道的事迹，莫过于后汉隐帝乾祐元年（948）知贡举，那年得榜者有王溥、李昉、窦俨、和凝及许仲宣等，其中王溥在后周及宋初相继为相，李昉在宋太宗时期担任类书的编纂工作，其中的《太平广记》《太平御览》等书也成为研究唐五代历史最重要的文献，因此有"（王）仁裕知贡举时，所取进士二十三人，皆一均名公卿，李昉、王溥为冠，时人以公事业类王仲淹得房、杜、王、魏以辅太宗而开唐室"[①]。

观其一生，五十四岁是他人生主要不同时期的分水岭。此前主要生活在陇蜀，以后则进入中国北方的核心区域，他的一生历经唐代、唐末陇右秦王、前蜀王建及后唐明宗、闵帝、末帝、后晋后祖，少帝后汉高祖，隐帝及后周太宗、世宗等九帝，可以说与五代同始终。距离五代乱局结束、赵匡胤黄袍加身开宋世不过四年，这种经历数朝而久位显达的人，和备受争议的冯

[①] （明）解缙原著、刘凯主编：《永乐大典》卷6851引《舆地纪胜》，线装书局2016年版。

道相论，并不遑多让，这是离乱之世的共通现象，苛责不了当时如王仁裕一般的儒者。

王仁裕的著作十分丰富，这在隋唐五代以前刻本还没有盛行的时代中，的确是非常罕见的。他的作品可以归于两个系统。一是以《陇右金石录》所存，李昉撰写的《故太子少师王公神道碑》所载："生平所著《秦亭篇》《锦江集》《入洛记》《归山集》《南行记》《东南行》《紫泥集》《华夷百题》《西江集》共六百八十五卷，又撰《周易说卦验》三卷、《转轮回纹金鉴铭》《二十二样诗赋图》并行于世，著述之多，流传之广，近代以来，乐天而已。[①]"但神道碑中所提到的书籍中却只有《入洛记》《南行记》及《紫泥集》见于《宋史》及其他同时代的宋人著作之中，而《神道碑》中却未看到今传最有名作品如《开元天宝遗事》《玉堂闲话》及《王氏见闻录》，而这三部作品，前一已成书，后两部大量录入李昉所撰之《太平广记》。二是以《宋史》的记载为主，也大量出现在当时官方藏书及私人藏书[②]。

按理，李昉撰《神道碑》，距离王仁裕的时代最近，收录王仁裕作品的情况应是最可信的，但王仁裕最为人所知的作品为何没有列入《神道碑》，有待探讨。《故太子少师王公神道碑》，大致是以王仁裕的生平来大概记载，如《秦亭篇》是在陇南的文集，《锦江集》则是他在四川时的记录，至于《周易说卦验》等书均无记录，可能是以他的生平及兴趣来加以分类，有没有传世并不是那么重要，而《宋史》则是根据已传世的著作加以载录，因此《宋史》中著录的书籍也多为当时的史书所记载。但无论如何，王仁裕毫无疑义的是一个经验丰富、兴趣广泛且写作勤奋的人。但遗憾的是，目前王仁裕的作品除了《开元天宝遗事》外均已散佚，近人开始重视王仁裕的文学成就，因此有《玉堂闲话》及《王氏见闻录》的辑本出现。比较而言，现存王仁裕著述，与他原本的著作全部相比，仅如沧海一粟。

---

① （宋）李昉著：《太子少师王公神道碑铭并序》，原收录于张维《陇右金石录》（1943），今据陈尚君辑纂《旧五代史新辑会证》，复旦大学出版社2005年版，第3934页。

② 《宋史》所著录的书籍之中其他书籍没有著录者，仅《紫泥后集》及《唐末见闻录》，但《唐末见闻录》虽然他书没有著录，但在司马光的《资治通鉴考异》中却大量为司马光所引用，作为唐代末年史事的记录及辨证，可以说司马光在编纂《资治通鉴》时的确看到《唐末见闻录》，而且它是记载唐末史书的重要著作。

第七章　王仁裕诗文观照唐末五代陇蜀人文地理生态

古代文学作家作品的地域研究，除史地要籍外，重视亲身经历的记述与叙写也是文学地理相当重要的一部分。以文学地理学而言，重视环境空间的描绘与观察，也重视亲自体验的著作才具有文学地理的意义。王仁裕周游仕宦于陇蜀与中原，写作重视亲眼所见的经历，因此他一生游历居住的地区，自然是文学地理学上的重要记载。王仁裕一生前半期主要活动在陇蜀，后半期则从四川经汉中到长安及洛阳及开封，这三个都市是中国中古时期的三大都市。他54岁以后有二次出使，一次是南行到广东，一次是北行到契丹。可以说他一生之中的活动范围，除了长江流域及黄河下游外都留下了足迹，旅行之广在中国文人中也是较为罕见的。

王仁裕诗文作品，对唐末五代陇蜀人文地理方面的描绘是多样的。第一，他对居住最久的陇南、天水的描绘最为详尽。最有价值的是对麦积山的叙写，后世研究者都会引用。《麦积山》一文中提到了许多有关中古时期麦积山的问题，如山名的由来，是"崛起一石块，高百万寻，望之团团，如民间积麦之状，故有此名"。指出山名的由来和山形有关，这也是山名命名学中最主要的特征之一。另外也提到了麦积山石窟修筑的方法："自平地积薪，至于岩巅，从上镌其龛室佛像，功毕，旋旋折薪而下，然后梯空架险而上。"这种积薪而筑的方式，现实上是否可能，学界至今还有争议，但庾信《秦州天水郡麦积崖佛铭并序》中提到凿窟的方法是"梯云凿道"现实可行。悬空架梯，石壁凿道，其法省力、省钱也省时间，是古代凿窟的主要方法，因此"积薪说"只是王仁裕根据民间传说的笔录。从历史事实观察，王仁裕只是到麦积山旅游，并不是实际开凿者，依据当地说法加以笔记叙写，王仁裕并不需要考据这个说法是否正确。王仁裕对麦积山的记载还有庾信铭记、散花楼、七佛阁、金蹄银角犊儿、万菩萨堂、天堂等几个景点，其中除了庾信的铭记已散失外，其他经历了一千余年都仍然存在，甚至可循着王仁裕记载的攀登方，进行复原试验。因此冯国瑞先生在调查麦积山石窟时提到："读此奇文记载，真令人心神震眩，初疑非人境，及亲履其间，虽有残毁，而泰半皆森然在目，骇如幻境梦影，响壁叫绝。"[①]王仁裕诗文叙写陇蜀，登麦积山事虽过千余年但可以

---

① 冯国瑞著：《麦积山石窟志》，兰州古籍出版社1990年版，第13页。

寻迹重走。麦积山和敦煌莫高窟一样，都是石窟艺术的典型代表。陇南麦积山因为地处偏远，遭受到的人为破坏并不激烈，这里气候条件也较干燥，因此可以保留相当长的时间，这也是历史上的奇迹。

第二，王仁裕诗文除记述陇地之天水、陇南外，对陇蜀中段的汉中和川蜀之地也给予很多的文学观照。写汉中的斗山观："自平川内，耸起一山，四面悬绝，其上方于斗底，做号之。薜萝松桧，景象尤奇。"（《玉堂闲话》）虽然斗山观在陇蜀历史上并不是一个十分有名的景点，但王仁裕透过文学笔法将斗山观的由来及景色描绘得十分真切。又如《选山场》和《狗仙山》充满神怪色彩，而且都与巨蟒传说有关，看起来有点荒诞不稽，但蛇的习性在陇蜀独特的环境与气候中表现得极为生动，人文地理气息浓郁。陇蜀之地，属长江流域，可配"南方"之称。从文学大背景上看，唐诗中对于蛇的叙写极其丰富，如柳宗元初贬柳州，就有《寄韦珩诗》云："阴森野葛交蔽日，悬蛇结虺如葡萄"[①]，系当时南方常见到的景象。因此王仁裕以这两条记载为代表的写蛇之奇异传说，实则是将地理环境的特点和民间传说结合在一起，虽有神怪色彩，但对人文地理的叙写仍然十分真切。又如《南州》一条，王仁裕并没有具体说明属何州郡，可能是蜀地僻远之所，登山入谷皆高险深绝，以致地不通车马，只能用指爪攀缘，寸寸而进，交通的艰难，尚需载物、载人于背笼之中，郡治在桑林之中，却只有茅屋数间，而特殊的饮食习惯如"圣虀"即犊儿细粪，"刺猱"即麻虫裹蒸等更让人印象深刻。王仁裕通过对唐末五代在陇蜀的所见所闻，把南北丝路连线一带的中国西南高山深峡的土著居民生活淋漓尽致地展现开来，放在了文人仕宦的视野之下。这与同时代的作家相比，显然是一种创新。而在今天的文人士子来看，增强西北至西南的人文地理了解，也是卓异于可能的想象之外。

第三，王仁裕的诗文以陇蜀为基点，描写笔触辐射于他行旅及交通的中国各地。他所描写的道路，通常不是唐代交通史上的主要干道，因此这些道路也因为王仁裕诗文特有的记载，给我们今日重新认识中古时期的交通，开辟了新的视野和境界。在唐末五代由长安到四川的道路上，以汉中盆地为中

---

① 张玉霞编：《柳宗元全集》（三），时代文艺出版社2001年版，第1112页。

心可分成南段和北段。北段主要以散关——凤兴——汉中道、褒斜道、傥骆道、子午道及出商洛到荆襄的蓝田——武关道为主，南段则是以由汉中经剑阁到成都的金牛——成都驿道为主。王仁裕诗文作品对秦蜀道南北二段描写有限，而在《玉堂闲话》中，较为细致地记载了大竹路及大、小巴路①。这三条道路都不是汉中通四川中的主要道路，且陇蜀路途险远在王仁裕诗文描绘之中还伴有虎患的威胁。说明华南虎种群，在唐末五代的陇蜀路上极盛。《王承休》描写千军万马过"税人场"是怎样的一副场面："军人行旅，振革鸣金，连山叫噪，声动溪谷。"证明唐末五代由四川通往陇南、天水的道路十分危险，即使蜀主千军万马，但猛虎仍于军中攫走一人。"税人场"在当时名气很大，孙光宪《北梦琐言》也记载："唐大顺、景福已后，蜀路剑、利之间，白卫岭石筒溪，虎暴尤甚，号'税人场'，商旅结伴而行，军人带甲列队而过，亦遭攫搏。"②王仁裕对陇蜀主线交通的叙写，不仅有《伪蜀主舅》"自秦州至成都三千余里，历九折、七盘、望云、九井、大小漫天，隘狭悬险之路，方致焉"（《王氏见闻录》）的概述，也有具体的形容与描述。《王承休》提到宦官王承休劝蜀后主北行幸秦州："秦州之风土，多出国色，仍请幸天水"，秦州节度判官蒲禹卿谏曰："天水地远，峻恶难行，险栈欹云，危峰插汉，微雨则吹摧阁道，稍泥则沮滑山程……塞邑荒凉，民杂蕃戎，地多岚瘴，别无华风异景，不可选胜寻幽……麦积崖无可瞻恋，米谷峡何亚连知，路遇嗟山，程通怨水，秦穆圉马之地，隗嚣僭位之邦……当路州县摧残，所在馆驿隘少，止宿尚犹不易，供需固是为难。"严耕望认为，蜀后主的这次北行，就是走金牛道达汉中，然后经沔州（今勉县）、兴州（今略阳）、河池郡（唐五代时在凤州，今凤县境）到秦州。他说："《闻见录》（实即《王氏见闻录》）述王衍行程，出成都经汉州（今广汉），上梓橦山，经剑州、剑门、白卫岭，至利州（今广

---

① 有关大竹路及大、小巴路的问题，因为文献所限，学界一直有争议。严耕望以为大竹道即是唐朝时的巴岭道，也是后世所称的米仓道（严耕望著：《唐代交通图考［第四卷山剑滇黔区］》，《山南境内巴山诸谷道》，上海古籍出版社2007年版），冯汉镛则以为米仓道乃唐时的大巴道，而大竹路则为小巴路（转引自蒲向明《玉堂闲话评注》），王仁裕《王行言》（《玉堂闲话》）称大小巴山路"路由兴元之南，曰大巴路，曰小巴路"，说明大巴路与小巴路是不同的二条道路。王仁裕不止一次行走于这个地带，应该是很清楚的。所以，严耕望把大竹道直接更名为"大小巴山路"，似乎欠妥。

② （宋）孙光宪著、贾二强校：《北梦琐言》，中华书局2002年版，第440页。

元），即北道也。"①《方舆纪要》卷56云："金牛道今之南栈，自沔县而西南至四川剑州之大剑关口，皆谓之金牛道，即秦惠王之入蜀之路也。自秦以后，由汉中至蜀中者必取途于此风，所谓蜀之喉嗌也。钟会下关城趋剑阁是道也。历南北战争以迄金元角逐，蜀中有难，则金牛数百里间皆为战场。"②就是这么一条承载厚重历史文化、唐五代俗世生活的重要通商山路，王仁裕诗文记载的重点，似不在于它与唐五代社会经济命脉的关系，反而在于山路上的虎患，更贴近于平民社会，这是在传世史传中无论如何难以见到的。

第四，王仁裕诗文对陇蜀、秦蜀的历史地理观察，还体现在他对所经过的许多名胜叙写之上。如法门寺是唐代供奉佛指舍利的寺院，唐代曾数度由法门寺中奉迎佛指到长安接受供奉，韩愈的《谏迎佛骨表》即是上疏表达对于迎佛骨事的反对意见。法门寺虽然重要，但唐代的史料中叙述的并不多，只约略记载几次迎佛骨事。而王仁裕笔记《法门寺》虽然略带传奇色彩，即清楚地说明"长安西法门寺，乃中国伽蓝之胜境也，如来中指节在焉。照临之内，奉佛之人，罔不归敬。殿宇之盛，寰海无伦。僖、昭播迁后，为贼盗毁之。中原荡柝，人力即殚，不能复构，最需者材之与石"，后来"鸠集民匠，复构精蓝，至于貌备"。王仁裕文章所述事件，是有关岐王李茂贞占领凤翔一带时期的重修，这也是法门寺最晚、最重要的一次修葺。他的这个叙写可以从《大唐秦王重修法门寺塔庙记》的记载得到证实：

> 修筑上层绿琉璃瓦，穷工极丽，尽妙馨能。斧斤不辍于斯须，绳墨无亏于分寸。法云广布，佛日高悬，不殊兜率天中，靡异菩提树下。悟其宝相，了彼真空，金像巍然，福护于凤鸣之境。神光煜仑，照临于鹑首之郊。必使玉历长新，瑶图永焕。③

---

① 严耕望著：《唐代交通图考》（第四卷）"山剑滇黔区"篇23《金牛成都驿道》，上海古籍出版社2007年版，第864页。
② （清）顾祖禹辑著：《读史方舆纪事》（全六册），中华书局1957年版，第2445页。
③ （五代）薛昌序：《法门寺庙记》，见（清）董诰等编《全唐文》829卷，中华书局1983年版，第8736页。

第七章　王仁裕诗文观照唐末五代陇蜀人文地理生态

《全唐文》之《法门寺庙记》，实则《大唐秦王重修法门寺塔庙记》，原碑毁于"文革"，所幸碑文载于《金石粹编》《扶风县石刻记》《扶风县志》等书。该碑系"朝请大夫守尚书礼部侍郎中柱国赐紫金鱼袋"薛昌序撰文，王仁恭书，孙福刻①。碑后载明刻碑时间为"天祐十九年岁次壬午二月午子朔，二十六丁丑"，天祐是唐昭宗年号，天祐十九年（921）已是李唐王朝灭亡15年时。薛昌序，别名薛昌绪，与王仁裕同时代稍后，以迂腐著名，为李茂贞所叱。王仁裕《玉堂闲话》有《薛昌绪》条即言此。薛昌序并未因迂腐除职，而是在后来还得到了李茂贞的重用，官至礼部侍郎。法门寺因其盛唐光彩，成为中国重要的考古遗址和佛事、旅游胜地，这一点也是和王仁裕的记载分不开的。

他在由长安到洛阳的途中写了《入洛记》，该书虽已亡佚，但在少数的遗存也可以看到他笔下曾经唐帝国的繁华，如程大昌在《演繁录》卷11引王仁裕《入洛记》关于大明宫含元殿的记载云：

> （含元殿）曰玉阶三级，第一级可高二丈许，每间引出一石螭头，东西鳞次而排，一一皆存，犹不倾垫。第二、三级各高尽许。莲花石顶亦存，阶两面龙尾道各上六七十步方达，第一级皆花砖，微有亏损。贾黄中《谭录》②，含元殿前龙道，自平地凡诘曲七转，由丹凤门北望宛如龙尾下垂于地，雨垠栏悉以青石为之，至今石柱犹有存者，仁裕所见后唐时也，黄中所见本朝初也，合二说验之，则龙尾道夹殿阶旁上，而玉阶正在道中，阶凡三大层，每层又自疏为小级，其下二大层，两旁虽皆设扶栏，栏柱之上但刻为莲花形，无压顶，横石其上一大层者，每小级固皆有，柱顶更有横石，通亘压之而刻，其端为螭头溢出柱外，是其殿陛所谓螭首者也。③

---

① 王颢：《五代李茂贞夫妇墓志考释》，《西部学刊》2018年第4期。
② 贾黄中《谭录》，即《贾氏谭录》存一卷，系宋张洎（933—996）撰，录有宋左补阙贾黄中时传谈论，故名。该书记含元殿极为简略："含元殿前龙尾道，诘曲七转，由丹凤北望，宛如龙尾下垂。"见（宋）张洎撰：《贾氏谭录》历代笔记小说大观，上海古籍出版社2012年版，第9页。
③ （宋）程昌著：《演繁录》录于《四库全书》（光碟版）卷11第92光碟，引王仁裕《入洛记》，（香港）迪志出版公司1999年版。

含元殿是唐大明宫的前殿，也是唐初朝会之所及政治中心，在886年毁于战火，而王仁裕在长安时看到的含元殿虽然已经毁坏，但含元殿前的龙尾道，还保有皇家宫殿格局的气势雄伟。

王仁裕途经骊山华清池，记录了华清池的七圣堂："当堂塑玄元皇帝，以太宗、高中、睿、玄、肃及窦太后雨面行列侍立，俱冠衮冕，洒扫甚严。"[①]"七圣堂"在郑嵎的《津阳门诗并序》中也有记载，作"七圣殿"，云："至今山下有祠宇，宫中有七圣殿，自神尧至睿宗逮窦后皆立"[②]，显然所指的是同一个地方，这条记载说明唐代对于道教的崇敬，而且华清宫到五代之时的破坏还不算太过严重，又如他在《开元天宝遗事》中记载的"十六长汤""锦雁"等，有对过眼繁华的深切感叹。

综上所论，王仁裕诗文在陇蜀（兼及秦蜀少量作品）自然和人文地理的记载是独特而深刻的。如《秦州西升观》《陇城县东柯僧院》《麦积山》《兴元斗山观》《隗嚣宫》《四川往秦州道》等叙写，可以说十分丰富。他长于陇蜀边地，到中年以后始在宦途上开始发达。因此对于陇蜀上层社会的记载也十分丰富，如对平康坊"妓女所居之地。京都侠少萃集于此，兼每年新进士以红籤名纸游谒其中，时人谓此坊为风流薮泽"（《开元天宝遗事》）。又如《竹实》记载褒梁（汉中一带）之地因为旱灾而民多食草木，甚至骨肉相食，但这年也因为竹子开花结子，"数州之民，皆挈累人山，就食之，至于溪山之内，居人如市，竞置囷廪而贮之"（《玉堂闲话》）。饥民因为竹子开花而得活。这些载录，在人文地理上格外有意义。

第二节　王仁裕诗文叙写陇蜀平民生活的意义

实际上，我们认为王仁裕诗文对唐末五代陇蜀浮世生活中，关于平民生活

[①] （宋）程昌著：《考古篇》录于《四库全书》（光碟版）卷7第92号光碟，引王仁裕《入洛记》。
[②] （唐）郑嵎著：《津阳门诗并序》，《全唐诗》567卷，中华书局1960年版，第6566页。

的记载不仅十分丰富，而且文学的社会意义更大，更引人瞩目。兹列举如下：

《权师》写唐长道县山野间善卜生死的巫师；

《赵圣人》记善卜占者"占人灾祥，无不神中"；

《渭滨钓者》写"清渭之滨，民家之子，有好垂钓者，不农不商，以香饵为业，自壮及中年，所取不知其纪极"；

《刘钥匙》写高利贷者"以举债为家，业累千金。能于规求，善聚难得之货。取民间资财，如秉钥匙，开人箱箧帑藏，盗其珠珍不异也，故有'钥匙'之号"；

《发冢盗》写"褒中有盗发墓者，经时搜索不获，长吏督之甚"；

《村妇》写成州（今成县）勇妇"收莨菪子，多取之熬捣，然后饮以浊醪，于时药作，贼欲入火投渊，颠而后仆……于是妇女解去良人执缚，徐取骑士剑，一一断其颈而瘗之"；

《田令孜》写卖汤药饮子"用寻常之药，不过数味，亦不闲方脉，无问是何疾苦，百文售一服，千种之疾，入口而愈，常于宽宅中，置大锅镬，日夜煎煮，给之不暇，人无远近，皆来取之"；

《于遘》写钉铰匠患病而治愈；

《颜燧》写医人"出蛊毒者，目前之验甚多，人皆惑之，以为一时幻术，膏肓之患，即不可去"；

《不调子》写滑稽者"恒以滑稽为事。辈流间有慧黠过人，性识机警者，皆被诱而玩之"；

《张咸光》写游丐"有贫衣冠张咸光，游丐无度于梁宋之间，复有刘月明者，与咸光相类，常怀匕箸，每游贵门，即遭虐戏"；

《市马》写骡马交易的驵侩（牙子）"因大僚世籍膏粱，不分牝牡，偶市一马。都莫知其妍媸，为驵坐所欺"；

《轻薄士流》写歌乐百戏"有吞刀吐刀，吹竹按丝，走圆跳索，歌喉舞腰，殊似不见"；

《何四郎》写以粥妆粉自业者；

《无足妇人》写丐帮秘事"自郏南游浚都，乞恶于市，日聚千人，至于深坊曲巷，华屋朱门，无所不至，时人嗟异，皆掷而施之。后京城获北戎间谍，官司案之，乃此妇为奸人之领袖，所听察之甚多"；

《白项鸦》写女贼帅"年可四十许，形质粗短，发黄体黑。赤诣戎王，袭男子姓名，衣巾拜跪，皆为男子状。戎王召见，赐锦袍银带鞍马，署为怀化将军。委之招辑山东诸盗，赐与甚厚。被双鞬能左右驰射，日可行二百里。盘于击剑，其属千男子，皆役服之。前后有夫数十人，少不如意皆手刃之，妇人称雄，皆阴盛之应"；

《王行言》写贩夫商贾"秦民（天水人）有王行言，以商贾为业，常贩盐鬻于巴渠之境"；

《仲小小》写民间猎者"临洮之境，有山民曰仲小小，众号仲野牛，平生以采猎为务"；

《安甲》写屠夫"有民姓安者，世为屠业。家有牝羊并羔"；

《南人捕雁》写捕雁者、网狐者"有田民孟乙者，善网狐貉，百无一失。偶乘暇，持矛行旷野"；

《振武角抵人》写角抵者"有一夫甚魁岸，自邻州来此较力，军中十数辈躯貌膂力，悉不能敌，主帅亦壮之。遂选三人，相次而敌之，魁岸者俱胜"；

《贺氏》写以纺织为业的织妇"里人谓之贺织女，父母以农为业，其丈夫则负担贩卖，往来于郡。贺初为妇，未浃旬，其夫出外，每出数年方至，至则数日复出。其所获利，蓄别妇于他所，不以一钱济家"（这里还有道德的批判）；

《文处子》写烧炼为业者"居汉中，常游两蜀侯伯之门，以烧炼为业，但留意于炉火者，咸为所欺"；

《韩伸》写灼龟卜卦者"善饮博，长于灼龟，游谒王侯之门，常怀一龟壳，隔宿先灼一龟，来日之兆吉，即博，不吉即已。又或云某方伴去吉，即往之，诸方纵人牵之不去，即取人钱货，如微赤债。或经年忘其家而不归，多于花柳之间落魄，其妻怒甚"；

《功德山》写妖僧"唐巢寇将乱中原，汴有妖僧功德山，远近桑门皆归之。至于士庶，无不降附者。能于纸上画神寇，放入人家，令作祸祟，幻惑居人，通宵继书，不能安寝，或致人疾苦。及命功德山赠金作法，则患立除，人即异其术，趋术者愈"；

《青城山道士》写秽行道士"蜀青城山道士能幻术,往往入锦城,施其法,有所获。即潜挈归洞穴。或闻其行甚秽,官司吏中有识者,颇恶之。后于成都诱引富室及勋贵子弟,皆潜而随之。或于幽僻宅院中,洒所焚香设榻,张陈帷幌,则独于室内作法。或召西王母,或巫山神女,或麻姑、鲍姑神仙,皆应召而至……惑众颇甚";

《姜太师》写掌厩夫(马夫)"事刍秣数十年。姜每入厩,见其小过,必笞之。如是积年,计其数,将及数百,后老不任鞭棰,因泣告失人,乞放归乡里";

《梦虎之妖》写好畋猎者"周象者,好畋猎,后为汾阳令";

《水花冷淘》写善制水花冷淘者(烹饪美食):"野狐泉一姥,善制水花冷淘,切以吴刀,淘以洛酒,潦叶于铛耳中,过投于汤中,其疾徐鸣掌趁之不及,富于携金就食之"(《白孔六帖》引《入洛记》);

……

凡此种种,不胜枚举。从以上所举作品来看,王仁裕对唐末五代平民生活的叙录,不仅是在题材上,人物也十分多样化,即使从职别来看,有医生、丐者、道士、僧人、卜占者、烧炼者、商贾、鬻醋油、鬻妆粉、卖药饮者、钉铰匠、网狐、捕雁者、猎师、烹调者,等等,几乎遍及浮世社会底层的方方面面,虽然他们构成了当时社会的泰半,但见诸于士大夫们的记载却很少,能传之后世的更是不太多见。在王仁裕的诗文作品中,这些人仿佛如生般地活在作者对他们的叙写之中,依人随事,读者也从中更加清晰地认识了唐末五代的浮世人生。这些载录,也让我们对于中国中古时期处在社会比较边缘的人们,有一个立体的思维建构和呈现,这也是王仁裕长年生活在浮世平民之家,才会有的能力,以此体会和观察唐末五代陇蜀时世,通过文字流传下来。

王仁裕诗文作品对唐末五代浮世生活的叙写,妇女群像的展示也是一个富有人文内涵的艺术表现。王仁裕笔下对妇女的描写很多,而他笔下的妇女形象又极为突出。如"贺织女"其夫常年经商不在,为妇二十余年,其夫无半年在家,但她能勤力奉养,始终无怨,因此王仁裕称赞她是"贤孝"。这种符合中国传统妇女美德的妇人,虽然是值得赞扬,但王仁裕更多叙写的是脱离世俗常轨的妇人,如贼妇帅"白项鸦",形质粗短,发黄体黑,能左右驰射,日行二百里,盘矛击剑皆所善,而又统领属下数千男子,可以说是乱世之中的豪杰女子。又如"无足妇人"条中记载无足美妇女穿著整齐乞于开封,也因为乞者的身份能够游走于京城各处,所谓"深坊曲巷,华屋朱门,无所不至",后捉获北戎奸人,才发现这是敌国派来刺探的间谍领袖,因而被杀。换位思考一下,只要有战争对立,就会有间谍出现。他们出生入死获取敌方情报,替自己国家争取最多敌方讯息,无足妇人以自己女性及乞丐的身份,兼及身体的缺陷来掩护行动,而且在敌国首都布下了间谍网。她虽然失败被杀,但失败并不是因为自己被发现,而是同组织被破获牵连出来的。无足妇人虽然身体有缺憾,但无疑是一位胆大心细又有领导能力的人,在间谍史也属罕见。又如"村妇"中记载僻远村野有盗来袭,男人并被缚囚,但妇女则以茛菪加入食物之中和以酒馔,药性发作后,将盗匪全部杀死,解救全村庄的人,描写妇女冷静应敌可以说十分精彩。又"水花冷淘"条记载老姥善制水花冷淘,水花冷淘是一种面食,五代冯贽的《云仙杂记》引《河东备录》云:"并代人喜嗜面,切以吴刀,淘以洛酒,漆斗贮之,击鼓集老幼,自以多寡取之至饱。"[1] 冯贽和王仁裕所指的应是同一种面食。杜甫《槐叶冷淘》诗云:

> 青青高槐叶,采掇付中厨。新面来近市,汁滓宛相俱。人鼎资过熟,加餐愁欲无,碧鲜俱照箸,香饭兼苞芦。经齿冷于雪,劝人投比珠。愿随金腰袅,走置锦屠苏。路远思恐泥,兴深终不渝。献芹则小小,荐藻明区区。万里露寒殿,开冰清玉壶。君王纳凉晚,此味亦时须。[2]

对于带着泥土芳香的来自最民间的乡野美食的原材,越是最简单的做法,越能体现出其美食的野味和真味。槐叶冷淘是一种唐人夏季喜食的特色凉面,大致做法是:在夏天,采摘高高枝头的好槐叶,用开水浸泡一下,研碎挤出青青的叶汁,用青汁水和面,做成青碧可爱的细丝面条。面条入水煮熟后,过一遍冷水,另炒葱油,用醋、糖、酱做成料汁,或再加入豆腐、香蕈,浇

---

[1] 王汝涛编校:《全唐小说》(第四卷),山东文艺出版社1993年版,第3224页。
[2] (唐)杜甫著:《杜工部诗集》(全二册),中华书局1957年版,第247页。

第七章　王仁裕诗文观照唐末五代陇蜀人文地理生态

在冷面上，是一道夏季可口又养生的佳品。此诗记制淘之法，倍称其佳美。告诫蒸淘过熟，其槐叶汁质易消减，加餐则愁其易尽。后言"碧鲜俱照筯"，可见其色佳；"香饭兼苞芦"可知其味美。以香饭比冷淘之味美，劝人食之，色味俱美。杜甫以冷淘劝人食，比之投珠，因此姚振黎以为赞美将槐叶汁与面粉和匀，做成手工凉面，色、香、味、形与火候俱佳①。野狐尔的老姥善制"水花冷淘可使富公子携金就食"，可见其味美，犹如今日之乡井小吃，只要用心加以调制就可以得到名气。唐代的妇女在胡汉融合社会开放的风气之中，本来就有相对的自由与独立，在史论之中已成定论。王仁裕诗文作品之叙录，充分证明唐代妇女的确是社会上不可或缺的一股力量。

王仁裕叙写唐末五代陇蜀浮世生活，将人生的处境和对大自然的观察合而为一，因此诗文作品并没有脱离对于自然生态的感悟和体察。他在"麦积山"一文中即提到"麦积山者，北跨清渭"。麦积山位于渭水上游，距离渭水约十公里处，据王仁裕的观察，这时渭水清澈而不混浊，渭水的清浊问题已有清楚的讨论，河水清浊受到森林保护的影响很大。据史料可知，秦陇地区森林的砍伐是到宋代以后才逐渐严重的，而宋代以前尤其是唐朝时期，陇右是牧马区域，因此水土保持的状况不错。王仁裕游历麦积山，证明了渭水在唐末五代时仍然十分清澈。王仁裕的《渭滨钓者》中亦云："清渭之滨，民家之子，有好垂钓者"，事实不仅是王仁裕所感知的，杜甫也曾居留秦州，对陇蜀生态有切身体会。《秦州杂诗》云："清渭无情极，愁时独向东。"亦可证明当时渭水的生态仍然十分优良。

王仁裕对陇蜀地域风物主要是动植物的观察与描写也十分精到，他关于动植物的载述文字就是很好的内证。兹列举部分如下：

《秦城芭蕉》写芭蕉"天水之地，迩于边陲。土寒，不产芭蕉。戎师使人于兴元求之，植二本于亭台间。每至入冬，即连土掘取之，埋藏于地窖。候春暖，即再植之"关涉芭蕉的移栽和冬藏；

《吉州鱼者》写荇草"荇草者，江南水草也，叶如薤，随水浅深而生"；

《辨白檀树》写白檀树"剑门之左峭崖有大树，生于石缝之中，大可数围，

---

① 姚振黎著：《杜甫寓蜀饮食诗探究》，（台湾）逢甲大学中国文学系"隋唐学术研讨会"，2003年。

229

树干纯白,皆传曰'白檀树'。其下常有巨虺,蟠而护之,民不敢采伐","王仁裕至其岩下,注目观之,以质向来传说。时值晴朗,溪谷洗然,逐勒辔移时望之。其白檀,乃一白栝树也。自历大小漫天,夹路溪谷之间,此类甚多,安有檀香蛇绕之事?又西瞻志公影,盖岩间有圆柏一株,即其笠首也。两面有上下石缝,限之为身形;斜其缝者,即袈裟之文也;上有苔藓斑驳,即山水之毳文也。方审其非白檀,志公不留影于此明矣,乃知人之误传者何限哉!";

《竹实》写竹子开花,结籽实而民依此度过荒年;

《械虎》写用器械围捕老虎;

《狨》写捕捉金丝狨,为获其毛皮;

《莺》写黄莺鸟"有人取得黄莺雏,养于竹笼中。其雌雄接翼,晓夜哀鸣于笼外,约不饮啄。乃取雏置于笼外,绝不饮啄,乃取雏置于笼外,则更来哺之。人或在前,略无所畏。忽一日,不放出笼,其雌雄缭绕飞鸣,无从而入。一投火中。一触笼而死。剖腹视之,其肠寸断";

《螽斯》写昆虫"螽斯,即蝗属也。羽翼未成,跳跃而行,其名曰蝻。其蝻之盛也,流引无数,甚至浮河越岭,逾池渡堑,如履平地。入人家舍,莫能制御。穿户入牖,井溷填咽,腥秽床帐,损啮书衣,积日连宵,不胜其苦。郓城县有一农家,豢豕十余头,时于陂泽间。值蝻大至,群豕跃而唼食之,斯须腹饫,不能运动。其蝻又饥,喈喈群豕,有若堆积,豕竟困顿,不能御之,皆为蝻所杀";

《蝻化》写蝻化白蛱蝶"己酉年,将军许敬迁奉命于东洲按夏苗。上言,称于陂野间,见有蝻生十数里,才欲打捕,其虫化为白蛱蝶,飞去";

《中鳖毒》写鳖毒之危害"有人于河下获鳖数十数头,甚肥嫩,烹而臛之,举族共食,是夕俱毙,无一人免死,盖中鳖毒耳,水族而处于陆地,固可疑也。君子饮食,宜慎之";

《劫鼠食仓》写田鼠仓食,凶年则可以活民命:"天复中,陇右大饥。其年,秋稼甚丰,将刈之间,大半无穗。有人就田破鼠穴而求,所获甚多,于是,家家穷穴,有获五七斗者,相传谓之劫鼠仓。民间皆出田中求食,济活甚众";

《蛇菌》写菌与蛇共处:"湖南百姓郊外得一菌,甚大,献于府主,有僧曰:'此物甚毒,慎勿入'。入乃于所获之处掘之,有蛰蛇千余条";

《番禺》写藻荇"海之浅水中有藻荇之属,被风吹,沙与藻荇相杂。其要既浮,其沙或厚三五尺处,可以耕垦,或灌或圃故也";

《伪蜀主舅》写红牡丹"秦州董城村院,有红牡丹一株,所植年代深远。使人取之。掘土方丈,盛以木柜,逢秦州至成都三千余里,历九折、七盘、望云、九井、大小漫天,隘狭悬险之路,方致焉。乃植于新第,因请少主临幸,少主叹其构华丽,侔于宫室";

《骆驼杖》写蜀将亡,流行骆驼杖:"蜀将亡,王公大人及近贵,权幸出入宫省者,竞执骆驼杖以为礼,自是内外效之。其杖长三尺许,屈一头,传以桦皮,识者以为不祥";

《陷河神》写养蛇"有张翁夫妇,老而无子,翁日往溪谷采薪以自给,(血滴木叶)乃化为一小蛇。翁取于掌中,戏玩多时,此物眷然,似有所恋,困截竹贮而怀之。至家则啖以杂肉,如是甚驯扰,经时渐长。一年后,夜盗鸡犬而食。其后县令失一蜀马,寻其迹。入翁之居。迫而访之,已吞在蛇腹矣。令惊异,因责翁蓄此毒物。翁伏罪,欲杀之,忽一夕,雷电大震,一县并陷为巨湫,渺弥无际,唯张翁夫妇独存,其后人蛇俱失。因改为陷河县,曰蛇为张恶子";

《王仁裕》篇写猿猴"王仁裕尝从事汉中,家于公署。巴山有采捕者,献猿儿焉。怜其小而慧黠,使人养之,名曰野宾。呼之则声声应对";

《辟寒犀》写交趾犀"开元二年冬至,交趾国进犀一株,色黄如金。使者请于金盘置于殿中,温温然有暖气袭人";

《传书鸽》写信鸽"张九龄少年时家养群鸽,每与亲知书信往来,只以书紧鸽足上,依所教之处飞往投之。九龄目为'飞奴',时人无不爱讶";

《鹦鹉告事》写可以举报刑事的鹦鹉"(杨崇义妻与邻杀其夫)府县官吏日夜捕贼,涉疑之人及童仆辈经拷者百数人,莫究其弊。后来县官等再诣崇义家检校,其架上鹦鹉忽然声屈,县官遂取于臂上,因问其故。鹦鹉曰:'杀家主者,刘氏李弇也。'";

《花妖》写木芍药"初,有木芍药植于沈香亭前,其花一日忽开,一枝两

头,朝则深碧,午则深红,暮则深黄,夜则粉白昼夜之内,香色各异。帝谓左右曰:'此花木之妖,不足讶也。'";

《决云儿》写高丽赤鹰"申王有高丽赤鹰,岐王有北山黄鹞,上甚爱之,每弋猎,必置之于驾前,帝目之为'决云儿'";

《子乱局》写康国猧子(长毛小犬)"一日,明皇与亲王棋,令贺怀智独奏琵琶,妃子立于局前观之。上欲输次,妃子将康国猧子放之,令于局上乱其输赢,上甚悦焉";

《馋鱼灯》写馋鱼油灯"南中有鱼,肉少脂多,彼中人取鱼脂炼为油,或照纺织机杼,则暗而不明;照筵宴饮食,则分外光明,时人号为馋鱼灯";

《金笼蟋蟀》写以小笼捉蟋蟀"每至秋时,宫中妃妾辈皆以小金笼捉蟋蟀,闭于笼中,置之枕函畔,夜听其声,庶民之家亦皆效之";

《醉醒草》写解酒野草(醒酒草)"兴庆池南岸,有草数丛,叶紫而心殷,有一人醉过于池旁,不觉失其酒态,后有醉者摘草嗅之,立刻醒悟,故目为'醉醒草'";

《金衣公子》写宫中豢养黄莺"明皇每于禁苑中见黄莺,常呼之为金衣公子";

《知更雀》写知更鸟"裴耀卿勤于王政,夜看案牍,昼决狱讼。常养一雀,每夜至初更有声,至五更则急鸣,耀卿呼为'知更雀'";

《移春槛》写定向赏花车"杨国忠子弟,每春至之时,求名花异木,植于槛中,以板为底,以木为轮,使人牵之自转,所至之处,槛在目前,而便观赏,目之为'移春槛'";

《蛛丝卜巧》写乞巧风俗由皇宫向民间的传播:"帝与贵妃每至七月七日夜,在华清宫游宴。时宫女辈陈瓜花酒馔列于庭中,求恩于牵牛、织女星也。又各捉蜘蛛于小合中,至晓开视蛛网稀密,以为得巧之候。密者言巧多,稀者言巧少。民间亦效之。"

……

上述所列以陇蜀地域为主兼及关中、中原地区,题材范围遍及植物栽培、动物养殖、民俗风情、传说异闻甚至技术技能,无不展示着人类与自然生态的和谐相处。值得注意的是,《移春槛》涉及了技术的问题,这在中国古代文学作品里是比较少见的。"移春",即春至之时,移动花木供作观赏。"槛",《说文解字》:"栊也。从木,监声。"《释名·释车》:"槛,车上施栏,以格猛兽,亦囚禁罪人之车也。"《楚辞注》:"纵曰槛,横曰楯。"《汉书·陈馀传》师古解曰:"槛车者,车而为槛形,谓以板四周之,无所通也。"有成语"槛花笼鹤"。从这些解释可以看出,这里的"槛"就是有竖木条围栏的花车,里面的花就是"槛花",供人观赏。王仁裕文章所记该花车的特异之处在于:"牵之自转,所至之处,槛在目前,而便观赏",似乎具有行进中定向的功能,类于古传指南车。这就使得人与自然生态的相处拥有一定的科技含量,在当时应该是很先进的。这个记述,比《宋史·舆服志》有可靠记录的指南车的出现,早了两三百年。总之,王仁裕对于自然生态的观察不仅细致入微而且内容丰富,其中还包容了他对人文地理生态的深刻理解,这在同时期的作家作品中还是鲜见的。

第三节 王仁裕诗文探讨陇蜀动物与人的关系

或许与他早年"以狗马弹射为务"有关,他除了对于狩猎旅游有很高的兴趣外,还对饲养动物兴意盎然,甚至在汉中衙署之内、公务之余收养了一头名叫"野宾"的猿。遍观《太平广记》辑录有关畜兽的故事,总计有13卷之多,但泰半是具有神异色彩的传奇故事,以高官而畜养动物的人,并且真实记载的大概只有王仁裕一人。这只从小被巴山采捕者捉到的猿猴,经王仁裕饲养长大。它的种种表现,成为王仁裕诗文叙录陇蜀唐末五代浮世生活的一个重要掌故。关于"野宾"的故事,王仁裕对于动物习性的描写可以说十分深刻,如提到猿猴具有灵性云"呼之则声声应对,经年则充博壮盛,縻絷稍解,适人必啮之,颇亦为患。仁裕叱之,则弭伏而不动,余人纵鞭搔亦不畏",后因跃入林中破鸟巢,引起纷乱,被捕后,"遗人送入巴山百余里溪洞中,人方回,询问未毕,野宾已在厨内谋餐矣"。王仁裕不得已复系之,但一日解逸"入主师厨中,应动用食器之属,并遭掀扑秽污,而后登屋,掷瓦拆砖",众人不得已的情况下,只好听从老人的经验,找市中弄猢狲者,以所饲养的大猢狲威逼擒之。也因为野宾太过顽劣，因此"又使人送入孤云两角山，且使縶在山家，旬日后，方解而纵之，不复再来矣"。当王仁裕罢职入蜀时"有群猿自峭岩中，连臂而下，饮于清流，有巨猿舍群而前，于道畔古木之间，垂身下顾，红绡彷佛而在，从者指之曰，此野宾也，呼之，声声相应，立马移时，不觉恻然，及笞箠之际，哀叫数声而去"。王仁裕对陇蜀猿猴及互动关系的描写，可以说十分深入，以近乎白描的方式，将他豢养灵长类动物的具体情形描绘出来，包括灵长类动物的习性、社会行为等，显然是再深刻不过了。

在叙写陇蜀人文生态方面，王仁裕还有一篇文章《竹䶉》：

> 竹䶉者，食竹之鼠也，生于深山溪谷竹林之中无人之境，非竹不食，巨如野狸，其肉肥脆，山民重之，每发地取之甚艰，岐梁睚眦之年，秦陇之地，无远近崖谷之间，此物争出，投城隍及所在民家，或穿墉坏城，或自门阈而入，犬食不尽，则并入人家房内，秦民之口腹饫焉。①

竹䶉是一种以竹子为主食的小型哺乳类动物，唐末五代秦陇地区很多。王仁裕以亲身的观察体悟，描绘竹䶉的特征及习性，也说明这种小型哺乳动物因为体型肥硕肉质鲜美，秦陇地区的人民常常捕以食用，是一种很好的野味，其烹饪方法也十分简单，或炙或腊，或煮或炒，大致与其他肉类的料理方式无异。透过简单的料理方式，在偏远的陇蜀乡村或山区也可治疗一些慢性病，是属于食疗的一部分。《竹䶉》中并未提到王仁裕是否吃过竹鼠，但以其叙述而言，可能性是相当高的。唐朝时的元稹，宋朝的苏东坡兄弟、王禹偁、黄干，元朝的洪希文，清朝的洪亮吉、陈维崧等都有食用竹䶉（竹鼠）的诗传世。食用野味，也是唐末五代陇蜀士子们的特有爱好。

王仁裕对于陇蜀人文生态和地理物产的叙写，还体现在他对于外来物种及动植物移植的观察方面。如《秦城芭蕉》篇，提到天水是西北地区气候寒

---

① 出《太平广记》卷163。陈尚君辑云《分门古今类事》卷13，引《益部耆旧传》。此见蒲向明《追寻"诗窖"遗珍——王仁裕文学创作研究》，光明日报出版社2012年版，第186页。

冷之地，本来不适合芭蕉的生存，为了能够在北地看到芭蕉，不得不想方设法，"每至入冬，即连土掘取之，埋藏于地窟，候春暖，即再植之"。因为芭蕉不耐寒，今日可用温室培育之法在北方种植，但在唐末五代的陇蜀地区北部，最好的方法是连土藏之，等到春暖花开再次种植，不失为一种怕寒热带植物越冬最好的方式。

王仁裕诗文写陇蜀生态与人文地理，还将笔触伸向外来动物进入中国的过程。《耶孤儿》（《玉堂闲话》）说：

> 庚子岁，遗使献异兽十数头，巨于狙而小于貉，兔头孤尾，猱颡狄掌，其名"耶孤儿"。北方异类，华夏所无。其肉鲜肥，可登鼎俎。晋祖不忍炮燔，敕使置于沙台院，穴而畜之，仍令山僧豢养，自后蕃衍，其数甚多。沙台为其穿穴，迨将半矣。都下往而观者，冠盖相望。司封郎中王仁裕为其不祥之物，因著歌行一篇，题于沙台院西垣以志之[①]。

耶孤儿究竟是什么动物，王仁裕的叙写并不是那么清楚。蒲向明以为"耶孤儿"或许是"耶（野）狐儿"的音讹，是一种生长在沙漠中的狐狸，或可能是今日的沙狐[②]。沙狐主要栖息于荒原的半沙漠地带，昼伏夜出，行动敏捷，主要以兔、鼠等小型动物为食。后晋事契丹，认之为父。契丹送来耶孤儿，属于北方异类，中原并无这种动物，本来也是可以食用，但后晋石敬瑭要表忠心，将其饲养在沙台，数量迅速增多。往后的文献并没有耶孤儿的较多记载，但显然这种动物来到中原，也能适应中原的气候与环境，因此得以繁衍。实际上，唐宋时野狐儿之说，在天水、凤翔一带已经很普遍。宋真宗年间释道原所撰之禅宗灯史《景德传灯录》有载：

> 师问新到僧："什么处来？"僧云？"凤翔来。"师云："还将

---

① 原文不见于中土典籍，胡国凤先生据韩国所存《太平广记详节》卷10辑入，见蒲向明《玉堂闲话评注》，中国社会出版社2007年版，第335页。
② 蒲向明：《玉堂闲话评注》，中国社会出版社2007年版，第337页。

得那个来否?"僧云:"将得来。"师云:"在什么处?"僧以手从顶擎捧呈之,师即举手作接势,抛向背后。僧无语,师云:"遮野狐儿!"①

寺僧尚随便谈论野狐儿,说明这种动物在五代后期至宋一段,已经广为人知,几乎家喻户晓了。王仁裕对于外来动物的记载,除了以上的叙写外,还有很多资料,如康国的猾子、高丽赤鹰、北山黄鹊、交趾国木犀、西域骆驼杖等虽然记载得较为简短,但在中西交流史上也有着一定程度的重要性。

王仁裕叙写唐末五代陇蜀浮世时,还把观察的眼光投向了对昆虫的描写。除对"蝻"化为白蛱蝶、金笼蟋蟀、蜘蛛成精的记述外,从社会生活的角度深刻地描写到唐末的蝗灾,可视为一段鲜见文献载述或意义厚重的史料:

每岁生育,或三或四。每一生,其卵盈百,自卵及翼,凡一月而飞。故《诗》称螽斯子孙众多,螽斯即蝗属也。羽翼未成,跳跃而行,其名"蝻"。

晋天福之末,下天大蝗,连岁不解。行则蔽地,起则蔽天,禾稼草木,赤地无遗。其蝻之盛也,流引无数,甚至浮河越巅,逾池度堑,如履平地。入人家舍,莫能制御。穿户入牖,井涧填咽,腥秽床帐,损啮书衣,积日连宵,不胜其苦。郓城县有一农家,豢豕十余头,时于陂泽间,值蝻大至,群豢豕跃而啗食之,斯须腹饫,不能运动。其蝻又饥,喙啮群豕,有若堆积,豕竟困顿,不能御之,皆为蝻所杀。②

蝗灾和水、旱灾并称为中国古代三大自然灾害,是古代农业社会可怕的噩梦之一,唐代的蝗灾据阎守诚的统计,唐代289年历史中,计发生蝗灾42次,平均约七年一次,主要发生的区域都在华北的今陕西、河南、山东、山

---

① 释延佛编著:《禅宗智慧》,中国致公出版社2008年版,第113页。
② 蒲向明:《玉堂闲话评注》,中国社会出版社2007年版,第295页。

西一带①。在各朝代的蝗灾中，唐代的发生频率并不算太高，即便偶然一次，也会对农业造成极大的伤害。王仁裕这条笔记，将五代时期的蝗灾描写的十分真实。

鉴于他青少年时期的"狗马弹射"经历和喜好，王仁裕对狩猎的叙写细致而颇有情味。如《械虎》篇道：

> 襄梁间多鸷兽。州有采捕将，散设槛阱取之，以为职业。忽一日，报官曰："昨夜槛发，请主帅移厨，命宾寮将校往临之。"至则虎在深阱之中，官僚宅院，民间妇女，皆设幄幎而看之。其猎人先造一大枷，仍具钉锁，四角系緪，施于阱中，阱即徐徐以土填之。鸷兽将欲出阱，即迤逦合其荷板，虎头才出，则麾而钉之，四面以索，趁之而行，看者随而笑之。此物若不设机械，困而取之。则千夫之力，百夫之勇，曷以制之。②

老虎本为猛兽，因为采捕将使用陷阱机关，得以乖乖就擒，成为男女老少观看热闹的主角，充满民俗兴味和乡风文化色彩。王仁裕《狨》篇中叙写捕捉金丝猴的方式和过程，其间不免透露出内心深藏的人文关怀：

> 狨者，猿猱之属，其雄毫长一尺、尺五者，常自爱护之，如人披锦乡绣之服也。极嘉者毛如金色，今之大官为暖座者是也。生于深山之中，群队动成千万，雄而小者，谓之狨奴。师采取者，多以桑弧檽矢射之，其雄而有毫者，闻人犬之声，则舍群而窜……去之如飞。或于繁柯秾叶之内藏隐之，身自知茸好，猎者必取之。其雌与奴，则缓缓旋食而傅其树，殊不挥霍，知人不取之，则有携一子至一子者甚多。
>
> 其雄有中箭者，则拔其矢嗅之，觉有药气，则折而掷之，嚬

---

① 阎守诚：《唐代的蝗灾》，《首都师大学学报》2003第2期。
② 蒲向明：《玉堂闲话评注》，中国社会出版社2007年版，第254页。

眉愁沮，攀枝蹲于树巅。于时药作抽掣，手足俱散，临堕而却揽其枝，揽是者数十度，前后呕哕，呻吟之声，与人无别。每口中涎出，则闷绝手散，堕在半树，接得一细枝梢，悬身移时，力所不济，乃堕于地，则人犬齐到，断其命焉。猎人求嘉者不获，则便射其雌，雌若中箭，则解摘其子，摘去复来，抱其母身去离不获，乃母子俱毙。

若使仁人观之，则不忍寝其皮，食其肉，若无悯恻之心者，其肝是铁石，其人为禽兽，昔邓芝身射猿，其子拔其矢，以木叶塞疮，芝曰："吾违物性，必将死焉。"于是掷弓矢于水中，山民无识，安知邓芝之为心乎？①

王仁裕的描写，不仅涉及金丝猴的种群习性，还细致地捕捉到了猴群中雌、雄二性对人（特别是山民猎者）的理解和感知。尤其是写雄猴中毒箭的一段描写，生动细微，读之如跃然纸上。作者在看似平静的笔触中，无不控诉着人性的残忍和冷酷，真是不愧大家手笔。文章末则写了邓芝射猿典故，以仁人之心驳诘山民猎者的铁石心肠，但更深层次地批判唐末五代陇蜀社会中以金丝猴皮毛为"暖坐"的"今之大官"，没有好其茸，就没有害其身。人类一直是金丝猴种群最大的天敌。穿过历史的云烟，看当今陇蜀之地，近十年来实施"绿水青山就是金山银山"工程，川滇金丝猴种群由过去的白龙江流域广元、文县、武都，北移到了康县、徽成盆地，2019年在徽县的嘉陵镇、虞关乡一带有金丝猴大群落出现。

不仅王仁裕记载了唐末五代秦巴山区、陇蜀地域猎捕金丝猿的实际情形，其他记载也证明以狨皮为座，显然在唐末五代时已成为陇蜀官员的流行风气。这种风气到宋代叶梦得《石林燕语》记载："太平兴国中，诏工商庶人许乘乌漆素鞍，不得用狨毛暖坐，则当时盖通上下用之矣。天禧元年，始定两省五品，宗室将军以上，许乘狨毛暖坐，余悉禁，遂为定制。"②浮奢之风，狨毛暖坐，到宋初已十分猖獗，朝廷不得不以规章的形式加以限制和约束。王仁

---

① 蒲向明：《玉堂闲话评注》，中国社会出版社2007年版，第269页。
② （宋）叶梦得著、候忠义点校：《石林燕语》（卷三），中华书局1997年版，第33页。

裕笔下的猎师，捕杀金丝猿还有最佳帮凶，那就是猎犬，不仅以其可以减少追逐动物的时间，而且还可降低捕猎金丝猴的危险性，这是一群极具专业水准的捕捉金丝猴猎师。在王仁裕对唐末五代陇蜀浮世生活的叙写中，捕杀金丝猴的猎师利用其专门技能获取皮毛，以为谋生尚可容忍的话，那么那些利用猿猴的人性作为捕捉的手段有经验（老谋深算）的猎师，则相类于刽子手。周密《齐东野语》中载捕猎猿狨一法：

> 金丝猿，大者难驯，小者则其母抱持不少置。法当先以药矢毙其母，母既中矢，度不能自免，则以乳汁遍洒林叶间，以饮其子，然后堕地就死。乃取其母皮痛鞭之，其子及悲鸣而下，束手就获。盖每夕必寝其皮而后安，否则不可育也。①

利用动物天性捕猎，是损阴德的事，远非一般的残忍可比。因此，王仁裕叙写唐末五代陇蜀浮世，对人文生态中的事物描写，生动内涵是融汇在恻隐之心中的。"若使仁人观之，则不忍寝其皮，食其肉，若无悯恻之心者，其肝是铁石，其人为禽兽"，这样的心态也许是他早年喜好狩猎，与为商业交易而大规模狩猎在程度上的重大差别，这或许和他后来饱读诗书，成为士大夫之后心境的转变有关。

又如《仲小小》描绘猎户仲小小捕捉竹牛：

> 临洮之境，有山民曰仲小小，号仲野牛，平生以采猎为务，临洮已西，至于叠、宕、嶓岷之境。郡良田，自禄山以来，陷为荒徼，其间多产竹牛，一名野牛。其色纯黑，其一可敌六七骆驼，肉重千万斤者。其角，二壮夫可胜其一。每饮龁之处，则拱木丛竹，践之成尘土。猎人先纵火逐之，俟其奔迸，则毒其矢，向便射之。洎中镞，则挈锅斧，负粮糗，蹑其踪，缓逐之，矢毒既发，即毙，踣之如山，积肉如阜，一牛致乾肉数千斤。新鲜者甚

---

① （宋）周密著、张茂鹏点校：《齐东野语》（卷十二）《捕猿戒》，中华书局1997年版，第223页。

美，缕如红丝线。乾宁中，小小之猎，遇牛群于石家山，嗾犬逐之，其牛惊扰，奔一深谷。谷尽，南抵一悬崖，犬逐既急，牛相排麋，居其首者，失脚堕崖，居次者，不知其偶堕，累累接迹而进，三十六头，皆毙于崖下，积肉不知纪极。秦、成、阶三州士民荷担之不尽。①

这则叙写所涉及的地域极广，属于今迭部、宕昌、岷县、天水、成县、武都、文县一带，系陇蜀地域的核心地带。安史之乱，使得这一地域荒野极多，从而出现了很多竹牛（即野牦牛，因角黄黑相间如竹节，故名）。故事记载捕捉竹牛的方式十分详细，先以火纵烧四周，待牛走动奔跑，用毒箭射杀之。野牦牛古已有之，《山海经·北山经》："蟠冢有兽焉，其状如牛，而四节生毛，名曰㸲牛。"㸲牛体形巨大，毒发身亡要一段时间，因此猎户需准备粮食，缓行跟踪，等其毒发才能有所收获。竹牛体形巨大，重有千斤，是青藏高原及其边缘地带、陇蜀地域的主要兽力及肉食来源，但在古代野牦牛没有驯化之时，传统的狩猎方式要捕捉到野牦牛，的确是相当困难的。《仲小小》所述一次偶然的围猎事件，当发生于西汉水至犀牛江一段。此段据传因有犀牛出没而得名，出现野牦牛种群，当属正常现象。猎师与狗合作驱赶，使野牦牛群惊奔堕入深谷，仅三十六头野牦牛毙于崖下，就"积肉不知纪极"，"秦、成、阶三州士民，荷担之不尽"，明显有夸张之笔，但也生动再现了陇蜀地域的世俗生活，以及彼时特有的文传意识。

《南人捕雁》也很生动地描绘了南人（包括陇蜀地域的世人）捕捉大雁的具体情形：

雁宿于江湖之岸，沙渚之中，动计千百，大者居其中，令雁奴围而警察。南人有采捕者，俟其天色阴暗，或无月时，于瓦罐中藏烛，持棒者数人，屏气潜行。将欲及之，则略举烛，便藏之。雁奴惊叫，大者亦惊，顷之复定。又欲前举烛，雁奴又惊，如是

---

① 蒲向明：《玉堂闲话评注》，中国社会出版社2007年版，第260–261页。

第七章　王仁裕诗文观照唐末五代陇蜀人文地理生态

数四，大者怒啄雁奴。秉烛者徐徐逼之，更举烛，则雁奴慎啄，不复动也。乃高举其烛，持棒者齐入群中，乱击之，所获甚多。①

对于雁的警觉，人的狡猾是更胜一筹的。雁是一种野生的候鸟，冬天时北雁南飞以避寒。雁性喜结群，不但在迁徙时期，就是在越冬地也常常数十甚至数百聚集在一起。遇到不正常情况，便发出鸣惊，其余闻声警飞，边飞边鸣，盘旋于栖息地上空，直到没有危险时才飞回原处。这里所述，捕雁人对付雁群，实际是一种疲兵之计和麻痹手段。利用雁的生活习性捕雁，本无可厚非，但隐藏在故事中关于南人的猾黠和残暴，还是显而易见的。

王仁裕诗文作品还写到了捕鱼之术，如《渭滨钓者》：

清渭之滨，民家之子，有好垂钓者。不农不商，以香饵为业，自壮及中年，所取不知其纪极。仍得任公子之术，多以油煎燕肉置于纤钩，其取鲜鳞如寄之于潭濑，其家数口衣食，纶竿是赖。②

不靠罗网，唯以钓竿及自制的香饵，就可以"其家数口衣食，纶竿是赖"，显然这是位极有经验的钓者。《类说》中"燕肉饵鱼"条云："有渔者得鱼甚易，云取燕肉和面为饵尔，则人食燕肉必为蛟龙所害，鱼与蛟龙皆水类，故其说为可信。"表明善钓者往往有其独门秘方。

总之，王仁裕的诗文作品，对于陇蜀生态及环境叙写十分详尽而真实，这都得之于他对虫鱼鸟兽独到的观察，虽然不免流于荒诞不经或有浓厚的神怪色彩，也是受时代所限。而他对于实地的调查研究，如《白檀树》关于传说的调查，也反映了他从环境、光线、阴影及树木上苔藓斑驳的物理辨析，是一种实证精神的体现。这在人文生态方面的探索，也是对中国传统生态环境纪实的突破和创新。

王仁裕长于陇蜀边地，生活于唐末五代乱世，五十四岁以后仕途风顺。但处于唐宋过渡时期，注定了他不受历史重视的结局。他的一切努力，很

---

① 蒲向明：《玉堂闲话评注》，中国社会出版社2007年版，第288页。

② 同上，第22–23页。

难超越他所处的时代。他现存的诗文作品以笔记为要，在短小的篇幅中将观察所得做深刻的描写，已实属不易。而他关怀平民、纪录乡土，对中古时期的生态环境和人文景观系统叙写，为后世留下了十分珍贵的文献史料，对引导后世深入了解唐末五代时期的陇蜀浮世生活、社会生态及自然环境有着重要的贡献和特别、独到的文学与文化意义，这是需要我们不断认识与思考的。

后　记

　　王仁裕是陇蜀地域著名的诗文作家，而在今陇南，他是最有成就的古代学人。他的文学创作犹以诗歌为人所称道，《十国春秋》说："他生平作诗满万首，蜀人呼曰'诗窖子'。"但从现有作品看，其笔记小说的成就似乎远大于他的诗歌。从1995年至2005年的十年间，我花费了主要业余时间，辑佚整理《玉堂闲话》，在侯忠义、周勋初、陈尚君、董乃斌等先生的指导下，2007年《玉堂闲话评注》一书出版。此后沿着已有的方向，把自己能做的研究王仁裕文学创作的工作继续推向深入，于2013年又出版了《追寻"诗窖"遗珍——王仁裕文学创作研究》一书。此后因为主持国家社科基金项目"白马藏族文学研究"的原因，对王仁裕的研究暂告一段落。再后来研究视点逐渐转移到了对南北丝绸之路连线，即陇蜀古道的文献与文学的考察研究，还有陇蜀唐诗之路研究等方面，就更少有时间和精力去继续探讨王仁裕及其文学创作了。

　　去岁菊月，张金良先生致电说我的《王仁裕文学创作研究》列入"中国书籍之光学术文库"出版项目，准备再版。但我考虑到把这次再版机会和我目前研究的陇蜀地域文学研究结合起来会更好些，因此就有了这本书的基本构想。王仁裕生活在唐末五代，他从秦州长道县西江（今西汉水流经甘肃礼县一段，赤土山上有西江神庙，别名西江祠，颇有香火）流域出生并度过青少年时代，二十五岁后在秦州（今天水）步入仕宦生涯，直到五十四岁赴中原地区为官，七十七岁病逝于私邸，一生泰半是在秦州、兴元（今汉中）和成都等地度过的。从地域创作的角度看，对唐末五代陇蜀地域浮世生活的叙写，是其诗文作品最鲜明的特色和重要的文学成就之所在。是故本书带着探究的目光进入作家及作品的内部，进行深入细致的分析解构，以使我们能更加深刻地看到王仁裕在有生之年、最富创造力的时段行走在陇蜀之路上的文心与情愫。王仁裕诗文对唐末五代陇蜀浮世生活的叙写是缤纷多彩的，是光怪陆离的，是动人心魄的……凡此种种文艺美感的获得，都是我们结合作品本身和海淘珍稀文献记载的结果。比如《玉堂闲话评注》一书出版后，我才根据陈尚君、金程宇等先生研究，知道韩国所藏《太平广记详节》收有《玉堂闲话》之《崔育》篇，为国内诸本所未见，后出的《王仁裕文学创作研究》也因未找到可靠本子失于收录。本书依据孙逊等先生近年所出《太平广记详节》影印本，将《崔育》篇校录辑入，填补了本人在王仁裕文学创作研究方面的空白。再如本人依据中华书局本《太平广记》辑录《王氏见闻录》，沿袭了该本之失，将《陈延美》篇漏收（其他诸辑本都有如此之失），这次成书也一并据《永乐大典》底本辑入，成为填补的另一个空白。王仁裕叙写唐末五代陇蜀浮世的作品，不仅对生活本身有超乎寻常的体悟和独到理解，而且对这种特别的陇蜀生活原貌及相关的人文地理生态，给予了特有观察，犹如挹人慧眼，帮助我们更深层次地了解陇蜀交界与毗连之地曾经的历史幽微和缜秘。对作品的解构和阅读，或许是我个人的感受，犹如不得已的皮里阳秋。更多意义的发现和理解王仁裕诗文之于陇蜀地域的价值，以俟来者。

尽管我过去研究王仁裕费时很长，用力最勤，也因此积累了大量资料，为成就本书提供了强有力支持。但时间仓促，成书精细尚欠，舛误一定在所难免。至于夙兴夜寐、殚思愁苦的著述过程，可谓一言难尽，甘苦自知。特别感谢中国古代志人小说研究家、南开大学中文系教授宁稼雨先生撰序，本著因此而大为增色。成书不易，成一本好书更是难上又难。让我感到欣慰的是，能将隐入历史深处的王仁裕诗文，重新摆放在陇蜀地域文化的聚光灯下，让读者观察其文学与文化内蕴，为鉴古知今提供支持，皆系我为这个时代所尽的绵薄之力。其价值和意义，就让时间去验明吧！

蒲向明
2020年2月于陇南师专